KB045888

속성의 마법사

제1부
중앙 연방편

II

쿠보 타다시 ―글

노키토 ―일러스트

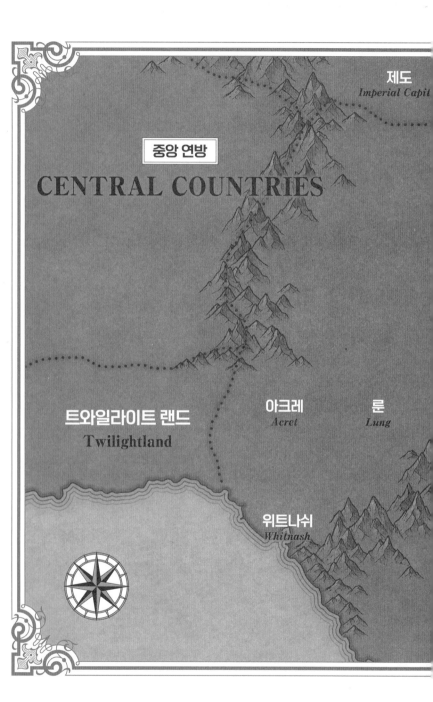

데브히 제국
Debuhi Empire

한다르 연합
Federated States of Hundaru

레드포스트
Redpost

잉베리 공국
Principality of Inverey

왕도
Royal Capital

나이트레이 왕국
Knightley Kingdom

카이라디
Khayradi

HELL's MOUNTAINS

마의 산

[레오놀]

악마. 말도 안 되게 강하다. 전투광이며
료와의 전투가 마음에 든 모양.

[듀라한]

물의 요정왕. 료의 검술 스승. 료를
마음에 들어 하며 그에게 검과 로브를
선물했다.

[미카엘]

지구 기준으로 천사와 비슷한 존재.
료가 전생할 때 설명자 역.

[르윈]

용의 왕. 론도 숲에 살고 있다.

모험자 길드

[휴 맥글러스]

룬의 모험자 길드의 마스터. 신장
195cm에 험악한 인상.

[나나]

룬의 모험자 길드의 접수 직원.
룬의 모험자들에게는 아이돌 같은 존재.

스위치백

[라]

C급 모험자. 검사.
파티 『스위치백』 리더.

◆ 데브히 제국 ◆

[오스카]

불 속성 마법사.
『폭염의 마법사』라는 별칭으로
유명하다. 미카엘이 이르길 료의 앞에
나타난다는 것 같은데……?
외전 『화속성 마법사』의 주인공.

Characters/등장인물 소개

붉은 검

[아벨]
B급 모험자. 검사. 파티 『붉은 검』 리더.
26살. 뭔가 비밀이 있는 듯한데……?

[린]
B급 모험자. 풍속성 마법사.
『붉은 검』 멤버. 키가 아담하다.

[리햐]
B급 모험자. 신관. 『붉은 검』 멤버.
구슬이 굴러가는 듯한 미성의 소유자.

[워렌]
B급 모험자. 방패기사. 『붉은 검』 멤버.
과묵하고 2m가 넘는 거한.

[미하라 료]
주인공. D급 모험자. 수속성 마법사.
전생 시 수속성 마법 재능과 불로
능력을 부여받았다. 영원한 19살.
좋아하는 것은 개그와 커피.

10호실

[닐스]
E급 모험자. 검사. 길드 숙소 10호실
멤버. 20살. 성정이 거칠지만 동료를
아낀다.

[에토]
E급 모험자. 신관. 10호실 멤버. 19살.
체력이 없는 게 약점.

[아몬]
F급 모험자. 검사. 10호실 멤버. 16살.
10호실의 상식인.

제1부 중앙 연방편 II

본문, 컬러 일러스트_노키토

제1부 중앙 연방편 II

이변의 조짐

이곳은 중앙 연방 중 하나인 나이트레이 왕국.

그 남부에 있는 변경 최대 거리 룬.

수속성 마법사 료와 그 룸메이트 닐스, 에토, 아몬 4명은 공중 목욕탕에서 땀을 씻어낸 뒤 모험자 길드 식당에서 저녁을 먹고 있었다.

"그러고 보니 료, 오늘 도서관에 간다고 나갔었지. 뭘 알아본 거야?"

검사와 검사 견습생인 두 사람에 비하면 에토는 신관이라 그런지 료가 무엇을 알아본 것인지 궁금한 듯했다.

"연금술이요."

"료, 연금술도 할 줄 알아?"

"아니요, 한 번도 해본 적 없어요. 하지만 쓸 수 있게 되면 해보고 싶은 게 몇 가지 있거든요."

최종적으로는 얼음 골렘을 만들어 론도 숲에 논밭을 개간하고 싶었다. 하지만 그것은 아직 누구에게도 밝히지 않은 료의 속마음이었다.

"연금술로 포션 같은 걸 만들 수 있다고는 들은 적 있지만, 상당한 마력을 소비한다고……."

"네, 초보자용 레시피 책을 사 왔는데 그 책에도 그 비슷한 기술이 있었어요."

"책을…… 샀어……?"

검사 닐스가 굳었다.

신관 에토는 쓴웃음을 짓고 있었다.

검사 견습생인 아몬은 어느 정도의 돈이 움직인 것인지 이해하지 못한 채 놀랍다는 표정을 지어 보였다.

"아벨이 준 보수…… 같은 돈으로."

"역시 아벨 씨야! 책을 살 수 있을 정도의 돈을 보상으로 주시다니!"

닐스 안에서 아벨은 그야말로 동경하는 영웅이 되어 있었다.

"리햐 씨, 진심 천사……."

뭔가 아벨 이야기에서 리햐를 떠올린 것인지 에토가 뺨을 물들이며 중얼거렸다.

"책은 비싼가 보네요."

아몬의 반응은 매우 상식적이었다. 료는 그 말을 듣고 안심할 수 있었다.

"맞다, 료, 내일 아몬과 함께 셋이서 던전으로 들어가려고 하는데…… 료도 같이 어때?"

"죄송합니다, 저는 못 갈 것 같아요. 땅 위에서 좀 하고 싶은 것도 있고요."

료가 고개를 숙이고 거절했다.

"아아, 응, 뭐, 어쩐지 그럴 거라 생각은 하고 있었으니까 신경 쓰지 마."

닐스는 머리를 긁적거리며 말했다.

에토도 쓴웃음을 짓고 있다.

너무나도 실력이 동떨어진 것이다. 료와 세 사람은.

물론 최근 반년 넘게 던전에 들어가고 있는 닐스, 에토와 아직 마을에서 막 나온 아몬 사이에도 뚜렷한 차이는 있었다. 하지만 그럼에도 료와의 차이와 비교하면 미미한 수준. 그 정도의 차이가 난다는 것은 닐스도 에토도 알고 있었다. 갑자기 D급으로 등록됐다는 사실에 어렴풋이 깨닫고는 있었지만, 오늘 댄을 일격에 제압한 것을 보고 확신했다.

던전 탐색은 강한 모험자가 있으면 진행이 수월하다. 수월하지만 양쪽 모두에게 부담이 간다. 열심히 따라가야 하는 쪽도, 약한 쪽을 데리고 가야 하는 쪽도. 그래서 길드 역시 비슷한 실력으로 파티를 짜서 탐색하는 것을 권장했다.

그런 상황에서 료만 이렇게 붕 뜨게 된 것은…… 보통은 모험자 등록을 한지 얼마 안 된 인간이 그렇게 강한 경우는 없었기 때문이다. 그 몇 안 되는 예외가 료였다. 길드로서도 이런 사람이 숙소 입주를 희망한 것은 예상 밖이었으니 어쩔 수 없는 일일지도 몰랐다.

◆

다음 날인 월요일.

"그럼 잠깐 다녀올게."

그렇게 말하고 닐스, 에토, 아몬은 던전으로 들어갔다.

세 사람을 배웅하고 료는 거리 밖으로 나갔다. 성벽 밖을 달릴 생각이었다. 길드의 야외 훈련장도 상관없었지만, 자신이 살고 있는 곳 주변이 어떻게 되어 있는지도 조금 궁금했기에 성벽 밖을 선택했다.

그리고 성벽 밖을 달리며 양손에 미세한 얼음 도쿄타워를 쌓아 나갔다. 예전에 론도 숲에서 했던 것처럼.

마법 제어와 지구력…… 양쪽을 단련하는 것이 목적.

마법 제어가 올라가면 마법 생성 속도도 올라간다.

어제 위력을 포함해 여러 방면에서 레오놀의 마법에 뒤졌던 료였지만, 생성 속도만큼은 결코 뒤지지 않았다. 검 싸움 중 레오놀이 생성한 마법을 생성 도중 막을 수 있었던 것만 봐도 알 수 있었다.

그렇기 때문에 더 빠르고, 더 정밀한 마법을 사용하고 싶다는 생각을 하게 된 것이다.

자신이 이기는 부분은 실력을 더 늘린다.

지는 부분은 더 늘려서 지지 않도록 만든다.

그런 와중에도 압도적인 차이를 느낀 것은 역시 이동 속도였다. 수십 미터의 거리를 순식간에 제로로 만들어버린 레오놀.

그것은 아마 풍속성 마법이리라.

그리고 료는 수속성 마법밖에 사용할 수 없다.

수속성 마법으로 어떻게든 해결할 방법이 없을까…….

지구에는 워터 제트 추진이라는 것이 있었다. 주로 수상함이 물을 빨아들인 다음 후방으로 내뿜어서 그 반작용에 의해 전방으로 나아가는 것을 말한다.

워터 제트…… 이미 료가 쓰고 있는 것이었다. 물건을 절단하기 위해서. 그걸 쓰면 된다.

사실 〈워터 제트〉로 이동할 수 있다는 것은 이미 경험한 적이 있었다.

바닷속에서 단숨에 해상으로 나갈 때 사용했었다. 과거 베이트 볼과의 전투에서. 그리고 크라켄과의 전투에서 탈출할 때도 발바닥에서 〈워터 제트〉를 내뿜어 곧바로 위로 솟아올라 바닷속에서 탈출했다.

그때는 정신적으로 한계에 몰린 상태라 실패했을 때의 리스크 따위를 생각할 여유는 없었지만…… 처음부터 실전에서 용케 성공한 셈이다.

그래서 발바닥에서 〈워터 제트〉를 내뿜는 것은 지금 상태에서도 가능하다고 할 수 있다.

하지만 이를 지상전에서 사용한다면 후면에서 내야 했다.

등에서……? 확실히 등에서도 꺼낼 수 있어야 한다. 하지만 그러면 목이 부러질 것 같다…….

그렇다면 머리에서도……? 하기야 등과 함께 뒤통수에서도 꺼내야 했다. 하지만 그러면 팔이나 다리가 상당히 아플 것 같았다

그렇다면 어깨, 위팔, 허벅지, 햄스트링, 그리고 발뒤꿈치에서도……?

아무래도 몸의 후면 전체에서 다 내보내야 할 것 같았다.

얼추 이미지는 잡혔지만…… 처음에는 최대한 작은 힘으로 해보고 싶다.

'지면을 〈아이스반〉을 써서 얼음 상태로 만들면…… 잘만 하면 약한 기세의 〈워터 제트〉로도 앞으로 나갈 수 있지 않을까……?'

그렇게 생각하고 바로 시도해보기로 했다.

"〈아이스반〉."

먼저 땅을 얼렸다.

그리고 몸의 후면 전체에서 〈워터 제트〉가 뿜어져 나오는 이미지를 머릿속에 그렸다.

"〈워터 제트 256〉."

료가 현재 생성할 수 있는 〈워터 제트〉의 최대 수 256개가 후면 전체에서 나오는 이미지를 상상했다. 그리고 실제로 나왔다. 하지만…….

"나아가질 않아……."

찔끔, 정도도 아니었다. 정말 아주 조금 움직인 느낌이 든다, 하는 정도로 움직였다.

료는 무릎을 꿇고 털썩 주저앉더니 두 손을 땅에 대고 절망의 포즈를 지어 보였다.

"졌다……."

뭔가에 진 것 같다…….

1분 뒤…….

"뭐, 지금은 아직 안 된다는 거겠지……. 256을 1024 정도까지 사용할 수 있게 되면 나아갈 가능성은 있어!"

료는 다시 일어섰다.

그리고 재차 달리기 시작했다.

◆

닐스, 에토, 아몬 세 사람은 룬의 던전 4층에 있었다.

이 층에서는 고블린이 나온다. 고블린 한 마리는 별것 아니다. 3층까지 나오는 레서 울프와 비교해도 한 마리뿐이라면 쉽게 쓰러뜨릴 수 있을 정도다.

다만 고블린은 무기를 들고 집단으로 덮쳐 오는 경우가 있다. 무기는 대개 날이 빠진 검이나 부러진 창 등이지만 활을 사용하는 고블린도 드물게 있다. 더 드물게는 마법을 쓰는 고블린도 있다.

그러한 희귀한 고블린을 제외하고는 포위당하지만 않으면 쓰러뜨리기 쉬운 마물이다. 다만 소재는 아무것도 얻을 수 없다. 아무것도 매입할 수 없는 것이다. 마석 이외엔.

"검사가 한 명 많으니까 사냥 속도가 다르네."

닐스가 쓰러뜨린 고블린의 마석을 채취하며 호쾌하게 웃었다.

"그러게. 특히 고블린이라면 그게 더 두드러지는 것 같아."

에토는 신관이었기에 전투 중에는 회복에 전념했지만 그 외엔 소재와 마석 채취를 도왔다. 사실 셋 중에 제일 능숙하기도 했다.

"레서 울프에 비하면 고블린은 움직임이 느려서 쓰러뜨리기 쉬운 것 같아요."

아몬은 닐스나 에토에 비하면 아직 마석 채취에 익숙하지 않았다. 그래도 조금씩 경험을 쌓고 있었다.

"좋아, 좀 쉬다 가자."

닐스의 말에 세 사람 모두 바위를 등지고 휴식을 취했다. 그렇다고 해도 여기는 던전이다. 몸을 쉬고 있을 뿐이지 정신적인 피로는 전혀 풀리지 않는다. 그래도 적당한 휴식을 취하는 것은 중요하다.

닐스는 잔여 체력을 꽤 넉넉하게 잡아두는 타입의 모험자였다. 그것은 던전을 이제 막 오가기 시작한 아몬에게는 매우 고마운 일이었다.

"아몬, 물은 당연하지만 소금도 섭취해둬."

그리고 케어역이기도 했다.

"그러고 보니 어제 뛰고 나서도 말씀하셨죠, 소금."

"오, 땀 흘린 뒤에는 물과 소금을 섭취하면 좋대. 우리 마을의 전언이지."

"어머니의 여신이여, 그 치유의 손길을 내리소서 〈레서 힐〉."

에토가 상처를 입은 아몬의 팔을 치료해 주었다.

"후, 지금 건 좀 위험했네."

닐스는 활을 가진 고블린 아처에게서 마석을 채취하고 있었다.

그랬다. 지금 쓰러뜨린 무리 중엔 활을 사용하는 고블린이 있었던 것이다.

이곳은 아까보다 더 나아간 5층이라고는 하지만, 고블린 아처를 지닌 집단과 조우했다는 보고는 없는 층이다.

"좋은 경향은 아니지. 5층에서 고블린 아처라니. 세 마리인 집단이라 어떻게든 해치울 수 있었지만."

에토가 아몬을 치료하고 있을 때 닐스는 쓰러뜨린 세 마리에서 마석을 꺼냈다.

"좋아, 오늘은 이제 땅으로 돌아가자. 좀 이르지만 셋이 나눠도 다른 때 이상으로 받을 수 있을 테니까 말야."

호쾌하게 웃는 닐스.

살아남는 것이 가장 중요하다. 아벨에게 들을 것도 없이 닐스는 생명의 소중함을 잘 알고 있었다. 그것은 과거의 경험에서 기인한다.

무리를 해서는 안 된다. 반드시 여력을 남긴 상태로 안전지대로 돌아간다.

그것의 중요함을 닐스는 알고 있었다.

10호실의 3명이 5층에서 올라온 지 한 시간 후.

같은 5층에서 E급 파티 『영원한 파도』는 궤멸 상태였다.

"왜 5층에 이런 고블린이 있는 거야, 말도 안 돼!"

"마력이 다 떨어져 가요……. 더는 못 해……."

"으윽…… 젠장……."

"도와……."

"……."

다섯 명의 E급 모험자는 영원한 잠에 빠졌다.

◆

"니나 씨……."

"아, 닐스 씨랑 다른 분들도, 어서 오세요. 오늘은 빠르네요."

"오, 오늘도 아름다우심다."

횡설수설하며 거의 쓰러지기 직전인 닐스의 뒤통수를 가볍게 가격한 에토가 그의 입을 다물게 했다.

"빨리 돌아온 건 5층에서 고블린 아처가 나와서 그래요."

그렇게 말한 에토는 고블린 아처에게서 꺼낸 마석을 니나에게 보여주었다.

고블린과 고블린 아처의 마석 차이는 크기에 아주 근소한 차이만 있을 뿐이다. 하지만 그녀는 접수 담당 니나. 한눈에 에토가 내놓은 마석이 일반 고블린의 것이 아니라 고블린 아처의 것임을 알아차렸다.

"확실히 이건 고블린 아처의 마석이네요……. 5층에서 나왔다는 보고는 최근 몇 년 동안은 없었어요. 바로 길드 마스터에게 보고하겠습니다. 나중에 게시판 주의사항에도 적어놓을게요. 알려주셔서 감사합니다."

그렇게 말하고 니나는 접수를 나와 길드 마스터에게 보고하러 갔다.

"아, 니나 씨……."

닐스는 아직도 멍한 상태였다.

"하아……. 닐스, 가자. 마석 매입해야지."

그렇게 말한 에토는 아몬과 함께 마석 매입 창구로 닐스를 끌고 갔다.

길드 마스터의 집무실에 노크 소리가 울려 퍼졌다.

"들어와."

"실례합니다."

룬의 길드 마스터 휴 맥글러스는 평소처럼 서류와 씨름하고 있었다.

험상궂은 얼굴의 거한인 휴는 얼핏 보면 서류 작업과 인연이 없는 사람처럼 보이지만 그것은 큰 오해다.

애초에 변경 최대 도시 룬의 모험자 길드 마스터가 서류 일을 못 하는 것이 더 이상했다. 남들보다 더 많은 처리 능력을 갖고 있지 않으면 이 거대한 조직은 굴러가지 않을 것이다.

"마스터, 보고드릴 것이 있습니다. 조금 전 F급 모험자 닐스 씨, 에토 씨, 아몬 씨의 파티가 던전 5층에서 고블린 아처와 조우했다는 사실이 접수처에 보고됐습니다."

니나는 휴가 서류를 훑어보고 있는 상황임에도, 그리고 특별히 신호를 준 것도 아님에도 보고를 시작했다. 하지만 이것은 룬의 모험자 길드 직원 전원이 똑같이 그렇게 하고 있었다. 휴가 그렇게 하라고 지시했기 때문이다.

"고블린 아처가 5층에? 그건 10층 아래에서나 나오는 거잖아."

"네, 맞아요."

그가 서류를 보던 것을 멈추고 선 채로 보고하는 니나를 올려다보았다.

"이번의 조짐일 수도 있겠군. 지금 거리에 있는 B급 파티는?"

"붉은 검과 백의 여단입니다."

"여단에는 펠프스쪽『일군』이 있나?"

"네, 그저께 원정에서 돌아왔으니 아직 있을 겁니다."

니나는 망설임 없이 대답했다.

"좋아, 붉은 검과 백의 여단, 양쪽 다 와달라고 해. 한 시간 뒤에 여기 집무실에서 의뢰를 할 거다."

◆

"여단도 있는 거지? 난 좀 껄끄럽던데…….."

"여기까지 와서 무슨 소리예요. 어렸을 때부터 알고 지냈잖아요?"

"하여간 아벨은 늘 말이 많다니까. 조금은 워렌을 본받는 게 어때?"

"……."

물론 워렌은 여느 때처럼 말이 없다.

이곳은 길드 마스터 집무실 앞 복도. 아벨, 리햐, 린, 워렌이 길드 마스터의 지명을 받아 집무실로 향하고 있었다.

"하아……."

아벨은 한숨을 쉬며 집무실 문을 두드렸다.

"들어와."

"실례합니다."

그렇게 말한 아벨은 집무실로 들어갔다.

그곳에는 예상했던 대로 길드 마스터인 휴, 백의 여단 단장 펠프스와 부단장 셰나가 있었다.

"어서 와, 아벨."

펠프스가 담백한 어조로 말을 건넸다.

키는 190센티미터인 아벨과 비슷하지만 더 날렵했다. 나이는 24살, 금발에 푸른 눈, 그리고 미남.

그 인기는 실로 엄청났다.

아벨은 남녀 모두에게 높은 인기를 자랑하지만 펠프스는 비정상적일 정도로 여성들에게 인기가 많았다. 물론 그렇다고 남성들에게 미움을 받고 있는 것은 아니다. 그저 남자들의 질투가 있을 뿐이다. 다만 모험자로서는 모두에게 존경을 받고 있었다. 그 정도의 성과를 지금까지 거둬왔기 때문이다.

"안녕, 펠프스 군."

떫은 얼굴로 인사를 건네는 아벨.

"아벨은 늘 그렇게 인사하더라."

미소 지으며 대답하는 펠프스.

붉은 검 네 명이 자리에 앉자 휴가 입을 열었다.

"붉은 검, 백의 여단, 이렇게 다 모여줘서 고맙다. 직원에게서 간략한 설명은 들었겠지만 던전 5층에서 고블린 아처가 확인됐다."

"마스터, 그 정보의 정확도는?"

"백 퍼센트다. F급 모험자 3명이 아처를 포함한 3마리의 집단을 쓰러뜨리고 마석을 가져왔다. 접수처에서 아처의 마석인 것으로 확인됐어."

펠프스의 확인에 휴는 백 퍼센트라고 대답했다.

"F급에서 아처를 포함한 집단을 사냥하다니 앞날이 기대되네."

아벨이 만족스러운 얼굴로 말했다. 우수한 후배의 존재는 선배로서 기쁜 법이다.

"리더인 닐스의 판단이 정확했지. 아마 오래 가는 모험자가 될 거야."

휴가 단언했다.

"닐스? 혹시 그 두 사람 료의 룸메이트야?"

"맞아. 닐스, 에토, 아몬 세 사람은 료의 룸메이트지. 뭐야, 아벨은 알고 있었나?"

"아니, 저번에 잠깐 얘기를 나눈 것뿐이긴 하지만……."

'살아남는 것의 중요성을 안다면 좋은 모험자가 되겠지.'

식당에서 만났을 때의 모습을 떠올린 아벨은 살짝 미소 지으며 작게 고개를 끄덕였다.

"알겠습니다. 정보는 확실하군요. 그래서 저희에게 의뢰하는 건 구체적으로 어떤 것입니까?"

펠프스가 먼저 물었다.

"음. 붉은 검과 백의 여단은 던전으로 들어가 『대해소』의 발생 여부를 확인해 줬으면 한다."

대해소라는 단어를 듣자 그 자리에 있던 모두에게 긴장감이 감돌았다.

대해소란 룬의 던전에서 몇 년에 한 번 발생하는 마물의 폭발적 증가 현상. 그 전조는 원래라면 더 깊은 계층에 있어야 할 마물이 위쪽 계층에서 여러 번 나오는 것이었다.

다만 실제로는 솔저 앤트를 1층에서 보는 경우가 있듯이, 개미 계통은 던전 내에 수혈을 파고 상위 계층에 나타나기도 했다. 그래서 솔저 앤트가 1층에 나타났다는 보고는 반년 전부터 있었지만 그것을 대해소와 결부시키지는 않았다.

하지만 이번에는 고블린 아처. 본래라면 10층 이하에 있어야 할 고블린 아처가 5층에서 발견되었다. 충분히 대해소의 전조일 가능성이 있었다.

게다가 지난번 대해소 이후 10년이 지나려 하고 있다. 사실상 언제 대해소가 일어나도 이상하지 않았다.

"보수는 선금으로 금화 백 장, 돌아온 뒤 이백 장을 각각 지급하겠다."

"길마스, 다시 한번 확인하는데, **발생 여부를 확인**하면 되는 거죠?"

아벨이 의뢰 내용을 재차 확인했다.

"그래, 발생 여부를 확인해줘."

"만약 발생했다면?"

이번에는 펠프스가 이후의 대응을 확인했다.

"발생을 확인하면 곧바로 지상으로 귀환 후 보고할 것. 출장소에는 나도 있을 거다. 던전 입구는 포기하고 지상에서 길드와 변경백령 기사단이 이중 방벽을 이용한 요격을 실시한다. 이미 이번 확인 의뢰와 이후 요격안에 대한 사항은 변경백에게 보고해뒀어."

그 말을 듣고 모두가 더욱 긴장했다.

변경백에게 요격안까지 보고가 들어갔다는 것은 휴는 이미 대해소의 발생 자체를 확신하고 있는 것이나 다름없었다.

"내일 오전에는 들어가 줬으면 한다. 아마 모레에는 룬의 거리에 있는 모험자 전원에게 길드 대기 명령이 떨어지겠지. 길드 내 게시판에도 내일 이후로 던전 탐색은 금지라는 벽보를 붙여둘 거야. 물론 던전 옆에 있는 출장소에서도 내일 이후에는 던전으로 내려가는 걸 막을 예정이다."

휴는 쓸 수 있는 수단은 모두 마련해놓은 상태였다.

험상궂은 거한이라 뇌 속까지 근육이 아닐까 생각하기 쉽지만 그는 룬의 거리 길드 마스터이자 전직 A급 모험자다. 뇌 역시 일류가 아니면 불가능한 일이다.

"붉은 검, 백의 여단, 이 의뢰를 맡아줄 수 있겠나?"

"아아, 붉은 검은 그 의뢰, 맡을게."

"백의 여단, 의뢰를 맡겠습니다."

대해소

다음 날 화요일, 9시가 넘은 시각.

료는 밑져야 본전이라는 심정으로 악마에 관한 자료를 찾기 위해 남쪽 도서관으로 향했다.

료와 함께 아침 식사를 마친 10호실의 세 사람은 길드 게시판 앞에 있었다.

닐스, 에토는 화요일은 지상 의뢰를 받는 날이다. 그래서 아몬도 거기에 합류하기로 했다. 지상 의뢰도 함께 병행하지 않으면 E급으로 올라가는 것이 상당히 늦어지기 때문이었다.

게다가 던전에 이틀 연속 들어가는 것은 정신적인 이유로 권장하지 않는다.

뭐, 그런 이유로 지상 의뢰를 받기 위해 길드의 의뢰 게시판을 보러 온 것인데…….

"던전 출입 금지, 라고 적혀 있네요, 저 주의서에."

아몬이 의뢰 게시판 끝에 붙어 있는 주의서를 읽었다.

"아아, 적혀 있네……."

어제 접수 담당 직원인 니나는 고블린 아처가 5층에서 발견되었으니 주의하라는 주의서를 붙이겠다고 했는데…… 어째서인지 던전 출입 자체가 금지되어 있었다.

"그 후에 뭔가 추가로 정보가 들어온 걸까요?"

에토도 고개를 갸우뚱했다.

비슷한 시기, 룬의 거리 중앙부에 있는 던전 입구.

그 지상 입구 앞에 붉은 검 4명, 백의 여단 20명이 모여 있었다.

"안녕, 펠프스 군. 스무 명이라면 여단의 절반이잖아. 나머지 절반은 안 들어가는 거야?"

"좋은 아침이야, 아벨. 이번 스무 명은 모두 C급 이상 모험자다. 위험하다는 걸 아는 상황에서 D급 모험자를 데려갈 수는 없으니까 말야."

백의 여단은 총 40명으로 구성된, 파티라기보다는 조직이나 집단으로 일종의 클랜에 가까웠다.

다만 아무나 들어갈 수 있는 것은 아니다. D급 이상의 모험자여야 하고, 더해서 펠프스가 인격적으로 문제가 없다고 인정한 자만이 소속될 수 있는 조직이다.

그중에서도 단장 펠프스, 부단장 셰나를 중심으로 한 최정예 6명은 휴에게 『일군』이라 불리는, 전원이 B급으로 구성된 B급 파티였다.

"오, 양쪽 다 벌써 모였군."

평소엔 거의 길드 본부에서 살다시피 하는 휴가 출장소에서 나왔다.

"별일이네, 길마스가 출장소에 다 있고."

아벨이 무척 진귀한 것이라도 보듯 휴를 바라보았다.

"너희들이 돌아오면 바로 판단을 내려야 하니까. 어제 말한 대로 오늘은 이쪽 출장소에 있을 거다. 자, 그럼 들어가 주겠어?"

그렇게 말한 휴가 문지기에게 문을 열라는 지시를 내리려고 했다.

"잠깐만, 길마스."

"응? 뭐지, 아벨?"

"좀 불길한 예감이 들어. 린, 바람 마법 〈탐사〉로 1층을 탐색해줘."

"알았어~."

그렇게 말한 린이 문 앞에 서서 영창했다.

"생명의 고동과 존재를 우리 곁으로 이끌어다오 〈탐사〉."

린이 보낸 탐사의 파동이 확대되어 갔다.

문 너머 백 개의 계단을 내려간 그 끝, 1층의 홀로 파동이 흘러나간 순간 린의 안색이 달라졌다.

"1층 공간에 반응 다수. 수백이 훨씬 넘어가는 숫자야."

"벌써 대해소가 거기까지 온 건가."

"빌어먹을. 전원 대피! 제1 방벽 위로 대피한다. 기사단 본부, 길드 본부로 연락. 대해소가 이미 일어났다. 마물이 나온다."

출장소 직원을 포함한 모두가 방벽 계단으로 향했다. 기사단 본부에 연락하는 자는 북쪽으로, 길드 본부에 연락하는 자는 남쪽으로 달렸다.

◆

"마스터, 전원 방벽 안으로 대피 완료. 방벽 입구 봉쇄 완료했습니다.”

그 보고를 마치는 순간 던전 입구의 문이 날아갔다.

“왔군……”

본래 지구에서 존재하는 대해소란 아마존 강의 대규모 역류인 포로로카를 가리키는 경우가 많았다. 무수히 많은 생물들이 일제히 강을 거슬러 올라오는 듯한 모습의, 웅장하고도 무서운 광경을 말한다.

이『파이』, 그리고 룬의 거리에 존재하는 대해소 역시 그 무시무시함에서는 뒤지지 않았다. 혹은 끔찍하다는 점에서는 월등히 앞설지도 모른다.

던전 입구, 이중 방벽으로 둘러싸인 곳은 결코 좁지 않다. 육상 경기장의 400미터 트랙 정도는 된다. 남북 75미터, 동서 150미터 정도의 타원에 가까운 형상.

하지만 그곳의 한쪽에서는 마물이 넘쳐나고 있었다.

입추의 여지도 없다는 것이 그야말로 이런 것일까. 너무나도 많은 숫자에 붉은 검도 백의 여단도 누구 하나 목소리를 내지 못했다.

그리고 그것은 지난번의 대해소를 실제로 보았을 길드 마스터 휴 맥글러스도 마찬가지였다.

‘뭐야 이 수는……. 저번에는 이 정도까지는 아니었다고. 게다가 아직 안쪽에 더 우글거리고 있을 텐데.’

예상보다 마물이 많아 휴의 등으로 서늘한 땀방울이 흘러내렸다.

그렇지만 할 일은 정해져 있다.

마물의 섬멸.

그것을 못 하면 이 마물들이 거리에 넘쳐날 것이고 룬의 거리는 궤멸할 테니까.

"되도록이면 원거리 공격으로 줄여나간다. 마법과 활로 공격해라. 전위는 놈들에게서 날아오는 화살을 베어내고 마법사와 궁사를 지키도록."

모험자에서 은퇴한 지 9년, 대부분의 시간 동안 서류와 격투를 일삼고 있다고 해도 그는 전직 A급 모험자다. 경험해 본 수라장의 횟수는 여기 있는 누구보다 많다.

붉은 검도 백의 여단도 우수한 집단이지만 길드 내에서 뚜렷한 서열이 있는 것은 아니었다. 그렇다면 여기선 길드 마스터가 지휘하는 게 가장 혼란이 적을 것이다. 지휘 계통의 단일화, 싸우기 위해서는 절대적으로 필요한 암묵적 약속이었다.

휴의 구령 아래 전투가 시작됐다. 전투라기보다 일방적인 학살. 10미터는 족히 될 것 같은 방벽 위에서 붉은 검과 백의 여단이 마법과 화살로 공격했다.

산발적인 반격도 있었다. 대다수의 고블린 안에 고블린 아처가 일부 섞여 있었기 때문이다. 하지만 그들이 쏜 화살은 대부분 방벽 위까지 닿지 않았다. 간신히 닿았더라도 검사와 방패기사들에 의해 완전히 튕겨 나가고 있었다.

붉은 검과 백의 여단이 진을 치고 있는 곳은 남쪽 방벽. 북측은 다른 이들이 방위에 나섰다.

그리고 전투가 시작된 지 10분 만에 북쪽 방벽에 기다리고 기다리던 원군이 나타났다. 룬 변경백령 기사단이다.

"원거리 공격으로 가능한 한 수를 줄여라."

기본적인 방식은 모험자들과 같다.

물론 길드 마스터인 휴가 기사단장 네빌 블랙과 전날 협의를 끝마쳤기 때문이다.

'바빴지만 어제 대화를 끝내두길 잘했어…… '

휴는 진심으로 그렇게 생각했다. 기사의 명예 같은 이유로 갑자기 돌격 당해서 아군의 수가 줄어드는 일이라도 생기면 큰일이었다.

'뭐, 네빌은 딱히 그런 것에 대한 집착은 없는 것 같지만.'

◆

아주 조금만 시간을 거슬러 올라간다.

던전 입구의 이변이 모험자 길드로 전해졌을 때, 길드 안에는 상당수의 모험자가 있었다.

오늘 던전으로 들어가려던 사람들.

오늘 지상 의뢰를 받으려고 했던 사람들.

둘 다 비정상적인 무언가가 일어나고 있다는 것은 느끼고 있었다. 그것을 다른 파티와 이야기하거나 정보를 교환하거나 하고 있었다.

정보의 중요성에 대해선 A급 모험자든 F급 모험자든 너 나 할 것 없이 누구나 잘 알고 있다. 애초에 현재 룬의 거리에 현역 A급 모험자는 없지만…….

그러던 중 전령이 들이닥치더니 외쳤다.

"대해소 발생! 마물이 지상으로 나온다."

그 말만으로 주저 없이 몸을 움직인 것은 C급, D급 모험자들이었다. 곧바로 무기를 들고 길드를 뛰쳐나와 던전 입구를 향해 달린다. 남겨진 E급, F급 모험자들도 오래 망설일 필요가 없었다. 길드 직원의 목소리가 울려 퍼졌기 때문이다.

"대해소는 던전에서 마물이 쏟아져 나오는 현상입니다. 이는 최고 레벨의 긴급 퀘스트입니다. 여러분도 던전 입구 주위에 있는 방벽 위에서 하는 공격이라면 가능하실 겁니다. 서둘러 가주세요."

어떻게 해야 할지 망설이던 모험자들도 그 말을 듣고 일제히 움직이기 시작했다.

길드에서 정보를 교환하던 닐스, 에토, 아몬도 던전 입구로 향하게 되었다.

방벽에서는 길드가 비축해두고 있던 활과 화살을 나눠주었다. 길드 본부에 다 놔두기엔 상당한 양이었기 때문에 미리 옮겨 놓은 것이었다.

그게 지금 여기서 힘을 발휘했다.

일단 화살이 떨어질 걱정을 하지 않고 마음껏 쏠 수 있었다. 아무리 쓰러뜨려도 마물이 사라질 기미가 보이지 않았기에, 이는 심리적으로도 매우 크게 작용했다.

"젠장, 전혀 줄어들지를 않잖아."

아벨은 투덜거리면서도 손은 쉬지 않고 계속 화살을 쏘았다.

본래 아벨은 검사였지만 이 수준의 모험자가 되면 근거리, 중거리, 원거리 모두에서 나름대로의 공격 수단을 갖추게 된다. 당연히 아벨의 활은 평균을 훨씬 넘어선 수준이었다.

또 그 옆에서 신관 리햐 역시 화살을 쏘고 있었다. 아벨에게는 뒤지지만 그리 멀지 않은 위치에 있는 고블린을 겨냥해 공격하며 말했다.

"지구전이네요. 하지만 이 고블린들을 쓰러뜨리지 않으면 거물이 나오지 않을 거 아녜요?"

거물…… 이번 대해소는 고블린이 중심인 것으로 보였다. 그렇다는 것은 최종적으로 고블린 제너럴을 쓰러뜨리면 끝날 것이다. 반대로 말하면 아직 던전에서 나오지 않은 제너럴을 쓰러뜨리지 않는 한 끝나지 않는다고도 할 수 있었다.

"린, 아직 한참 남았어. 마지막에는 우리나 **여단**이 돌진해서 쓰러뜨릴 테니 마력은 비축해둬."

"알았어~."

"그래도 만약 이 녀석들을 일격에 없앨 수 있는 마법이 있다면 써도 되는데?"

"있을 리가 없잖아! 알면서 일부러 말하지 마!"

풍속성 마법사 린은 주저앉은 채 마력 회복에 전념했다. 이런 상황에서 마법은 아무래도 화살에 비해 전투를 계속하는 능력에서 뒤처지고 만다.

붉은 검과 조금 떨어진 곳에서는 창기사인 백의 여단 단장 펠프스가 마찬가지로 당연하다는 듯이 화살을 쏘고 있었다. 그 옆에서는 마법사 부단장 셰나도 화살을 쏘고 있다.

뒤이어 합류한 여단원 20명까지 갖춰지며 전원 40명이 방벽 일각에 진을 치고 원거리 공격을 감행했다. 그중 30명 정도가 화살을 쏘고 있다. 본업이 궁사인 사람은 다섯 명뿐이지만 지금은 질보다 양이 필요한 상황이었다.

"각자 수분 보충을 게을리하지 마라. 고블린과 몇 안 되는 고블린 아처만 나왔다. 갈 길이 멀다."

화살을 쏘는 손을 멈추지 않은 채 정확한 지시를 내리는 펠프스.

여단원 중에는 벌써 수십 분 동안이나 화살을 쏜 탓인지 활시위를 당기지 못하는 사람도 생겨나고 있었다.

본업이 궁사가 아니기 때문에 아무래도 이상한 곳에 과하게 힘이 들어가고 마는 것이다. 그것을 신관이 마법으로 회복해 다시 전선으로 되돌리기를 반복한다.

하지만…… 아직 끝은 보이지 않았다.

◆

휴는 지휘를 하면서 보고를 기다리고 있었다.

'우수한 우리 직원들이라면 슬슬 돌아올 때가 됐는데…….'

"마스터!"

방벽 밖의 거리에서 휴를 부르는 소리가 들렸다.

"왔구나!"

"거리 남쪽에 있는 모든 무기상에서 화살을 조달해 왔습니다. 수는 대략 8만입니다."

"오~."

휴의 주변에 있던 길드 직원과 모험자들에게서 감탄이 쏟아졌다.

"좋아. 당장 모험자들에게 나눠줘."

"마스터, 북쪽 조달부대도 7만 가까운 화살을 조달. 지금 기사단 앞으로 옮기고 있다는 보고가 왔습니다."

"좋아, 좋아! 아직 한동안은 원거리에서만 싸울 수 있겠어."

그동안 닐스, 에토, 아몬 세 사람은 무엇을 하고 있었는가.

에토는 신관으로서 방벽 위의 파티 사이를 돌아다니며 회복을 해주고 있었다.

닐스와 아몬은 화살을 각 파티에 나눠주고 있었다.

"아벨 씨, 거리 무기상에서 조달한 화살입니다."

닐스는 통에 가득 찬 화살을 두 통, 붉은 검 앞으로 운반해 왔다.

"오, 닐스구나. 덕분에 살았어. 슬슬 화살이 다 떨어져 가던 참이었거든."

아벨이 힐끔 닐스 쪽을 돌아보며 고개를 끄덕였다.

"그리고 길드 마스터의 전언입니다. 붉은 검은 마지막에 돌격하러 들어가야 하니까 그렇게 알아둬, 라고 합니다."

그 말을 듣고 아벨은 크게 웃었다.

"그렇겠지. 알았다고 길마스에게 전해줘."

"네. 그럼 무운을 빕니다."

그렇게 말한 닐스는 발길을 돌려 휴에게 아벨의 대답을 전하기 위해 달려갔다.

"정말이지, 보급의 중요성을 싫어도 느낄 수밖에 없네."

전투가 시작된 지 4시간 만에야 고블린의 파도가 끊기기 시작했다.

하지만 거의 같은 타이밍에 모험자의 화살도 기사단의 화살도 다 떨어지려 하고 있었다. 양쪽 다 거리에서 모아온 화살이다. 더 이상의 보충은 없다.

드디어 방벽을 내려와 근접전에서 결판을 내야 하는 상황이 다가오고 있었다.

"선두는 붉은 검과 백의 여단. 고블린 메이지도 나오고 있으니 조심해라."

휴가 지시를 던졌다.

고블린 메이지란 공격 마법을 쓸 수 있는 고블린으로, 극히 드물게 태어나는 종을 말한다.

"적과 백이 먼저 길을 뚫고 그곳으로 C급, D급 파티가 돌진해서 넓혀나간다."

"마스터, 북쪽 방벽이!"

휴가 길드 직원이 가리키는 북쪽 방벽을 보았다. 방벽 안으로 내려가는 문을 열고 고블린과 근접전을 벌이기 시작한 것이다.

"쳇. 기사단은 벌써 화살이 다 떨어진 건가. 좋아, 이쪽도 간다. 다들, 대해소를 때려부수는 거다!"

"오!"

모험자들에게서 큰 함성이 터져 나왔다.

필요하다는 것을 이해는 하고 있다. 그래도 계속 원거리 공격만 해서는 불만이 쌓일 수밖에 없었다. 역시 마지막은 근접전! 그렇게 생각한 모험자가 대다수였으리라.

그리하여 남쪽 방벽의 문도 열렸고, 아벨과 펠프스를 선두로 붉은 검과 백의 여단이 고블린 떼를 향해 돌격했다.

아벨은 검을 맞부딪히는 일도 없이 일격에 고블린을 도살해 나갔다.

펠프스도 창을 찌르거나 휘둘러서 광범위하게 고블린을 제압해 나간다.

워렌은 방패로 고블린을 치고 세나는 관통력 높은 불꽃 창으로 아벨과 펠프스가 돌진할 수 있는 길을 만들어냈다.

"이제 곧 고블린이 끊깁니다. 메이지가 올 거예요."

리햐의 지시가 날아왔다.

그리고 고블린의 파도가 끊어짐과 동시에 고블린 메이지가 쏘아 올린 〈파이어 애로〉가 날아왔다.

이는 바람 마법의 〈소닉 블레이드〉와 같은, 범위 공격에 사용되는 마법이다. 발사된 한 발의 불꽃 화살이 도중에 다섯 개의 화살로 분열되어 상대를 덮쳤다.

세 개는 아벨에게, 두 개는 펠프스에게.

워렌이 아벨 앞으로 나와 그 거대한 방패로 불꽃 화살을 막았다.

"흙이여 방패가 되어 부정한 것을 막아다오 〈클레이 월〉."

불꽃과 흙이라는 두 가지 속성을 조종할 수 있는 부단장 셰나의 흙벽이 펠프스 앞에 생성되며 이쪽도 불꽃 화살을 막아냈다.

그때 고블린 메이지들이 있는 던전 입구 부근에 도달한 것은 붉은 검과 백의 여단뿐이었다. 앞서 근접전을 행하고 있던 기사단은 접근하지 못하고 발이 묶였다.

아벨이 그 상황을 인식한 순간, 던전 입구에서 나온 거대한 고블린이 눈에 들어왔다.

"고블린 제너럴……."

다른 고블린과 달리 제너럴은 장군이라는 호칭이 붙어 있을 만큼 개체의 전투력이 비정상적으로 높았다.

B급 모험자도 간신히 일대일로 싸울 수 있을 정도…….

하지만…….

"고블린 제너럴이 세 마리……."

부단장 셰나가 중얼거렸다.

사실 처음 그 목소리를 들은 아벨은 놀랐지만 여기서 셰나 쪽을 돌아볼 수도 없었다.

"고블린 제너럴이 여러 마리 있다는 건……."

"그래, 안쪽에 킹이 있다는 거야."

재차 확인하듯 묻는 펠프스의 말에 아벨이 대답한다.

고블린 킹. 수십 년에 한 번 중앙 연방에서 존재가 확인된다고 하는 고블린의 돌연변이종. 수만 마리의 고블린을 이끌고 도시를 멸망시켰다는 기록도 남아 있었다.

이번 고블린도 만이 넘는 수였으니 앞서서 킹의 존재를 상정했어야만 했다……. 하지만 지금까지 던전에서 고블린 킹이 태어났다는 기록은 없었다.

"솔직히 킹이 얼마나 강한지는 모르겠어. 모르는 이상 녀석이 나오기 전에 이 제너럴들은 쓰러뜨리는 수밖에 없겠지."

"동감이야."

아벨과 펠프스가 서로의 생각을 확인했다.

"나랑 펠프스가 한 마리씩, 나머지 한 마리를 다른 전원이 부탁한다."

아벨의 지시로 제너럴 3마리와의 전투가 시작되었다.

근접 전투뿐이라면 아벨과 펠프스 모두 제너럴을 압도했다. 하지만 거기서 타이밍 좋게 고블린 메이지의 마법이 날아온다. 그래서 좀처럼 제너럴에게 치명상을 입히지 못했다.

제너럴이 내리치는 검격을 아벨은 검으로 받지 않고 피했다. 그리고 피한 곳에 마검을 박아 넣었다.

"갸아아아아악."

제너럴의 외침이 주변에 울려 퍼졌다.

전황은 아벨뿐만 아니라 펠프스도 제압하고 있었다.

'느낌이 나쁘지 않아.'

그러나 다음 순간 불길한 감각을 느낀 아벨이 던전 입구를 바라보았다.

그곳에는 제너럴을 초월하는 거한의 고블린이…….

그 녀석이 팔을 휘둘렀다.

'위험해!'

검사의 촉으로 외친다.

"엎드려!"

붉은 검도 백의 여단도 무슨 말인지 이해하지 못했을 것이다.

하지만 그들은 수많은 수라장을 헤쳐온 자들.

모두가 순식간에 땅 위로 엎드렸다.

그 순간 세 마리의 고블린 제너럴들의 몸체가 위아래로 절단되었고, 절단시킨 무언가가 엎드린 모험자들의 머리 위를 지나갔다.

'제너럴이랑 한꺼번에 우릴 죽이려 한 거냐고……'

아벨은 몸을 떨었다.

투명화 풍속성 공격 마법 〈에어 슬래시〉……. 하지만 킹이 쏜 것은 〈에어 슬래시〉 이상의 스피드에, 〈에어 슬래시〉와는 비교할 수도 없는 절단력, 〈에어 슬래시〉와 달리 영창조차 하지 않았다.

'혹시 마법이 아닐…… 가능성도 있지 않을까? 팔을 흔든 것뿐이니까…… 어느 쪽이든 갈 수밖에 없어.'

"나랑 펠프스가 돌진한다."

그렇게 말한 아벨이 킹에게로 향했다. 그와 거의 동시에 펠프스도 앞으로 나갔다.

아벨은 근거리, 펠프스는 창을 통한 중거리 공격. 킹은 검과 방패를 들고 지극히 정통에 가까운 근접전을 펼쳤다.

정통적이지 못한 것은 그 일격의 무게였다.

"크으."

저도 모르게 아벨이 신음을 흘렸다.

너무 빠른 검의 속도에 미처 피하지 못하고 받아넘기자, 그 검의 묵직함에 소리가 새어나온 것이다.

하지만 아벨이 검을 맞대는 동안에도 펠프스가 창을 찔러 대미지를 주고 있었다. 아벨의 검만큼이나 붉게 빛나는 창으로.

마창.

붉은 검과 백의 여단 가운데 마검이나 마창 종류를 갖고 있는 것은 아벨과 펠프스뿐이다. 아벨이 둘이서 공격을 하겠다고 한 이유는 거기에 있었다.

아마 일반적인 무기로는 공격이 통하지 않을 것이라 판단했을 것이다.

그것은 킹보다 아래인 제너럴과 싸우면서 느낀 것이었다.

아벨과 펠프스의 공격은 통했지만 다른 이들의 공격은 그리 큰 피해를 주지 못했다. 그렇다면 제너럴의 상위 호환이라고 할 수 있는 킹이라면 더욱 그 경향이 강해지리라.

그리고 그것은 정답이었다.

화살을 포함해 일반적인 무기로는 고블린 킹의 피부에 조금도 손상을 줄 수 없었다. 아벨의 마검, 펠프스의 마창, 이걸로 싸울 수밖에 없었다.

형세는 두 사람이 아주 근소한 우위였지만, 단 한 번의 실수로도 쉽게 뒤집힐 수 있을 정도의 우위였다.

그리고 그 실수가 발생했다.

아벨이 발을 디딘 순간 발이 미끄러졌다.

"이런……!"

어떻게든 한쪽 무릎을 꿇어 자세가 완전히 무너지는 것은 막았다.

하지만 그와 동시에 킹이 백스텝으로 거리를 벌렸다.

그리고 팔을 휘둘렀다.

"엎드려!"

아벨이 그렇게 외치면서 본인은 킹을 향해 돌진했다.

"아벨!"

놀란 쪽은 펠프스.

하지만 이미 그는 땅에 엎드려 있었다.

어떻게 된 상황인가…….

"검기: 절영."

아벨이 검기를 날렸다.

절영…… 마법을 포함한 모든 원거리 공격을, 최소한의 움직임으로 피하는 기술. 이로써 킹이 쏜 투명화 공격을 피했다.

……완전히 킹의 지척까지 도달했다.

"투기: 완전 관통."

본래라면 목이나 머리에 꽂는 것이 가장 확실하지만 킹은 워낙 거구라 닿지 않는다. 그래서 아래에서 심장 부근을 향해 찔렀다.

"크아아아아아아."

통증 때문인지 분노 때문인지 킹이 소리쳤다.

하지만 튼튼한 킹은 아직 죽지 않았다.

"그건 이미 예상했어. 린, 나랑 같이 꿰뚫어 버려!"

아벨이 소리쳤다.

"〈배럿 레인〉."

워렌의 방패 뒤에 숨어 있던 린이 마지막의 트리거 워드만을 발동했다.

백 개가 넘는 투명화된 바람 탄환이 아벨과 킹을 향했다.

"검기: 절영."

그리고 다시 검기: 절영.

아군의 원거리 마법을 피한다.

하지만 깊은 상처를 입은 킹은 피하지 못했다.

"끄으……."

일반 무기로는 흠집 하나 나지 않는 킹의 피부.

하지만 풍속성 마법 중에서도 최상급, 무서울 정도로 영창이 길고, 사용하는 것이 현실적이지 않다고까지 여겨지는 〈배럿 레인〉이라면 별개였다.

이 마지막 일격을 위해 린은 방벽에서 내려온 이후 단 한 번도 마법을 쓰지 않았던 것이다. 놀라운 집념의 결과였다.

거의 무적의 관통력을 자랑하는 최상급의 풍속성 공격 마법. 이것은 천하의 킹이라고 해도 견디지 못했다.

무수한 바람의 총알이 몸을 관통하고…… 고블린 킹은 숨이 멎었다.

붉은 검과 백의 여단이 고블린 킹을 쓰러뜨린 것과 거의 동시에 광장 곳곳에서도 고블린 섬멸이 완료되고 있었다.

◆

"회수한 마석 수는 32,133개…… 고블린이라고는 하지만 정말 상당한 양이군. 도저히 룬의 거리 안에서 수습할 수 있는 수가 아니야."

휴가 한숨을 내쉬었다.

아벨이 고블린 킹을 쓰러뜨리는 순간 승리의 포즈를 취한 휴는 간신히 대해소를 극복했다는 것을 순수하게 기뻐했다.

하지만 룬의 거리의 길드 마스터로서의 일은 아직 끝나지 않았다. 그렇다기보다는 이제부터가 진짜였다. 아무도 대신해줄 수 없다는 의미에서는.

국가와 변경백에게 보고. 추가 서류 제출. 정기적으로 일어나는 대해소에 대비에 국가에서 대책비를 마련해 두고 있었기에 그것을 받기 위한 신청. 신청해도 허가가 나는 것은 반년 후이니 지금의 모험자들에게 줄 대체 보수. 화살을 제공해 준 무기상에게 줄 보상. 희생자들에게 줄 유족 위로금. 이번에 참전한 자들의 길드고사(考査) 플러스 심사. 대해소에 의해 부서진 설비, 시설 복구 계획, 그 자금의 조달, 그리고 길드 직원들에게 줄 일시금 등등…….

조금만 생각해도 속속들이 쏟아져 나오는, 아무도 대신해 줄 수 없는 일…….

'그건 그렇고…….'

휴는 수중에 있는 고블린 킹의 마석을 바라보았다. 주먹 반 정도 크기를 가진 연두색 마석.

'이 정도도 충분히 크고 상당히 높은 가치를 지닌 마석이다. 그렇게 따지면 아벨이랑 료가 들여온 와이번의 마석은 역시 그 이상…… 아니, 역시 와이번이라고 해야 하나.'

와이번의 마석은 주먹만 한 크기에 짙은 녹색이었다. 오래 살고 많은 경험을 쌓은 와이번들이었을 것이다.

색이 진하다는 것은 그런 의미였다.

'이번 킹이 연한 색의 마석이라는 건 태어난 지 얼마 되지 않았다는 얘기다. 오랫동안 던전 속에서 살아온 마물이 아니다, 라.'

대해소에 대해서는 아직 잘 모른다. 알고 있는 것은 정기적으로 발생하며, 발생할 때 늘어나는 마물의 종류도 한 종류라는 것 정도였다.

"아아, 이런……. 필시 연구하게 해달라고 학자들이 찾아오겠지…… 대해소 이후 한 달 동안 던전은 봉쇄다. 그 사이에 학자들이 오면 어떻게 해야 할지……."

길드 마스터의 고뇌는 끝이 없다…….

그렇게 고민하는 길드 마스터에 대해서는 아무도 신경 쓰지 않았고…… 길드 식당에서는 연회가 열리고 있었다. 몇 년에 한 번 있는 대해소를 무사히 이겨낸 것이다. 게다가 기록된 것 중 최대 규모인 대해소를 말이다.

그러니 알코올 절대 금지라고 명시돼 있는 길드 식당도 오늘만큼은 예외적으로 술이 제공되고 있었다. 오늘 밤 한정으로 음식, 음료 모두 길드 제공…… 이라기보단 이후 나라의 대책비로 보충이 될 예정이었다.

어느 쪽이든 오늘 대해소에 참가한 모험자도, 여러 가지 사정으로 참가하지 못한 모험자도, 혹은 애초에 대해소가 일어나고 있었다는 것을 몰랐던 모험자도 모두 참가하는 큰 연회였다.

그런 와중 료가 도서관에서 돌아왔다.

원래는 숙소로 직행하려 했지만 알코올 절대 금지인 길드 식당에서 누가 봐도 술에 취한 이들의 목소리가 들려왔다. 그것이 신기해서 살짝 입구를 통해 안을 들여다보니 아니나 다를까 대연회가 한창이었다.

통째로 사들인 것인지 술통에서 각자 제멋대로 자신의 잔에 술을 따르고 있었다. 그리고 주방에서는 차례차례 음식이 운반되었다.

그런 광경에 놀라서 당황하고 있는데 안쪽에서 료를 향해 오는 10호실의 세 사람을 발견했다. 료는 대연회의 중앙부를 피해 구석으로 빠져나가 세 사람에게 도달했다.

"료, 어서 와……."

예전에 술에 약하다고 했던 에토가 반쯤 잠에 든 채로 인사를 건넸다.

료를 손짓으로 부른 아몬은 미성년자라는 이유로 주스를 마시고 있었다.

"료 씨, 연회 시간에 맞춰 오셨네요! 오늘은 음식도 음료도 무제한이래요! 길드가 낸다고요."

기쁜 얼굴로 그렇게 말한 아몬은 뷔페처럼 음식이 차려진 테이블에서 많은 양의 음식을 자신의 접시에 담아 가져오고 있었다.

결코 부유하지 않은 모험가에게 있어서는 그야말로 천국일 것이다.

"료, 늦었네. 저기 있는 접시랑 잔을 들고 먹고 싶은 만큼 먹고 먹어도 된대."

마침 자신의 접시에 수북이 음식을 담아 온 닐스가 료에게 설명했다.

"이건…… 대체 무슨 연회죠?"

"아아, 역시 몰랐구나. 대해소말야. 오늘 대해소가 발생했거든. 그 왜, 초보자 강습 때 배웠지? 몇 년에 한 번 일어난다고 하는 그거."

"과연……. 그 대해소를 무사히 넘긴 의미에서 하는 대연회라는 거네요. 뭐, 우선은 제몫 먼저 가져올게요."

"그래, 가져와. 일주일 치 정도는 먹어둬야지!"

그렇게 말한 닐스는 한바탕 웃더니 맹렬한 기세로 먹기 시작했다. 그 옆에서는 아몬도 걸신이 들리면 이렇지 않을까 싶을 정도로 10대의 왕성한 식욕을 자랑하고 있었다.

료가 접시에 요리를 푸짐하게 담고 큰 잔에 와인까지 따라 돌아오자 닐스도 아몬도 한 번 다 먹은 상태였다. 물론 한 번이다. 나중에 다시 또 가져올 것이다.

"아벨 씨가 진짜로 굉장했다고!"

닐스는 대해소에서 아벨이 얼마나 맹활약했는지에 대해 설명하기 시작했다.

료는 먹으면서 귀를 기울였다.

검사이면서도 궁사 못지않은 활솜씨. 근접전에 돌입한 후에는 모험자들의 선두를 이끌며 활약. 그리고 마지막은 고블린 킹을 거의 쓰러뜨리는 대활약까지.

"거의?"

료는 먹으면서 재주 좋게 고개를 갸우뚱하고 움직였다.

"뭐, 뭐어 정확히는 린 씨의 마법이 숨통을 끊었지만. 그래도 아벨 씨가 검을 박아서 킹의 움직임을 막고 있었던 거니까. 나랑 같이 꿰뚫어 버려! 라고 했을 때는 여러 의미로 소름이 다 돋았다니까."

그 광경이 생각나는지 자꾸만 히죽거리는 닐스. 좀 징그럽다.

남자가 남자한테 반한다고 해도 닐스는 좀 과하게 반한 것 같았다.

"같이 꿰뚫으라고 해도 실제로 뚫렸다면 큰일이 났겠죠. 킹이라고 하면 굉장히 단단할 것 같은데 그걸 꿰뚫을 정도의 바람 마법이었던 거죠?"

"그래, 뭔가 무서울 정도로 영창이 길어서 전쟁터에서는 거의 쓰이지 않는다고 들었어."

"그건 바람 마법의 최상급 마법이라고 하는 〈배럿 레인〉이야."

털썩.

그것만 말하고 또다시 에토는 잠이 들었다.

"〈배럿 레인〉…… 탄환비라……. 멋있네."

"수십 개의 투명화된 칼날이 덮쳐오는 마법인 것 같아. 정말 아벨 씨가 맞지 않아서 다행이지."

"그건 검기로 피해서 안 맞은 거야."

닐스가 놀라 뒤돌아보니 거기에는 잔을 한 손에 든 아벨이 서 있었다. 이번에는 사람이 많은 데다 먹는 데 열중하느라 료도 몰랐다.

"검기?"

료가 아벨에게 물었다.

"그래, 검기. 투기의 상위, 검사의 전용 기술이지. 검기: 절영. 마법을 포함한 모든 원거리 공격을 회피하는 기술이야."

"검기: 절영. 하피퀸과의 전투에서 사용했던 거죠. 멋진 네이밍 센스네요!"

"료는 역시 그 부분이구나……."

그 와중에 지금껏 이상으로 동경하는 존재가 되어버린 아벨의 갑작스러운 등장에 닐스는 완전히 굳어 있었다.

"닐스가 아벨 엄청났다면서 엄청 칭찬하더라고요."

"그만해, 민망하게. 하지만 닐스랑 다른 녀석들도 화살을 보급하느라 쉴 새 없이 뛰어다녔어. 그 덕분에 결국 이길 수 있었으니까 자랑스럽게 생각해도 돼."

그 말에 겨우 의식이 돌아온 닐스였지만, 동경하는 사람에게 칭찬을 받아버린 덕분에 또 다시 굳어버리고 말았다.

"그건 그렇고…… 료가 있었다면 더 편하게 이길 수 있었을 텐데. 대체 어디에 있었던 거야?"

아벨이 자신의 잔에 든 술을 마시며 료에게 물었다.

"아, 도서관에……."

료 역시 약간의 미안함을 느끼고 있었다.

물론 료에게는 아무런 책임도 없다. 그래서 그 자리에 참석하지 않은 모험자에게도 아무런 패널티는 주어지지 않았다. 하지만 패널티가 없더라도 모험자 모두가 동원되는 거사에 참여하지 않았다는 것은 마음에 걸릴 수밖에 없다.

"아, 도서관에……. 그럼 어쩔 수 없지."

"아벨이 맹활약하는 장면을 빼앗지 않아서 다행이에요."

"하여간 말은!"

그렇게 말한 아벨이 큰 소리로 웃었다.

"아! 아벨, 찾았다."

"거봐요, 역시 료랑 같이 있었죠?"

린과 리햐가 아벨을 찾고 있고 있었던 모양이다.

"아벨은 료를 엄청 좋아하니까 말이죠."

미묘하게 질투가 섞여 있는 듯한, 아주 조금 위험한 가시가 담긴 듯한 리햐의 말.

"아니, 좋아하는 게 아니고…… 료가 있었다면 더 편했을 거라고 불평하고 있었어."

그렇게 말한 아벨은 자신의 발언을 긍정하듯 연신 고개를 끄덕였다.

"뭐, 됐어요. 길드 마스터의 전갈이에요. 내일 변경백에게 보고하러 갈 테니 그때 같이 가달라고. 낮 12시 종이 울리기 전까지 집무실로 와 달래요."

"으……."

"대활약한 상인가 보네요."

마지막의 료의 비아냥에 한층 얼굴을 찌푸리는 아벨.

"숨통을 끊은 건 내가 아니라 린인데……."

"에이, 그렇게 말하면 안 되지. 애초에 내 〈배럿 레인〉은 아벨이 킹의 심장 부근에 검을 꽂아둔 상태라서 맞은 거니까."

그 말을 듣고 얼굴을 찡그리는 것뿐만 아니라 더더욱 고개를 숙이는 아벨이었다.

"맞다, 나 료한테 물어볼 게 있었어."

그렇게 말한 린이 아벨을 향하던 몸을 힘차게 료 쪽으로 돌렸다.

"음?"

그제서야 대량으로 가져온 요리를 다 먹은 료는 잔에 든 와인을 마시며 린을 향해 돌아섰다.

"아벨한테 들었는데 료, 〈아이스 월〉을 공중에 생성할 수 있다는 게 사실이야?"

"네, 할 수 있어요. 대략 40미터 정도의 높이까지는요."

료는 그 광경을 떠올리며 대답했다.

"정말 할 수 있구나……."

"엄청나게 어려워서 할 수 있게 되기까지 꽤 시간이 걸렸지만요."

"아니, 보통은 못 해……."

그렇게 중얼거린 린의 말은 누구의 귀에도 닿지 않았다.

첫 연금술

대해소가 진압된 지 닷새.

왕도에서 모험자 길드에 감찰관이 도착하여 다양한 검사가 이뤄지고 있었다. 감찰관 일행의 관리는 길드 직원이 하기 때문에 가뜩이나 바쁜 길드 직원은 단 한 명의 예외도 없이 피로가 극에 달해 있었다.

던전이 최소 한 달간 봉쇄된다는 사실은 길드 내뿐 아니라 룬의 거리 전체에 공지된 상태였다. 그동안 모험자는 지상 의뢰를 맡을 수밖에 없었다. 던전이 봉쇄되었다고 해도 푹 쉴 수 있는 건 모아둔 돈이 어느 정도 있는 모험자 정도겠지만, 그 수는 결코 많지 않다…….

그날 게시판에는 여느 때 같으면 한두 개는 남는 토벌 의뢰조차 전혀 남아 있지 않았다.

그리고 F급 모험자에게 돌아오는 의뢰는 상시적으로 붙어 있는 약초 채취나 광물 채취 정도. 그런데…….

"이거 난감하네……."

머리를 벅벅 긁은 닐스가 게시판에서 눈을 뗐다.

심지어 상시적으로 붙어 있어야 할 약초 채취, 광물 채취 의뢰조차 중지된 것이다.

"미안해, 닐스 씨. 어제도 그저께로 E급, F급 모험자들이 빠짐없이 다 가져와서…… 매입 부문에서 제동이 걸렸어."

"네, 네! 아니요, 니나 씨 탓이 아니잖아요! 나쁜 건 매입부가, 저기, 그게……."

자신이 반한 접수 직원 니나가 바로 옆에 와 있었다는 것을 깨닫지 못한 닐스가 무심코 투덜거린 것이다.

그것을 보며 소리 죽여 웃고 있는 에토.

그 옆에서 쓴웃음을 짓고 있는 아몬.

세 사람 모두 오늘내일이 당장 아쉬울 정도로 궁핍한 것은 아니었다. 하지만 최소한 던전으로 들어갈 수 없는 상황이 한 달간 지속된다고 선언된 이상 쌓아둔 돈은 가급적 건드리고 싶지 않았다.

마침 구매부에서 나온 료가 그런 세 사람 곁을 지나갔다.

"어, 세 분 다 의뢰는요?"

"채취 의뢰조차 막혀 버렸어."

니나와 이야기한 덕에 아직 굳어 있어 다른 사람에게 반응하지 못하는 닐스를 대신해 에토가 어깨를 으쓱하며 대답했다. 그리고 말을 잇는다.

"료는 뭐 찾는 거 있어? 구매부에서 나온 것 같은데."

"네. 연금술 연습에 쓸 광석을 팔지 않을까 싶어서 보러 왔는데 안 파네요. 거리 잡화점에도 없고, 연금 공방은 어째서인지 닫혀 있고……. 던전에 들어가면 5층에서 쉽게 구할 수 있을 거라 생각하고 대수롭지 않게 여기고 있었는데…… 난감하네요."

"5층이라는 건 마동광석?"

"네, 그거예요."

료가 열심히 고개를 끄덕였다.

"그거, 거리에서 꽤 비싸게 파는 거잖아……."

"예전에 잡화점에서 봤을 때 주먹만한 크기가 50만 플로린이었어요."

"금화 50장……."

료와 에토의 대화를 옆에서 듣던 아몬이 경악했다.

"던전 5층에서 나오긴 하는데 모험자 길드에선 매입을 안 해주거든. 거리의 연금술 길드와 사이가 안 좋아서 그렇다나 뭐라나. 그래서 여기 구매부에도 없고 거리에서도 놀랄 정도로 비싼 금액으로 나오는 거야."

에토가 비싼 이유를 설명했다. 그 말을 듣고 납득한 료는 생각에 잠겼다.

그리고 잠시 고민하더니 입을 열었다.

"세 분이서 제 의뢰를 받아줄 수 있을까요?"

"어?"

아직 재기동하지 못한 닐스를 제외한 두 사람이 이구동성으로 놀랐다.

"던전 이외에 이 부근에서 마동광석을 채취할 가능성이 있는 곳은 분명……."

"응, 룬의 거리의 서쪽, 걸어서 반나절 거리에 있는 루세이 마을의 폐갱."

"1인당 금화 4장, 총 셋이니까 금화 12장. 이건 얻지 못하게 되더라도 지불할게요. 주먹만 한 마동광석 한 개에 금화 25장. 크면 추가, 작으면…… 뭐, 그때 상담하는 걸로. 조건은 세 사람 모두 무사히 룬의 거리로 돌아오는 것. 어떤가요?"

"좋아, 받을게!"

어느새 재기동을 완료한 닐스가 대답했다.

"뭐, 좋은 조건이긴 한데 료는 그걸로 괜찮아?"

"네. 총액으로 따져도 금화 37장. 거리에서 사는 것보다 훨씬 저렴해요. 심지어 지금 품절이고요. 길드를 통하지 않으니까 성과가 남지는 않겠지만……."

"문제없어!"

세 사람은 보존식을 사자마자 바로 출발했다.

료가 직접 가도 상관없었지만, 돈은 천하를 도는 것이라고 했다. 벌이가 없는 세 사람 옆에서 자신만 제대로 된 식사를 하는 건 역시 마음에 걸렸다. 그렇다고 사주는 것도…… 한두 번이라면 몰라도 그것이 며칠이나 계속되면 좋지 않을 것이다. 료는 그렇게 생각했다.

물론 돈을 아무 이유 없이 주는 것은 더욱 좋지 않다……. 룸메이트로서 넘어서는 안 되는 선이라는 느낌이었다. 하지만 제대로 된 의뢰라면 문제없다. 세 사람은 일을 하고, 필요한 것을 채취해 오고, 료는 그 대가로 돈을 건넨다. 아주 건전하다.

료는 와이번 마석 덕분에 꽤 부유하니까.

『돈으로 시간을 산다.』

현대 지구에서 부유층이라 불리는 사람들이 실천하던 행동. 료는 조금도 경험해본 적 없었지만 파이에서는 현재로서 그것이 의미하는 바를 경험할 수 있었다. 세 사람이 채취해 오는 동안 조사도 할 수 있고, 가까운 곳에서 구입한 재료로 다른 실험도 할 수 있다.

료는 료대로 의미 있는 시간을 보낼 수 있겠다는 예감이 들었다.

◆

10호실의 세 사람이 룬의 거리를 떠날 무렵, 거리 북쪽에 자리한 도서관에는 린이 있었다.

남쪽 도서관이 일반인용이나 입문자용 서적이 충실한 데 비해 북쪽 도서관은 전문서만을 갖추고 있다.

그중에서도 출입이 엄격히 제한된 장소가 있었다.

바로 금서고라 불리는 구획.

변경백의 특별한 허가를 받은 자, 귀족, 모험자의 경우는 B급 이상인 자만이 열람할 수 있는 특별한 구역. 그곳에는 일반인은 볼 수 없는 다양한 서적, 자료들이 있었다. 예를 들어 수속성 마법의 상급 마법서 및 최상급 마법서.

린이 보고 있던 것은 통칭 『금주(禁呪)』라고 불리는 부류의 것들이 실린 마법서였다.

'역시 안 실려 있어.'

하지만 원하는 마법을 찾을 수는 없었다.

물론 처음부터 없을 거라고 생각하긴 했다. 자신에게서 상당히 떨어진 곳에 얼음벽을 생성하는 마법이라니…….

중앙 연방에서 마법사가 사용하는 마법은 모두 마법서에 정리되어 있다. 그 마법을 생성하는 주문과 함께.

초급, 중급, 상급, 그리고 최상급.

린이 고블린 킹을 쓰러뜨리는 데 사용한 〈배럿 레인〉도 바람의 최상급 마법서에 실려 있었다. 상당히 현실적이지 못한 장대한 주문과 함께.

상급 마법이나 최상급 마법은 상당한 마력을 갖고 있어야 하고 몸이 마법에 길들여진 마법사가 아니면 사용할 수 없다.

힘이 부족한 마법사가 주문을 영창하면 마법이 폭주하거나 마법사 자신이 마법에 휩쓸려 소멸한다. 그래서 상급, 최상급의 마법서는 이런 금서고 같은 일반인이 볼 수 없는 곳에 놓여 있다.

그 상급, 최상급 마법 중에도 료가 사용했을 거라 생각되는 마법은 실려 있지 않았다.

그러니까 곧,

"오리지널 마법……."

그것은 마법의 본질상 불가능한 일이었다.

마법이라는 것은 정해진 주문을 영창함으로써 정해진 마법이 생성되고 마법 현상이 일어난다.

마법 적성이 있는 인간이 자신에게 맞는 속성 주문을 외우면 누구나 정해진 마법을 생성할 수 있는 것이 초급 마법. 나아가 중급, 상급으로 올라가면 몸이 마법에 익숙해짐에 따라 생성할 수 있게 된다.

그런 식으로 제대로 된 틀이 정해져 있는 것이 마법이다.

하지만 그 틀을 벗어난 오리지널 마법. 애초에 영창 이외에 마법이 어떻게 생성되는 것인지도 불명확한데 오리지널을 생각할 수 있을 리가 없다.

예전 같으면 뭔가 착오가 있었겠지 하며 린도 생각을 관뒀을 것이다.

하지만 현재 중앙 연방에는 오리지널 마법 같은 것을 다루는 유명한 마법사가 있다.

"마치 『폭염의 마법사』의 수속성 버전이네……."

마법사들이 본 적도 들은 적도 없는 고위력의 마법을 조종하는 화속성 마법사.

그에게 붙은 별명이 『폭염의 마법사』.

린이 한숨을 내쉬는 순간 누군가가 말을 걸어왔다.

"어머, 린, 오랜만이야."

마법서에서 고개를 들자 그곳에는 절세의 미녀가 있었다.

커다란 녹색 눈, 플래티넘 블론드의 머리카락, 작은 린보다 머리 하나는 더 큰 170센티 정도의 키, 그리고 뛰어난 비율.

등까지 오는 플래티넘 블론드 머리를 뒤로 묶고 있는 탓에 특징적인 귀가 드러나 있었다. 끝이 아주 약간 뾰족한 귀…… 엘프의 특징.

그녀는 아벨이 말한 룬에 거주하는 유일한 엘프. B급 파티 『풍』의 유일한 멤버.

"안녕하세요, 세라 씨."

린은 세라를 대하기가 좀 어려웠다. 특별히 무슨 일이 있었던 것은 아니다. 그저 세라를 상대하면 여러모로 열등감을 느끼고 만다.

같은 풍속성 마법사로서.

같은 B급 모험자로서.

그리고 같은 여자로서.

"희한한 곳에서 희한한 걸 보고 있네."

한편에서 북쪽 도서관의 주인이라고 불릴 정도로 세라는 책벌레였다. 대열람실에 있을 때도 있고, 오늘처럼 금서고에 있을 때도 있다. 린이 보고 있는 것이 수속성 마법의 최상급 마법사라는 것도 한눈에 알아보았다.

"잠깐 조사할 게 있어서요. 하지만 못 찾았네요."

"그래? 그거 아쉽다."

한순간 린은 세라에게 물어보고 싶다는 유혹에 사로잡혔다.

엘프의 수명은 천 년이 넘는다고 한다. 세라가 몇 살인지는 모르지만 적어도 린보다는 마법에 대해선 바람의 최상급 마법을 생성할 수 있는 린보다 더 잘 알고 있을 것이다.

하지만 린은 묻지 못했다. 그 이유가 뭔지는 모르겠지만 왠지 물어보고 싶지 않았다. 물어본 것은 다른 것이었다.

"세라 씨는 왕도의 의뢰로 룬을 떠나 계셨죠?"

"맞아. 어제 겨우 돌아왔어."

그렇게 말한 세라가 살짝 미소 지었다. 린에게는 그 웃는 얼굴이 무척 눈부셨다.

"아, 미안해. 사서분이 기다리고 있어서. 그럼 다음에 봐."

세라는 그렇게 말하고는 몸을 돌려 대열람실 쪽으로 걸어갔다.

깊은 한숨을 내쉰 린은 책을 반납하고 도서관을 나서는 것이었다.

◆

모험자 길드 숙소. 모험자 길드에 등록 후 300일이 지나지 않은 자들만 입주할 수 있는 숙소. 그래서 모험자로서 초보인 자들이 많았다. 물론 초보라 하더라도 모험자가 되려는 자들의 대다수는 기질이 세거나 나름대로의 실력을 갖추고 있었다……. 물론 본인 기준으로.

그 숙소에서 10호실은 1층 맨 안쪽에 있었다. 그곳에서는 모험자 길드의 야외 훈련장과 숙소 안뜰이 한눈에 보였다.

그런 10호실에서 료는 닐스 일행에게 채취를 의뢰한 것과는 별개로 연금술의 기초를 실험하고 있었다.

론도 숲에서는 결국 한 번도 찾지 못했던 해독초, 그것을 룬의 거리 약초 가게에서 발견한 것이다. 게다가 바로 옆에는 인화초 잎도 팔고 있었다. 이 두 가지를 연금술로 조합하면 해독제가 생긴다……. 이것은 신의 인도임이 분명하다!

곧바로 사서 돌아와 방에 틀어박혀 《연금술 최초 레시피집》에 실린 마법진을 종이에 적었다.

필요할 일이 있을 것 같아 거리의 도구상에서 구입해 둔 막자사발과 막자, 기타 조합 도구를 책상에 늘어놓고 갈아서 으깼다.

으깬 다음 계량, 혼합, 그리고 드디어 연금술 마법진으로 마력을 주입한다.

하지만 이 부분이 어려웠다.

주입하는 마력이 너무 많아도 너무 적어서도 안 된다.

하지만 레시피집에 있는 표현은 '적정한 마력'이라는 실로 애매한 표현뿐……. 뭐, 물이나 전기가 아니니까 수치화하기는 어렵겠지만.

그 적정한 마력량을 찾아내는 데 집중에서 몰입한지 30분.

순간 붉은빛이 일어나며 퐁 하는 귀여운 소리와 함께 삽화대로 해독제가 생성됐다.

드디어 연금에 성공한 것이다.

그것은 료가 처음으로 연금술에 성공한 순간이었다.

"후후후, 이겼네."

그랬다. 료는 이긴 것이다……. 누구에게 이긴 것인지는 아무도 모르지만, 어쨌든 이겼다.

그런 뿌듯한 기분에 젖어 있는 료의 눈앞에 숙소 안뜰에서 뭔가 트러블이 일어나고 있는 것이 보였다.

창문이 열려 있어서 목소리가 들려왔다. 아까부터 대화가 오간 것 같지만 료는 집중하고 있던 탓에 귀에 들어오지 않았던 것이다.

"야, 너희들. 싫어하잖아. 하지 마."

"우린 왕국 기사단이라고, 우리 술을 따라주면 오늘은 즐거운 밤을 보내게 해주마. 뭣하면 룬의 거리에 있는 동안 키워줄 수도 있어."

"시, 싫어요. 놔주세요."

모험자가 된 지 얼마 안 된 여성에게 기사단이 손을 대려고 하는 상황인 것 같았다.

그 여자는 아무리 봐도 아직 미성년, 여자라기보다는 여자아이, 아몬과 비슷한 또래로 보였다. 그리고 그 여자아이를 지키고 있는 것은 놀랍게도 1호실의 댄과 그의 추종자들이었다.

뭐, 댄 일행이 먼저 그 여자아이에게 눈독을 들였을 가능성도 있겠지만…… 그 부분은 숙소 사정에 밝지 않은 료로서는 판단이 서질 않았다.

"계집, 숙소에 있다는 건 이제 막 모험자가 됐다는 거겠지? 돈도 많이 없을 테니까 우리가 사주겠다고, 감사히 받아."

"밤 상대도 말이지."

그렇게 말한 다섯 명의 기사들이 경박한 웃음을 터뜨렸다.

"싫어요, 거절하겠어요."

"이봐, 싫어하잖아. 계속 허튼짓하면 가만 안 둔다."

싫어하는 여자아이, 그리고 그것을 도와주려는 댄. 여기서 료가 끼어들면 눈치 없는 짓이겠지.

하지만 아무리 봐도 기사들 쪽이 더 강해 보였다. 아마 대해소의 감찰관과 함께 온 기사들일 것이다.

'길거리에 나가면 그런 가게도 있을 테니 그쪽으로 가면 될 텐데…… 특이한 기사들이네.'

료의 감상은 딱 그 정도였다.

하지만 안뜰에서는 서서히 긴장감이 더해갔다.

그리고 료가 멍하니 보고 있는 사이에…… 기어이 선을 넘으려 하고 있었다.

"감히……. 망할 모험자 자식들, 예의라는 걸 알려주마."

여자아이의 손을 잡고 있던 기사가 그렇게 말하더니 여자를 댄 쪽으로 밀치고는 검을 뽑았다.

"죽이지는 않겠다. 예의라는 걸 좀 알려줄 뿐이지."

그리고는 크게 한 걸음을 내딛더니…… 미끄러져 넘어졌다.

"으앗!"

체중을 실은 발아래로 아주 찰나의 순간 〈아이스반〉이 생겼다는 것을 깨달은 자는 기사 중에도, 댄과 그 무리 중에도 없었다.

"망할……. 거기 가만히 있어! 예의를 알려주……."

'〈아이스반〉.'

기사는 또 미끄러져 넘어졌다.

"으헉!"

"네놈, 무슨 짓을 한 거야!"

다른 기사들이 댄을 추궁했다.

"아니, 아무것도 안 했는데. 그쪽이 자기 멋대로 넘어진 것뿐이잖아."

댄은 당황했다. 여차하면 싸울 준비를 하고 있었는데 다가오려던 기사가 갑자기 넘어진 것이다.

심지어 두 번이나.

그는 자신의 무리 쪽을 살펴보았지만 모두 고개를 저었다. 아무도 무슨 일이 일어났는지 이해하지 못했다.

"이…… 빌어먹을 놈들이!"

몸을 일으키더니 더는 천천히 다가가 위협하는 방식이 아닌, 단숨에 간격을 좁혀서 베려고 한다……. 베려고 했지만…… 다시 미끄러지며 넘어졌다.

"크헉!"

역시 이 정도까지 오면 아무도 우연이라고 생각하지 않는다. 기사들 모두의 눈에는 증오와 함께 공포도 깃들어 있었다.

눈앞의 모험자들에게 망신을 당하고 있는 것은 사실. 그것에 대한 증오.

하지만 이해할 수 없는 무언가가 일어나고 있는 것도 사실. 그것에 대한 공포.

그 증오와 공포가 터지려는 순간…….

"자, 거기까지."

긴장을 깨고 난입한 목소리가 있었다. 목소리의 주인을 료는 모른다. 하지만 댄 일행은 알고 있었다.

"펠프스 씨."

목소리의 주인은 B급 파티 백의 여단 단장 펠프스.

"뭐야, 네놈은?"

기사들이 증오에 찬 눈으로 펠프스를 노려보았다.

"왕국 기사단이라는 자들이 뭘 하는 거냐. 부끄러운 줄 알도록!"

그가 질타 섞인 말로 크게 호통을 쳤다. 마지막의 부끄러움을 알라는 말은 그야말로 질타 그 자체였다.

기사들 다섯 명의 증오는 단숨에 날아가고 그 자리를 두려움이 대신했다.

"모, 모험자 따위가 우리 왕국 기사단에게…… 무례하다."

그래도 그런 말을 할 수밖에 없는 것은 허세였을까.

"입 다물어라! 모험자인 게 무슨 상관이냐. 기사라면 기사답게 행동하도록 해!"

그야말로 찍소리도 못하는 상황이 바로 이런 것일까. 기사들은 아무 대꾸조차 하지 못했다.

그래도 처음에 여자아이의 손을 잡고 있던 기사, 즉 몇 번이나 료의 〈아이스반〉에 의해 넘어진 기사만큼은 겨우겨우 입을 열었다.

"우리 왕국 기사단에 대들면 어떻게 되는지 몰라? 이 거리의 길드 마스터째로 왕국에서 추방할 수도 있다고."

저렇게까지 몰리고도 반격을 한다……. 반대로 감탄스러울 정도다.

하지만 반격도 만만치 않았다.

"그래, 나는 모험자다. 하지만 왕국의 귀족이기도 하지. 내 이름은 펠프스 A 하인라인. 하인라인 후작가의 차기 당주다."

"하인라인……."

"그래, 전 왕국 기사단장이 알렉시스 하인라인이었지. 하인라인 후작가의 현 당주. 우리 아버지시다."

그 말을 듣자 기사들은 벼락을 맞은 것처럼 몸을 떨었다.

'귀신'이라고 불릴 정도로 가혹하지만 동시에 그 공명정대함으로 왕국 전체에서도 명성이 자자했던 전 왕국 기사단장. 아직도 왕국 중추에 미치는 영향력은 절대적이다.

그런 인물의 아들, 게다가 후작가의 후계자에게 찍혔다간⋯⋯.

한 번 크게 몸을 편 다섯 사람이 너 나 할 것 없이 부들부들 몸을 떨기 시작했다.

"왕국 기사단의 이름을 더럽히지 마라! 가!"

귀신의 아들, 그런 말을 들어도 고개가 절로 끄덕여질 만한 위엄이 있었다. 겉보기엔 완전 미남 귀공자인데.

다섯 명이 떠나자 가장 먼저 댄이 입을 열었다.

"펠프스 씨, 감사합니다."

얼마 전 10호실의 세 사람을 내려다보던 사람과 동일인물이라고는 도저히 생각할 수 없을 만큼 정중한 목례였다.

덩달아 댄의 추종자도 여자아이도 감사를 전했다.

"아니, 신경 쓰지 마. 나 역시 녀석들의 행동에 화가 났으니까. 댄, 그러니 잘 행동했다. 역시 모험자야."

그렇게 말하고는 펠프스는 크게 웃었다.

미남이 웃으면 그 자리의 분위기도 누그러진다. 펠프스의 웃음으로 공기도 한층 부드러워졌다.

"자, 그 아이를 동료에게 데려다줘."

그렇게 말하고 펠프스는 댄 일행을 안뜰에서 내보냈다.

그리고 숙소 10호실 창문을 향해 걸어왔다.

그러니까, 료 쪽으로.

"반갑다. 네가 료지?"

"아, 네. 처음 뵙겠습니다. 펠프스 씨?"

"그래, 백의 여단 단장을 맡고 있는 펠프스다. 아벨한테 듣긴 했지만 정말 흥미로운 마법을 쓰는군."

펠프스가 생글생글 웃으며 말했다. 즉, 료가 〈아이스반〉을 써서 넘어지게 한 것을 알고 있다는 것이었다.

"으음~……."

"아아, 아니. 아무 말 안 해도 돼. 나도 괜한 소릴 퍼뜨릴 생각은 없어. 적어도 기사들은 제멋대로 넘어졌고 댄 녀석들도 주먹을 쓰지 않았다. 네 덕분이야. 룬의 거리의 모험자로서 감사하지."

그러고는 고개를 숙인다.

"아뇨, 아뇨, 고개 드세요. 뭐, 댄과는 좀 인연이 있어서요. 솔직히 공개적으로 도와주기엔 부끄러워서 그런 방법을 쓴 것뿐이에요."

료가 머리를 긁적이며 말했다.

"아벨의 말대로 너는 흥미롭구나."

"아벨이 대체 무슨 소릴 했길래……."

"대해소 이후 연회에서 말이야. 료가 있었다면 더 편했을 텐데, 라는 말을 주문처럼 몇십 번이고 되풀이하더군."

그 장면을 떠올린 펠프스가 다시금 웃음을 터뜨렸다.

"아벨……."

"아니, 아벨이 그렇게까지 말했다는 건 대단하다는 거지. 아벨이 마의 산 너머에서 귀환할 수 있었던 것도 자네 덕분이라지? 룬의 거리의 모험자가 만약 아벨을 잃었다면 다른 무엇과도 비교할 수 없는 손실이었을 거다. 정말 감사해. 고맙다."

"아뇨……."

"단장님, 슬슬 시간이……."

어느새 펠프스 뒤에 나타난 부단장 셰나가 그에게 속삭였다.

"아, 그런가. 료, 미안하다. 나중에 다시 얘기하지. 오늘은 고마웠다."

그렇게 말한 펠프스는 셰나를 데리고 떠났다.

"지금의 펠프스 씨, 그리고 뒤에 나타난 여자, 두 사람 다 강해. 역시 룬의 거리구나. 다양한 사람들이 있어. 하지만…… 후작가의 후계자가 모험자 같은 걸 해도 되는 건가?"

◆

"별일이네, 혼자 저녁을 다 먹고."

길드 식당에서 혼자 조용히 저녁을 먹고 있는 수속성 마법사에게 말을 거는 B급 모험자 검사가 있었다.

"네, 세 분 모두 의뢰로 서쪽 마을에 있는 폐갱에 가 있어서요."

말을 건 검사는 그대로 마법사의 앞자리에 앉았다.

"그런 곳에 앉아도 안 사줄 건데요?"

"후배한테 얻어먹을 생각 없어!"

역시 자기 몫은 제대로 지불할 생각이었던 검사 아벨.

"선배는 언제든지 후배한테 사줘도 되는데요?"

"부자 후배한테 사줄 생각도 없거든!"

그렇게 말한 아벨은 오늘의 정식을 주문했다.

"먹고 살기 힘든 세상이네요……."

"이 타이밍에 할 대사인가……."

"그러고 보니 아벨이야말로 별일이네요. 이런 시간에 길드식당에서 저녁이라니. 다른 멤버는요?"

"난 여기 식사 좋아해서 자주 먹는데?"

그렇게 말한 아벨은 나온 오늘의 정식을 맛있게 먹기 시작했다.

"아니, 뭐, 확실히 맛있긴 하지만……."

"파티 멤버라고 늘 같이 있는 건 아니야."

제대로 삼키고 나서 입안에 음식이 없을 때만 말을 하는 아벨. 정말이지 행동거지가 바른 사내다.

"아하~, 아벨이 이런 시간에 혼자 다니는 이유를 알겠어요."

"응?"

"여기서 소화를 시킨 뒤에 유곽 같은 곳에 가려는 거죠?"

"이, 바보가!"

아벨이 황급히 료의 입을 두 손으로 막으며 주위를 둘러보았다. 그 사실을 알아서는 안 되는 사람이 있는 것 같다.

"어디서 누가 듣고 있을지 모른다고."

"벽에 귀가 있고 장지에도 눈이 있다는 말이군요."

"벽에 귀가 있다는 건 알겠는데, '장지에'라는 건 누구야……."

어쨌든 듣지 말아야 할 사람에게는 들키지 않았다. 그것을 확인한 아벨은 안심했다.

"딱히 유곽에 가려는 게 아니야."

"설마 특정 여성이……."

"바보. 그것도 틀렸어."

"아벨……. 린에게 손을 대는 건 소아성애자라고 해서요……."

"잠깐, 린은 워렌이……."

거기까지 말한 아벨이 헉하고 숨을 삼켰다.

"방금 말은 못 들은 걸로……."

"굉장히 올록볼록한 콤비네요."

한쪽은 2미터가 넘는 거한, 한쪽은 150센티미터 정도의 꼬마.

"뭐, 사랑이 있다면 키 정도는……."

연신 고개를 끄덕이면서 다 먹은 오늘의 정식을 아쉬운 얼굴로 바라보는 아벨.

"즉, 아벨은 리햐와……."

"바, 바보야, 그런 거 아니라니까."

얼굴을 붉히고 부정하는 아벨. 중학생도 아니고!

'에토는 고백하기도 전에 실연을 당한 것 같네……. 유감이야.'

그나저나…… 료는 문득 스스로를 돌아보며 생각했다.

『파이』에 온 이후 이른바 성욕이란 게 아예 없어졌다. 그것은 즉, 여성에게도 남성에게도 그런 의미로 이끌리는 일이 없다는 것이다. 그렇다고 해서 특별히 곤란한 점도 없었으니 문제는 없지만…….

새빨갛게 수줍어하는 아벨이나 닐스, 에토 등을 떠올리자 그것이 더욱 눈부시게 느껴지는 료였다.

"아벨, 한 끼로 부족하면 두 끼 먹어도 괜찮은데요?"

"아니, 저녁으로 두 끼를 먹는 건 역시 좀……."

"먹은 만큼 움직이면 되죠."

"어?"

"밤의 일을 하면 돼요."

료가 무겁게 고개를 끄덕이며 말했다.

"밤의 일이라는 건 그런 건가? 유곽의 호객꾼 같은, 뭐 그런 거?"

"아니요. 악덕상인의 집에 숨어들어서 부정하게 모은 돈을 빼앗아 가난한 사람들에게 나눠주는 그런 일이에요!"

"응, 료. 그건 도적이야. 의적이라 해도 결국 도적이니까."

"아벨이 사이비 정의의 편을 들고 있다……."

"사이비라고 하지 마."

료가 입술을 삐죽 내밀며 불만을 표출했고, 아벨은 생각지도 못한 말을 듣고 반박했다. 그러나 료는 곧 평소의 표정으로 돌아와 다시 한번 의문을 드러냈다.

"그래서 결국 아벨이 이런 시간에 이런 장소에 있는 이유가 뭐죠?"

"아아……. 그래, 한가하면 료도 좀 도와줄 수 있을까?"

"싫어요."

"이봐……."

"저는 이래 봬도 엄청나게 바쁘거든요."

"……이 뒤에 뭘 하는데?"

"방으로 돌아가서 연금술에 매진하고, 연금술에 매진하고, 연금술에 매진하고…… 잘 거예요."

"응, 한가한 것 같으니까 역시 도와줘."

"큭……."

료가 분하다는 표정을 지었다. 수속성 마법뿐만 아니라 연금술까지도 푸대접을 하냐는 듯한 표정이다.

"확실히 아벨이 보기엔 한가해 보일지도 모르지만…… 도와준다고 해도 공짜로는 못하죠. 제 시급은 높아요!"

"료가 먹은 저녁값을 내줄게."

"저는 아벨을 평생 따라갈 거예요! 역시 아벨이네요. 내친김에 한 끼 더 먹을까……."

"잠깐!"

아무리 그래도 저녁을 두 끼나 먹으면 살이 찔 것 같아서 료는 추가로 먹는 것은 관뒀다.

"그래서 결국 뭘 하는 거죠? 빨리 좀 말해줬으면 좋겠는데요."

"료 탓이잖아……. 계속 다른 얘기만 해놓고선."

아벨은 크게 한숨을 내쉬더니 설명을 시작했다.

"사실 지금 룬에 와 있는 감찰관은 내 오랜 지인인데, 호위를 위해 왕국 기사단이 따라왔어. 다만 기사단에 골치를 썩이는 녀석이 있다는 것 같아…… 오늘 밤에도 숙소를 빠져나갔으니 문제를 일으키기 전에 잡아달라고."

"그렇군요……."

료는 크게 고개를 끄덕였다. 짚이는 데가 너무 많다. 게다가 낮에 모험자 숙소 안뜰에서 본 광경이 혹시 거기에 해당하는 게 아닐까……?

료는 그때 본 광경을 아벨에게 말했다.

"아아, 그 녀석들 같네."

"같다는 건 뭐예요? 이름이라든가 생김새라든가⋯⋯."

"어, 못 들었어."

"아아, 음⋯⋯. 저는 아벨이나 명탐정처럼 한눈에 범인이라는 걸 알아볼 수 있는 능력은 없으니까 역시 관두는 게⋯⋯."

"이제 와서 발을 빼는 게 어딨어. 애초에 나도 그런 능력은 없어."

"그럼 어떻게 찾아요?"

"거리에 가서 소동을 벌이면 끌고 오면 돼. 아무 소동이 없으면 얌전히 마신다는 뜻이니까 문제없다는 거고."

놀라울 정도로 성의 없는 답변이었다. 정말로 그 정도만 해도 괜찮은 걸까 료는 생각했지만⋯⋯ 생각하기를 도중에 그만두었다. 돈을 내주는 아벨이 그걸로 됐다고 하면 그걸로 된 거지!

받는 돈 이상으로 일하는 것은 좋지 않다.

그래, 고용되는 자신에게도, 고용하는 상대에게도 좋지 않은 것이다! 결코, 적당히 일을 해내고 돈을 받으려고 한다거나, 뭐 그런 게 아니다. 절대로!

애초에 료에게 지급된 돈은 저녁값으로 이미 지불이 완료되었다. 열심히 해도 받는 돈은 변하지 않는다.

이것이 선불제의 폐해!

두 사람은 룬의 밤거리로 투입되었다. 투입됐다는 표현이 적절한지 어떤지는 좀 미묘했지만.

"아벨, 물어볼 게 있었어요."

"뭔데?"

"남쪽 도서관으로는 답이 없을 것 같아서 내일은 북쪽 도서관에 가고 싶은데 이용 제한 같은 게 있나요?"

북쪽 도서관은 일반적인 사람이 들어갈 수 없다는 소문을 들은 것이다. 어차피 내일 가볼 생각이었다고는 하지만 아벨이 알고 있다면 쓸데없는 수고를 들이지 않아도 되니까.

"맞아, 남쪽 도서관과는 달리 제한이 있어. 모험자의 경우 D급 이상이면 이용할 수 있지. 접수처에서 길드 카드를 보여주면 출입증을 주는데, 안에 있는 동안은 그걸 목에 걸고 있었던 것 같아……. 분명 모험자의 출입증은 새까만 색이었을걸."

아벨이 위를 보며 떠올리듯 답했다.

"그럼 저도 들어갈 수 있겠네요."

"다만 금서고에는 B급 이상만 들어갈 수 있어."

"금서고!"

이 얼마나 가슴 뛰는 말인가! 무엇이 있을지는 모르겠지만 분명 놀라운 서적이 있을 것이 분명했다. B급 이상이라고 하니 아직 들어갈 수는 없겠지만, 언젠가는 들어가 보고 싶다…….

"어때, D급 모험자가 되어두길 잘했지?"

"네, 그 부분은 아벨에게 감사하고 있어요."

"음음. 그거면 됐어, 그거면."

아벨이 만족스러운 얼굴로 고개를 끄덕였다.

룬의 번화가는 밤에도 상당한 인파가 있었다. 연금 도구로서 가장 많이 쓰이는 것 중 하나인 가로등 덕분에 야간에도 사람들의 활동이 활발했다. 이런 부분이 가로등이 상비된 큰 거리와 마을의 차이점이라고 할 수 있었다.

역시나 아벨은 룬의 거리에서 인기인이라 많은 사람들이 인사를 건네왔다. 그리고 아벨 쪽도 모험자라면 모두의 얼굴과 이름을 기억하는 것인지 친근하게 인사를 나눈다.

"아벨은 룬의 거리에서 얼마나 인기가 많나요?"

"느닷없이 무슨 소리야?"

료의 물음에 약간 쑥스럽다는 얼굴로 되받아치는 아벨. 하지만 료의 시선은 엉뚱한 방향을 향하고 있었다.

"아벨 귀환 축하 파티 때에도 오며가며 꽤 많은 모험자가 왔었죠. 혹시 룬의 거리의 모험자 대부분이 왔었나요?"

"글쎄? 뭐, 꽤 많은 모험자들이 와줬던 것 같긴 한데."

그 사이에도 료의 시선은 엉뚱한 방향을 향하고 있었다. 거기까지 오니 아벨도 신경 쓰였다.

"료, 어디를 보는 거야?"

"쉿. 조용히."

료는 검지를 하나 세워 입 앞으로 가져와 말하지 말라는 제스처를 취했다. 이제와서라는 느낌도 들었지만 아벨은 순순히 따르면서 료가 보는 쪽으로 의식을 향했다. 어둠 속에 몇몇 모험자 같은 사내들이 모여 있었다.

"저 사람들, 아벨 귀환 축하 파티에 오지 않은 사람들이에요. 아벨의 인기도 별거 아니네요!"

"따, 딱히 인기는 아무래도 상관없잖아……. 뭐, 룬은 중앙 연방에서 유일하게 던전이 있으니까 왕국 밖의 모험자가 오는 경우도 있어."

"저들도 그런 거겠죠? 척 보기에도 수상한데……."

"그래? 난 수상한지 잘 모르겠는데……."

물론 료의 적당한 추론이었기에 누구도 그 수상함을 알 수 없었다. 사내들이 료와 아벨의 시선을 눈치챈 것일까. 일순 두 사람을 보자마자 빠르게 이동하기 시작했다.

이건 역시 수상하다!

"일부러? 유인하는 건가?"

료가 작게 중얼거렸다. 그 중얼거림은 아벨에게도 들렸을 것이다. 아벨도 작게 고개를 끄덕이며 말했다.

"유인하는 것 같네. 네 명이다. 룬의 모험자가 아냐."

"다행이네요. 룬에서 아벨의 인기가 식은 건 아닌 것 같아요."

"그거랑은 상관없는 것 같은데……."

그리고 두 사람은 걷기 시작했다. 거의 아무렇지도 않다는 듯한 걸음걸이로 어둠 속으로 들어갔다. 하지만 눈치 빠른 자가 보면 아벨과 료는 깔끔하게 일렬로 서 있었고, 두 사람의 걷는 속도가 똑같다는 것을 깨달았을지도 모른다.

두 사람이 어둠 속으로 들어가자…….

챙. 챙. 챙. 챙.

네 사람이 료와 아벨에게 다짜고짜 덤벼들었다. 하지만 그 칼은 료가 두 사람 주위에 생성한 〈아이스 월〉에 의해 튕겨나갔다.

"〈아이시클 랜스 4〉, 〈아이시클 랜스 4〉."

네 개의 굵디굵은 얼음 창이 네 사람의 명치에 박혔고, 그들의 움직임이 멈춘 타이밍에 뒤통수로 굵디굵은 얼음 창이 부딪히면서 네 사람은 곧 기절했다.

아마 네 사람은 무슨 일이 일어났는지도 이해하지 못한 채 정신을 잃었을 것이다…….

"자기네들이 먼저 유인해 놓고 한심하네요."

"아니, 료가 반칙에 가까운 거라 생각해……."

아벨이 작게 고개를 흔들며 대답했다. 그리고 네 사람의 옷을 더듬었다.

"아벨, 아무리 우릴 습격한 상대라고 해도 기절한 사람에게서 돈을 갈취하는 건 좀 아닌 것 같아요."

"아니야! 이 녀석들의 신분을 확인할 만한 걸 찾는…… 응?"

아벨이 꺼낸 것은 길드 카드와 주먹 반 정도 크기의 작은 상자였다.

"그건 뭐예요?"

"글쎄. 연금 도구의 일종인 것 같긴 한데……."

"오호라!"

연금 도구라는 말을 들은 순간 료의 눈이 반짝 빛난다.

"그건 꼭 갖고 싶……."

"안 돼."

"어째서!"

"증거가 될 물건이니까."

"으으……."

료가 얼굴을 찌푸렸다. 아무리 그래도 증거물을 훔치는 건 꺼림칙했기 때문에 포기할 수밖에 없다는 것은 알고 있었다. 이해하고 있다. 이해하고…… 어쨌든 최대한 노력은 하고 있다.

"이 길드 카드에 의하면 연합 쪽 제이클레어 소속의 C급 모험자, 가밍엄이라는 놈이라고 하는데…… 제이클레어라면 연합의 수도인가? 하지만…… 연합의 모험자? 뭔가 위화감이 드는데."

아벨은 그렇게 중얼거리더니 길드 카드와 사내들을 비교하며 몇 번이나 고개를 갸웃거렸다. 나머지 3명의 길드 카드도 한다르 연합 제이클레어 소속 C급 모험자로 돼 있었다.

한다르 연합은 나이트레이 왕국, 데브히 제국과 함께 중앙 3대 강국 중 하나였다.

결국 크게 한숨을 내쉰 아벨이 결론을 내렸다.

"이 녀석들은 위병대에 넘기자. 그들이 알아봐 주겠지."

료도 같은 의견인지 고개를 끄덕이며 말했다.

"아벨도 가끔은 좋은 일을 하네요."

"아니, 대체로 항상 좋은 일을 하고 있지?"

"하지만 대해소 때 연회에서 료가 있었으면 더 편했을 거라는 말을 굉장히 많이 했다고 들었는데…… 그런 게 좋은 일 같지는 않은데요?"

"그걸 네가 어떻게 아는 거야!"

정답: 펠프스가 말해줬으니까.

◆

료와 아벨이 본래 목적인 골칫거리 기사단원 탐색을 내팽개치고 수상한 일단을 사로잡고 있을 무렵, 백의 여단 단장 펠프스는 거리의 단골 가게에서 저녁을 먹고 여단 본거지로 천천히 돌아가는 중이었다. 일행도 없이 혼자.

그 모습을 가게에서 계속 주시하는 그림자가 다섯 개.

만일 낮에 길드 숙소 안뜰에 있던 자가 그곳에 있었다면 주시하고 있는 다섯 그림자가 그때 그 기사들이라는 것을 눈치챘을 것이다.

이 상황…… 낮의 빚을 갚기 위해 다섯 명이 펠프스를 습격한다, 펠프스를 죽이고자 한다. 그 이외에는 해석할 길이 없었다.

그리고 상황은 사람의 왕래가 거의 없어진 곳으로 접어들었을 때 움직였다. 다섯 사람이 거의 동시에 검을 뽑아 펠프스를 뒤에서 덮치려고 한, 그때…….

다섯 사람 전원의 몸이 경직됐다.

"무, 무슨……."

"몸이 안 움직여."

"으윽……."

"뭔가 꽂혀 있어."

"바늘……."

다섯 명에게 아슬아슬하게 들릴 정도의 크기로 한 여성의 목소리가 들렸다.

"기껏 펠프스 님이 눈감아주셨는데…… 어리석은 녀석들. 쓰레기는 타버려라."

들린 것은 거기까지였다.

주문 영창은 다섯 사람이 알아들을 수 없을 정도로 작았다. 하지만 확실하게 들려왔다. 그것은 다섯 사람에겐 사형 선고나 다름없는, 공포를 맛보는 길고 긴 시간이기도 했다.

"〈인페르노〉."

트리거 워드가 들리는 순간 업화가 치솟으며 기사들을 불태웠다.

거리의 사람들이 모여들었을 때 그곳에 있었던 것은 그저 다섯 개의 잿더미뿐이었다.

"고생했어요, 셰나."

펠프스는 뒤도 보지 않고, 그럼에도 살짝 미소를 지은 채 말했다.

이를 확인한 백의 여단 부단장 셰나는 목례하고 어둠 속으로 사라졌다.

봉쇄 해제

다음 날, 료의 예정은 아침부터 계속 차질을 빚고 있었다.

원래 오전 이른 시간부터 북쪽 도서관에 갈 생각이었는데 길드 식당에서 아침을 먹으려던 시점에서 계획이 틀어지기 시작했다.

"벌써 재료 소진이요?"

평소와 같은 시간, 아침 7시가 넘어서 식당에 왔는데 놀랍게도 이미 재료 소진.

"미안해, 료. 왕도에서 온 학술 조사단인지 뭔지 하는 녀석들이 오늘 아침 몫을 다 가져갔어. 점심 이후의 분량은 지금부터 시장에 가서 재료를 사 올 거라 괜찮지만······ 다른 녀석들도 미안해."

늘 주방 안쪽에서 즐겁게 요리를 하던 주방장이 미안하다는 얼굴로 고개를 숙였다.

주방장도 물론 전직 모험자로 길드 마스터보다 조금 위 세대의 전직 C급 모험자다. 젊은 모험자들 입장에서는 항상 맛있는 요리를 해주는 아버지 같은 존재.

그런 사람이 고개를 숙이면 강하게 말할 수 없었다.

오히려 그런 주방장에게 고개를 숙이게 만든 사태를 일으킨 학술 조사단이라는 자들에 대한 인상이 이 시점에서 최악으로 치닫고 있었다.

학술 조사단은 왕국 내에서 어떠한 이변이 발생했을 경우 그 원인, 경과, 향후 전망을 조사하기 위해 왕도에서 보내는 조사단이다. 왕국 중앙 대학 학자나 마법 대학 연구자 혹은 궁정 마법단 자체가 중심이 되어 조사하기도 했다.

이번에는 중앙 연방 유일의 던전에서 발생한 약 10년 만의 대해소, 게다가 과거 유례를 찾아볼 수 없는 대해소이기도 했기에 학술 조사단의 규모도 과거를 통틀어 유례를 찾아볼 수 없을 정도로 거대했다.

왕국 중앙 대학, 마법 대학, 궁정 마법단 등 세 조직이 내놓을 수 있는 모든 인원을 내보낸 것이다.

그 수만 총 5천 명.

조사단 등은 일반적으로 50명 정도, 많아야 100명을 넘지 않는다.

그것이 5천 명이 되니…… 거리의 숙박 시설은 완전히 한도 초과였다. 숙소에 묵지 못한 사람들은 대부분 조사단 안에서도 하단, 짐 나르기나 호위로 따라오는 자들이긴 했지만 이들은 거리 바로 밖에서 노숙을 하는 처지가 되었다.

◆

"대체 무슨 생각이야!"

길드 마스터 집무실에 휴의 고성이 울려 퍼졌다.

휴 앞에 있는 사람은 이번 조사단의 간부 3명.

왕국 중앙 대학 총장 클라이브 스테이플스.

마법 대학 수석 교수 크리스토퍼 블라트.

궁정 마법단 고문 아서 베라시스.

모두 왕도 학술계에 있어서는 거물급이라고 해도 좋을 이들이었다.

특히 왕국 중앙 대학은 총수인 총장이 직접 나서서 조사단을 이끌겠다는 압력을 가한 것으로 보였다. 학자와 관료 양쪽의 분위기를 모두 지닌 총장 클라이브 스테이플스. 분명 왕도 학술계의 정점 중 한 명이리라.

하지만 그런 것은 휴와는 관계없다. 아니, 적대하면 골치 아픈 일이 된다는 것은 이해하지만 그래도 이건 과했다.

"도착하자마자 모험자 길드의 식량을 모두 접수한 것도 모자라서 오늘부터 던전으로 들어갈 테니 봉쇄를 풀라고? 심지어 그 호위로 모험자를 차출하라니. 해도 해도 정도가 있지!"

하지만 휴의 고성은 세 사람 중 누구에게도 큰 효과를 미치지 못했다.

총장 클라이브는 싸늘한 표정을 짓고 있었고, 수석 교수 크리스토퍼는 엉뚱한 방향을 보고 있었고, 고문 아서는 한숨과 함께 나온 차를 홀짝이고 있었다.

"마스터 맥글러스, 이번 조사에서 국왕 폐하는 내무경 해롤드 로렌스 백작을 조사단 단장으로 임명했습니다. 그리고 우리는 단장인 해롤드 로렌스 백작으로부터 전권 위임장을 받았습니다."

맥글러스는 휴의 패밀리 네임이다. 풀네임은 휴 맥글러스.

총장 클라이브는 봉랍된 편지와 전권 위임장을 내밀었다.

"전권 위임장이라고?"

그것은 말 그대로 위임장을 가져온 자에게 전권을 위임한다는 것……. 즉 눈앞의 세 사람은 단장 해롤드 로렌스 백작과 동등하며, 나아가 그것을 임명한 국왕과 마찬가지로 함부로 대해도 될 상대가 아니라는 뜻이 된다.

휴가 봉랍된 편지를 바라보았다.

봉랍은 밀랍으로 봉인한 뒤 거기에 인새(印璽)를 찍어 봉한 것으로 누가 보낸 것인지 봉랍을 보면 알 수 있었다.

그리고 그가 제시한 봉랍은 확실히 내무경 해롤드 로렌스 백작의 것이었다.

봉랍을 떼서 안의 편지를 스윽 확인했다.

"……확실히 당신들에게 가능한 한 편의를 봐주라고 적혀 있군."

"이해해 주셔서 다행이군요."

총장 클라이브는 어딘지 모르게 차가운 느낌이었지만 미소를 지으며 답했다.

"하지만 할 수 있는 것과 할 수 없는 것이 있지. 길드에서 식량 제공은 할 수 없다."

하지만 휴는 그렇게 말했다.

"마스터 맥글러스, **편의를 봐준다**는 말의 의미를 알고 계십니까?"

"클라이브 스테이플스, **가능한 한**이라는 말의 의미를 알고 있나?"

두 사람의 눈싸움은 다른 목소리에 의해 가로막혔다.

"클라이브, 휴, 두 사람에게 미안하네만 우리는 같은 왕국의 중진이네. 길드의 식량에 관해서는 휴가 하는 말도 일리가 있어. 길드 식당에서 식량을 가져온 것은 미안했네. 앞으로는 길드 식당에 들어가거나 길드에게 식량 제공을 강요하지 않겠네. 이웃 마을인 카이라디나 아크레에서 식량을 제공받는 걸로 이야기를 마무리 짓도록 하지. 그거면 되겠지?"

이야기를 정리한 사람은 이 네 사람 중 아마 가장 나이가 많을 궁정 마법단의 고문 아서 베라시스였다.

흰 수염을 길게 기르고 마법사 특유의 회색 가운을 걸치고 커다란 지팡이를 들고 있다. 누가 봐도 마법사다운 모습의 마법사.

"네⋯⋯. 감사합니다."

아서 베라시스 하면 지금도 왕국에서 열 손가락 안에 드는 마법사 중 한 명이다. 젊었을 때는 모험자로 활약하기도 했기에 같은 대선배 모험자의 중재는 휴도 무시할 수 없었다.

"알겠습니다. 벨라시스 고문께서 그렇게 말씀하신다면 식량에 대해서는 양보하도록 하겠습니다. 하지만 던전 봉쇄 해제, 이건 양보할 수 없습니다. 애초에 해제해 주지 않으면 우리가 온 의미가 없으니까요."

총장 클라이브는 던전 봉쇄 해제만큼은 양보하지 않았다.

"안에서 무슨 일이 일어나는지도 알 수 없는 장소의 봉쇄를 풀라니⋯⋯."

휴의 약한 저항을 비웃기라도 하듯, 아니 실제로 비웃으며 총장 클라이브가 반박했다.

"무슨 일이 일어나고 있는지 모르니까 조사하는 게 아닌가? 그것을 위한 조사단이다.”

그 말엔 휴도 끄응 하는 소리밖에 낼 수 없었다.

“……알았다. 하지만 던전에 들어갈 때는 철저하게 자기 책임으로 삼도록 하겠다. 무슨 일이 일어나도 룬의 거리 및 모험자 길드, 모험자는 일체의 책임을 지지 않는다. 그리고 그 건에 관해서는 세 사람 모두에게 서명을 받도록 하지.”

“이 놈이……!”

“그게 싫다면 던전의 봉쇄는 해제하지 않겠다!”

또다시 클라이브와 휴가 대치했다.

“클라이브, 그건 어쩔 수 없네. 휴, 모험자를 호위 삼아 정해진 금액 이상을 지불하고 고용하는 건 물론 문제없겠지? 모험자니까 돈을 벌 수 있는 일이 필요하지 않겠나.”

전 모험자인 고문 아서……. 한쪽을 받아들이고 다른 쪽을 상대방이 받아들이게 한다. 교섭의 기본은 제대로 성립하고 있었다. 휴 입장에서는 그만큼 성가셨지만……

“알겠습니다. 그건 각 모험자에게 달려 있겠죠. 다만 이것만은 잊지 않으셨으면 좋겠군요. 대해소 후 던전 안이 어떻게 되어 있는지에 대한 자료는 거의 없습니다. 지금까지 경험하지 못한 일이 일어난다, 이는 현역 모험자들에게도 마찬가지입니다. 부디 신중하게 들어가 주시기 바랍니다.”

이렇게 해서 대해소 6일 만에 던전의 봉쇄는 해제되었다.

◆

길드 식당의 아침을 못 먹은 료는 아침을 먹을 수 있는 가게를 찾아 거리를 걷고 있었다.

던전이 개방되어 있을 무렵엔 거리 중앙에 있는 던전 입구로 향하는 길가에 수많은 포장마차가 즐비했는데 대해소 후에는 손에 꼽을 정도밖에 나오지 않았다.

이는 던전 주변의 모험자가 줄어 매상이 좋지 않다는 이유도 있었지만, 그보다는 던전산 마물 고기 공급이 줄었다는 이유가 가장 컸다. 던전의 4, 5층은 고블린 때문에 고기를 쓸 수 없었지만, 10층까지의 다른 계층에서는 꽤 맛있는 고기가 잡히고 있었던 것이다.

그리고 던전이 봉쇄된 현재 극소수 입점해 있는 노점도 역시 이 시간에는 준비조차 되지 않았다. 그런 이유로 료가 찾고 있는 것도 길가의 식당이었는데…… 그조차도 아직 열지 않았다…….

"이러면…… 아침 식사를 걸러야 하나……?"

조식은 중요하다.

하루의 활력은 아침 식사에서 시작된다.

먹지 않으면 활동할 수 없다!

그런 생각을 하며 문을 연 가게를 찾던 중 황금파도 앞에 도착했다. 이곳은 아벨 귀환 축하 파티가 열리며 료가 술을 마시고 쓰러진 곳이자 그가 맛집으로 인정한 곳.

동시에 아벨 일행, 붉은 검의 단골 숙소이기도 했다.

황금파도는 입구로 들어가면 가장 먼저 정면에 숙소 카운터가 있다. 그리고 오른쪽에 식당이 붙은 형태였다.

"말도 안 돼…… 붉은 검이 벌써 없다고?"

"네, 아까…… 30분 정도 전쯤일까요. 다 같이 나가셨어요. 숙소를 뺀 건 아니니 먼 곳의 의뢰는 아니라고 생각하지만……."

숙소 카운터에서 숙소 여주인과 손님으로 보이는 인물이 이야기하고 있다.

손님의 키는 린과 같은 정도로 작았고, 린과 같은 검은색 마법사 가운을 걸치고 있었으며 린과 같은 큰 지팡이를 들고 있었다. 목소리를 들어보니 아직 성인이 되기 전의 여자인 것 같았다. 하지만 그 여자아이는 붉은 검이 없다는 말을 듣고 눈에 띄게 우울해했다.

"혹시 모험자 길드 같은 곳에 가면 만날 수 있을 가능성은……?"

"글쎄요, 가능성은 있을지도 모르겠네요."

그렇게 말한 여주인은 들어온 료를 알아차렸다.

"어머, 료 씨 어서 오세요."

그 소리를 들은 여자아이가 휙 몸을 돌려 료를 보았다. 그리고 료에게 달려오더니 팔을 잡고 말한다.

"오빠!"

"오빠?!"

여자아이의 말을 듣고 여주인이 얼빠진 소리를 냈다.

"아니, 아니에요."

어디선가 생이별한 남매라고 생각했을지도 모르지만, 당연하게도 료와는 일면식도 없는 여자아이다.

"오빠, 모험자죠? 저 지금 당장 모험자 길드에 가야 하거든요. 좀 데려가 주세요."

"어……?"

료는 과연 아침 식사를 할 수 있을 것인지…….

물론 여자아이의 부탁을 무시하고 황금파도의 맛있는 아침을 먹을 수도 있겠지만 기본적으로 료는 천성이 좋았다. 그래서 마법사 여자아이를 데리고 아까 걸어온 큰길을 이번에는 반대로 걷고 있었다.

"아까도 말했듯이 이 길 남쪽으로 가면 길드는 있는데……."

"네. 하지만 만약 길을 잘못 들면 큰일이잖아요. 제가 이 동네에 온 지 얼마 안 돼서 정말 오른쪽도 왼쪽도 하나도 모르거든요."

마법사 여자아이의 이름은 나탈리.

학술 조사단 안의 궁정 마법단에 딸려 어젯밤 왕도에서 막 왔다고 한다. 궁정 마법단은 황금파도 등 주변 여러 숙소에 분산하여 숙박하고 있지만 나탈리는 황금파도와는 다른 숙소에 머무르고 있었던 듯했다.

"제 마법 선생님의 선생님, 그러니까 큰 선생님께서 붉은 검의 아벨 씨에게 직접 전달하라고 편지를 건네주셨어요. 그걸 위해서 모험자 길드에……."

"그렇군요, 여러모로 고생이네요."

그런 이야기를 하는 동안 두 사람은 모험자 길드에 도착했다.

그 타이밍은 절묘했다고 할 수 있었다. 도착한 그때, 길드에서 아벨과 붉은 검 일행들이 나왔으니까.

"아벨, 마침 타이밍이 좋네요."

"료, 무슨 일이야?"

"여기 있는 아가씨가 아벨에게 전해주고 싶은 게 있대요. 괜찮아요, 팬레터는 아니니까요."

"팬레터가 뭔지는 모르겠지만, 굉장히 바보 취급을 받고 있다는 느낌이 드는 건 기분 탓인가."

아벨은 그렇게 말하고는 나탈리 쪽을 바라보았다.

"아, 이거 받으세요. 왕도의 일라리온 선생님께서 보내신 거예요."

그렇게 말한 나탈리는 아벨에게 봉랍된 편지 한 통을 건넸다.

일라리온이라는 말에 아벨뿐 아니라 풍속성 마법사인 린도 놀라고 있었다.

"여기서 읽고 가는 편이 낫겠네. 잠깐 식당에 앉아서 읽을까. 료랑 너도…… 그러니까……."

"나탈리예요."

나탈리라는 이름을 듣고 린이 더욱 놀랐지만 이를 눈치챈 사람은 아무도 없었다.

"그래, 나탈리도 같이. 어쩌면 답장을 보내게 될지도 모르니까."

그리하여 붉은 검과 료, 나탈리 여섯 사람은 길드 식당에 들어갔다.

그랬다. 현재로선 먹을 것이 아무것도 없는 식당에…….

아벨은 일라리온의 편지를 슥 훑어보더니 머리를 긁적이며 편지를 리햐에게 건넸다.

그러는 사이에 린이 나탈리에게 질문을 하고 있었다.

"나탈리라면 나탈리 슈바르츠코프?"

"네, 맞는데요……."

"슈바르츠코프 가문이라고 하면 수속성 마법의 대가지……."

거기까지 말하고 린은 잠시 생각에 잠겼다.

'수속성 마법사…… 나 외에 수속성인 사람을 만나는 건 처음이야…….'

료가 남몰래 살짝 두근거린 것은 비밀이다.

"정작 제 마법 솜씨는 아직 한참 미숙해서…… 매일 연구에 매진하고 있어요."

그렇게 말한 나탈리가 고개를 숙여 보였다.

일라리온의 편지는 리햐에서 워렌, 그리고 린에게로 건너갔다.

"그래……."

린의 짧은 대답은 나탈리에 대한 것이었는지 아니면 편지에 대한 것이었는지…… 료는 판단할 수 없었다.

"요컨대 궁정 마법단이 던전으로 들어가는 걸 도와달라는 거네."

"던전? 봉쇄되어 있는데요?"

료가 당연한 의문을 제시했다.

"뭐, 거기는 조사단의 높으신 분들이 타협을 했겠지. 길마스도 결국 허락할 수밖에 없었을 거야. 조사단은 국가가 보내온 거니까. 그렇게 되면 조사단은 당연히 던전에 익숙한 모험자들을 고용할 거고…… 그러니 먼저 개인적인 연줄을 이용해서 손을 써두겠다, 뭐 그런 내용의 편지인 셈이지."

그렇게 말한 아벨이 그 어느 때보다 곤란하다는 표정을 지었다.

"아벨이 그런 표정을 짓는다는 건 대해소 후의 던전은 상당히 문제가 많은가 봐요?"

"반은 정답이야. 애초에 대해소 후에는 던전으로 들어가는 것 자체가 금지돼. 그 관례는 수십 년 전 당시 A급 파티가 대해소 이후 던전에서 돌아오지 않은 데서부터 시작됐어. 게다가 단순한 A급이 아니야. 리더는 S급까지도 갈 수 있다는 말을 들은 특출한 검사. 그마저도 돌아오지 않아 생긴 관례지."

"어딜 봐도 문제투성이인데…… 왜 반만 정답이죠?"

"A급이 돌아오지 못한 걸 포함해 아직도 대해소 후의 던전에서 무슨 일이 벌어지고 있는지는 아무도 몰라. 무슨 일이 일어나고 있는지 알 수 없는 곳에 가기 싫다는 게 나머지 절반이야."

아벨이 그렇게 말하고는 어깨를 으쓱했다.

'음, 그렇다면 가까이 가지 않는 게 좋겠네요.'

료는 당분간 던전에 접근하지 않겠다고 굳게 마음먹었다.

"그럼 저는 아침을 먹고 올게요."

그렇게 말한 료가 몸을 일으켰다.

"응? 여기서 먹으면 되잖…… 그러고 보니 아무도 식사를 안 하네……."

아벨은 주위를 둘러보다가 고개를 갸우뚱했다.

자리에 앉아 있는 사람도 드물었지만 그마저도 물만 마시고 있는, 식당으로서는 기묘한 광경이 펼쳐지고 있었다.

"오늘 아침 조사단에 의해 이 식당의 식량이 전부 동났거든요."

"뭐……?"

그 말에는 아벨을 필두로 리햐, 린, 워렌…… 워렌은 원래 말을 하지 않지만, 다들 입을 다물었다.

그리고 놀랍게도 나탈리도 말을 잇지 못하고 있었다. 그녀가 황급히 설명을 시작했다.

"구, 궁정 마법단은 마법단에 딸린 요리사와 식량을 직접 가져와서…… 설마 그런 일이 있었을 줄은 몰랐어요……."

자신들의 책임이 아니라는 것은 알고 있지만 미안한 마음이 있는 것 같았다.

"하지만 이 일이 길드 내에 퍼지면 조사단이 모험자를 고용하는 게 상당히 힘들어질 거야. 모험자는 감정적인 부분의 기복이 큰 편이니까."

"그래, 음식에 대한 원한은 크지."

아벨의 냉정한 지적에 이어 린의 어느 세계에서도 통용되는 진실을 말했다.

어느 쪽이든 던전에 접근하지 않기로 결정한 료와는 상관없는 일이긴 했지만.

"아벨, 던전의 봉쇄를 해제하게 된다면 오늘 사냥은 중지겠네요."

리햐가 아벨에게 확인했다.

"그러게. 아마 조금 있으면 길마스가 주요 파티를 모아서 설명을 해주겠지. 그걸 감안하면 적어도 연락이 되는 거리 안에 있는 편이 좋을 거야. B급 파티라면 확실히 불릴 테니까."

"우리랑 백의 여단 말이지? 나머지는 C급 파티가 스무 팀 정도는 거리에 머물고 있을 거야."

"아, 그러고 보니 세라 씨가 돌아왔었어."

린이 생각난 듯 말했다.

"오, 풍의 세라 말이지. 그러고 보니 한동안 왕도에 가 있었지."

료는 일어선 채로 식당을 나설 타이밍을 놓치고 있었지만, 여기서 결단을 내렸다.

"그럼 저는 가볼게요."

"오, 그래, 황금파도라면 식사할 수 있을 거야."

"네. 그럴 생각이었어요……."

"저기, 죄송합니다……."

료에게서 아침을 먹을 기회를 빼앗아 버렸다는 것을 뒤늦게 이해한 나탈리가 얼굴을 붉히며 고개를 숙였다.

"아니, 급한 일인 것 같았으니 어쩔 수 없지. 그럼 이만."

그렇게 말한 료는 길드를 나와 아침 식사를 청하기 위해 황금파도로 떠났다.

"료 씨, 황금파도에 아침을 먹으러 갔던 거군요……. 그걸 제가 여기로 데려와 버렸네요……."

료가 나간 뒤에도 나탈리가 미안하다는 얼굴로 말했다.

"신경 쓰지 마. 료는 그런 거 신경 안 써."

그렇게 말한 아벨이 웃었다.

"맞아, 나탈리. 수속성 마법의 대가 슈바르츠코프에게 묻는 건데, 〈아이스 월〉을 공중 높이, 술자에게서 떨어진 곳에 생성하는 마법이 수속성 마법 중에 있어?"

"네? 아뇨, 제가 아는 한 그런 마법은 없어요."

"그래…….역시 그렇지?"

린의 물음에 나탈리는 당황하면서도 막힘없이 대답했다.

"뭐야 린, 아직도 그걸 신경 썼어?"

"당연하지! 마법사로서 이게 신경 쓰이지 않는 사람은 없어!"

바람 빠진 어조로 말한 아벨을 향해 린이 무척이나 사나운 태도로 대꾸했다.

"〈아이스 월〉을 술자에게서 떨어진 곳에 생성하는 마법이 있다는 건가요?"

나탈리가 조심스레 물었다.

"응, 하지만 난 못 봤어."

"그럼 누가?"

"저기 있는 우리 리더가 봤대."

"네, 여기 있는 우리 리더입니다."

그렇게 말한 아벨이 한 손을 들고는 약간 고개를 기울여 보였다.

"그런 일은…… 있을 수 없다고 생각하는데……. 아벨 씨, 확실한 건가요?"

"확실히 마법사라면 누구라도 신경이 쓰이는 건가……. 나탈리조차도 이런 반응이니."

나탈리의 집요한 질문에 쓴웃음 짓는 아벨.

"아, 죄, 죄송해요. 하지만 그게 사실이라면 꼭 보고 싶은데…… 어디서 보셨나요?"

"여행 도중에……."

"아…… 그럼 더는 볼 수 없겠네요."

나탈리는 눈에 띄게 풀이 죽었다. 여행 도중에 본 것뿐이라면 잘못 봤을 가능성도 있었다.

"아니……. 아아, 그래. 나탈리, 이 화제는 다른 데서 꺼내지 않겠다고 약속할 수 있어? 가족에게조차도 얘기해선 안 돼. 그걸 약속할 수 있다면 계속 얘기해줄 수 있는데……."

"어…… 그, 그럼요. 아무에게도 말 안 해요. 계약 마법으로 묶어도 상관없어요!"

"아니, 그렇게까지는 안 해도……."

그리고 아벨은 잠시 생각하고는 말을 이었다.

"얼음으로 된 벽을 공중에 생성하고 그걸 떨어뜨려서 골렘을 부숴버렸어. 그 마법사는 아까 거기 있었던, 료다."

그 말을 들은 나탈리의 눈이 경악으로 크게 뜨였고 한동안 그대로 멈춰 있었다.

"료는 규격 외야. 리햐, 린, 워렌에게도 이참에 말해둘게. 료와는 절대 적대하지 마. 우리 넷이 덤벼도 즉사야. 만약 적대하게 되면 순순히 항복해. 그러면 그 녀석은 목숨까지는 가져가지 않을 거다. 알겠어? 이건 진지한 이야기야. 파티 리더로서의 명령이다."

"네."

"알았어."

워렌은 고개를 끄덕였다.

"아벨 씨……. 료 씨의 실력이 그 정도인 거군요……."

나탈리는 진지한 표정의 아벨을 보았다.

"나탈리. 만약 누군가의 도움이 절실히 필요한 상황이 생겼는데 우리가 없다면, 그때는 료를 의지해. 여기 숙소 10호실이나 도서관에 있을 테니까. 그땐 절대 속이지 마. 거짓말하면 바로 들킬 테니까. 거짓말이 들키는 순간 죽는다고 생각해. 진지하게, 정직하게, 모든 것을 말하고 협력을 얻어내는 거야. 그 녀석은 사람좋고 착한 녀석이니까 그러는 편이 도움을 줄 가능성이 높아."

료는 아침 식사를 위해 황금파도로 떠났고, 한 시간 후 길드 마스터의 소집이 들어왔다.

룬의 거리에 있는 D급 이상 파티의 리더에게. 물론 무시해도 별문제는 없었다. 하지만 일반적으로 길드 마스터에 의한 소집을 무시하는 모험자는 없다.

그렇다고는 해도 본인 앞으로 소집이 도착하지 않으면 모일 수도 없지만…….

예를 들어 황금파도에서 북쪽 도서관으로 향하는 큰길 위에 있는 D급 모험자이자 수속성 마법사인 남자, 료의 경우였다.

세라와의 만남

료가 북쪽 도서관에 도착한 것은 10시가 넘어서였다. 남쪽 도서관이 비교적 거대한, 3층 크기로 된 석조 입구였던 것에 비하면 북쪽 도서관의 입구는 결코 크지 않았다. 마찬가지로 석조이긴 했지만 벽면에 부조가 새겨져 있어 남쪽 도서관의 중후함과는 반대로 북쪽 도서관은 아름다움마저 느껴졌다.

그러나 그 입구에는 아무도 없었다. 남쪽 도서관에는 늘 사서가 세 명 이상 있어서 입장료를 받고 있었는데…….

이 북쪽 도서관에는 종이만 달랑 한 장……. 『자리를 비웠습니다. 잠시만 기다려 주세요.』

누군가가 돌아오긴 하는 것 같았다.

여유 잡아 15분쯤 지났을 무렵, 외알 안경을 쓴 젊은 남자가 돌아와서 말했다.

"오래 기다리셨습니다."

료는 입장료를 내고 모험자용 검은색 출입증을 목에 걸고 대열람실로 들어갔다.

남쪽 도서관의 대열람실은 그야말로 돔 구장 한 개 정도의 광활한 공간이었지만 북쪽 도서관은 그렇지 않았다.

마치 유럽의 오래된 대학 도서관이라는 인상이었다. 서가는 제법 높이가 높아 서가에 달린 이동 사다리를 타고 높은 곳의 책을 집는 형식이었다. 료는 보자마자 한눈에 이곳이 마음에 들었다.

광활한 남쪽 도서관은 그 압도적 스케일에 속이 뻥 뚫리는 느낌이었다면, 방대한 수의 서적과 일체감을 느낄 수 있는 이 북쪽 도서관의 분위기는 또 결이 달랐다.

료의 시선은 처음에는 그런 식으로 대열람실의 분위기 자체를 느끼고 있었지만, 문득 한순간…… 어느 한 지점에서 시선을 뗄 수 없게 되었다.

높은 창문으로 쏟아지는 부드러운 빛.

그 빛을 받고 있는 한 여자.

주위의 공기가 빛을 두르고 있는 듯해 눈을 뗄 수가 없었다.

플래티넘 블론드 머리, 투명하고 새하얀 피부, 오똑한 콧날, 모양 좋은 입술…… 원래라면 가장 눈에 띄어야 할 끝이 조금 뾰족한 귀…… 하지만 가장 인상적인 것은 커다란 녹색 눈동자였다.

너무나 현실적이지 못한 광경.

한 폭의 그림처럼 느껴지는 색채.

료가 멍하니 바라보고 있었던 건 어느 정도의 시간이었을까.

그 여자는 문득 고개를 들어 료 쪽을 바라보았다.

한참을 보더니 눈을 크게 뜨고 놀란 표정을 짓는다.

그제서야 료는 퍼뜩 정신을 차렸다. 한참이나 그 여자를 보고 있었다는 것을 깨달은 것이다.

여자는 자리에서 일어나자마자 료 쪽으로 걸어오며 말했다.

"안녕. 너도 모험자구나. 나는 세라야, 잘 부탁해."

그러면서 손을 내밀었다.

"네, 모험자인 료예요."

그렇게 말하고 료는 악수했다.

그 사이에도 그 여자, 세라는 료를 보고 있었다······. 하지만 그 시선은 료의 얼굴 같은 곳이 아니라 그 로브에 쏠려 있다. 잠시 로브에 시선을 준 뒤에야 느지막이 료의 얼굴을 보고 빙긋 웃는다.

"지금 이 도서관 사서들은 모두 학술 조사단에 끌려가서 여기 없어. 그러니 찾는 책이 있다면 내가 도와줄게. 웬만한 책이 있는 곳은 다 알고 있으니까."

"아, 그래서 입구에 아무도 없었군요······."

"외알 안경을 쓴 젊은 남자가 왔었지? 그는 사서가 아니라 관리를 위해서 성에서 파견된 아이라 책의 장소 같은 건 모르거든."

세라가 안타깝다는 듯 입술을 굳게 다문 채 고개를 갸웃했다.

'악마에 대해 세라 씨에게 묻는 건 좀······ 솔직히 어떤 반응이 나올지 알 수 없으니 오늘은 그만두자.'

료는 그렇게 생각하고 자신의 취미로 주제를 바꿨다.

"음, 연금술에 대한 책을 찾고 있어요. 중급용······ 으로는 아마 부족하겠지만······ 당장은 아니라도 최종적으로는 골렘을 움직이기 위한 연금술에 관련된 책을요."

이 말에는 세라도 놀란 것인지 눈을 크게 떴다.

"골렘! 그거 정말 굉장한 야망이네······. 음, 골렘에 관해 직접 쓰여진 연금술 서적은 없지만······ 몇 가지 그것과 연결될 만한 책은 있었을 거야. 따라와."

그로부터 몇 시간 동안 두 사람은 골렘과 관련이 있을 만한 연금술 관련 서적을 닥치는 대로 뒤졌다.

상당한 수의 서적이었지만 료에게는 무척 마음 편한 시간이었다.

애초에 지구에 있을 때부터 료는 독서를 무척 좋아했다. 하지만 『파이』에 와서 론도 숲에서 생활하는 동안 책이라고 부를 수 있는 물건은 『마물 대전 초급편』과 『식물 대전 초급편』뿐. 그렇다고 해도 론도 숲에서 생활하는 동안에는 특별히 곤란한 일도 없었고 활자에 대한 욕구가 끓어오르지도 않았는데……

룬의 거리에 도착해 남쪽 도서관에서 서적에 둘러싸인 시간을 보내는 동안 료의 안에서 잊고 있던 활자 중독의 피가 부활한 것 같았다.

그런 료에게 있어 북쪽 도서관의 적당한 넓이와 방대한 수의 서적, 평온한 공간은 그야말로 마음에 쏙 들었다.

게다가 지금은 절세의 미녀도 도와주고 있다.

정말 행복한 한때였다…….

◆

료가 북쪽 도서관에서 행복한 한때를 보내고 있을 무렵, 모험자 길드 3층 강의실은 한바탕 난리가 나고 있었다.

"도저히 이해가 안 됩니다! 왜 저런 놈들한테 멋대로 혹사당해야 하는 건데요?!"

"우리 식량을 뺏어가 놓고 이제 와서 뻔뻔하게 고용하겠다니."

"대해소 후의 던전은 다른 세계와 연결된 거죠? 그런 곳엔 가고 싶지 않아요."

"나라의 뜻? 우린 나라의 노예가 아니야!"

"멋대로 들어가라고 해. 알 바 아니니까."

"하지만 솔직히 돈을 준다는 건 고맙……."

마지막 의견은 정말로 사그라질 듯한 작은 소리로…… 주위의 모험자의 날카로운 시선에 채 말을 맺지도 못했다.

떠들썩한 논의의 장이라기보다는 모험자들의 불만 표출의 장.

오늘 아침, 조사단이 길드 식당 식량을 동냈다는 것은 대부분의 모험자가 알고 있었다. 그런 정보는 빠르게 퍼진다. 그런 이유도 있어서 90% 정도는 조사단에 적대적인 상태였다.

길드 마스터로서 소집을 낸 휴로서도 모험자들의 마음은 아플 정도로 이해했다. 그리고 식량을 빼앗아간 조사단의 던전 조사에 협조하라는 말을 듣고 네, 알겠습니다, 라는 대답이 순순히 나오지 않으리라는 것도 이해했다.

하지만 입장 상 정해진 것은 전해야 한다.

"모두의 마음은 잘 안다. 암, 잘 알고말고. 그러니 조사단을 돕는 건 어디까지나 의뢰로서다. 의뢰 내용에 납득이 가지 않으면 받을 필요는 없어. 그건 모험자로서의 대전제지?"

솔직히 휴는 소중한 동료인 모험자들을 이 시기의 던전으로 들여보내는 것엔 아직도 반대였다.

더구나 함께 들어가는 것은 바보 같은 학자들이다. 동료의 목숨보다, 경우에 따라서는 자신의 목숨보다도 조사가 더 중요하다고 외치는 무리들인 것이다.

한 달 동안 아무 일 없이 지나가 주는 게 제일 좋다, 솔직히 그렇게 생각했다.

"말할 필요도 없겠지만 모험자는 자기 책임이다. 자신과 파티 목숨이 걸린 이상 쉽게 받아들이지 말도록."

그 말을 듣고 많은 모험자들이 고개를 끄덕였다.

"하지만 이것만은 제일 먼저 말해두지. 다른 모험자가 의뢰를 받았다고 해서 그들에게 배신자라며 매도하는 짓은 내가 용서하지 않겠다. 알겠나!"

의뢰를 받은 모험자들이 의뢰를 거절하는 모험자들에게 이런저런 말을 듣게 될 것은 눈에 선했다.

그렇기 때문에 휴는 굳이 나서서 말한 것이다.

그리고 그걸 재차 일깨워주는 소리가 들려왔다.

"길마스, 잠깐 모두에게 말해둘 게 있는데 괜찮을까?"

손을 든 것은 아벨이었다.

"아벨이구나. 좋다."

"우리 붉은 검은 궁정 마법단의 호위로서 던전으로 들어간다."

그 말의 의미를 이해하고는 모험자들의 웅성거림이 커졌다.

"옛날 친구의 부탁이지, 거절한다는 선택지는 없어. 궁정 마법단은 조사가 목적인 이들이 와 있다고는 하지만 조사단 중 순수 전력만으로 따지면 가장 강력하다. 전쟁터에 나가는 녀석들이니까. 그러니 아마 가장 빨리 아래 계층으로 내려갈 거다. 그때마다 정보는 길드에 올라올 테니 그걸 유효하게 사용해 주었으면 한다. 이상이다."

'역시 아벨. 이걸로 의뢰를 받는 놈들이 험한 말을 들을 일은 없

겠군.'

휴는 절묘한 타이밍에 아벨이 정보를 공개한 것에 감탄했다. 게다가 붉은 검에서 올라오는 정보는 향후 굉장히 유효할 것이라는 점도 이해했다.

"던전의 봉쇄 해제는 내일 아침 7시다. 정보는 길드 게시판에 수시로 올라갈 테니 각자들 훑어보도록. 이상. 해산."

길드 마스터 집무실로 돌아온 휴는 접수 직원 니나를 불렀다.

"니나, 내일은 E급과 F급에게도 설명을 할 거야. 아홉 시에 강의실로 올 수 있게 준비해 줘."

"알겠습니다. E급, F급에게도 들어갈 수 있는 허가를 주시는 건가요?"

"아니, 그건 아니야. 그 녀석들에겐 한 달이 지난 후에 들어갈 수 있다고 단단히 일러둘 거다."

◆

그날 저녁, 료는 길드 접수 소파에 앉아 있었다.

슬슬 10호실의 세 사람이 룬의 서쪽에 있는 루세이 마을의 폐갱에서 돌아올 시간이었다. 가는 시간 반나절, 마동광석 캐는 데 반나절, 돌아오는 시간 반나절.

그런 료에게 말을 걸어오는 여자가 있었다. 접수 직원 니나다.

"료 씨. 닐스 일행은 오늘 돌아올 예정이시죠?"

"네, 맞아요."

길드를 통하지 않은 의뢰인데도 귀환 일정을 파악하고 있다니, 과연 니나였다.

"내일 아침 9시부터 E급과 F급 파티에 길드 마스터가 던전에 대한 설명을 할 예정입니다. 그러니 강의실로 와달라고 전해주실 수 있을까요?"

"알겠습니다. 전할게요."

그렇게 말하고 료는 고개를 끄덕였다. 하지만 거기서 끝이 아니었다.

"료 씨는 오늘 이야기에 참여하지 않으셨죠?"

"이야기요?"

"네, 오늘은 D급 이상의 파티 리더에게 던전에 대한 설명을 했습니다만……."

"죄송합니다, 그건 몰랐네요……."

꾸중을 듣는 기분이다…….

"아니요, 그런 경우도 있으니까요. 료 씨는 D급이긴 하지만 모험자로 등록한 지 얼마 안 되셨으니 내일 닐스 씨 일행과 함께 이야기를 들어주시면 좋을 것 같아요."

"알겠습니다. 저도 참석할게요."

"부탁드립니다."

니나는 빙그레 미소를 지어 보이고는 접수처 안쪽으로 돌아갔다.

10호실의 세 사람이 피로에 절은 상태로 길드에 돌아온 것은 바로 그 뒤였다.

"닐스, 에토, 아몬, 어서 와요."

세 사람은 피곤해 보였지만 해냈다는 모습이 역력했다.

"료, 우리가 성공했어!"

그렇게 말한 닐스가 그대로 쓰러지려고 했지만 료가 그것을 허락하지 않았다.

"닐스, 방에 도착하기 전까지가 원정이에요."

그렇게 말하고는 세 사람을 10호실까지 데려갔다.

방에 도착하자마자 세 사람은 말 그대로 침대에 엎어졌다.

에토, 아몬에 이르러서는 도착한 이후 한마디도 하지 못할 정도의 상태였다. 우선 료는 얼음으로 만든 컵에 맛있는 물을 담아 세 사람에게 건넨다. 그리고 두 사람이 다 마시기를 천천히 기다렸다.

"후, 맛있다. 좋아. 어차피 에토와 아몬은 너무 피곤해서 말을 못할 테니 내가 보고할게."

그렇게 말한 닐스가 가방에서 주먹만 한 마동광석을 **두 개** 꺼냈다.

"이게 의뢰품인 마동광석이다. 주먹만 한 게 운 좋게 두 개나 손에 들어왔지."

"오, 굉장하네요!"

료는 그 두 개를 번갈아 바라보며 확실히 마동광석임을 확인했다.

"그래서 보수 말인데…… 두 개니까 좀 더 후하게 쳐주는 건지…… 아니 뭐, 룸메이트고 같은 모험자니까 무리할 말을 할 생각은 없지만…….”

“당연하죠. 예상 이상으로 노력해서 예상 이상의 성과를 냈으니 추가 보수가 있어야 해요. 어디 보자, 여러 경비도 포함해서 두 개에 90만 플로린이면 어떨까요? 1인당 30만 플로린입니다.”

“이, 인당 30만…… 금화 30장…….”

닐스는 소리내어 놀랐고, 다른 두 사람은 피곤해서 목소리가 나오지 않는 데다 놀라움으로도 목소리가 나오지 않았다.

“어려울까요? 저도 그 이상은 좀…….”

“아니, 당연히 좋아. 너희도 그렇지, 에토, 아몬?”

닐스의 물음에 에토도 아몬도 몇 번이나 고개를 끄덕였다.

“다행이다, 협상 성사네요. 그럼 잠시 후 길드에 가서 제 계좌에서 세 명의 계좌로 각각 30만 플로린씩 입금해 둘 테니 확인해 주세요. 정말 수고 많으셨습니다.”

그렇게 말한 료는 몸을 일으키더니 세 사람에게 정중하게 고개를 숙였다.

이럴 때 가까운 사이임에도 예의를 지키는 것은 중요한 일이었다.

“아니, 아니, 나야말로 돈을 벌었으니까…… 감사한 건 우리 쪽이지.”

닐스도 고개를 숙였다. 앉은 채로. 일어설 만한 체력은 없었다…….

◆

"맞아, 세 사람에게 전해둘 말이 있었어요."

세 사람이 겨우 극심한 피로에서 아주 조금 회복되어 침대에서 일어날 수 있는 상태가 되었을 무렵, 료가 생각났다는 듯 말했다.

"내일부터 던전의 봉쇄가 풀린대요."

"뭐라고?!"

당연히 놀랄 수밖에 없다. 최소한 한 달은 봉쇄, 떠나기 전에는 그런 발표가 있었던 것이다. 대해소 이후 아직 7일밖에 지나지 않았는데 봉쇄 해제라니……

"다만 이건 왕도에서 대해소를 조사하러 온 학술 조사단이 던전 안에 들어가기 위한 조치로, 기본적으로 조사단에 호위 같은 걸로 고용된 모험자만 들어갈 수 있어요. 그리고 그건 D급 이상의 파티래요."

"학술 조사단…… 그런 게 와 있었구나……."

그제서야 목소리를 낼 수 있게 된 에토가 중얼거렸다.

"D급 이상이라는 건 우리는 못 간다는 건가?"

"어쩔 수 없죠."

낙담하는 닐스와 어쩔 수 없다며 납득하는 아몬.

"그래서 D급 이상 파티에는 오늘 설명이 있었다는데, E급과 F급에는 내일 9시부터 설명이 있을 예정이라 강의실로 오라고 했어요. 참고로 저도 오늘 건 몰라서 못 갔는데 내일 참여하라네요."

쓴웃음을 지으며 료가 말했다.

"못 갔다니……, 료는 대체 뭘 하고 있었길래……."

"도서관에서 계속 조사를 하고 있었어요."

료는 도서관에서 보낸 시간을 떠올리며 미소를 지었다.

"뭔가 우아하네……."

"이게 D급과 F급의 차이로군요……."

닐스와 아몬은 조금 지친 듯이 말했다.

에토는 그런 세 사람을 보며 낄낄 웃었다.

평소와 다름없는 10호실이었다.

닐스를 비롯한 10호실의 세 사람이 숙소에 돌아온 다음 날 아침 7시.

던전 입구에는 아벨이 있는 붉은 검과 궁정 마법단 선발대 10명이 늘어서 있었다.

던전 입구에 있던 길드 출장소는 대해소로 파괴된 그때 그대로다. 아직까지 왕도에서 온 감찰관이 조사 중이어서 수리에 들어가지 못했다.

본래라면 던전은 한 달간 봉쇄할 예정이었기 때문에 그대로도 아무 문제가 없었지만, 조사단을 위해 봉쇄를 해제하게 되면서 상황이 달라졌다.

일단 임시 길드 출장소로서 가설 텐트가 설치될 예정이었다.

"좋아, 그럼 들어갈까?"

아벨의 구령에 붉은 검과 궁정 마법단의 마법사 열 명이 고개를 끄덕였다.

"하지만 우선은 탐사 먼저 해둘까. 린, 부탁해."

"알았어~. 생명의 고동과 존재를 우리 곁으로 이끌어다오 〈탐사〉."

지난번 대해소 때 문을 열기도 전에 아벨은 불길한 예감을 느꼈다. 그래서 린에게 풍속성 마법인 〈탐사〉를 발동하게 했고…… 그랬더니 이미 1층의 홀까지 마물로 뒤덮여 있었다. 그 결과 빠르게 대해소의 이변을 감지했고 모험자들을 동원해 요격 태세를 갖출 수 있었다.

이번에는 불길한 예감은 없었지만 일은 신중하고 또 신중하게 진행하고 싶었다. 아무도 알지 못하는, 대해소 후의 던전으로 들어가는 거니까.

"응, 1층 홀까지 생물 반응 없음!"

"좋아, 그럼 문을 열어줘."

그 말을 신호로 길드 직원에 의해 던전의 봉쇄가 풀리고 문이 열렸다.

아벨을 선두로 100개의 계단을 내려가는 14명. 린의 말대로 1층 홀에는 아무것도 없었다.

린의 〈탐사〉는 찾는 넓이에 따라 소비되는 마력이 달라진다. 예를 들어 던전의 5계층만큼을 탐색한다면 기껏해야 7번이 한계였다. 그렇게 자주 쓸 수 있는 것은 아니다.

"좋아, 1층을 확실하게 조사하자. 어제 협의한 대로 오늘 하루는 최대 3층까지만 내려간다. 천천히, 확실하게 조사하자고."

"네."

궁정 마법단 선발대 10명이 한목소리로 대답했다.

◆

붉은 검과 궁정 마법단이 던전을 꼼꼼히 탐색하고 있을 무렵, 료를 포함한 10호실의 네 사람은 길드 3층 강의실에 와 있었다.

어제에 이어 오늘은 E급, F급 파티를 대상으로 길드 마스터의 설명이 진행되었다. 어제는 파티 리더뿐이었지만 오늘은 전원.

아홉 시 종이 울림과 동시에 룬의 거리 길드 마스터 휴가 강의실로 들어왔다.

"반갑다. 모여줘서 고맙군. 지금 바로 현 상황을 설명하겠다."

휴의 입에서 나온 말은 조사단이 던전에 들어가 조사를 한다는 것. 이것은 국가가 지원한다는 것. 호위 등으로 모험자를 고용할 예정이라는 것. 정식 의뢰로 고용하는 것이니 고용된 사람에 대한 험담을 해서는 안 된다는 것 등. 거기까지는 어제 D급 파티 이상에게 한 설명과 같았다.

"다만 E급, F급 파티는 호위로 고용돼 던전에 들어가는 건 최대한 피해주길 바란다. 이유는 대해소 이후 던전에서 무슨 일이 일어나는지는 아무도 모르기 때문이다."

휴는 거기서 잠시 말을 끊었다.

모험자들의 반응과 표정을 보기 위해서였지만…… 특별히 불만스러워하는 모험자는 없어 보였다.

"아벨이 포함된 붉은 검을 필두로 먼저 들어간 모험자들에게서 정보가 하나하나 올라올 예정이다. 그것들은 길드 내 게시판에 수시로 붙여둘 예정이니 각자 훑어보기 바란다. 그리고 조사단이 던전에 데려가는 호위뿐만 아니라 지상에서의 지원 목적으로 제 군들을 고용할 가능성은 있다. 그 일은 평소처럼 길드를 통할 수 도 있지. 예를 들어 백의 여단은 주변 거리를 통한 식량 조달의 호위를 맡고 있다. 그런 식으로 할 일은 이것저것 많을 테니 걱정 하지 말도록."

'과연. 안 보인다 싶었는데 백의 여단은 거리 밖으로 나가 있었 던 건가.'

료의 뇌리에는 백의 여단 단장 펠프스의 강렬한 첫인상이 남아 있었다.

하지만 펠프스에게 처리당한 왕국 기사단 다섯 명이 실종되고 감찰관 일행이 그들을 필사적으로 찾고 있다는 것을 료는 알지 못했다.

만약 알았다고 해도…… 그냥 제거됐나 보네, 정도로 생각했을 지도 모르지만.

몇 가지 질의응답 후, 아무도 더는 손을 들지 않을 것 같아 료 는 질문해 보기로 했다.

"마스터, 대해소에 관해 질문이 있습니다."

"료구나. 뭐지?"

"대해소 때 쓰러뜨린 마물의 마석, 특히 고블린 킹이나 제너럴 이 가진 마석의 색이 짙었는지 연했는지 알고 싶은데요."

료의 질문을 듣고 대부분의 모험자들은 고개를 갸우뚱했다. 아 니면 서로 눈을 마주치고 고개를 저을 뿐이다. 질문의 의미를 이해하지 못한 것이다.

하지만 질문을 받은 인물만큼은 달랐다.

"아아, 그렇지, 그거야. 료, 그 말이 맞아. 조사단이니 뭐니 하는 명함을 내밀려면 먼저 거기에 의문을 가져야 한다고!"

휴 한 명만이 흥분하고 있었다.

"그런데도 그놈들은 누구 하나 확인하러 오는 놈이 없어!"

거기까지 말하고 휴는 다른 모험자들이 료가 질문한 의도를 이해하지 못한다는 것을 깨달았다.

"아~ 맞다, 참. 초보자 강습에서는 가르치지 않는 범위구나. 뭐, 모험자로서는 알아두는 게 좋을 거다."

휴는 그렇게 말하고 설명을 시작했다.

"마물의 마석이라는 건 그 마물의 속성에 따라 색이 입혀지지. 바람이면 초록, 흙이면 노란색, 뭐 이런 식이다. 하지만 그 색깔에도 연하거나 짙다는 등의 농담이 있어. 오래 살며 많은 경험을 쌓아온 마물의 마석은 색이 짙다."

거기서 휴는 일단 한번 말을 끊고 자신이 한 말을 이해했는지 앉아 있는 모험자들의 얼굴을 훑어보며 확인했다.

"그리고 아까 료가 질문한 내용으로 연결된다. 대해소 때 쓰러뜨린 마물의 마석 색은 진했는가 연했는가. 진하면 오랫동안 던전에서 살아온 마물이라는 뜻이지. 하지만 연하다면…… 여러 가지로 이야기가 복잡해진다. 던전 하층에서 올라온 게 아니라 바로 최근에 **발생**한 마물이라는 뜻이니까. 그리고 이번 대해소로 쓰러뜨린 킹이나 제너럴, 혹은 메이지 같은 것들도 포함되지만 그 모든 마석의 색은 **연했다.**"

말의 의미를 모두가 완전히 받아들일 때까지 휴는 잠시 기다렸다.

"즉, 그 킹들은 던전 하층에서 오래 살았던 놈들이 아니라 최근에 **발생**했다는 거다. 던전이 발생시킨 건지…… 그것까지는 모르겠지만, 적어도 최근까지는 존재하지 않았던 놈들이라는 거지."

누구 하나 목소리를 내는 사람이 없었다.

"확실히 던전은 그 내부에서 마물을 생성한다고 하는 설이 있다. 하지만 그렇다고 해도 그 정도의 마물을 단기간에 생성했다면…… 그 힘은 어디에서 온 것일까, 그런 문제에 직면하게 된다."

일찍이 료가 론도 숲에 있을 무렵, 고찰한 적이 있었다. 이 마법으로 생성한 물은 어디서 온 것일까에 대해.

그때 떠올린 게 아인슈타인의 $E=mc^2$ 공식이었다.

물질에서 에너지를 발생시킬 수 있다, 라는 식이다.

하지만 그것은 반대로 말하자면 에너지에서 물질을 발생시키는 것도 가능하다고도 볼 수 있었다.

던전이 물질인 마물을 생성한다고 한다면 그것을 가능하게 하는 엄청난 에너지는 어디에서 공급되고 있는가.

대해소가 대량의 마물을 생성하는 현상이라면 그것을 가능하게 하는 방대한 그 에너지는 어디서 왔을까.

'생각할수록 더 모르겠네. 이럴 때 해법은 단 하나! 생각하지 않는다!'

료가 마음속으로 그렇게 결론지었을 때 휴도 결론을 말했다.

"뭐, 그런 이유로…… 킹이나 다른 것들의 마석 색깔은 연했다,

라는 것이 대답이다."

강의실에서의 설명이 끝나고 모두가 해산했다.

휴는 자신의 집무실로 돌아와 차를 마시고 있었다.

"후우. 이제 문제없이 한 달이 지나갔으면 좋겠는데……."

그런 말을 하고는 있었지만 어차피 뭔가 문제는 생길 것이다. 반드시 생긴다……. 휴는 그렇게 생각하고 있었다. 그 부분에 관해서는 오래전에 포기하고 있었다.

"그건 그렇고 료는 통찰력이 깊군. 누구 하나 확인하러 오지 않는 조사단 녀석들보다 훨씬 조사에 적합한 거 아닌가? 역시 아벨이 눈여겨볼 만해."

료가 모르는 곳에서 어느새 료의 평가가 올라가고 있었다.

료가 마석 색깔의 농담에 대해 의문을 가진 것은 론도 숲에서의 여행 도중 아벨에게서 이야기를 전해 들었기 때문이었다. 오래 살면서 많은 경험을 쌓은 마물의 마석은 진하다고.

"마석 색이 진하면 어렵지 않았을 텐데. 하층, 그것도 아직 아무도 탐색해 본 적 없는 39층 이하의 미답사 영역에서 올라왔을 가능성이 높으니까. 하지만 색은 연했지. 삼만이 넘는 마물이 바로 최근에 생겨났다……. 그게 가능할까……. 하지만 그렇게 생각할 수밖에 없어."

거기까지 생각하고 휴는 머리를 벅벅 긁었다.

"아, 몰라! 모르겠고 알 바도 아냐! 그런 고민을 하는 건 내 일의 범위가 아니라고!"

그렇게 말하고는 오늘 이후의 일정을 떠올렸다.

"이다음은 변경백에게 보고인가. 내친김에 네빌과 상의해둘까? 만약의 경우엔 기사단을 움직여 줄 수 있도록."

룬 변경백령의 기사단장 네빌 블랙.

대해소 때 북쪽 방벽에서 진두지휘를 했던 남자로 휴의 눈으로 보기에도 매우 우수한 남자다. 우수한 남자이지만, 매우 술을 좋아하는 남자이기도 했다. 그래서……

"방문 선물로는 술이 딱이겠지……. 특별히 아껴둔 30년산 싱글 몰트면 되려나. 이럴 때 써먹어야지."

물론 서로에게 일이었기 때문에 방문 선물 같은 건 가져가지 않아도 일은 맡아줄 것이다. 그건 알고 있다.

하지만 그것은 사람의 절반에 해당하는 이성에 관한 이야기다.

나머지 절반, 감정적인 부분도 자기편으로 만들어 둬서 나쁠 것은 없었다.

술 한 병으로 내 편으로 삼을 수 있다면 싸게 먹히는 셈이다.

이것이 만약 현대의 지구였다면 뇌물이 될 수도 있었지만 『파이』에서는 문제가 되지 않았다.

심지어 이곳은 변경.

뇌물이 아니라 일을 원활하게 진행하기 위한 윤활제.

이런 사소한 것들이 인간관계를 잘 꾸려나가느냐 아니냐를 나누는 갈림길이 될 수도 있었다.

휴는 그 사실을 잘 알고 있었다.

◆

료는 궁금한 것이 있었다.

그것은 대해소와 악마의 관계였다.

대해소가 지상으로 나오기 이틀 전 룬의 거리에서 일식이 일어났고, 료는 악마 레오놀과 아공간 비슷한 곳에서 싸웠다. 레오놀은 봉랑(封廊)이라고 불렀다.

이 두 사건은 우연이라고 하기에는 수상한 점이 많았다.

악마가 대해소를 일으켰는지 어떤지는 알 수 없다. 대해소가 일어날 것을 알고 찾아온 것일 수도 있다. 혹은 악마가 아니라 일식과 더 관련되어 있을지도 모른다.

그에 관해서는 물론 잘 모른다. 잘 모르지만…… 궁금했다.

'도서관에서 알아볼 수 있으려나…….'

그런 생각을 길드 식당에서 점심을 먹으면서 하고 있었다.

물론 혼자가 아니라 10호실의 4명이서 말이다.

"료 씨, 뭔가 생각하고 있네요……."

"마동광석을 사용한 연금술에 관련된 건가……."

"이, 이제 와서 역시 돈을 돌려주는 건 무리야. 아무리 료라도 그건 안 돼!"

아몬, 에토, 닐스 순서로 한 발언이지만…… 최연장 20세인 닐스의 발언이 제일…… 안타깝다.

"안 해요, 그런 말은."

쓴웃음을 지으며 고개를 젓는 료. 노골적으로 안심한 표정을 짓는 닐스.

료는 그런 닐스의 튜닉 주머니에 금으로 된 사슬이 나와 있는 것을 발견했다.

"닐스, 그 주머니에 들어 있는 건……."

"오, 오오, 일단 모험자로서 이 정도는 뭐."

그러면서 꺼내든 것은 회중시계였다.

이 세계에는 이미 시계가 존재하고 있다. 광장 탑에는 큰 시계가 설치돼 세 시간마다 종소리가 울려 퍼진다. 시민들 대부분은 그것에 의지해 생활하지만 모험자들은 높은 비율로 회중시계를 갖고 있었다.

이는 의뢰인의 면담이나 집합 등에 늦으면 곤란했기 때문이었다. 어떤 세상에서든, 어떤 일에서든 시간을 지키지 못하는 사람은 그 자체로 평가가 떨어진다.

시계 자체는 물시계나 모래시계 등 일정한 속도로 계속 움직이는 걸 사용해서 잴 수 있었기 때문에 본래 전혀 복잡한 것이 아니었다.

문제는 그것을 휴대할 수 있는 크기, 휴대할 수 있는 기구로 만들려고 했을 경우 훨씬 복잡해진다는 것뿐이었다.

지구에서 그 복잡한 부분은 16세기 태엽이 발명되면서 해결되었다.

하지만 이 『파이』에서는 지구에 없던 것이 존재한다.

그것은 바로 마법과 연금술.

특히 연금술을 사용해 일정한 간격으로 시간을 새겨주는 기구는 솔직히 만들기 그리 어렵지 않았다.

그런 기술이 있다면 휴대할 수 있는 시계가 나오는 것도 어찌 보면 당연한 이야기였다. 그렇다고 해도 회중시계는 개당 만 플로린 이상은 나갔다.

보통 시민들에게 1만 플로린은 결코 낮은 금액이 아니었다. 굉장히 검소한 생활을 한다면…… 보름 정도는 살아갈 수 있는 금액이다.

하지만 일확천금이 꿈이 아닌 모험자라면…… 천금을 얻지 않아도 닐스처럼 살 수는 있었다. 아마 료가 지불한 30만 플로린에서 샀을 것이다.

물론 개당 1만 플로린이라는 것은 최저선이고 마법이나 연금술을 전혀 사용하지 않는 완전 기계식 회중시계라는 것도 존재한다. 이 경우엔 적어도 수백만 플로린부터 눈이 튀어나올 정도의 금액까지 있다.

게다가 그중에서도 최고봉이라고 불리는 퍼펙츄얼 캘린더, 미닛 리피터, 투르비용, 스플릿 세컨드, 균시차 표시, 자동 감김 등의 기능이 있는 회중시계는 억이 넘어간다고……. 이 세계에도 천재 시계사 브레게 같은 사람이 있었는지도 모른다.

"회중시계요? 이제 닐스도 지각할 일은 없겠네요."

"아니, 나 지각한 적 없는데……."

그때 접수 직원 니나가 다가왔다.

"식사 중 죄송합니다. 닐스 씨, 에토 씨."

"네, 네! 뭡니까!"

동경하는 니나가 말을 걸어왔기 때문일까, 단번에 텐션이 최대치…… 를 넘어서서 긴장으로 굳어버린 닐스.

'처음 숙소를 안내받았을 때는 이렇게까지 경직되진 않았던 것 같은데…… 닐스, 니나를 향한 동경 레벨이 나날이 높아지네.'

료는 그런 냉정한 생각을 하고 있었다.

"닐스 씨와 에토 씨는 얼마 전 대해소의 공적에 의해 E급 모험자가 되셨습니다. 축하합니다."

그렇게 말하고는 빙긋 웃는다.

"이, E급…….."

"좋았어. 감사합니다."

"닐스 씨, 에토 씨 축하드려요."

"두 사람 다 축하해요!"

말을 잇지 못하는 닐스, 순순히 기쁨을 드러내는 에토, 그리고 축하를 건네는 아몬과 료.

"이와 관련해 추후 길드 카드를 갱신해드릴 예정이니 접수처로 와 주세요. 그때 파티 등록을 할 수 있게 되니까 등록하시는 경우엔 파티명도 미리 정해 두시고요."

니나는 그렇게 말하고 길드 접수처로 돌아갔다.

"파티명?"

료가 에토에게 물었다.

닐스는 당연하게도 굳어 있어서 쓸모가 없었기 때문이었다.

"응. E급부터는 파티로서 등록이 가능. 지금까지는 세 명 다 F급이어서 파티로 등록이 안 됐지만 E급이 한 명이라도 있으면

E급 파티가 되지. 그리고 E급 파티부터는 파티명을 길드에 등록할 수 있어. 뭐, 초보 딱지는 뗐다, 라는 의미라는 것 같아."

에토가 싱글벙글 웃으며 대답했다. 그리고, "뭐가 좋을까~"라며 고민한다.

"나, 나도 열심히 노력해서 E급이 돼야지."

아몬도 물론 대해소에 참가했기 때문에 그만큼의 평가는 들어갔겠지만, 아직 모험자로 등록한 지 얼마 되지 않았기 때문에 E급에 오르기 위해서는 좀 더 시간이 필요할 것이다.

'아몬은 닐스나 에토와 파티를 짜고 있지. 앞으로 아몬도 E급용 의뢰를 받을 수 있을 테니 조만간 E급으로 올라갈 거야.'

료는 조금도 걱정하지 않았다.

◆

오후, 10호실의 세 사람은 길드 야외 훈련장에서 훈련을 하고 있었다.

오전에 강의실에 집합한 바람에 지금부터 의뢰를 받기에는 어중간한 시간이었기 때문이다. 비슷한 E급, F급 모험자도 꽤 있어서 훈련장은 여느 때보다 성황을 이뤘다.

물론 그 안에 료는 없었다.

세 사람과 헤어지고 북쪽 도서관에 와 있었다. 아침에는 세 사람이 가져온 마동광석을 사용해 연금술을 할 생각이었지만, 아무래도 대해소와 악마, 일식의 타이밍이 신경 쓰였기 때문이다……. 이미 이 호기심은 억누를 수 없었다.

북쪽 도서관 접수처는 어제 왔을 때와는 다른 인물이 맡고 있었다. 2000플로린을 지불하고 모험자용 검은색 출입증을 목에 걸고 료는 대열람실로 들어갔다.

어제 엘프인 세라가 앉아서 책을 읽던 장소에는…… 아무도 없다.

료는 조금 실망했다.

물론 세라를 만나러 온 것은 아니었지만…… 누구나 아름다운 것을 좋아한다. 그리고 책을 읽는 세라는 틀림없이 아름다웠다.

대열람실을 둘러봐도 료 말고는 아무도 없다.

여기서 료는 알아차리고 말았다.

'사서도 없고, 어제처럼 같이 알아봐 줄 세라 씨도 없어……. 그럼 일식이나 대해소의 과거 기록은 어떻게 조사해야 하는 거지…….'

그랬다. 그 부분에 대한 생각을 조금도 하지 못했던 것이다. 어디에 어떤 책이 있는지 전혀 몰랐다. 게다가 2000플로린을 내고 들어간 후에야 알아차렸으니 돈을 버린 셈이다.

알아볼 방법을 고민하고 있는데 뒤에서 목소리가 들렸다.

"응? 료잖아. 어제 보고 또 보네."

그때 구원의 여신이 나타났다. 료가 뒤를 돌아보니 천상의 여신도 울고 갈 정도로 아름다운 여인이 서 있었다. 엘프 모험자 세라.

"세라 씨!"

료의 말에 기쁨이 섞여 있었기 때문일까. 이름을 불린 세라가 흠칫 놀랐다.

"왜, 왜 그래?"

그러자 료가 상황을 설명했다.

사서가 없다는 것을 까먹고 북쪽 도서관에 와 버린 것을 포함해서.

좀 절망에 빠졌다는 것도 포함해서.

그 말을 듣고 세라는 작게 웃었다. 도서관인 만큼 조용히.

"내가 도움이 된다면 기쁜 일이지. 과거 일식 기록과 대해소 기록이라."

여기서 세라는 의미심장하게 일식과 대해소를 강조했다.

"료는 일식과 대해소가 관련되어 있다고 생각하는구나."

그 말을 듣고 료는 경악했다.

'세라 씨는 예리해. 너무 예리해.'

"확실히 이번에 대해소로 마물이 나오기 이틀 전에 큰 일식이 있었다는 모양이야."

큰 일식이란 아마도 이번 개기일식을 말하는 것이리라.

"사실 결론부터 말하자면 룬의 던전의 경우 일식과 대해소는 관계가 있을 가능성이 높아."

세라가 료에게 답했다. 료는 놀란 채 말을 잇지 못했다.

"더 정확히는 대해소가 발생하기 전에는 반드시 일식이 일어나고 있어. 다만 이번처럼 큰 일식은 아니고 대부분 부분일식이지만."

지구의 어느 한 지점에서 개기일식 또는 금환식 같은 태양의 대부분이 달에 숨어 버리는 일식은 수십 년에 한 번꼴의 빈도로 일어난다.

하지만 부분일식의 경우라면 몇 년에 한 번, 짧은 경우는 2년에 한 번 정도의 빈도로도 일어날 수 있다. 그렇게 생각하면 일식과 대해소가 겹치는 것은 우연이라고 해도 말이 안 되는 것은 아니었다.

"왜 관계가 있다는 생각을……?"

"그야 물론 예전에 나도 알아봤으니까."

세라의 웃는 얼굴이 더욱 화사해졌다. 굉장한 파괴력을 지닌 미소다.

'와, 예쁘다…….'

"하지만 료가 그 두 가지의 연관성을 떠올린 이유에 관심이 가네."

"아, 아니, 그냥 어쩌다 보니…….'

도저히 악마와 전투를 했다고는 말할 수 없었다…….

어쩌면 엘프니까 악마에 관해서 어떤 정보를 가지고 있을지도 모르지만…… 아직 이 일은 다른 사람에게는 말하고 싶지 않았다.

"흐음……."

료는 미인에게 의심스러운 눈빛을 받은 경험이 거의 없었다.

"세, 세라 씨는 마석의 색이 짙은 이유를 아시죠?"

필사적으로 다른 화제를 들이밀며 둘러대고자 애썼다.

"뭐, 이번만은 넘어가 줄까."

세라는 웃는 얼굴로 그렇게 말했다.

"물론 알고 있어. 오랜 시간을 산 마물의 마석 색은 짙다는 얘길 말하는 거지?"

"이번 대해소 마물의 마석 색이 어땠는지는……?

"혹시…… 연했어?"

"네. 연했어요. 그걸 어떻게……."

세라는 고개를 끄덕이며 대답했다.

"어떻게 연하다는 걸 알고 있냐고? 과거 대해소 때 토벌했던 마물의 마석도 연했다, 라는 기록을 전에 본 적이 있거든. 이 도서관 안에서도 보관 상태가 별로 좋지 않은 기록인 데다 양피지라서 사서 중에서도 모르는 사람이 대부분이지 않을까. 료도 한번 볼래?"

"네, 꼭 부탁드려요!"

"그럼 가자. 따라와."

그렇게 말하고 세라는 걷기 시작했다.

◆

던전 봉쇄가 해제된 지 이틀째, 아벨에 있는 붉은 검과 궁정 마법단 조사단은 던전 7층에 도달해 있었다.

여기까지는 아무 문제 없었다. 그렇다기보단 마물과 전혀 마주치지 않고 있었다.

1층은 박쥐, 2층, 3층은 늑대, 4층과 5층이 이번 대해소를 일으킨 고블린.

아벨 일행은 4층, 5층까지 들어가면 어떤 단서를 얻을 수 있지 않을까 생각했다.

하지만 아무것도 없었다.

그리고 아무도 없었다.

"그나저나…… 이렇게까지 아무것도 나오지 않다니 예상 밖이군."

아벨 옆에서 투덜거린 것은 궁정 마법단의 고문 아서 베라시스.

젊었을 때는 모험자였던 고문 아서. 던전에 들어와 자신이 최전선에서 지휘하는 것은 당연하다고 생각했다.

궁정 마법단의 조사단은 백 명.

그중 절반은 지상에서 올라온 정보를 분석하는 팀이고 나머지 절반은 던전으로 들어가 정보를 수집하는 팀이다. 그 50명이 던전에 들어와 어제부터 정보를 수집하고 있는데…… 지금까지 거의 아무것도 나오지 않았다.

"분명 어딘가에 뭔가가 있을 거야. 마석의 색은 옅었으니까."

아벨이 중얼거리듯 말했다.

그것은 어제 아벨의 귀에 들려온 정보였다.

던전에서 돌아와 길드에 보고를 마친 아벨의 등 뒤로 다가오는 그림자 하나…….

그것이 속삭인 것이다.

"아벨, 암호는 마석의 색은 연했다. 입니다."

그 수속성 마법사는 계속 속삭였다.

"뭐?"

"암호는 마석의 색은 연했다. 제 다음으로 이어서 말해주세요. 자, 마석의 색은 연했다."

"……마석의 색은 연했다."

료에게 그 말을 들은 아벨은 영문을 모른 채 되풀이했다.

"그래요. 마석의 색은 연했다."

"마석의 색은 연했다."

아벨이 반복한 것을 확인하자 만족한 얼굴로 료는 떠났다.

그 후 아벨이 길드 마스터 휴에게 대해소 마물에서 나온 마석의 색을 확인하러 간 것은 당연한 결과였다. 그제서야 이해한 것이다. 마물들이 하층에서 살아온 것들이 아닌, 최근에 발생한 것들이라는 사실을.

"고블린이 대량으로 섞여 있었다는 걸 감안하면 15층을 기준으로 그 위층 어딘가에서 발생했을 것이라고 보는 편이 타당하겠지."

16층 이하, 편의상 중층이라 불리는 구획에 가면 상층과는 비교가 안 될 정도로 강력한 마물이 늘어난다. 그런 것들이 있는 계층을 고블린이 돌파할 수 있을 거라고는 생각되지 않는다……. 그렇다고 해도 압도적인 수는 무시할 수 없다.

중층 이하에서 왔을 가능성도 완전히 배제할 수 없는 것은 분명했다.

"15층까지 중에서 원래 고블린이 있는 계층은 4층과 5층, 그리고 10층과 11층인가."

"맞아. 4층과 5층에는 아무것도 없었어. 마물도, 함정도, 아무것도 없었지. 그리고 지금까지 발견된 유일한 흔적은……."

"음. 며칠 전에 대규모 마력 집중이 일어났던 흔적이 있었지……. 조금 더 아래층에서. 그뿐이다."

"조금 더 아래……. 10층부터 고블린 계층……. 타이밍으로 봐도 대해소와 관련되어 있을 가능성이 있겠네……."

아벨은 그렇게 말하며 조사단이 손에 들고 있는 마도구를 바라보았다. 료가 보면 곧바로 금속탐지기를 떠올렸을 법한 형태였다.

"그보다 대단하네, 저 연금 도구. 며칠 전의 잔존 마력을 감지할 수 있다니."

"음. 저기서 얻어낸 정보를 지상 분석반에 보내 거기서 해석을 하고 있다더군. 바람 마법인 〈탐사〉를 연금술에 넣었다나 뭐라나 하던데 잘은 모르겠구먼. 왕립 연금 공방과 마법 대학이 공동으로 만들었다는 것 같아. 두 천재 연금술사의 합작이라고 들었지."

"연금술……."

"뭐냐, 아벨. 연금술에 관심이라도 있나?"

고문 아서는 네가 그런 것에 관심이 있을 줄은 몰랐다는 표정으로 그를 바라보았다.

"아니, 없어. 난 없는데 내 친구가 굉장히 관심을 갖고 있는 것 같아서."

"아벨에게 친구라. 그거 또 놀랍구먼."

고문 아서는 진심으로 놀란 것 같았다.

"뭐야. 나도 친구 정도는 있어."

"흠…… 뭐, 모험자가 되어서 다행일지도 모르겠구나."

아서는 그렇게 중얼거리더니 살짝 미소를 지었다.

◆

던전 봉쇄가 풀린 지 나흘째.

붉은 검과 궁정 마법단의 조사단은 8층과 9층을 조사하고 있었다. 그리고 내일 가장 중요한 10층을 조사할 예정이다.

그리고 9층을 조사하고 있는 아벨 일행의 옆을 왕국 중앙 대학 조사단이 나아갔다. 그 안에는 총장 클라이브 스테이플스의 모습도 포함되어 있었다.

"중앙 대학 녀석들, 유난히 걸음이 빠르군."

궁정 마법단 조사단은 각 계층에 도착하면 계층 전체로 퍼져 대해소의 흔적을 찾아다녔다. 그렇기 때문에 탐색 속도가 아주 빠른 편은 아니었다. 그러나 그것을 놓고 보더라도 왕국 중앙 대학의 조사단의 속도는 이상했다. 마치 이 층에는 아무것도 없으니 조사할 필요가 없다……. 그렇게 단정하고 있는 것 같았다.

그런 아벨의 의문에 옆에 있던 리햐가 대답했다.

"중앙 대학은 이번 대해소 마물이 38층보다 아래에 살고 있던 게 나왔다고 생각하는 것 같아요."

"그래?"

"네. 어제 조사단에 있는 전 동료에게 물어본 거니 확실해요."

그렇게 말하고 리햐가 빙긋 웃었다.

"동료…… 왕도 중앙 신전 시절인가. 그런데 그런 기밀을 술술 떠벌리고 다니다니 그건 괜찮은 거야?"

"괜찮아요. 신관은 어딜 가나 부르는 사람이 많으니까요."

실력 좋은 마법사 자체가 결코 많지 않다. 그중에서도 각 파티에 꼭 필요하다고 할 수 있는 회복 요원, 광속성 마법을 쓸 수 있는 신관은 늘 수요가 공급을 웃도는 상태였다.

"그리고 아까 중앙 대학 호위들, 본 적 없는 사람들이었죠?"

"그래, 이 거리의 모험자가 아니야."

그건 아벨도 알고 있었다.

중앙대는 총 3천 5백 명이 넘는 규모의 조사단이 참여하고 있었다.

그중에는 호위로 온 모험자나 짐꾼도 포함되어 있었지만, 그 외에도 현지, 이곳 룬의 거리에서도 모험자를 고용한 상태였다. 하지만 방금 내려온 사람들 중에선 이 거리의 모험자는 한 명도 없었다.

"왕도에서 데려온 모험자인 것 같아요. 룬에서 고용한 모험자는 대부분 D급 모험자라고 하니 기본적으로 지상과의 연락 확보나 조사단 전체의 식량 조달 일을 시키고 있다나 봐요."

"인력 낭비인 것 같은데……. 왕도의 모험자라면 던전에 익숙하지도 않을 거고. 뭐, 룬의 거리의 모험자들이 괜한 위험에 휘말리지 않고 돈을 벌 수 있다면 그건 그거대로 괜찮은가."

아벨은 어깨를 으쓱하며 말했다.

생각하기에 따라서는 보람은 없어도 위험은 적은 의뢰라고 할 수 있었기 때문이다. 무슨 일이 일어날지 모르는 대해소 후의 던전에 좋아서 들어가고 싶은 모험자는 별로 없을 것이다.

"아벨, 클라이브랑 다른 녀석들이 거침없이 나아가던데, 저대로 10층으로 바로 간다거나 하지는 않겠지?"

부하들을 슥 훑어본 고문 아서가 아벨에게 돌아와 투덜거렸다.

"리햐가 말하길 그들은 이번 마물이 38층보다 아래에서 왔다고 가정하는 것 같아. 아까의 기세대로라면 10층으로 들어가는 거 아닐까?"

"맙소사······."

그 말에 고문 아서도 말을 잇지 못했다.

하지만 그는 산전수전을 겪어온 노련함을 발휘해 곧 생각을 바꿨다.

"뭐, 그렇다면 클라이브가 광산의 카나리아가 되어주는 셈이겠군."

그렇게 말하고는 히죽 웃었다.

◆

왕립 중앙 대학 총장 클라이브 스테이플스가 이끄는 조사단은 9층을 조사하는 붉은 검과 궁정 마법단을 뒤로 하고 10층으로 발을 들여놓으려 하고 있었다.

"클라이브 님, 이 10층이 고블린들의 층입니다."

"상관없습니다. 그 마물들은 더 아래층에서 왔을 테니까. 신속하게 가겠습니다."

비서의 보고에도 클라이브에는 조금도 개의치 않았다.

'대해소의 수수께끼를 풀고 어떻게든 차기 학술장이 되어야 해.'

학술장이란 왕국 학문행정의 톱이라고 할 수 있는 자리였다. 재무에서는 재무경, 군사에서는 군무경 같은 것과 마찬가지로 학문 분야 전반에 국가 예산 할당 권한 등을 가질 수 있는, 국가 중

추를 담당하는 매우 높은 지위 중 하나라고 볼 수 있다.

물밑 작업은 충분히 끝내뒀다. 이제 누구에게도 손가락질을 받지 않을 만큼의 연구 실적을 쌓으면 된다.

그런 관점에서 이곳 대해소의 원인에 대해 인정받을 만한 발표를 할 수 있다면, 틀림없이 학술장의 자리를 손에 넣을 수 있을 것이라는 생각이 들었다.

그래서 일부러 왕도에서 이런 변방까지 걸음을 한 것이었다.

"하지만 연구직 사람들을 포함한 많은 사람들의 체력이……."

"음……. 학자들 무리라고 해서 몸을 단련하지 않아도 되는 것은 아닐 텐데요. 어쩔 수 없죠. 오늘은 이 10층까지만 하겠습니다. 10층에서 야영 준비가 끝나면 뒤쪽에 연락을 하세요."

중앙 대학 조사단은 지상으로 돌아가지 않고 38층까지 야영을 거듭하며 내려갈 작정이었다. 이를 위해 텐트 등 야영 설비, 식량, 보초 교대 요원 등 부족함 없는 자원을 투입했다. 그런 준비들로 인해 봉쇄 해제 후 나흘 만에 던전 탐색을 시작할 수 있었던 것이었다.

『문』

다음 날.

전날 9층까지 탐색을 마친 붉은 검과 궁정 마법단의 조사단은 드디어 진짜 목적이라 할 수 있는 10층 탐색에 임하려 하고 있었다.

"역시 어제 중앙 대학 조사단이 10층에 들어왔던 것 같아."

"흠. 그런데도 문제가 생겼다는 보고는 올라오지 않았군. 10층은 아무것도 없다는 건가."

아벨과 고문 아서는 이야기를 나누며 10층으로 발을 디뎠다.

"뭐, 우리는 우리대로 해야 할 일은 변하지 않지. 잔류 마력 검출을 진행한다."

"나는 10층에 함정이 발생하지 않았는지 둘러볼게."

그렇게 말하고 고문 아서와 아벨은 헤어졌다.

일정 수준 이상의 깊은 던전을 탐색할 경우 파티에 꼭 필요한 인력이 있었다. 그것은 바로 척후라 불리는 덫을 찾는 인재다.

룬의 거리 던전의 경우 10층 이하부터 덫이라는 것이 존재했다. 즉, 10층 아래로 들어간다면 척후가 필요해지는 것이다.

하지만 붉은 검에 척후는 없었다.

검사 아벨, 신관 리햐, 방패기사 워렌, 마법사 린. 이 네 사람뿐. 그러나 과거에 붉은 검은 30층 이하까지 탐색한 적이 있었다.

그럼 그때 함정은 어떻게 했는가?

아벨이 함정을 발견하고 경우에 따라서는 해제하면서 내려갔다. 척후가 없는 파티이니 어쩔 수 없다며 아벨은 포기하고 있었지만, 이는 그야말로 뛰어난 재주라고 할 수 있었다.

물론 본업이 척후는 아니었기 때문에 모든 함정을 해제할 수 있는 것은 아니다. 따라서 파티를 통한 던전 탐색 때에도 기본적으로는 함정을 피하면서 나아가는 식이었다. 하지만 최근 2년 정도는 지상 의뢰만 받아왔기 때문에 함정을 없애는 솜씨도 둔해졌다……. 적어도 아벨 본인은 그렇게 생각했다.

그렇다면 던전에는 왜 함정이 존재하는가.

이 문제에 대한 답은 학설로 확정되지는 않았지만 '모종의 이유로 던전이 함정을 생성하고 있다'는 의견이 현재로서는 가장 유력했다.

극소수의 의견 중에는 던전의 마물이 만들어 낸다는 학설도 있었지만 최근에는 거의 도태되고 있었다.

어느 쪽이든, 이 룬의 던전에는 독이나 함정 같은 것들이 상당히 많아서 10층 이하를 탐색하는 경우에는 척후는 거의 필수라고 여겨지고 있었다.

'10층에도 독이 뿜어져 나오는 함정이 있었던 것 같은데…… 전혀 없어.'

붉은 검의 네 사람은 10층을 돌아다니고 있었다.

"함정도 없고 마물도 없어……."

린도 고개를 갸우뚱하며 말했다.

"중앙 대학 조사단도 마물은 만나지 않았다고 하니 이 10층이 아니라 다음 11층이 진짜인 걸까."

리햐는 어제도 전 동료에게서 정보를 듣고 온 모양이었다.

"녀석들은 11층으로 이동한 거지?"

"네. 오전 중에 11층으로 이동한 것 같아요."

궁정 마법단이 준비해둔 휴대식을 먹으며 네 사람은 10층을 돌고 있었다.

"이대로 아무 일도 일어나지 않는다면 좋겠는데……."

아벨은 중얼거렸다.

◆

그 무렵 왕립 중앙 대학 조사단 천여 명은 11층의 끝, 12층으로 내려가는 계단 앞에 도달해 있었다. 애초에 중앙 대학의 조사단은 대해소의 원인이 38층 이하에 있는 마물일 것이라 생각하는 총장 클라이브가 이끌고 있었다. 11층의 조사도 본격적으로 하지 않고 서둘러 앞으로 나아간 것이다.

하지만 이 계단 앞에서 도저히 무시할 수 없는 것을 발견했다.

"역시 이건 다른 공간으로 연결되어 있는 건가요?"

"네, 그건 틀림없습니다. 다만 어디로 연결되어 있는지는 자세히 조사해 봐야……."

총장 클라이브의 물음에 마법학부 연구자가 대답했다.

"알겠습니다. 이것이 대해소 발생과 관련이 있을 가능성이 있겠군요. 편의상 『문』이라고 부르도록 하겠습니다. 기기를 설치하고 이 『문』을 철저히 알아보세요."

총장 클라이브의 지시에 따라 운반되던 기재가 놓이고 설치되었다.

클라이브가 『문』이라고 이름 붙인 것은…… 던전의 벽에 생긴 검은 입구였다. 높이 약 5미터, 폭 약 4미터. 칠흑이라고 불러야 할 만큼 짙어서 안의 모습을 들여다볼 수는 없었다.

마법 대학 연구자들이 여러 마법과 연금 도구를 사용해 살펴본 결과 다른 공간으로 연결돼 있다는 것을 알게 됐다.

적어도 과거에 중앙 연방에서 이런 것이 존재했다는 기록은 없다. 그렇다면 이 『문』이 대해소과 관련된 것일 가능성은 매우 높았다.

총장 클라이브와 중앙 대학 조사단의 당초 예상과는 달랐지만 클라이브는 결코 무능하지 않았다. 자신들의 예상이 틀렸고 이 11층이 대해소 발생에 어떠한 영향을 주고 있다. 그 중심에 이 『문』이 있다. 그 사실들을 받아들이는 데는 그리 오랜 시간이 걸리지 않았다.

'예상과는 달랐지만 앞서온 보람은 있었군. 다른 조사단보다 먼저 이에 관한 조사에 착수하는 건 큰 이점이 되겠지.'

총장 클라이브가 앞서서 찾은 것에 만족하는 사이에도 뒤에서는 계속해서 기자재와 연구자들이 들어오고 있었다.

그러던 중.

파국은 갑작스레 찾아왔다. 그것도 바보 같은 이유로.

그 자초지종을 총장 클라이브는 시야 끝으로 포착했다.

피곤한 상태에서 두 사람이 무거워 보이는 장비를 운반하던 중

한쪽이 발을 헛디뎠다. 어떻게든 넘어지지 않기 위해 벽에 손을 대고 몸을 지탱하려는데…… 그 벽이 하필이면『문』이었다…….

말만으로 표현하면 단지 그뿐이었다. 단지 그뿐이지만…… 일어난 사건은 강렬했다. 순식간에 클라이브 등 중앙 대학 조사단 모두가 그 자리에서 사라졌다. 11층에 있던 인간이 모두 사라진 것이다.

그리고 11층뿐 아니라 10층의 인간들도 똑같이 사라져 버렸다.

그때 10층에는 붉은 검과 궁정 마법단의 조사단이 있었다.

◆

대해소의 학술 조사단은 3개의 조직에서 보내졌다.

총장 클라이브를 정점으로 하는 왕립 중앙 대학 조사단.

고문 아서가 이끄는 궁정 마법단 조사단.

그리고 수석 교수 크리스토퍼 블라트가 지휘하는 마법 대학 조사단.

마법 대학 조사단은 앞선 두 사람에 비해 결코 빠른 행동을 취하지 않았다. 아직까지 조사단 인원 누구도 던전에 들어가지도 않았다.

하지만 크리스토퍼 교수 곁에는 대해소 조사를 위한 많은 정보가 모여들고 있었다. 그는 중앙 대학와 궁정 마법단, 두 조사단 내에 이미 스파이망을 확립해 놓았기 때문이었다.

애초에 이번 조사단에서 가장 의욕을 보였던 것은 중앙 대학 총장인 클라이브였다. 그것은 물론 왕국 학술장의 지위를 얻기 위해서. 그 사실은 마법 대학도 궁정 마법단도 알고 있었다. 그리고 딱히 문제 삼지도 않았다.

클라이브가 학술장 자리에 오르고 싶다면 오르면 된다.

다만 중앙 대학 조사단의 수장으로 총장 클라이브가 나온다면 마법 대학도 궁정 마법단도 나름의 지위를 가진 사람을 수장으로 내세워 조사단을 내보내야 했다.

거기서 한 번 난관이 있었다.

별 힘없는 사람을 수장으로 올리면…… 총장 클라이브에게 실컷 혹사당할 것이 불 보듯 뻔했다.

혹사당하기만 한다면 몰라도 마물과의 전투에서 전방에 나섰다가 만약 인적자원을 잃게 되기라도 하면 손해가 막심했다. 중앙 대학의 인재보다 마법 대학과 궁정 마법단의 인재 쪽이 전투 경험이 풍부하다는 것을 감안하면 아무리 좋게 생각해도 그런 식으로 쓰일 것이 불 보듯 뻔했다.

이를 피하기 위해 두 진영은 골머리를 앓았다.

그리고 나온 결론.

궁정 마법단은 마법사로서의 실적, 경험에 있어 저명한 고문 아서를 수장 자리에 올렸다. 아서라면 총장 클라이브라고 해도 가볍게 다룰 수는 없다. 그만한 나라의 중진이다.

한편 마법 대학은 총장 클라이브와도 비견될 정도의 음흉함…… 아니, 청탁을 가리지 않고 포용하는 인물로 차기 마법 대학 학장에 가장 유력하다고 일컬어지는 크리스토퍼 주석 교수를 내보냈다.

그런 의도로 파견된 크리스토퍼 교수였다. 그러니 가장 중요한 명제는 인재를 잃지 않는 것이다. 운 좋게 대해소에 관한 조사 결과를 얻을 수 있으면 더 좋고. 크리스토퍼의 마음속에서는 딱 그 정도로 결론이 나 있었다.

정보 수집의 방식에 관해서도 먼저 들어간 두 진영으로부터의 유출……. 인재의 손해가 가장 없어 보이는 방식임에는 확실했다.

정보를 제공하는 자에 대해서도 후일 마법 대학의 이적을 남몰래 도와주거나 연구실을 준비해주겠다는 등 젊은 연구자의 입장에서는 도저히 거절할 수 없는 조건을 제시했다.

물론 그 약속들을 어길 생각은 없다. 제대로 채용할 생각이고, 그 기반도 이미 마련해 놓았다. 크리스토퍼는 청탁을 가리지 않는 인물로 결코 깨끗한 것에 연연하지는 않지만 약속한 것은 지키는 남자였다.

또한 학내 권력 다툼에서 적대세력에게는 자비없는 남자였지만 순수하게 연구에만 몰두하는 연구자들에게 무언가를 요구하는 짓은 하지 않았다. 연구비 분배도 연구 내용과 실적을 바탕으로 했기 때문에 순수한 연구자들에게 인기도 많은 편이다.

큰 무리를 하지 않아도 차기 총장 자리가 확실시되는 것엔 다 이유가 있는 법이었다.

그런 크리스토퍼의 지휘 아래 마법 대학 조사단이 드디어 던전으로 들어가려 하고 있었다.

이 타이밍에 들어가는 이유는 물론 중앙 대학 조사단이 발견한

문에 관한 정보가 올라왔기 때문이다.

'조사 자체는 중앙 대학에서 하게 하고 우리는 가까이 있기만 하면 될 일이다. 계속 지상에 있었던 마법 대학이 어떻게 그런 상세한 것을 알고 있는지 추궁당한다면 귀찮아질 테니까.'

크리스토퍼 교수는 아무도 눈치채지 못할 정도로 아주 살짝 웃었다.

마법 대학 조사단원의 수는 천 명이 넘는다.

하지만 던전에 들어가는 사람 중 대학과 관련된 이는 50명 정도. 나머지는 룬의 거리에서 고용한 C급 모험자들이 100명 정도였다. 이 백 명은 현재 룬의 거리에 있는 C급 모험자 거의 전원이다.

이 마법 대학 조사단이 C급 모험자를 먼저 고용했기 때문에 중앙 대학은 D급 모험자밖에 고용하지 못했다는 사정이 있기도 했다.

그 중앙 대학에 고용된 D급 모험자들이 던전 입구부터 11층까지 배치되어 물자 수송로가 확보되었다는 것도 크리스토퍼 교수는 파악하고 있었다.

즉, 이 던전 입구부터 11층까지 노리스크로 갈 수 있는 것이다.

마법 대학의 노력 없이도.

"그럼 들어가 볼까."

크리스토퍼 교수를 필두로 한 마법 대학 조사단이 드디어 던전으로 들어가려 할 때, 사건은 벌어졌다.

눈앞에 있던 D급 모험자들이 한순간에 사라진 것이다.

"뭐……?"

"사, 사라졌어……."

"무슨 일이 일어난 거지?"

던전 안에 있던 인간이 사라졌다.

입구 근처에 있던 모험자도, 계단을 조금 내려간 쪽에 있던 모험자도, 순식간에⋯⋯.

"전원 후퇴. 던전에서 떨어져라."

결코 크지 않은 크리스토퍼 교수의 구령에 의해, 민첩한 움직임은 아니었지만 마법 대학 조사단은 뒷걸음질 치며 던전에서 멀어졌다.

'이게 대체⋯⋯ 무슨 일이 벌어진 거지⋯⋯?'

크리스토퍼 교수는 한숨을 내쉬며 하늘을 올려다보았다.

"귀찮은 조사가 되어 버렸군⋯⋯."

그가 중얼거린 말은 누구의 귀에도 닿지 않았다.

◆

던전 입구 둘레, 이중 방벽으로 둘러싸인 안쪽에는 여러 개의 대형 천막이 설치되어 있었다. 그중에는 대해소 때 파괴된 모험자 길드 출장소를 대신해 세워진 것도 있었다.

그런 대체 출장소와 비교해도 훨씬 큰 천막, 그것은 바로 궁정 마법단 분석반의 천막이었다. 그곳은 마도구인 잔류 마력 검지기가 보내오는 정보를 수집하고 분석하는 분석 마도구가 설치되어 있었고 많은 연구자들로 가득했다.

그 천막 중에는 일라리온이 아벨에게 보내는 편지를 전달한 수속성 마법사 나탈리도 있었다.

궁정 마법단에 딸린 마법사로서 이번 조사단에 참가는 했지만 미성년인 나탈리는 분석의 보조…… 읽을 수 있는 데이터를 종이에 기입하는 등의 일을 하는 경우가 많았다.

이날도 그런 일을 하고 있을 때 사건은 일어났다.

"어?"

그것은 결코 큰 소리가 아니었다.

하지만 나탈리는 소리 청취를 하고 있었기 때문에 들을 수 있었다.

"검지기가 꺼졌어……."

이 천막에서 검지기라고 하면 던전에 잠입한 반이 사용하고 있는 잔류 마력 검지기를 말했다. 풍속성 마법의 〈탐사〉를 사용해 이곳의 분석 장치와 연결되어 항상 정보를 보내왔다.

그 감지기가 꺼졌다?

"어, 반응이…… 40층? 어? 왜 그런 곳에…… 아, 또 반응이 사라졌어."

그때 천막 밖에서 유난히 큰 목소리가 들려왔다.

"서둘러 길드에 알려라."

그 목소리는 마법 대학 크리스토퍼 수석 교수의 목소리.

분명 지금 막 던전으로 들어갈 예정이었을 텐데…….

지시를 내리던 그 목소리의 주인은 나탈리가 있는 천막으로 다가왔다. 그리고 입구를 열고 들어왔다.

"난 마법 대학의 크리스토퍼 블라트다. 현재 이곳의 책임자는 누구지?"

"네. 접니다."

조금 전까지 검지기 반응을 살피고 있던 남성 로슈가 손을 들었다.

"좋아. 조사단의 간부로서, 또 국왕 폐하로부터 전권을 위임받은 한 사람으로서 묻겠다만, 아까 던전 안에서 어떤 이상이 발생하지 않았는가?"

"그, 그건……."

이는 대답해도 되는지 아닌지 판단하기 무척 어려운 질문이었다.

하나의 학술 조사단으로 파견되어 왔지만, 각 출신 조직마다 명확하게 나뉘어 조사를 하고 있다. 조사단의 간부라고는 해도 그 명령에 대답해도 좋을지 어떨지 알 수 없었던 것이다.

"네 입장은 안다. 일단 우리가 얻은 정보를 제공하지. 조금 전 던전 안에서 사람이 사라졌다."

"헉!"

로슈의 눈이 경악으로 물들었다.

그가 보고 있던 검지기도 사라진 것이다. 검지기만 사라졌다고 생각하기보단 사용하는 사람들에게도 무슨 일이 생겼다고 생각하는 편이 자연스러웠다.

"그 표정을 보아하니 이쪽에서도 소실을 확인했나 보군."

"네, 네……."

일이 여기까지 온 이상 정보를 숨길 수도 없었다.

그런 것을 따질 때가 아닐 정도로 심각한 일이 던전 안에서 일어났음을 로슈도 느끼고 있었다.

"마법단이 있었던 건 10층이지?"

크리스토퍼 교수의 물음은 단순한 확인이었다. 그는 스파이망을 통해 마법단이 10층, 중앙 대학이 11층에 있었다는 것을 파악하고 있었다.

"마법단이 사용하는 검지기는 우리 마법 대학도 제작에 관여하고 있다. 그러니 나도 내용을 이해하고 있으니……."

숨길 필요 없다, 솔직하게 답하라는 압력이었다.

"풍속성 마법을 사용해 상시 정보를 보내오고 있었을 테지. 장소 정보도 포함해서. 사라진 뒤 무슨 반응은 없었나?"

"한순간 있긴 했지만…… 곧 사라져서 현재는 연결이 끊겼습니다."

"한순간 있었다고? 그때 장소는?"

"표시는 40층이라고……."

"40층……."

그 말엔 크리스토퍼 교수도 깜짝 놀랐다.

과거의 모험자는 38층까지만 도달했었다. 물론 그것이 39층 이하로 가는 것이 절대 불가능하다는 뜻은 아니었다. 불가능하다는 뜻은 아니지만…… 애초에 30층 이하는 B급 파티로도 탐색에 난항을 겪는 계층이다.

크리스토퍼 교수의 수중에 있는 모험자들은 C급 모험자 백 명…… 궁정 마법단이 사라졌다는 것은 동행하던 B급 파티 붉은 검도 사라졌다는 뜻이었다.

그렇게 되면 이 C급 모험자 100명이라는 것은 현재 룬의 거리에서 실질적인 최고 전력. 하지만 그것마저도 40층이 되면 확실히 도달할 수 있을지 어떨지 알 수 없었다.

"일단 모험자 길드에 사람을 보냈다. 곧 길드 마스터도 이쪽으로 올 테니 그때는 너도 지금 이 일을 보고하도록."

"네, 알겠습니다."

로슈가 힘없이 대답했다.

크리스토퍼를 포함해 그곳에 있는 모두가 앞으로 어떻게 하면 좋을지 알 수 없어 절망에 잠겨 있었다.

아니, 단 한 명, 고개를 들고 움직이기 시작한 인물이 있다.

나탈리 슈바르츠코프 단 한 명만이 천막을 나와 큰길 남쪽으로 내달렸다.

◆

문은 노크도 없이 거칠게 열렸다.

"마스터, 비상입니다."

들이닥친 것은 접수 직원 니나였다.

니나를 포함해 길드 직원이 노크도 하지 않고 길드 마스터 집무실로 들어오는 경우는 정말 긴급한, 그리고 매우 성가신 일이 벌어진 경우에 한했다.

"보고해."

하지만 그런 경우이기 때문에 침착해야 했다.

그것은 길드 마스터인 휴도, 그리고 보고하는 자도 마찬가지다. 굳이 천천히 그리고 차분한 목소리로 휴는 그렇게 말했다.

　니나는 한번 심호흡을 한 뒤 보고했다.

　"던전 안에서 알 수 없는 문제가 발생해 조사단이 사라졌습니다. 길드 마스터는 당장 던전 입구까지 와 달라는, 마법 대학 크리스토퍼 수석 교수로부터의 보고입니다."

　"조사단이 사라졌다고……."

　상상을 넘어선 보고에 휴가 당황한 것은 단 한순간이었다.

　"바로 가지. 직원은 이대로 대기. 연락원만 던전의 출장소로 보내라. 아직 길드에 남아 있는 모험자에게는 알리지 마. 뭐냐고 물어보면 나중에 내가 설명하겠다고만 전해놔."

　거기까지 말한 휴는 망토를 걸치고 집무실을 나섰다.

　'사라졌다니 뭐야. 대체 무슨 일이……. 아니, 그것보다 지금이라면 설마 아벨 일행도 들어가…… 있겠지, 역시……. 아아아, 젠장. 바다에 이어서 이번에는 던전에서 행방불명이라니……. 바로 발견된다면 좋겠는데……. 다시는 행방불명 보고 따위는 하고 싶지 않다고…….'

　길드 연락용 말을 타고 던전으로 향하면서 휴의 마음은 수만 갈래로 어질러져 있었다.

　던전 입구 길드 출장소 천막에 도착했을 때도 아직 휴의 마음은 어질러진 채였다. 하지만 그는 온갖 산전수전을 겪어온 길드 마스터, 강제로 마음을 가라앉힐 수 있는 방법 정도는 알고 있었다.

　한 번 크게 심호흡을 하고 마음을 가라앉힌 뒤 천막 속으로 들어갔다.

천막 안에는 마법 대학 크리스토퍼 교수와 궁정 마법단 차석 연구 부장, 중앙 대학 교수들이 즐비했다.

각 조사단 가운데 연락이 되는 최상위 지위권자로 보였다.

"크리스토퍼 교수, 자세히 들려주시죠."

휴는 가장 먼저 크리스토퍼 교수에게 설명을 재촉했다.

크리스토퍼 교수의 설명은 간결했다.

던전 안에 있던 자들이 모두 동시에 사라졌다. 몇몇은 자신들의 눈앞에서 사라졌다. 11층에는 총장 클라이브를 포함한 중앙 대학 천여 명, 10층에는 고문 아서와 붉은 검을 포함한 궁정 마법단 50여 명이 들어가 있었다.

또한 입구부터 11층까지는 룬의 거리에서 고용된 모험자를 포함한 자들이 보급로 확보를 위해 배치되어 있었으나 그들도 사라진 것으로 보인다. 다만 정확히 그들과 11층의 사람들이 어떻게 되었는지는 알 수 없다.

10층 마법단 일행들은 사용하던 마도구의 반응에 의해 사라진 것을 확인했다. 그 마도구는 한순간 40층에서 반응이 확인됐다.

"40층…… 이라니."

이 말에는 천하의 휴도 놀라지 않을 수 없었다.

휴 역시 이곳에 있는 C급 모험자 백 명이 룬의 거리에 남은 거의 모든 전력이라는 것을 알고 있었다. 그 모든 전력을 투입한다고 해도 40층은 **평소였다면** 도저히 도달할 수 없는 장소였다.

그래, 평소였다면 말이다.

"1층부터 11층까지 마물은 한 마리도 없었다는 보고를 들었는데 사실인가?"

그랬다. 만약 대해소의 영향에 의해 12층 아래에도 마물이 없어졌다고 한다면…… 40층에 도달하는 것도 결코 불가능한 일은 아니었다. 30층 이하의 지도는 모험자 길드에도 존재하지 않기 때문에 거기서부터 아래 계층으로 가는 계단을 발견하는 데는 시간이 걸리겠지만, 그 부분은 인해전술로 어떻게든 되지 않을까.

"네, 그건 사실입니다. 그래서 12층 아래에도 마물이 없을 가능성은 분명히 있습니다."

그래. **가능성**이었다.

없을 가능성은 있다. 하지만 있을 가능성도 있다.

"그런데 문제는 왜 사라졌는지 이유를 전혀 모른다는 겁니다. 그리고 또 같은 일이 일어날 가능성이 있죠. 있다기보단 그럴 가능성이 높을 겁니다. 이동한 곳에서 이동한 그들이 살아있는지도 알 수 없습니다. 죄송하지만 그런 불확실한 상황에서 저는 부하들을 지휘해 들어갈 수 없습니다."

크리스토퍼 교수는 단호하게 말했다.

그렇게 말하리라는 것은 휴도 예상한 사실이었다. 휴가 같은 입장이라도 같은 판단을 했을 테니까.

"아아, 그래. 마법 대학 사람들에 대한 명령권은 내게 없다. 그러니 내가 원하는 건 마법 대학에서 고용한 이 룬의 거리의 C급 모험자들과의 계약을 해지해 달라는 거다."

"뭐, 그건 어쩔 수 없죠. 저희 마법 대학은 지금 바로 그들과 계약을 해지하겠습니다."

"고맙군."

그렇게 말하고 휴는 고개를 숙였다.

『문』의 끝에서

아벨은 무슨 일이 일어났는지 이해하지 못했다.

어느 순간 몸이 붕 뜬 감각이 들었고 이어서 땅에 착지했다는 감각이 엄습했다. 다음 순간에는 눈앞의 경치가 달라져 있었다. 그곳은 끝없이 이어지는 초원……

좌우로 리햐, 린, 워렌이 있는 것을 확인하고 조금 안심했다. 더해서 아서와 궁정 마법단 조사단도 가까이 있는 것이 눈에 들어왔다.

"리햐, 린, 워렌, 무사해?"

"네."

"응."

워렌은 고개를 끄덕였다.

"아서, 그쪽은 괜찮아?"

아벨은 조금 떨어진 곳에 있는 고문 아서를 향해 말을 걸었다.

"그래. 마법단 멤버들도 똑같이 이동한 것 같군."

아서가 주위를 확인하고 대답한다.

"이동했다고?"

"과거 서방 국가 던전에서 겪었던 전이와 똑같은 느낌이었다. 던전 내의 다른 계층인지, 혹은 다른 어딘가인지 그건 모르겠다만…… 강제적으로 전이된 게 아닐까 싶은데."

아서가 아벨 일행에게 다가오며 설명했다.

이에 따라 주변 마법단 단원들도 자연스럽게 모여들었다. 몇몇의 손안에는 잔류 마력 검지기가 있었다.

"검지기는 정상적으로 작동하고 있나?"

"네, 움직이고 있어요. 아마도 지상의 분석반에 이 장소의 정보 같은 게 전송되고 있지 않을까 싶은데……."

"그렇다면 도와주러 올지도 모르겠네요!"

린이 희망에 차 말했다.

"글쎄……. 어떨지 모르겠군……."

고문 아서는 회의적인 표정을 지었다.

"뭐야, 신경 쓰이는 거라도 있어?"

"음. 이 공간이 말이지. 리햐, 이 공간, 어딘가와 비슷하지 않느냐?"

질문을 받은 신관 리햐가 공중을 올려다보며 생각했다.

한참 생각하더니 무언가 떠올린다.

"〈성역 방진(方陣)〉과 닮았어……."

〈성역 방진〉이란 고위 신관만이 행사할 수 있는, 신의 기적이라고도 불리는 '절대 방어 마법'이었다. 그 방어는 모든 마법 공격과 모든 물리 공격을 튕겨내는 엄청난 효과를 가졌다고 하여 그야말로 신의 기적의 이름에 딱 걸맞았다.

하지만 이 상황이 〈성역 방진〉과 비슷하다는 건…….

"즉, 우린 어떤 결계 속에 갇혀 있다는 건가?"

"그럴 가능성이 커요."

아벨의 물음에 답하는 리햐.

"다만 결계의 경계가 어디 있는지도 모를 정도로 거대하지만 말이죠."

적어도 골치 아픈 장소에 갇혔다는 사실 만큼은 아벨도 이해할 수 있었다.

일단 주변 상황을 탐색해봐야 했다.

"린, 미안하지만 〈탐사〉로 주위에 뭔가 없는지 알아봐 줘."

"알았어~. 생명의 고동과 존재를 우리 곁으로 이끌어다오 〈탐사〉."

공기를 타고 린의 탐사가 확산되면서 정보가 손에 들어왔다.

"저쪽 방향, 거리 약 500미터 지점에 생물 반응 다수. 인간은 천 명 정도려나? 그 밖에 오십 명 정도 경험해 본 적이 없는 생물의 반응."

"천 명의 인간……."

"뭐, 당장 생각해볼 수 있는 건 클라이브쪽도 날아왔을 가능성이겠지."

아벨의 중얼거림에 고문 아서가 대답했다.

"카나리아가 휘말리면서 우리도 도망칠 새 없이 휘말려버린 건가. 이것 참……. 일단 그쪽으로 가 볼 수밖에 없을 것 같은데……."

"뭐, 어쩔 수 없지."

그리하여 붉은 검과 궁정 마법단 조사단은 중앙 대학 조사단이 날아갔을 것이라 추정되는 방향을 향해 걷기 시작했다.

아벨 일행이 향한 곳에는 중앙 대학 조사단들이 있었다.

하지만 이들에게는 주변 상황을 확인할 여유가 없었다.

무슨 일이 일어났는지 이해하지 못한 이들을 향해 수십 개의 화속성 마법이 날아온 것이다.

"으아아아아아."

"뜨거워, 뜨거워, 뜨거워!"

아비규환.

그 말이 이렇게나 잘 맞아떨어지는 상황은 흔치 않을 것이다.

그들은 어디까지나 연구자들이다. 게다가 모두가 마법과 관련된 것도 아니다. 오히려 마법을 쓰지 못하는 사람이 더 많다. 마법에 뛰어난 연구자들은 중앙 대학이 아닌 마법 대학쪽에서 연구하는 경우가 많았기 때문이다.

그리고 전쟁터에 나간 경험을 가진 사람도 거의 없다. 그런 이들이 갑작스러운 공격에 대응할 수 있을 리가 만무했다.

대응할 수 있었던 것은 모험자들이었다.

"마법사는 〈미법 징벽〉을 펼쳐라."

〈마법 장벽〉이란 일종의 무속성 마법으로 많은 공격 마법을 튕겨낼 수 있는 매우 뛰어난 방어 마법이다. 초급 마법사들도 사용할 수 있어 모험이나 전쟁터에 나가는 마법사들이 가장 먼저 배우는 마법 중 하나이기도 했다.

다만 결코 내구력이 높다고는 할 수 없었다.

그래서 어느 정도 상급 마법사가 되면 상대방의 공격 마법에 자신의 공격 마법을 부딪쳐서 상쇄시키는 소멸 방법을 사용하는 경우가 많아진다.

하지만 이번처럼 많은 비전투원을 지켜야 하는 상황이라면……
〈마법 장벽〉 이외에 선택의 여지가 없는 것도 사실이었다.

"젠장, 저게 도대체 뭐야?"

"모르겠습니다. 지금까지 본 적 없는 마물…… 마물이죠? 꼬리
도 있고."

몸길이 2미터, 직립 이족 보행, 갑옷 같은 것을 두르고 있거나
로브 같은 것을 걸친 자들도 있어 멀리서 보면 인간처럼 보이기
도 했다.

하지만 인간과의 큰 차이점은 파충류와 같은 큰 꼬리가 나 있
다는 점이다. 그리고 얼굴도 자세히 보면 인간과 도마뱀의 중간
같은 느낌……

어쩌면 이형의 무언가라고 하는 편이 더 나을 것 같았다.

모험자의 의문에 다른 모험자도 명확하게 답하지 못했다.

하지만 눈을 부릅뜬 채 서 있는 인물이 한 명. 바로 총장 클라
이브. 그리고 클라이브는 중얼거렸다.

"저건…… 데빌……."

그 중얼거림은 아주 작았지만 근처에 있던 모험자에게는 들렸
다. 왕도에서 호위를 겸해 고용된 C급 모험자의 리더였다.

"클라이브 씨, 지금 데빌이라고 했어요?"

"아, 그래……. 나도 문헌에서 읽은 것뿐이지만, 거기에 있던
특징과 꼭 닮았어……."

클라이브는 대답하면서도 데빌들에게서 눈을 떼지 못했다.

"젠장……. 오십 마리의 데빌이라니 장난하는 것도 아니고."

리더도 데빌의 전설은 들은 적이 있었다.

가로되, 신과 천사의 적대자.

가로되, 마법이 듣지 않는 생물.

가로되, 사람으로서는 이길 수 없는 존재.

가로되…… 그곳에 있는 것은 절망.

중앙 대학 조사단에 고용된 모험자들은 선전하고 있었다. 〈마법 장벽〉으로 조사단을 지키면서 타이밍에 맞춰 공격 마법으로 반격. 하지만 전설대로 모든 마법을 튕겨냈다.

그렇게 되면 취할 수 있는 방법은 하나밖에 없다.

근접전.

하지만 데빌들이 다가오지 않는 이상 모험자 쪽에서 덤벼들 수밖에 없다. 서로 간의 거리는 백 미터 정도. 거리를 좁히는 데 십여 초는 걸린다. 그동안 데빌들의 마법에 맞지 않으면서 접근해야 한다.

마법을 피하거나 마법으로 밀거나 방패로 받아치거나.

각각의 파티에서 공격 마법을 뚫고 근접전으로 이행하는 노하우은 확립되어 있었다. 원거리 공격 마법을 쓰는 마물도 있었고, 경우에 따라서는 그것들을 사냥하는 의뢰도 있기 때문이다.

"얘들아, 간다!"

"오오!"

그리고 달리기 시작하는 모험자들.

마법사는 〈마법장벽〉을 이용해 비전투원들을 지키고 있었다.

신관은 상처받은 자들을 회복해주고 있다.

전위는 건곤일척, 데빌들을 향해 근접전을 위한 시동을 걸고 있었다.

거리는 백 미터, 시간으로는 십여 초. 기껏해야 두세 발의 공격만 넘어서면 공격 범위 안에 들어갈 수 있다.

그리고 예상대로 많은 전위가 데빌들과 근접전으로 벌이는 데 성공했다.

성공했지만……

"이 자식들 죽어라! 크헉."

하지만…… 데빌들은 근접전도 강했다.

모험자들이 내민 검째로 잘려나갔다.

힘을 자랑하는 방패기사는 방패째로 튕겨 나갔다.

고속의 창을 빠르게 빠져나가며 검을 내리꽂는다.

그 사이에도 데빌들의 후위에서는 조사단을 향한 공격 마법이 사정없이 쏟아졌다.

〈마법 장벽〉은 몇 번이나 다시 펼쳐졌고, 마력이 떨어진 마법사들이 땅에 속속 쓰러져갔다.

마법전으로도 압도당했고 근접전도 통하지 않는다.

완전히 악화일로였다.

이 무렵에는 총장 클라이브를 포함해 조사단 내에서 마법을 사용할 수 있는 자들도 전원이 〈마법 장벽〉을 펼치고 있었다. 하지만…… 전선의 끝은 바로 코앞까지 다가오고 있었다.

◆

아벨이 있는 붉은 검과 궁정 마법단이 도착한 것은 딱 그 타이밍에서였다.

중앙 대학 조사단은 전위가 와해됐고 후위도 마력이 거의 다해 무너지는 것은 시간문제.

드디어 적을 육안으로 볼 수 있는 거리에 도달해 확인한 것은……

"설마…… 데빌……."

신관 리햐가 무심코 중얼거렸다.

"음, 그야말로 데빌 그 자체로군. 상당히 드문 일이지만…… 저쪽 조사단은 거의 전멸이야. 저 〈마법 장벽〉을 지탱하고 있는 것은 클라이브겠지."

고문 아서는 중앙 대학 조사단을 지키는 마지막 〈마법 장벽〉을 펼친 것이 클라이브 한 사람뿐임을 알아챘다. 마법은 쓸 수 있었지만 애초에 비전投인이자 힉자에 지나지 않는 사나. 하지만 그럼에도 역시 중앙 대학 총장. 그 자리에 부끄럽지 않은 모습을 보이고 있었다.

"횡격을 가하겠다. 마법단 3인 동시 공격 준비."

고문 아서의 구령에 따라 궁정 마법단 단원들이 원거리 공격 마법 주문을 외쳤다.

"쏴라!"

마법단에서 쏘아올린 관통력 높은 재블린 계열 마법이, 이제막 총장 클라이브의 마법 장벽을 무너뜨리려던 데빌 집단에게로 날아갔다.

그 일격으로 열 마리가 넘는 데빌들을 전투 불능으로 만들었다.

"대단해······. 데빌에게는 마법이 먹히지 않는데······."

신전에서 데빌에 대해 배운 리햐가 눈 앞에 펼쳐진 믿을 수 없는 광경에 경악했다.

"그건 정확한 표현이 아니야. 세 명이서 적 하나를 노리면 데빌의 장벽을 무너뜨릴 수 있지. 만약 와이번 같은 바람의 방어막이라면 무리였겠지만."

고문 아서는 그렇게 말하며 작게 웃었다.

'쓰러뜨릴 수는 있다. 쓰러뜨릴 수는 있지만······ 수가 너무 많아. 마력을 무식하게 잡아먹는 재블린 계열은 기껏해야 네 발······ 전부 쓰러뜨리진 못한다. 마지막에는 근접전을 해야 하나?'

웃어 보이면서도 그는 마음속으로 지휘관으로서 냉철한 계산을 하고 있었다.

그 후 조금씩 거리를 좁히면서 반복된 3인 1조 공격. 합계 네 번의 공격으로, 데빌을 30마리 이상은 쓰러뜨렸다.

하지만 아서 이외의 마법단의 단원들은 모두 마력이 떨어져 정신을 잃은 상태다. 중앙 대학 조사단도 기어이 마지막으로 남은 클라이브가 마력이 다해 쓰러지기 일보직전이었다.

남은 전력은 마력이 얼마 남지 않은 고문 아서, 그리고 붉은 검네 명뿐이다.

그에 반해 데빌 쪽은 아직 스무 마리 가까이가 남았다.

게다가 그 집단의 뒤편에는 머리 하나 큰 체구를 가진, 그리고 월등한 존재감을 뿜어내는 데빌이 있었다.

"뭔가 위험해 보이는 게 있네. 좋아, 나머지는 근접전으로 해치운다. 워렌, 단종(單從. 종 방향으로 늘어선 모양.) 돌격으로 돌진한다."

아벨이 지시하자 워렌이 거대한 방패를 들고 달리기 시작했다.

그 방패에 몸을 숨기듯이 아벨, 린, 리햐가 일렬로 따라간다. 데빌이 보기에는 그저 거대한 방패가 다가오는 것처럼 보일 것이다.

워렌은 그 거대한 체격과 거대한 방패 장비로 인해 움직임이 둔할 것이라고 생각하기 쉽지만 결코 그렇지 않다. 최고 스피드는 아벨에 필적하고 지구력은 거의 무궁무진. 완력은 거대한 오거마저 뛰어넘는다. 괜히 모험자로서 왕국 제일의 방패기사라는 말을 듣는 것이 아니었다.

물론 단종 돌격에서는 아벨뿐만 아니라 린과 리햐도 따라가야 하므로 스피드는 줄인 상태다. 그렇지만 100미터도 안 되는 거리라면 20초도 걸리지 않고 메울 수 있었다. 그동안 파티를 향한 공격은 모두 워렌의 방패가 튕겨낸다.

데빌 집단에 도달하자 그 기세를 몰아 데빌의 전위를 방패로 날려버렸다.

날려버리며 뚫린 빈틈을 향해 워렌 뒤에서 나온 아벨이 파고들었다.

이어서 린과 리햐의 2인 1조 공격. 즉석으로 같은 표적을 향해 근거리 마법을 날린다.

그렇게 뚫린 빈틈 사이로 다시 워렌이 들어가고, 방패로 데빌을 날려버리며 교두보를 확보하는 식으로 넓혀나갔다.

붉은 검은 워렌을 중심으로 오른쪽에 아벨, 왼쪽에 린과 리햐가 포진했다. 등 뒤가 비지 않도록 공격하는 지점을 기준으로 부채꼴로 펼쳐져 있다.

그중 섬멸 속도는 아벨이 가장 빨랐다. 데빌의 검을 제대로 받지 않고 흘려보낸 뒤 상대방의 몸이 무너진 틈을 노려 목을 잘라낸다. 하지만 그중에는 비정상적으로 검을 다루는 데 특화된 개체도 있어서 고전을 하기도 했다. 지금까지 싸워온 마물 중에서는 정상급으로 성가신 상대였다.

붉은 검이 돌격해 온 뒤로는 데빌의 후위에서 날아오던 마법의 표적이 중앙 대학 클라이브에서 붉은 검과 마법단 아서로 바뀌었다. 이어서 전위가 무너지자 공격은 아벨 일행에게 집중됐다.

마법까지 피하면서 하는 근접전이 되면 아벨로서도 상당한 부담을 떠안게 된다.

마법사 린과 신관 리햐라면 더욱 그렇다. 〈마법 장벽〉을 전개하면서 공격 마법을 날린다, 라는 것은 불가능했다.

어딘가의 수속성 마법사라면 할 수 있을지도 모르겠지만……. 아니, 애초에 그 수속성 마법사는 〈마법 장벽〉이라는 걸 사용한 적도 없지만…… 중앙 연방에서는 마법의 동시 발동 수단은 확립되어 있지 않았다.

이렇게 되면 단시간에 장벽과 공격을 바꿔가며 싸울 수밖에 없다. 심지어 이번에는 즉석 2인 1조 공격. 보통이었다면 금방 무너졌겠지만 린도 리햐도 지금까지의 수없이 많은 전투로 단련되어 있었다.

B급 파티 『붉은 검』이라는 이름은 허투루 단 것이 아니다.

단종 돌격을 통한 근접전으로 열두 마리의 데빌들을 쓰러뜨린 네 사람이지만, 이들에게도 한계가 다가오고 있었다.

최초의 균열은 역시 마력 소진이었다.

리햐의 〈라이트 재블린〉에 맞춰 린이 〈에어 재블린〉을 쏘는 순간 린이 고꾸라졌다.

"린!"

눈앞에서 그 광경을 포착한 아벨이 외쳤다.

"린은 마력 소진. 워렌, 커버를!"

리햐는 그렇게 소리치자마자 린의 몸을 이끌고 물러났다.

워렌이 몸통째로 방패를 들이밀어 추격당하지 않도록 막아주었다.

『붉은 검』이 소지한 매직 포션은 이미 바닥을 쳤고 린의 마력도 바닥을 쳤다. 리햐의 마력도 거의 제로가 되어 〈마법 장벽〉 한 번을 쓸 마력조차 남아 있지 않았다.

남은 데빌들은 여섯 마리. 그중 하나는 보스처럼 보이는 개체. 직립 이족 보행으로 파충류와 같은 꼬리가 있다는 점은 다른 데빌과 같았지만 다른 것들보다 머리 하나가 더 컸다. 그리고 그 머리에는 두 개의 뿔이 나 있다. 게다가 마물인 주제에 이지적인 분위기마저 풍기고 있다……. 혹은 여유라고 해야 할까.

하지만 그런 보스 이외에도 세 마리, 지금까지 쓰러뜨린 데빌과는 확연하게 분위기가 다른 개체가 있다는 것을 아벨은 알아차렸다.

"보스와 그 휘하 세 마리, 약체가 두 마리인가……."

"아벨…… 저 보스, 어쩌면 마왕자(魔王子)일지도 몰라요……."

워렌의 방패 뒤에서 리햐가 속삭였다.

"……뭐?"

무슨 말을 하는 거야, 리햐. 그럴 리가 없지, 데빌이라는 것만으로도 귀찮은데 마왕자라니, 대체 무슨 소리야, 리햐. 아하하하하.

현실을 외면하고 그런 말을 내뱉고 싶어진 아벨.

하지만 리햐가 농담을 하는 게 아니라는 것은 알고 있었다.

"좌우 눈 색깔이 달라……. 저건 마왕자의 특징 중 하나예요."

확실히 자세히 보니 오른쪽 눈은 빨간색이고 왼쪽 눈은 금색이다.

"마왕자는 그거지? 각성 전의…… 마왕이 아닌 마왕자."

"네. 아벨 말대로 마왕자는 마왕 각성의 가능성을 가진 데빌. 동시에 네 마리밖에 존재하지 않죠. 그중 하나가 마왕이 되고요. 신전에서는 그렇게 배웠어요."

"들은 적은 있어. 강하…… 겠지?"

"용사 이외에 쓰러뜨린 기록은 없을…… 거예요……."

거기까지 말한 리햐의 목소리 역시 떨리고 있었다.

지금의 용사는 서방국가에 있다고는 하지만…… 자세한 이야기는 중앙 연방에 전해지지 않았다.

용사는 동시대에 단 한 사람.

"일단 마왕자는 빼고 쓰러뜨리는 쪽으로 해볼게. 걱정하지 마…… 라고 말해도 무리일 것 같지만, 뭔가 예상 밖의 일이 일어나서 이 결계 같은 공간이 부서진다거나, 그런 일이 일어날지도 모르잖아. 희망은 버리지 말자."

"아벨……."

의지하듯 그의 이름을 부르는 리햐에게 아벨은 빙긋 웃으며 데빌들을 향해 돌아섰다.

일반 데빌이 두 마리, 강한 데빌이 세 마리, 그리고 마왕자로 보이는 데빌 한 마리.

세 마리 있는 강한 데빌조차 아벨은 일대일로 이길 수 있을 것 같지 않았다.

하물며 마왕자는…… 그 힘의 끝이 전혀 보이지 않는다.

절망적…….

'아니, 그리폰이 눈앞에 내려섰던 그때에 비하면 그나마 나은가…….'

론도 숲에서 귀환하던 도중 돌연 눈앞에 내려앉은 그리폰…… 아벨은 그 상황보다는 낫다고 생각하기로 했다.

그러자 쓸데없이 몸에 들어가 있던 힘이 빠지는 것이 느껴졌다.

"일단은 약체 두 마리부터……."

아벨은 일반 데빌 두 마리를 향해 빠르게 발을 내밀었다.

데빌이 옆으로 검을 휘둘렀다. 그것을 어느 때보다 앞으로 기울어진 자세로 피한 뒤 그대로 지척까지 파고들어 아래에서 심장을 찔렀다.

마석이 부서진 감촉이 느껴졌다.

조금 전의 전투를 통해 심장 부근에 마석이 있는 것은 확인했다. 그리고 다른 마물들처럼 마석을 부수면 소멸한다는 것도 알아냈다.

찌른 검을 뽑고 그 기세 그대로 몸을 한 바퀴 돌려 쓰러뜨린 데빌 옆 두 번째 데빌의 목을 베어냈다. 데빌을 일격에 쓰러뜨리려면 마석을 부수거나 목을 자른다. 아벨은 경험을 통해 그것을 학습했다.

그리고 간신히 마지막 시련과 마주할 수 있었다.

하지만 거기서 아벨이 예상치 못한 일이 일어났다.

마왕자가 손을 앞으로 들더니 마법을 쓴 것이다.

표적은 워렌의 방패. 워렌은 방패째로, 그리고 그가 뒤에 감싸고 있던 리햐와 린까지 함께 후방으로 튕겨 나갔다.

"리햐!"

아벨이 무심코 외쳤다.

"괜찮아! 셋 다 무사해요."

리햐가 대꾸했다.

마왕자가 왜 그런 짓을 한 것인가. 이유는 곧 밝혀졌다. 마왕자가 휘하의 세 마리를 제지하고 검을 들고 앞으로 나온 것이다. 아벨과 일대일 승부를 원하는 것 같았다.

"그 자리를 확보하려고 세 명을 튕겨낸 건가? 데빌이라는 놈들은 난폭하기 그지없군."

말이 통할 것 같지는 않았지만 아벨은 감히 말을 꺼냈다.

마왕자가 아주 약간, 히죽이며 웃은 것 같았다.

보통 하등한 생물이 일대일 승부 같은 것을 걸어오지는 않는다. 강해 보이는 상대를 향한 예의인지, 그저 심심해서 놀고 싶은 것인지 아벨로서는 알 수 없었다.

하지만…….

'요행이나 다름없어. 원래대로라면 휘하의 세 마리를 쓰러뜨려야만 마왕자에게 다가갈 수 있었을 텐데, 그런 그와 갑자기 싸우게 됐으니까. 이길 수 있을지는 별개의 문제겠지만…….'

아벨은 방심하지 않고 검을 겨눴다.

마왕자는 오른손에 검을 들고 손은 내린 채다.

하지만 방심한 상태는 아니라는 것을 아벨은 알고 있었다. 지금까지의 데빌들이 휘두르던 검과는 달리 가늘다. 결코 거대한 검이 아니다. 날의 길이도 1미터 정도로 데빌이 가진 힘을 생각하면 상당한 속도로 휘두를 것이라 짐작할 수 있었다.

힌동인 지속된 징적을 깨뜨린 것은 마왕자였다.

서로간의 거리를 한순간에 좁히더니 오른쪽 아래에서 검을 쳐올린다.

'빨라!'

예상보다 빠른 속도에 피할 수 없다고 판단한 아벨은 치고 올라오는 마왕자의 검을 위에서 짓눌렀다.

아니, 짓누르려고 했지만 몸뚱이째로 날아갔다.

'비인간적인 스피드에 비인간적인 파워. 이거 골치 아픈데.'

억누를 수 없다고 판단한 순간 그대로 뒤로 뛰었기 때문에 대미지는 전혀 없었다. 대미지는 없지만…… 쓰러뜨릴 수 있다는 그림도 전혀 떠오르지 않았다.

이번에는 마왕자가 상단 쪽으로 자세를 잡았다.

'아니, 아니. 아까는 아래에서 온 공격이라 그나마 뛰어서 충격을 피한 건데, 위에서 내려치면 힘을 피할 수가 없잖아.'

자세만으로도 상대를 절망적으로 만든다……. 평소라면 아벨이 그런 쪽이었으리라.

'기술 자체가 대단하다기보단 스피드와 파워를 살린 검. 하지만 발놀림 같은 것도 아마추어 수준은 아니야. 휘하들을 물리고 일대일 승부를 겨룰 만큼의 자신은 있다는 건가.'

아벨도 검을 들고 서서히 거리를 좁혔다.

하지만 그 순간 마왕자를 향해 옆쪽에서 열 개가 넘는 마법이 쏟아졌다.

중앙 대학 조사단에 고용된 모험자 마법사들이 휴식을 취하고 간신히 모은 마력을 모두 끌어담은 마법. 그것을 적의 보스로 보이는 마왕자를 향해 일제히 날린 것이다.

마왕자도 방심하고 있었던 것일까, 아니면 아벨과의 일대일 승부에 집중하고 있었기 때문일까, 쏟아진 모든 마법이 마왕자에게 명중했다.

마법사들은 다시금 마력을 모두 소진하고는 쏘는 순간 모두가 정신을 잃었다.

이는 공격의 결과를 알지 못했다는 의미에서는 다행이었을지도 모른다. 이 마법공격은 그에게 아무런 대미지도 주지 못했으니까…….

"모든 마법을 튕겨냈어…….."

워렌과 함께 마법단 근처까지 날아갔던 리하는 그 광경을 보고 저도 모르게 중얼거렸다.

"일반적인 데빌이라면 3인 동시 공격으로 쓰러뜨릴 수 있지만, 저놈은 마법으로는 무리일지도 모르겠어……."

마력이 다 떨어지기 직전, 창백한 얼굴을 한 고문 아서가 그렇게 중얼거렸다.

데빌들의 반응은 격렬했다.

휘하의 3마리가 중앙 대학 조사단을 향해 연속해서 원거리 불 마법 공격을 가했다.

"큭……."

이미 〈마법 장벽〉을 전개할 마력은 누구에게도 남아 있지 않았다. 중앙 대학 조사단은 물론 마법단도, 붉은 검도…….

데빌들의 공격을 막을 길이 없는 아서는 입술을 깨물며 버텼다.

리하는 무릎을 꿇고 주저앉았다. 그 눈에서는 하염없이 눈물이 쏟아졌다.

그런 비참한 상황이었지만 아벨의 의식 속에는 거의 들어오지 않았다. 눈앞의 전투에 집중하고 있던 탓이다. 상단에 자세를 취한 마왕자는 어김없이 돌진해왔다. 단 한 번의 기회밖에 없다.

그리고 그 기회가 왔다.

아까보다도 더 빠른 접근. 하지만 그것은 예상 범위.

접근 속도 이상으로 마왕자의 칼날이 육박했다.

그게 아벨의 노림수.

"검기: 영선."

파고드는 적의 공격을 오른발을 축으로 45도 회전해 직전에 피하고, 그 기세를 몰아 적의 왼쪽 측면에 검을 꽂는 기술.

그야말로 필살기라는 말이 이렇게나 잘 어울리는 기술은 없을 것이다.

돌아서서 마왕자의 왼쪽을 찌르는 아벨의 검…….

하지만 허공을 그었다.

마왕자가 상체를 살짝 뒤로 돌려 피한 것이다.

"안 돼……."

저도 모르게 그런 말이 새어 나왔다.

그것은 검을 다루는 싸움에서 치명적인 틈이 된다.

마왕자가 검을 들지 않은 왼손 손등으로 아벨의 턱을 아래에서 올려쳤다.

이권(裏拳. 검지와 중지의 관절 부위로 치는 공격.)처럼 들어온 왼손 공격을 아벨은 순간적으로 피했지만 아슬아슬하게 턱을 스쳤다.

뇌가 위아래로 흔들렸다.

맞기 직전 상체를 피하는 동시에 후방으로 뛴 덕분에 간신히 거리는 벌렸지만, 완벽한 뇌진탕이었다.

인간의 뇌 구조상 단련해도 피할 수 없는 약점.

뛰어서 피했지만…… 더는 몸을 일으킬 수가 없었다.

간신히 검만은 놓지 않았다.

땅에 무릎은 꿇었지만, 아벨은 검을 들고 천천히 다가오는 마왕자를 노려보았다.

"아벨!"

멀리서 리햐가 부르는 소리가 들렸다.

'미안, 리햐. 이건 역시 무리일지도 몰라⋯⋯.'

하지만 여기서 세 번째로 전황이 바뀌었다.

천장이 부서지며 바윗덩어리가 떨어졌다.

무슨 일인가 하고 위를 올려다보는 마왕자와 휘하의 세 마리.

아벨이 향한 시선 끝에는 천장에서 내려오는 한 명의 수속성 마법사가 있었다.

반짝이는 얼음 조각을 몸에 두르고 있는 료의 그 모습은 어떤 의미로는 환상적이기까지 했다.

그리고 그리운 목소리가 울려 퍼졌다.

"〈아이스 월 10층〉."

료의 진정한 힘

시간은 잠시 거슬러 올라간다.

던전 입구에 설치된 마법단의 천막에서 달려나온 나탈리는 모험자 길드로 향했다. 정확히는 모험자 길드에 병설된 숙소로 향했다. 그 스피드는 평범한 사람이 보기에는 대단한 스피드는 아니었지만 나탈리로서는 일생일대, 전무후무, 그야말로 온 힘을 다한 스피드.

나탈리의 머릿속에서는 과거 아벨이 했던 말이 끊임없이 반복되고 있었다.

"나탈리. 만약 누군가의 도움이 절실히 필요한 상황이 생겼는데 우리가 없다면, 그때는 료를 의지해."

지금이 바로 그때.

나탈리기 길드 숙소 10호실에 뛰어들었을 때 안에 있던 것은 료 한 명뿐이었다.

료는 다른 세 사람이 가져온 마동광석을 사용해 연금술 실험을 하고 있었다. 그리고 중급 포션 생성에 처음으로 성공한 상태였다. 상처 풀을 베이스로 마동광석을 사용해 만드는 포션.

처음에 료가 이 레시피를 봤을 땐 '마실 거에 광석을 섞는 건가?'라고 생각했지만, 어디까지나 마동광석은 촉매에 불과하므로 마지막에는 포션에서 꺼내야 했다……. 이런 성가신 공정은 포션을 직접 제작하는 모험자가 없는 이유 중 하나였다.

그렇게 성공의 여운에 젖어 있는데, 돌연 나탈리가 들이닥쳤다.

"료 씨, 도와주세요!"

숨이 넘어가기 직전이라는 게 바로 이것일까. 겨우 그것만 말하고 나탈리는 두 손을 무릎에 짚은 채 가쁜 호흡을 반복했다.

"무슨…… 나탈리?"

무슨 일인가 싶어 문 쪽을 돌아본 료는 상대가 최근에 알게 된, 그리고 본인 이외에 유일하게 자신이 아는 수속성 마법사 여자아이라는 것을 알아차렸다.

"일단 물 한 잔 마시고 얘기해."

그렇게 말한 뒤 오른손에 물을 채운 얼음 컵을 생성해 나탈리에게 건넸다. 아주 평범하지 않은 광경이었지만 지금의 나탈리에겐 그것을 인식할 여유가 없었다.

단숨에 들이키고는 조금 진정됐는지 깊은 호흡을 몇 번 이어갔다.

"료 씨, 아벨 씨랑 다른 분들이 던전 안에서 실종됐어요. 찾는 걸 도와주세요."

나탈리의 그 말을 듣자마자 몸을 일으킨 료는 평소 입는 로브와 망토, 미카엘제 나이프, 그리고 무라사메를 허리에 끼웠다.

"얘기는 이동하면서 들을게. 가자."

그러고는 빠른 걸음으로 숙소를 나섰다.

던전 입구에서 여기까지 전력으로 질주해 온 나탈리는 피곤했지만, 여기서 발목을 잡을 수 없었기에 정말이지 이를 악물고 료를 따라갔다.

하지만…… 큰길로 나오자마자 다리가 꼬여 넘어지고 말았다.

"아, 미안, 계속 달려왔겠구나. 내 생각이 짧았네. 여기에 타. 〈수레〉."

료는 그렇게 말하고는 길이 2미터 정도의 얼음 짐수레를 생성했다.

과거 바다에서 올라온 아벨을 싣고 집까지 운반한 〈수레〉였다. 룬의 거리의 도로는 평평하니 문제없이 사용할 수 있을 것이다.

"어, 저기……."

하지만 나탈리는 여러 의미로 당황하고 있었다.

무엇보다 굉장히 눈에 띈다.

아이들이 눈을 반짝이며 그 〈수레〉라는 것을 보고 있다.

여성들은 〈수레〉가 반짝반짝 빛나는 모습을 황홀한 표정으로 바라보았다.

빛에 반사되어 반짝반짝 빛나는 〈수레〉.

거기에 타기 위해서는 상당한 용기가 필요했다. 하지만 일행은 기다려 주지 않았다.

"탈 체력도 없나 보네."

그렇게 말하고는 뒤에서 나탈리의 허리를 두 손으로 잡고 그대로 〈수레〉에 실었다.

"어……?"

눈 깜짝할 사이에 벌어진 일.

그리고 료는 달리기 시작했다. 당연히 그것을 따라 〈수레〉도 달리기 시작한다. 그런 마법이다.

"꺄아아아악!"

갑작스런 상황에 나탈리는 비명을 질렀다.

이동 중 나탈리의 설명은 횡설수설에 가까웠다. 무리도 아니다. 갑자기 이런 수레에 실려 고속으로 이동하고 있으니까. 하지만 최소한의 것은 전달할 수 있었다.

붉은 검과 궁정 마법단의 조사단 합계 54명이 던전 안에서 전이를 통해 이동했다는 것. 마도구의 기능으로 봤을 때 전이 장소는 40층일 가능성이 높다는 것.

동시에 11층에서 조사하던 천 명이 넘는 중앙 대학 조사단도 전이되었을 가능성이 높다는 점. 다만 이쪽이 전이한 장소에 대해서는 아무런 정보가 없다는 것.

"응, 대충 알았어."

던전 입구에 도착한 료는 〈수레〉를 없앴다. 동시에 나탈리는 땅바닥에 주저앉았다.

"그러고 보니 나탈리는 왜 나한테 온 거야?"

료는 그것이 궁금했다.

나탈리는 료 이외의 수속성 마법사라서 신경이 쓰이긴 했지만 솔직히 말하자면 그뿐이다. 아벨에게 편지를 중개하는 것을 도왔을 뿐이다. 그 이후로 한 번도 만나지 않았다. 그런데도 나탈리는 가장 먼저 료가 있는 곳으로 왔다.

"예전에 아벨 씨가 말씀하셨어요. 만약 누군가에게 도움이 꼭 필요한 상황이 왔을 때 자기가 없으면 료 씨를 의지하라고. 료 씨라면 꼭 도와줄 거라고."

"과연, 아벨이……."

료가 한 말은 그것뿐이었지만, 어떠한 결심을 했다는 것은 나탈리도 알 수 있었다.

"좋아, 그럼 들어갔다 올게."

그렇게 말한 료는 던전 입구로 향했다.

던전 입구는 봉쇄되어 있었다. 당연하지만 안에서 무슨 일이 일어났는지 알 수 없기 때문이었다.

입구에는 길드의 의뢰를 받은 모험자 두 명이 보초처럼 서 있었다.

"지나갈게요."

하지만 료는 그런 것은 개의치 않고 지나가려고 했다.

"아니, 안 돼. 던전에는 아무도 들이지 말라고 했다."

"나는 D급 모험자야. 〈아이스 월〉."

그렇게 말한 료는 자신과 모험자 사이에 〈아이스 월〉을 쳐서 붙잡히는 것을 막고 던전으로 가는 길을 확보했다.

"뭐, 뭐야, 투명한 벽? 야, 너 던전에 들어가면 안 돼!"

그런 목소리를 뒤로하고 료는 1층으로 가는 100단의 계단을 종종걸음으로 내려갔다.

1층의 홀.

"〈능동 소나〉."

주위의 물분자를 타고 '자극'이 퍼져 나간다. 그리고 물체에 맞아 반사되어 돌아왔다.

"확실히 아무도 없어."

9층까지 아무것도 없었다는 것은 전날까지의 정보로 전해진 상태였다. 〈능동 소나〉는 어디까지나 그 확인에 지나지 않았다.

마물은 없어도 던전의 각 계층은 매우 넓었다. 아래층으로 내려가는 계단의 위치 역시 시간이 많이 걸리는 배치였다. 애초에 30층 이하의 계층에 관해서는 길드에도 지도가 없었기에 계단의 위치도 완전히 파악되지 않았다.

그것을 40층까지 내려간다고 하면 도달하는 데 얼마나 걸릴까…….

거기서 료가 생각해낸 것은 계층의 바닥을 뚫는 방법이었다.

애니메이션이나 만화에서 흔히 나오는…… 료도 어떤 작품에서 본 기억이 있다!

문제는 던전의 벽이나 바닥이 비정상적으로 단단하거나 혹은 재생 능력이 엄청난 경우인데…… 그때 솔저 앤트가 떠올랐다.

1층에서 솔저 앤트를 봤다는 이야기를 했을 때 아벨은 '솔저 앤드가 수혈을 파서 1층까지 왔기 때문'이라고 대답했었다.

개미가 구멍을 팔 수 있다면 인간도 팔 수 있으리라!

보통 사람에게는 어려울 수도 있지만 료라면 할 수 있었다.

그래, 누가 뭐래도 수속성 마법사니까.

"〈어브레시브 제트 6〉."

직경 2미터 정도의 정육각형 꼭짓점 위치에 〈어브레시브 제트〉로 구멍을 뚫었다. 그리고 그것을 시계 방향으로 60도 회전시키자…….

바닥이 뚫렸다.

직경 2미터의 구멍이 뚫렸고 료는 주저 없이 뛰어들었다.

높이는 10미터 정도…… 그대로 떨어져도 제대로 낙법만 취하면 다칠 일은 없겠지만 다리를 다칠 가능성도 있었다.

그렇게 생각하고 땅에 닿는 순간 발바닥에서 〈워터 제트〉를 뿜어내 아주 적은 부력을 얻었다. 물론 쉽지는 않았지만 후면 전체에서 〈워터 제트〉를 뿜어내며 돌파하는 것에 비하면 간단했다. 애초에 발바닥에서 내보내는 〈워터 제트〉는 지금까지도 몇 번이나 료의 생명을 구해 온 기술이다. 주로 바닷속 마물과의 싸움에 한정되긴 했지만.

이 방법으로 료는 순조롭게 39층까지 내려갔다.

그 와중에 마물을 한 마리도 만나지 않았다는 것은 정말이지 기묘한 일이었다.

"그렇지만 그걸 생각하는 건 내 일이 아니야."

료가 지금 해야 할 일은 아벨과 합류해 무사히 그들을 지상으로 데려가는 것.

"이 아래가 40층……. 그렇다면, 〈능동 소나〉."

39층 전체에 '자극'이 퍼져 나갔고…… 40층 계단까지 도달했다. 계단을 내려가는 와중 퍼지던 흐름이 도중에 끊겼다.

"응? 결계 같은 게 있나……."

여기서 나탈리가 알려준 정보를 료는 떠올렸다.

한순간 40층에서 반응이 있었는데 금방 끊겼다고.

"무슨 일이 일어나고 있는지 모르는 건 불안하지만 어쩔 수 없지……."

그렇게 중얼거리고는 지금까지와 같은 마법을 외쳤다.

"〈어브레시브 제트 6〉."

39층의 바닥이 뚫렸다.

뚫린 구멍을 향해 료는 뛰어들었다.

구멍을 빠져나올 때 아주 적은 저항감을 느꼈다. 그리고 세계
가 반전된 느낌이 들었다.

'악마 레오놀과의 전투가 떠오르는 감각이야…… 봉랑이라고
했던가? 하지만 그때보다 뭐랄까, 농도가 옅은 느낌? 좀 허술한
봉랑인 건가?'

결계 같은 것을 빠져나와 아래를 보니 이형의 무언가가 무릎을
꿇은 아벨에게 다가가고 있는 중이었다. 게다가 그 아벨은 무릎
을 꿇은 채 검으로 몸을 지탱하고 있었다.

'아벨, 못 일어나는 건가? 일단 잠시 떨어뜨리자.'

료가 외쳤다.

"〈아이스 월 10층〉."

아벨과 이형의 무언가 사이에 〈아이스 월〉이 생성되며 두 사람
을 갈랐다.

료 본인은 이형의 무언가와 불에 탄 수백 구의 시체 사이에 내
려앉았다.

'저건…… 중앙 대학 조사단인가…… 처참하네.'

딱 거기까지만 생각하고 아벨 쪽을 향해 걸어갔다.

그동안 이형의 무언가를 포함해 그 누구도 아무 말도 하지 못
했다.

"아벨, 다친 데는 없어요?"

료라도 가끔은 상식적인 대사를 말할 때가 있었다.

"아아……. 왜 료가 여기에……."

"당연히 도와주러 왔죠. 그보다 다친 곳이 없는데 못 일어나는 거면…… 아, 뇌진탕이나 뭐 그런 거군요. 아벨이나 되는 사람이 뇌진탕으로 죽을 뻔하다니…… 아직 멀었네요."

료의 말에 아벨은 무심코 웃음이 터져 나올 뻔한 것을 어떻게든 간신히 억눌렀다.

"시끄러워. 잠깐 발을 헛디딘 것뿐이야."

"검사가 발을 헛디딘다……. 아니, 뭐 자주 있는 일이긴 하죠."

료는 스승 듀라한과의 대련을 머리에 떠올리며 습지대는 발밑 상황이 상당히 좋지 않다는 것을 기억해냈다.

"일단 여러 사람이 걱정하는 것 같으니 돌아가죠."

"돌아가고 싶은 마음은 굴뚝같지만……."

그렇게 말한 아벨은 이형의 무언가를 보았다.

"저건 제가 쓰러뜨릴게요. 그럼 문제없죠?"

"아니, 료, 잠깐만. 저건 마왕자야!"

황급히 료를 제지하는 아벨.

"마왕자? 마왕의 자식? 뭐예요. 그런 농담은 다른 때 하세요. 마왕의 직계가 저렇게 약할 리가 없잖아요."

"마왕자는 장차 마왕이 될 수 있는 마물…… 을 말하는 것 같아. 그리고 강해!"

"그렇군요, 그럼 역시 마왕의 자식이랑 비슷한 거네요. 어쩐지 약해 보이는데요."

미묘하게 이야기가 어긋나고 있지만…… 료는 마왕자를 향해
돌아섰다.

그제서야 드디어 데빌들도 정신을 차린 것일까.

일대일 대결을 방해한 자를 향한 제재. 아까 마법으로 방해한
중앙 대학 조사단의 모험자들을 불태웠듯이 그 제재는 가차 없이
벌어졌다.

마왕자의 휘하 세 마리에게서 료를 향해 여섯 개의 불화살이 날
아왔다.

"⟨아이시클 랜스 6⟩."

그 모든 것을 얼음 창으로 하나하나 요격한다.

마법을 다른 누군가에게 배운 적이 없는 료는 ⟨마법 장벽⟩이라
는 것의 존재 자체를 모른다.

그 때문에 ⟨아이스 월⟩이나 ⟨아이스 실드⟩로 방어하거나 수속성
공격 마법을 맞춰서 상쇄시키는 것으로 요격해 왔다. 지금처럼.

"⟨워터 제트 3⟩."

요격한 뒤엔 간발을 차를 두지 않고 바로 반격.

휘하의 세 마리 각각의 목 뒤에서 생성시킨 ⟨워터 제트⟩가 그
목을 베어냈고…… 세 마리의 목이 굴러떨어졌다.

휘하 세 마리가 동시에 목에서 피를 뿜으며 쓰러졌다. 그들이
불화살을 쏜 직후 찰나의 순간 벌어진 일이었다.

무슨 일이 일어났는지 알아차린 사람은 없었다.

초일류 검사인 아벨조차 인식하지 못했다.

'료가 평소 쓰는 얼음 창으로 요격했다는 건 간신히 알겠는데……. 그 후에 뭘 한 거지? 왜 데빌들의 목이 떨어져 있지? 전혀 모르겠어!'

상황을 파악하지 못한 것은 당연히 아벨뿐만이 아니었다.

가장 납득하지 못한 것은 마왕자였는지도 모른다.

다만 어떤 방법으로든 부하들이 순식간에 쓰러졌다는 것만은 이해한 것 같았다.

그 눈빛에 서리는 증오.

다른 데빌들이 아무리 쓰러져도 표정 하나 바꾸지 않았었는데, 휘하의 세 마리가 당한 것은 역시 화가 난 것일까.

격렬한 증오가 담긴 눈빛을 료에게로 향했다.

하지만 료는…….

"그런 시선은 이미 익숙해졌어요. 오른손에 들고 있는 건 검인가요? 흠…….."

일단 료도 무라사메를 허리에서 빼내 얼음 날을 발생시켰다.

그것을 본 마왕자가 순간 표정을 굳힌 것처럼 보였다.

"자요, 마왕자인지 뭔지 하는 그쪽, 언제든 덤비세요."

말은 도발적이지만 자세에는 빈틈이 전혀 없었다.

마왕자도 그것을 알아차린 것인지 상단에 자세를 잡은 채 쉽사리 움직이지 못했다.

마왕자가 상단에 팔을 올린 채 움직이지 않는 것을 보고 료도 상단으로 자세를 바꿨다.

평소엔 거의 쓰지 않는 자세.

료의 가장 큰 특기는 정면…… 중단에 검을 두어 공격으로도 방어로도 이행하기 쉬운 기본 중의 기본자세.

하지만 상단에 놓으면 그것은 완전한 공격형이 된다.

실제로 이 자세를 해보면 알겠지만 상대의 공격을 검으로 받는 것은 불가했다. 검으로 흘려보낼 수도 없다. 즉, 검을 사용하지 않고 피할 수밖에 없는 것이다.

방어력 제로. 그렇기에 완전한 공격형.

그 완전한 공격형으로 자세를 잡은 채 서서히, 조금씩 간격을 좁혀 나가는 료.

처음에는 조금 뒤로 물러섰지만, 곧 물러서지 않고 맞서기로 결심하는 마왕자.

그리고…….

마왕자는 단숨에 간격을 좁혀 내리쳤다.

"느려."

료는 마왕자의 내려치기 공격을 오른발만 반걸음 비스듬히 앞으로 내밀어 피하고 사세가 흐트러신 마왕자의 옆으로 돌아가 뒤에서 목을 베었다.

마왕자의 접근 속도도 내려치기도 충분히 빠르다……. 하지만 료가 상정하고 있던 것은…….

"레오놀은 더 빨랐어……."

그랬다. 악마 레오놀이 달려든 속도는 그야말로 브레이크 다운 돌격이라고 해도 손색없을 정도의, 바람 마법을 사용한 것으로 보이는 음속에 가까운 뛰어들기였다.

과거 그 애꾸눈 어쌔신 호크도 선보였던 기술이다.

그것을 가정하고 있던 료에게 마왕자의 접근 속도는 너무 늦었다.

아벨은 어안이 벙벙했다.

'뭐야, 저건…….'

아벨이 몸에 지닌 검술과는 근본적으로 모든 것이 달랐다.

발걸음도, 무게중심의 이동도, 물론 검 자체도!

하지만 료의 검이 심상치 않다는 것만은 알 수 있었다.

타고난 것은 아닐 것이다……. 엄청난 연습, 상상도 못할 정도의 단련, 그리고 두려울 정도의 실전 훈련, 그것들을 거쳐 오며 익힌 검술.

단 일격에 불과했지만 아벨 정도의 검사라면 거기에 담긴 방대한 정보를 이해하는 것은 어렵지 않았다.

아벨이 정신을 차린 것은 5초 뒤.

뒤늦게 정신을 차리고 다시 한번 지금의 상황을 파악한 아벨이 료 쪽을 바라보았다.

그리고 료에게 고맙다는 말을 걸려다가 깨달았다. 목이 잘린 마왕자가 쓰러지지 않았다는 사실을.

그리고 그것은 료도 깨닫고 있었다.

"목을 베어도 죽지 않는다……. 좀 귀찮네요."

뒤로 뛰어 거리를 벌리는 료.

"그 내구력은 대단하지만…… 마왕이라는 건 더 강해야죠. 적어도 너처럼 약한 건 아닙니다. ……라고 해도 말이 안 통하네요."

료가 말하는 사이에도 마왕자는 떨어진 목을 주워 원래 있던 몸 위에 올려놓고 있었다.

연결된 목둘레가 치이익 하는 소리를 내고 있었다.

"그 재생 능력은 쓸 만하지만…… 글쎄요, 어디까지 재생할 수 있는지 한번 시험해 볼까요. 〈어브레시브 제트 256〉."

마왕자 주변에 발생시킨 얼음 연마재가 들어간 256개의 물줄기가 불규칙한 궤도로 움직이며 공간째로 베어낸다.

과거 악마 레오놀을 (아마도) 조각조각 찢어버린, 현재 료가 가진 비장의 무기. 그때는 레오놀의 비정상적인 재생 속도에 결정타가 되지는 않았지만…….

이번에는 궤도별로 움직이는 도중, 료의 귀에 퍽 하고 무언가 단단한 것이 부서지는 소리가 들렸다.

순간 잘게 쪼개진 와중에도 다시 재생하려던 마왕자의 몸이 완전히 무너져 내리며 다시는 움직이지 않았다.

"마석을 부숴버렸다……."

난난한 섯이 깨신 소리는 마왕자의 마석이 부서진 소리였다.

◆

마왕자의 마석을 회수하는 데는 실패했지만, 휘하 3마리는 목을 베어 쓰러뜨렸으니 마석은 회수할 수 있을 것 같았다. 그것을 확인하고 료는 아벨에게 다가갔다.

"고마워, 료. 덕분에 살았어."

아벨은 순순히 고개를 숙이고 감사를 표했다.

"아뇨. 감사의 마음은 식당에서 저녁 한 끼면 충분히 전해질 거예요."

"그래, 알았어. 일주일 정도는 매일 사줄게."

그렇게 말한 아벨은 웃으며 료의 어깨를 두드렸다.

"아파, 아파요. 아벨은 힘만 무식하게 세다고요. 일주일이라고 말한 거 잊지 않을 테니까요!"

그 무렵 붉은 검의 다른 멤버들과 고문 아서도 아벨 곁으로 와 있었다.

"아벨…… 다행이다…….."

리햐가 울 것 같은 얼굴로 아벨을 껴안았다. 껴안자마자 흐느껴 울기 시작했다.

그 옆에서는 아직 기절해 있는 린을 워렌이 양손에 안고 료에게 고개를 숙여 보였다.

"난 궁정 마법단 조사단의 대표를 맡고 있는 마법단 고문 아서 베라시스라고 하네. 도움에 진심으로 감사를 표하는 바일세."

그렇게 말한 아서도 료에게 고개를 숙였다.

"아, 아뇨, 신경 쓰지 마세요. 애초에 제가 올 수 있었던 건 마법단의 나탈리 씨가 말해준 덕분이에요. 늦지 않아서 다행이네요. 설마 이런 상황이 벌어지고 있었을 줄은 꿈에도 몰랐어요."

료의 시야에 들어온 것은 아직 마력 소진에서 완전히 회복되지 못한 궁정 마법단원들과 데빌들에 의해 불타버린 중앙 대학 조사단의 시신이었다.

"저쪽은 중앙 대학 조사단 사람들이죠…….."

"음…… 싸우기엔 역부족이었네……."

"시신은 무리지만 뭔가 유품 같은 걸 갖고 돌아가는 게 좋을까요?"

"곧 우리 마법사들도 깨어날 테니 그 후에 유품을 회수하도록 하겠네."

고문 아서가 마법단 쪽을 바라보며 대답했다.

"료, 우리는 데빌의 마석을 회수하자."

울어서 눈이 퉁퉁 부은 리햐를 따라 아벨이 마석 회수를 제안했다.

"매도한 금액 일부를 유족에게 넘겨주고 싶어."

'하여간…… 아벨은 모험자에게 적합하지 않다니까요. 살아남은 우리가 죽은 너희들 몫까지 써주겠다! 뭐, 그런 대사가 훨씬 더 모험자 같은데.'

모험자로서는 꽤 후배이면서도 묘하게 선배 같은 태도를 취하는 료.

'뭐, 그 부분이 아벨답다고 하면 아벨다운 거겠지만.'

끝까지 선배 같은 태도로 말하는 료였다.

그렇지만 입 밖에 내면 혼날 것 같아 마음속으로만 간직했다.

하지만 그때, 그냥 흘려들을 수 없는 말을 들었다는 것을 깨달았다.

"지금 데빌이라고 했나요? 아까 그 녀석들이 데빌?"

료가 전장을 둘러보며 여기저기 굴러다니는 이형의 무언가들을 보았다.

"그래, 우리도 데빌과 만난 건 처음이야. 애초에 중앙 연방에 데빌들이 나타난 것 자체도 거의 수백 년 만이지 않을까 싶은데…… 왜 이런 곳에 있는지는 모르겠지만."

'역시 악마와 데빌은 다른 거였어……. 미카엘(가명)이 마물 대전에 추가로 적어준 건 데빌이 아니라 악마였던 셈이네. 미카엘(가명)이『강도: 약한 것부터 강한 것까지 다양(약한 것이라도 혼자서 도시 하나를 지워버리는 일은 손쉬움)』같은 식으로 적어뒀던 것도 이제 이해가 가……. 그 레오놀와의 전투도 봉랑이 아니었다면 룬의 거리에 상당한 피해가 있었을 테니까.'

거기까지 생각한 료가 문득 떠올렸다.

"그러고 보니 아까 39층에서 탐사 마법을 썼을 때 이상한 게 있더라고요. 39층과 이어진 계단 쪽이니까 돌아갈 때 살펴봐요. 그게 이번 일과 무슨 상관이 있을지도 몰라요."

료가 마왕자를 쓰러뜨렸을 때 40층을 덮고 있던 결계 같은 것은 사라진 상태였다.

'결계라기보단 좀 허술한 봉랑 같은 느낌이었어……. 룬의 거리에 나타난 봉랑은 아마도 일식을 이용해서 존재하고 있었던 거겠지. 그 악마 레오놀도 본인은 어쩔 수 없는 제약이라고 말했고……. 그건 아공간…… 룬과 다른 어딘가가 연결되었을 때의 다리 같은 거라고 멋대로 단정하고 있었는데……. 응, 아직 정보가 부족하네, 잘 모르겠어.'

잘 모를 때는 생각하는 것을 포기한다. 그것도 하나의 해결 방법. 료는 그렇게 생각하기로 했다.

마력 소진으로 기절한 마법단은 왕국 중앙 대학 조사단들의 유품을 회수했고 붉은 검, 고문 아서와 료는 데빌들의 마석을 수거해갔다.

"마석의 색…… 검정색이네요……."

료가 한 말은 결코 크지는 않았지만 이 중 가장 경험이 풍부한 고문 아서가 반응했다.

"나도 데빌의 마석을 회수한 건 처음이네만…… 검은색일 줄은……."

"아서 씨, 지금의 말씀은 마치 데빌 자체는 전에 본 적이 있거나 싸운 적이 있다는 식으로 들리는데요?"

"음, 료, 그 말이 맞네. 모험자 시절에 서방국가에서 싸운 적이 있지…… 허나 쓰러뜨리진 못했어."

고문 아서는 과거를 떠올리듯 먼 곳을 바라보았다.

통상적으로 마물의 마석은 그 마물이 속한 속성에 해당하는 색을 띠고 있다. 화속성이면 빨간색, 수속성이면 파란색인 식으로.

그것이 '검은색'이라는 건…… 어둠?

'근데 저 세 마리는 불화살을 쏘지 않았나?'

전투를 떠올리던 료는 물음표가 늘어가는 것을 느꼈다.

"료, 중앙 연방에서는 데빌와의 조우 자체가 약 200년 만입니다. 마석의 정보 같은 것도 신전에조차 남아 있지 않아요."

신관 리햐가 데빌의 마석에 대해 설명을 보충했다.

"데빌은 어느 날 갑자기 그곳에 나타난다고 합니다. 그래서 시공 마법을 쓸 수 있는 것이 아닌가 하는 연구가 신전 안에서 논의됐을 정도입니다."

"시공 마법!"

시공 마법 하면 이세계물의 정석!

'아니, 하지만 미카엘(가명)은 마법은 불, 물, 바람, 흙, 빛, 어둠의 여섯 속성과 무속성이라 했어……. 그 안에 시공 마법 같은 건 없었…… 지?'

"시공 마법이라는 게 존재하나요?"

료가 그곳에 있는 사람들에게 물었다.

"시공 마법으로 알려진 건 〈무한 수납〉이랑 〈전이〉야. 둘 다 말 그대로의 의미지."

대답한 것은 의외로 아벨이었다.

"그거 멋지네요! 꼭 사용해 보고 싶은데……."

료가 그렇게 말하자 아벨이 상당히 말하기 어렵다는 표정을 지어 보였다.

"아아…… 시공 마법을 사용할 수 있는 건 알려진 바로는 이 중앙 연방에서 단 한 명. 연방의 하겐 벤더 남작뿐이지."

"호오, 〈무한 수납〉이 있으면 사냥한 사냥감을 마석뿐만 아니라 통째로 가져갈 수도 있고, 〈전이〉가 있으면 사냥터로 쉽게 이동하거나 혹은 집으로 돌아갈 수 있어서 편리하겠네요."

그 광경을 떠올린 료가 즐거운 얼굴로 말했다.

하지만 아벨의 얼굴은 아까 이상으로 껄끄러운 표정이었다.

"그래, 모험자라면 그렇겠지. 하지만 벤더 남작은 연방의 인간이다……. 연방이 그런 능력을 가진 인재를 자유롭게 활동하게 놔둘 리가 없으니까…….”

“네? 그게 무슨 뜻…….”

“벤더 남작은 늘 연방군과 함께 연방군의 무기, 양식의 이동에
종사하고 있지. 일종의 언제든 쓸 수 있는 도구 취급을 받고 있어.”

그것은 료가 보기에도 딱하게 느껴졌다.

확실히 군대라는 조직을 생각해 보면 〈무한 수납〉이나 〈전이〉
는 무엇보다도 필요한 능력이었다. 하지만 그렇다고 해서 조금의
자유도 없다는 것은 너무나 안타까운 일이다.

“〈무한 수납〉도 〈전이〉도 벤더 남작밖에 사용할 수 없어. 선대
의 벤더 남작이 그 두 가지 마법을 사용할 수 있었지만 그동안엔
아들 하겐, 그러니까 현 벤더 남작은 사용할 수 없었다나 봐. 그
런데 선대가 죽은 순간부터 현 벤더 남작이 〈무한 수납〉과 〈전이〉
를 사용할 수 있게 됐다고 하니까, 마법이라기보단 저주에 가까
운 뭔가가 아닐까 여겨지고 있어.”

“그렇군요. 내물림이 아니라 동시대에 쓸 수 있는 건 딱 한 사
람…… 확실히 저주 같은 느낌이네요.”

료가 한 말에 문득 아벨은 손을 멈췄다.

‘동시대에 딱 한 명…… 최근 어디선가 떠올린 말…….’

아벨은 잠시 고민하다가 금세 떠올렸다.

‘아아…… 용사가 그랬지.’

◆

룬의 거리에서 머나먼 서쪽. 직선거리로는 4천 킬로미터 이상.

그곳에서는 일곱 명의 파티가 완전 무장한 채 무언가가 일어나기를 기다리고 있었다.

"왔다!"

남자 마법사의 말에 전원이 무기를 들었다.

일곱 명의 전방에서 50미터 정도 떨어진 공간이 직사각형으로 검게 칠해졌다. 높이 5미터, 폭 4미터. 그 장소에 만약 나이트레이 왕국 중앙 대학의 학술 조사단 멤버가 있었다면 총장 클라이브가 『문』이라고 이름 붙인 것과 꼭 닮았다는 것을 지적했을지도 모른다.

그 『문』에서 나온 것은 한 명의 미녀.

키 175센티의 스타일 좋은 미녀…… 하지만 자세히 보면 작은 뿔 비슷한 것이 달려 있다. 그리고 까맣고 가는 꼬리.

악마 레오놀이었다.

"흠…… 뭔가 특이한 게 있다 싶어서 들러 본 건데…… 인공적인 '제단'이었나?"

그렇게 말한 레오놀은 제단을 향해 걷기 시작했다. 마치 그곳에 있는 자들이 눈에 들어오지도 않는다는 듯이.

"기다려라, 마왕. 넌 여기서 죽어줘야겠다."

그렇게 외친 사람은 파티 일곱 명 중의 검사. 아마 파티 중에서는 최연소…… 19살 정도일까. 하지만 그 검사가 어떤 의미로는 리더였다.

"응? 마왕?"

무시할 생각이었지만 레오놀은 지나칠 수 없는 단어를 들었다.

"그대들, 나를 마왕이라고 불렀나?"

그리고 그제서야 레오놀은 7인 파티를 향해 돌아섰다.

"많은 희생을 치르고 만들어낸 제단. 거기에 불을 붙이면 마왕이 강림한다는 건 이미 널리 알려진 방법이다!"

그렇게 외친 것은 성직자로 추정되는 장년의 남성.

"그래서…… 일부러 마왕 같은 것을 강림시킨 자는 누구지?"

그 물음에 조금 전의 젊은 검사가 대답했다.

"나는 용사 로민. 마왕을 토벌하는 자다!"

"용사? 용사인가. 오, 그 용사 말이냐!"

그렇게 말한 레오놀이 웃었다.

처절하다, 라는 말이 딱 어울리는 웃음.

"용사라면 강하겠지? 나를 즐겁게 해다오. 자아, 자, 자, 자! 당장이라도 싸우자!"

그리하어 아득한 서쪽 땅에서 몇 가지 오해와 우연의 산물로 인해 악마 레오놀과 용사 파티의 전투가 시작되었다.

"〈성스러운 갑옷〉."

"〈인첸티드 웨폰〉."

"〈바람의 수호〉."

"〈이빌 레지스트 업〉."

"〈신체 강화〉."

…….

차례차례 마법이 영창되고 용사 로민이 강화되었다. 레오놀은 그 모습을 보고 희미하게 웃으며 말했다.

"인간은 원거리 마법전뿐이지, 시시해. 뭐 그런 말을 들었는데…… 그대들은 그 용사에게 모든 것을 거는 것이냐?"

"마왕을 쓰러뜨릴 수 있는 것은 용사뿐입니다. 로먼이 당신을 쓰러뜨릴 거예요!"

마법 강화에 관여하지 않는 척후가 레오놀의 물음에 대답했다.

"그렇군, 그래. 그렇다면 역시 서로 검을 겨루는 편이 즐겁겠지."

레오놀의 머릿속에서는 언젠가 봉랑 안에서 싸웠던 마법사와의 전투가 되살아났다.

'료, 라고 했나……. 그땐 참 즐거웠지. 설마 갈기갈기 썰릴 거라고는 생각도 못했는데. 그렇다면 용사는 어느 정도려나?'

레오놀이 료와의 전투를 떠올리며 추억에 젖어 있는 동안 용사의 준비가 갖춰졌다. 그것을 본 레오놀은 어디선가 검을 꺼내며 말했다.

"자, 용사여, 슬슬 괜찮을까? 난 이미 준비됐다. 언제든지 덤벼오도록."

그렇게 말하고는 오른손에 검을 들고 빈 왼손으로 휙휙 손짓을 하며 도발한다.

"우습게 보지 마라, 마왕!"

젊은 혈기를 담아 용사 로먼은 단숨에 간격을 좁혀 그대로 검을 내밀었다. 하지만 레오놀은 그 혼신의 찌르기를 손쉽게 피했다. 이후에도 종횡무진 휘두르는 로먼의 검을 모두 피해버린다. 자신의 검으로 받지 않고 모두 피했다.

"큭."

이렇게까지 검을 휘두르는 데도 전혀 맞지 않는 것은 로먼에게는 처음 겪는 일이었다.

"흐음……."

악마 레오놀은 작게 중얼거리더니 오른쪽에서 날아온 로먼의 공격을 처음으로 검으로 받아쳐 그대로 튕겨냈다.

"윽."

자세가 무너진 로먼은 지체없이 날아오는 레오놀의 횡격을 가까스로 상체를 젖혀 피하고는 크게 백스텝해 거리를 벌렸다.

"공수교대."

그렇게 말한 레오놀이 순식간에 거리를 좁히더니 그대로 검으로 로먼의 배를 꿰뚫었다.

"어?"

당황이 담긴 소리를 낸 쪽은 레오놀이었다.

용사의 첫 공격이 뛰어들기와 찌르기였기에 그것을 따라 자신도 해 본 것뿐인데…… 단순한 견제 목적의 찌르기가 그대로 박혀 버린 것이다.

"이건…… 지나치게 시시하잖아."

그렇게 말하고는 로먼의 배에서 검을 뽑아 한 번 흔들고는 피를 털어냈다.

"네, 네놈……."

"아아, 나를 공격해도 상관은 없다만 그러면 나도 반격할 건데? 지금은 그 용사라는 녀석을 돕는 게 먼저 아닐까?"

레오놀은 그렇게 말하며 더는 용사 파티에 한 치의 관심도 없다는 듯 인공 제단으로 향했다.

제단에는 사람 머리 크기의 커다란 수정 같은 것이 장식되어 있다.

"음, 나쁘지 않은 보주구나. 싸움은 재미없었지만 이걸 얻었으니 완전한 헛걸음은 아니었어."

보주에 손을 대자마자 보주는 사라졌다.

"기다려라, 마왕……."

성직자의 회복 마법 효과 덕분인지 용사 로먼은 일어설 수 있을 정도로 회복해 있었다.

"그래, 그럼. 일단 정정해 두겠지만 나는 마왕이 아니다."

"말도 안 돼! 그만한 힘을 가졌으면서…… 마왕이 아니면 뭐란 말입니까!"

외친 건 여자 마법사.

"뭐냐고 물어봐야…… 그래. 마왕이 아니라고만 답할 수 있다. 아마 그대들의 힘을 합치면 지금의 마왕 정도는 쓰러뜨릴 수 있지 않을까? 게다가 나 정도의 힘을 가진 자는 인간 중에도 있던데? 음, 그 싸움은 즐거웠지. 또 그런 싸움을 하고 싶은데 말야."

레오놀은 다시금 료와의 전투를 떠올리며 미소를 지었다.

"마왕이…… 아니라니……."

용사 로먼이 신음했다.

"그래. 내 이름은 레오놀. 용사라면 더 강해지는 게 어떠냐? 최소한 인간 중에서는 최강이 되어야지. 모처럼 용사가 되었으니 말이다."

"나보다 강한 사람이 있다……고?"

"그대보다 만 배 정도는 세다. 한참은 더 정진하는 게 좋을 거야."

그렇게 말하고 레오놀은 문으로 들어갔다. 그와 동시에 문은 사라졌고, 그 후 용사 파티와 보주를 잃은 제단만 덩그러니 남겨졌다.

◆

"뭔가 다가오네요."

게다가 그것을 가장 먼저 깨달은 것은 료였다. 그 말에 마석을 채취하던 손을 멈추고 다시 전투태세를 취하는 붉은 검과 고문 아서.

"인간입니다. 마물은 아니지만…… 상당한 인원수네요……."

료가 그렇게 말하고 나서 3분 후, 아벨 일행도 그것을 육안으로 확인했다.

"저건…… 룬의 거리 모험자들 아닌가?"

"네, 모험자 같네요. 하지만 다른 거리의 모험가들도 섞여 있어요."

아벨과 리햐는 다가오는 집단 안에 룬의 거리의 D급 모험자가 많다는 것을 알아챘다.

"아마 클라이브 일행이 이 거리에서 고용한 모험자겠지. 지상에서 11층까지의 통로를 확보하고 있었을 텐데."

고문 아서는 그 모험자들의 존재에 짐작 가는 바가 있었다. 그

중에는 왕도에서 중앙 대학 조사단의 호위를 위해 온 자들도 있었기 때문이다.

"이동한 건 10층과 11층만이 아니었다는 건가……."

그렇게 말한 아벨이 몸을 일으켜서 손을 들었다. 다가오는 모험자들이 그것을 확인하고는 "오~" 하는 환호성을 터뜨렸다. 이곳에 오기 전까지 전투는 없었던 모양이지만, 어딘지 알 수 없는 곳으로 갑자기 이동해 불안했으리라. 그 불안이 날아가는 듯한 외침이었다.

합류한 100여 명의 모험자의 도움까지 더해 데빌의 마석 채취와 중앙 대학 조사단의 유품을 수거한 일행은 겨우 귀로에 오를 수 있었다.

료가 던전에 돌입한 지 무려 3시간 정도가 경과해 있었다.

"그밖에 또 이 계층으로 이동한 모험자가 없는지 확인하는 편이 좋겠지만……."

아벨은 그렇게 중얼거리며 린 쪽을 바라보았다. 하지만 그 시선을 받고 린은 고개를 저었다.

"미안, 조금 더 쉬지 않으면 〈탐사〉로 조사하는 건 무리야."

"그럼 제가 수속성 마법으로 알아볼까요? 조금 쓰기 어렵지만 아마 어떻게든 될 거예요."

"미안, 부탁 좀 할게."

료의 제안에 아벨은 고개를 끄덕였다.

"〈능동 소나〉."

40층 공기 중에 포함된 물 분자 사이로 료의 '자극'이 퍼져나갔다. 잠시 후 그 자극은 40층 벽까지 가서 튕겨 나왔다.

"없네요. 지금 여기 있는 사람이 다예요."

'다만…… 39층으로 가는 계단에 있던 이상한 반응을 가진 녀석…… 죽어버렸나? 활동 정지? 아까 〈능동 소나〉로 탐지했을 때의 반응과 전혀 달라……. 음, 여기서 말해도 소용없을 테니 다같이 확인할 수밖에 없나.'

그 변화에 대해서는 지금은 말하지 않기로 했다.

"좋아, 그럼 출발하자."

아벨의 구령과 함께 일행은 지상을 향해 걷기 시작했다.

40층에서 39층으로 올라가는 계단

거기에 있던 것은 사람의 머리 크기 정도의 새까만 수정 구슬……. 다만 균열 비슷한 것이 나 있었다. 그 옆으로는 무언가가 부서져 내린 듯한 모래덩어리.

"처음 보는 것인데. 뭐지, 이건?"

고문 아서의 말이 모든 것을 알려주고 있었다. 거기에 있는 그 누구도 그것이 무엇인지 전혀 알지 못했다. 10층에서 전이됐을 때 함께 가져온 잔류 마력 검지기의 반응을 보면 분명 방금까지 마력을 발했던 흔적이 있다.

"여하튼 결계도 없어졌고, 지금 읽은 정보도 지상으로 전송됐겠지."

그렇게 말한 아서는 그 흑수정 같은 구슬을 자루에 넣었다.

뭐가 있는지 알 수 없는 걸 그렇게 간단하게 자루에 넣고, 게다가 지상으로 가져가도 되는 걸까 하고 료는 생각했지만…….

"이건 결계 자루라고 해서 안과 밖에서 마력을 차단해주는 물건이네. 지상으로 가지고 돌아가는 건…… 뭐, 유일한 증거 같은 느낌이니까 그렇다고 해둘까."

라고 하는, 이유로서는 굉장히 빈약한 설명을 하며 어물쩍 넘어갔다.

이후 마물이 없는 던전 속에서 그저 땅 위를 향해 걷는 일행.

12층에서 계단을 올라 11층에 이르자 그곳에서 길드 마스터 휴의 의뢰를 받은 C급 모험자 20명이 기다리고 있었다.

"아벨 씨! 어서 오세요!"

유난히 큰소리를 낸 사람은 아벨을 형처럼 따르는 검사라.

"아, 으응. 라, 미안하지만 마법단의 짐을 옮기는 것 좀 도와줄 수 있을까?"

"그럼요! 맡겨주세요!"

라와 그의 파티 『스위치백』은 마법단 중에서도 훨씬 큰 짐을 지고 있는 집단을 돕기 위해 향했다.

C급 모험자 20명을 더한 일행은 더욱 박차를 가해 지상을 향해 걸었다.

그런 가운데, 집단의 선두 쪽에서 걸어가는 료의 옆으로 어느새 아벨이 다가와 걷고 있었다.

"료, 이번엔 정말 살았어. 고마워."

아벨은 속삭이는 듯한 작은 목소리로 료에게 말했다.

"아벨⋯⋯. 이미 그 이야기는 일주일 치 저녁으로 끝났어요."

료는 그렇게 말하면서 천천히 고개를 흔들었다.

"아니, 알고는 있지만⋯⋯."

"안다면 실행할 뿐이죠. 아, 맞다. 만약 정말 감사하다면 저에게 아주 중요한 정보를 내주세요."

"내, 내가 아는 범위라면⋯⋯."

료의 갑작스러운 요구에 당황하는 아벨.

"룬의 거리로 돌아가기 전에 들렀던 카이라디. 저기서 카레를 먹었잖아요?"

"카레⋯⋯ 아, 카뤼 말이지. 기억해."

역시 유달리 우아한 발음이다.

"아벨은 룬의 거리에도 카레 맛집이 있다고 했죠. 거길 알려주세요!"

"그런 일로도 좋다면 얼마든지. 데려가서 사줄게."

"오오~! 꼭이에요? 약속이에요! 만약 그 약속을 어기면 아까 그 데빌 이상으로 잘게 썰어버릴 테니까요!"

"웃을 수가 없네⋯⋯."

잘게 썰린 마왕자의 모습을 떠올리며 아벨의 볼이 경련했다.

"아벨이 약속을 어기지만 않으면 괜찮아요."

료는 그렇게 말하며 고개를 크게 끄덕였다. 그것을 보고 아벨은 미소 지었다.

던전 입구에서는 길드 마스터 휴를 비롯해 크리스토퍼 마법 대학 수석 교수 등 주요 인물들이 일행이 돌아오기를 기다리고 있었다.

사실은 료가 마왕자를 쓰러뜨린 순간 40층을 덮고 있던 결계가 풀리며 잔류 마력 검지기를 통해 지상으로 정보가 전해졌다. 그 덕분에 일행이 무사하다는 것과 지상으로 이동하고 있다는 것을 확인한 것이다.

"다들 귀환하느라 고생 많았다. 마실 거랑 음식을 준비해 놨다. 일단 천천히 쉬도록 해. 상세한 보고는 나중에 듣도록 하겠다."

휴는 우렁찬 목소리로 그렇게 말했다.

하지만 마음속만큼은 그렇게 차분하지는 않았다.

'아아, 정말 진짜로 아벨이 돌아와 줘서 다행이야……. 정말 정말로. 응, 이번에야말로 정말 틀렸을지도 모른다고 생각했는데! 실종이라니, 아니 왜 자꾸 이렇게 행방불명이 되는 거야. 저번에는 밀수선, 이번에는 던전……. 이제 던전에도 안 들어가도 되지 않을까? 그래, 충분히 실적도 있고 B급이고 그냥 아무튼 다 괜찮으니까 지상 의뢰만 해도 돼. 내가 허락한다!'

수만 갈래로 어질러진 휴의 마음속.

그런 휴가 료를 발견했다. 단숨에 다가가 어깨에 손을 턱 얹는다.

"료. 문지기의 제지를 뿌리치고 던전으로 가다니 어떻게 된 거냐……."

"윽…… 죄송합니다……."

그 부분은 사실이었기에 료는 아무런 대꾸를 할 수 없었다.

"휴, 자네. 그런 소리 말게. 료가 와준 덕분에 우리가 이렇게 살아 있는 것이니까. 좀 봐주게나."

고문 아서가 건넨 도움의 손길. 감사하다.

"네? 아, 그랬습니까…… 그렇군요, 그건…… 잘해줬다…….
아니, 하지만 벌을 완전히 면제해 줄 수도 없고…… 그래도……."

"좋아, 내가 자세히 보고해주도록 하지. 휴, 잠깐 천막으로 갈
까. 그러니 료는 이제 보내도 되겠지?"

"아니, 저기, 네……. 료, 이, 일단 나중에 기별은 하겠지만……
응, 뭐 도와준 건 감사하마, 고마워."

그렇게 말하면서 고문 아서에게 끌려간 휴는 안쪽 천막으로 이
동했다.

"아서 씨의 도움을 받았어……. 다행이다."

쓸데없는 잔소리를 듣지 않고 끝난 것에 료는 아서에게 감사했
다. 자리를 벗어나도 괜찮을 것 같다고 판단한 료는 재빨리 모험
자 길드를 향해 걷기 시작한 것이었다.

◆

천막에서.

"아서 씨, 자세히 말씀해 주세요. 40층에서 도대체 무슨 일이
있었던 건지."

휴는 자신과 아서의 컵에 물을 따라 건네며 의자에 앉았다.

"그래. 뭐 전이됐을 때부터 얘기해 볼까."

아서는 물을 한 모금 마시고 나서 이야기를 꺼냈다.

"우리는 갑자기 40층으로 전이됐지. 동시에 11층에서 작업을 하고 있었을 클라이브 쪽도 전이됐다. 심지어 그 녀석들은 데빌 집단 앞에 전이됐지."

마치 서류를 쓰듯 굳이 단문을 고수하며 보고하는 아서.

"데빌? 데빌이라. 어? 데빌이라니, 신전 이야기에 나오는 그 데빌이요?"

"그래, 그 데빌 말일세."

놀라는 휴.

당연하다. 최근 200년 정도는 중앙 연방에서 데빌과의 조우 사례는 없었다.

200년이라고 하면 8세대나 과거. 할아버지의 할아버지의 할아버지의 할아버지 시대…… 정신이 아찔할 정도로 옛이야기다. 그런 시대의 이야기라면 이미 전설과 같은 수준이었다.

그나마 신전이 전파하는 『말씀』 속에는 나오기 때문에 데빌이라는 명칭만은 알고 있지만 딱 그 정도의 지식뿐이었다.

"게다가 그것이 오십 마리, 더 강한 개체가 세 마리, 그리고 궁극적으로는 마왕자도 있었지."

"마왕자라는 건…… 언젠가 마왕이 될 개체죠? 잘도 그런 상황을 겪고 살아 돌아오셨군요……. 아니, 실례했습니다. 아서 씨와 아벨 일행이 있었기 때문이겠죠."

보통이었으면 절대 무리였을 거라 생각하면서 고개를 저은 휴가 말했다.

그러나 그 말에는 고문 아서도 고개를 저으며 부정했다.

"아니…… 확실히 아벨은 굉장했지. 그래. 그 녀석이 없었다면 우린 일찌감치 전멸했을 게야. 하지만 그런 아벨조차도 마왕자에게 살해당하기 직전이었네……."

"네……? 근데 어떻게…… 설마……."

"음, 그때 료가 나타난 게지."

료가 40층의 천장을 뚫고 하늘에서 내려온 광경은 과연 아서조차 경악할 수밖에 없었다.

우선 던전의 바닥을 뚫는다, 라는 말은 들어본 적이 없다. 게다가 나중에 물어보니 40층까지 전부 그 방법으로 내려왔다고 한다.

말도 안 되는 일이다.

그래, 말도 안 되는, 일인 것이다.

아서가 아는 사람 중에도 일류 수속성 마법사가 있었다. 여러 명 있다. 하지만 그 누구도 아마 던전의 바닥을 뚫을 수는 없을 것이다. 화속성도, 풍속성도 할 수 없다.

사실 토속성으로도 할 수 없는 일이었다. 예전에 시도했다가 실패한 현장에 입회한 적이 있었으니 확실하다. 약간 깎아내는 것은 가능하지만…… 그마저도 조금 있으면 재생한다.

던전의 바닥과 벽이라는 것은 그런 것이다.

그런 것을…… 들어본 적도 본 적도 없는 수속성 마법을 다루는 청년이 너무나도 태연하게 부숴버렸다.

"휴, 저 료라는 청년은 도대체 뭐 하는 자인가……."

료와 데빌들과의 전투 내내 아서 안에 존재했던 의문. 물론 만족스러운 대답은 나오지 않았다.

"누구냐고 해도…… 아벨을 마의 산 남쪽에서 데려온 사람이라고 밖에는……."

그리고 휴는 아벨의 귀환에 대해 고문 아서에게 이야기해 주었다.

"그렇군. 그 녀석이 아벨의 친구인가……."

"네, 확실히 두 사람은 사이가 좋습니다."

어릴 적부터 아벨을 알아 온 아서에게는 아벨이 독립한 후에 친구를 가졌다는 것은 매우 특별한 일이었다.

그리고 동시에 마음 한편으로는 기쁘기도 했다.

아벨에게 리하와 린, 워렌은 물론 가장 소중한 동료다. 무엇과도 바꿀 수 없는 동료일 것이다. 하지만 그럼에도 친구는 아니다.

친구란 어디까지나 대등한 관계여야 한다.

안타깝게도 여러 사정을 아는 저 세 사람은 아벨과는 대등한 관계가 될 수 없고 되려고 하지도 않을 것이다.

왕도에는 아주 소수 있다……. 하지만 그들이라고 해도 어디까지 친구라고 말해도 좋을지 알 수 없다.

아벨은 후배들의 경애를 받긴 하지만 그것도 친구는 아니다.

B급 파티 백의 여단의 펠프스는 친구가 될 수 있을지 모르지만 아마 펠프스가 그것을 원하지 않을 것이다. 스스럼없이 대하고는 있지만 펠프스에게 아벨은 본질적으로는 존경하는 상대다.

그러던 중 아벨이 친구라고 말한 료라는 청년. 그것은 아서에게는 실로 흐뭇한 일이었다.

게다가 그 청년은 말도 안 되게 강하다!

이 세상에서, 아니 어떤 세상에서도 힘은 정의다. 아무리 옳은 말을 해도 그 옳고 그름을 밀어붙이는 힘이 없으면 인정받지 못한다. 상대의 힘에 의해 뒤집힌다.

좋고 나쁨의 얘기가 아니라 원래 그런 것이다.

거기까지 생각한 아서는 작게 고개를 흔들며 생각을 멈췄다.

"료는 무섭도록 강해. 아니, 무섭도록 강했지. 얼마나 강한가 하면 마왕자를 즉사시킬 정도로 강했네."

"……네?"

휴는 이해하지 못했다.

료에 대해서는 안다. 아벨도 말했고 그 외에도 얘기를 들었으니까. 하지만 마왕자가 즉사……?

"그건…… 그런 일이 가능한 겁니까?"

"실제로 해 보였으니 가능한지 불가능한지 따지는 건 무의미한 일이 아닌가."

아서의 말은 맞지만…… 휴로서는 쉽게 받아들일 수 없는 것 또한 사실이었다.

"동시에 마왕자의 휘하 세 마리도 즉사했다. 세 마리 동시에. 어떻게 쓰러뜨렸는지 나는 전혀 알 수 없었네."

거기까지 오자 아서로서도 웃음밖에 나지 않았다. 돌아오는 길에 아벨에게도 물었지만 아벨도 그것은 보지 못했다고 한다.

"아벨이 말하더군. 료는 규격 외라고."

"그런 말로 끝내도 되는 건지……."

"그렇지만 달리 어쩔 수 없지 않나? 나로서는 그 규격 외의 마법사가 아벨과 사이가 좋으니 우리나라와 적대하지 않을 것 같다는 사실이 가장 중요한 부분이라고 생각하네. 휴 자네 입장에서도 마찬가지겠지?"

"같은 이유로 룬의 거리와도 적대하지 않을 거라는 말씀이시군요."

그렇게 말한 휴는 큰 한숨을 한 번 내쉬었다.

"아벨을 향한 개인적인 호의를 보면 우리 편이라고 할 수 있겠지만, 바보 같은 귀족 같은 놈들이 료에게 손을 대면 귀찮아질 걸세. 그러니 료에 관한 일은 보고서에는 굳이 적지 않을 생각이야. 괜찮겠나?"

"알겠습니다. 저희 쪽 보고서에도 료의 이름은 넣지 않도록 하겠습니다."

그리하여 료가 귀족들의 권력 다툼에 휘말리는 것은 일단 피할 수 있었다.

아벨 일행이 던전 40층에서 귀환한 다음 날. 료는 아침부터 거리 밖을 달리고 있었다.

물론 아침은 든든하게 먹었다.

어쩐지 어제 전투 이후로 계속 답답한 느낌이 남아 있어서 그것을 떨쳐내고자 달리는 것이었다. 처음에는 10호실의 다른 세 명도 료를 따라 달렸지만…… 서서히 멀어지더니 최종적으로는 세 명 모두 쓰러지고 말았다.

"뭐예요, 닐스. 전위가 그렇게 빨리 다운되면 어떡해요. 천천히라도 계속 뛰어야죠."

"아니, 료…… 너 대체…… 얼마나 체력이 좋은 거야……."

다른 두 사람은 완전히 다운되어 있었지만, 검사이자 전위인 닐스는 거의 정신력으로, 느리지만 천천히 달리기 시작했다.

"그래요, 천천히라도 좋으니까 계속 움직이는 게 중요해요."

그렇게 말한 료는 속도를 높여 먼저 가버렸다.

"아, 으응……."

거리 밖, 닐스의 말은 누구에게도 닿지 않았다.

연습장에서

점심이 지난 시각.

세 사람은 이구동성으로 "안 돼. 아직 못 먹어"라고 하며 음식을 먹을 수 없는 상태였다.

어쩔 수 없이 료는 혼자서 식당을 찾았지만…… 아무래도 영 내키지 않았다. 이게 먹고 싶다! 하는 욕구가 끓어오르지 않는 것이다.

배는 꽤 고프다. 그야 아침부터 달리기만 했으니 당연하겠지만…… 지금 료의 배는 무엇을 요구하고 있는가……. 늘 걸어 다니는 큰길에서는 이렇다 할 것을 찾지 못해 동문과 가까운, 평소에는 들어가지 않는 뒷골목을 걸어 다녔다.

그런 식으로 돌아다녔기 때문에 그 향기까지 도달한 것은 완전한 우연이었다.

카다몬과 고수를 중심으로 한, 다양한 향신료 향이 섞인 고혹적인 그것은…….

카레!

그 향기에 이끌린 료는 한 가게에 들어갔다.

그곳은 결코 카레 전문점이 아니었다. 매장 내 진열장에는 햄버그, 스파게티 등도 장식되어 있다.

"어서 오세요~."

가게 안쪽에서 중년 여성의 목소리가 들려왔다. 가게 안을 둘러보니 식사 시간이 조금 지나서인지 손님은 한 명뿐이었다.

플래티넘 블론드 머리에 녹색 눈동자…… 그 손님은 눈동자를 크게 뜬 채 료 쪽을 보고 있었다.

잠시 후 여자가 움직였다. 오른손에 숟가락을 들어 카레를 입으로 가져가면서, 그 엘프 여성은 왼손으로 료를 향해 이리 오라며 손짓했다.

그 손에 이끌리듯 나아가는 료.

"세, 세라 씨…… 안녕하세요."

"응. 료도 이 가게를 알고 있었구나……."

"아니요, 우연이에요. 그 카레 향기에 이끌려서."

"오! 뭘 좀 아네! 룬에서 카레를 먹을 거면 이 가게지. 일단 옆에 앉아."

그렇게 말한 세라는 옆의 의자를 톡톡 두드리며 료를 불러들였다.

료가 자리에 앉자 세라는 다시 먹기 시작한다.

잠시 후 여주인이 물을 가져왔다.

"오래 기다리셨죠. 주문은?"

"카레로 주세요."

"맵기는 어떻게 해드릴까요?"

"매, 맵기요?"

설마 맵기 설정까지 할 수 있다니…….

"단맛, 중간 맛, 매운맛 이렇게 세 단계가 있답니다."

"그럼 중간 맛으로."

료가 그렇게 말하자 옆에 있던 세라가 크게 고개를 끄덕이며 말했다.

"주인장, 나도 중간 맛 한 그릇 더!"

"네, 중간 맛 두 개~."

그렇게 말한 여주인은 주방 쪽으로 돌아갔다.

리필을 주문한 세라를 놀란 눈으로 바라보는 료. 그것을 알아차린 세라가 황급히 변명을 했다.

"에, 엘프는 연비가 안 좋아. 내가 식탐을 부리는 건 절대 아니니까!"

"아무도 그런 말은 안 했어요…….."

미인이 당황하며 변명하는 그림은 사랑스러웠다.

크흠, 하고 일부러 헛기침을 한 세라가 억지로 화제를 돌렸다.

"그런데 료는 어디에 살고 있어?"

화제를 바꾼 것은 살고 있는 곳. 왕도적인 화제다.

"모험자 길드 숙소에서 지내고 있어요."

"숙소? 모험자 등록한 지 300일 이내라면 지낼 수 있다는 거기 말야? 하지만 북쪽 도서관을 이용할 수 있었다는 건 D급 이상…… 맞지? 혹시 굉장한 속도로 의뢰 실적을 쌓아서 고속 승진이라도 했어?"

"아뇨……. 랭크업 등록 같은 제도를 이용해서 D급으로 등록한 것뿐이에요."

아무 실적도 없이 D급으로 등록했다는 게 좀 민망했다.

"랭크업 등록이라. 그거 굉장하네. 응, 딱 보기에도 료는 강해 보이니까. 처음부터 D급이라고 해도 납득은 가."

어째서인지 이해가 간다는 듯 몇 번이고 고개를 끄덕이는 세라.

"딱 보기에도 강해 보인다는 말…… 처음 들었는데요……."

"그래? 주변 사람 중에 눈썰미 있는 사람이 없었나 보네. 어쩔 수 없지."

그런 대화를 나누고 있다 보니 그 고혹적인 향기가 다가오는 것을 알 수 있었다.

"중간 맛 카레입니다. 맛있게 드세요."

료의 앞으로 나온 카레…… 그것은 일본에서 먹던 카레 그 자체였다.

인도 카레나 자바 카레 같은 것도 아니다. 다양한 향신료에 밀가루가 더해져 걸쭉해진 그 카레…… 일본식 카레 그 자체!

"이건……."

물론 료는 일본식 카레를 아주 좋아했다. 인도 카레도 나쁘진 않지만 인도 카레는 인도 카레라는 음식이지 료 안의 카레와는 별개였다.

그런 일본식 카레에 감동하면서 숟가락으로 떠서 한 입 먹는다.

"맛있다……."

한 입을 넘기는 동시에 저도 모르게 입에서 나오는 감탄의 말.

"그렇지, 그렇지?"

옆에서 마치 자신의 일처럼 기쁘게 고개를 끄덕이는 세라.

그 이후로는 숟가락이 멈추지 않았다.

물론 마구잡이로 먹는 것이 아니다. 진지하게 카레와 마주한다, 그 표현이 가장 잘 어울렸다.

맛있는 것을 먹을 때 말은 방해만 될 뿐.

그저 묵묵히 먹는 두 사람. 그리고 다 먹은 후…… 두 사람의 표정은 최고의 만족감으로 가득 차 있었다.

"맛있었다."

"응, 맛있었어."

두 사람을 조각상으로 만들어서 거기에 제목을 붙인다면 분명 '만족'이라는 이름이 붙었으리라.

계산을 마친 두 사람은 『포식정』을 나섰다. 새삼스레 료는 자신이 들어간 가게 이름이 포식정이라는 사실을 깨달았다…….

◆

"그러고 보니 세라 씨는 모험자인데 길드에서 본 적이 없네요?"

그것은 료가 늘 생각하고 있던 의문이었다. 료 본인도 결코 길드에 자주 있는 편은 아니었지만, 병설된 길드 식당은 자주 이용하기 때문에 그곳에서 세라를 본 적이 없다는 사실을 떠올린 것이다.

"아아…… 꽤 최근까지 왕도로 출장을 다녀왔었거든. 게다가 나는 장기 의뢰를 받은 상태라 길드에는 안 가."

"장기 의뢰?"

"이곳의 기사단, 룬 변경백령 기사단의 검술 지도."

"검술 지도!"

놀라서 큰 소리를 낸 료가 황급히 주위를 둘러보았다.

"이렇게 보여도 꽤 세거든."

그렇게 말하고는 아래에서 료의 얼굴을 들여다보듯 올려다본다. 실로 파괴력이 큰 움직임과 표정…….

'위험해, 엄청나게 매력적이야…….'

의지의 힘으로 가까스로 세라에게서 눈을 돌렸다.

"그런 일이라서 기사단 숙소와 인접한 영주님 건물에서 지내고 있어."

'영주, 룬 변경백…… 그러고 보니 어떤 사람인지 전혀 들어본 적이 없네.'

"맞다. 료, 이 뒤에 무슨 볼일 있어?"

"아뇨, 딱히……. 숙소로 돌아가서 연금술 연습이나 이어서 할까 하고……."

"골렘 제작이 목표라고 했었지……. 그럼 혹시 괜찮으면 나랑 모의전 해 보지 않을래?"

세라의 제의는 갑작스러웠다.

"포식정에 들어왔을 때의 료, 굉장히 불만스러워 보였거든. 뭐랄까…… 마음속의 전투 의욕이 발산되지 않았다는 느낌?"

그야말로 핵심이었다. 어제 마왕자와의 전투가 원인이라는 것은 료도 이해하고 있었다. 그 일 때문에 오늘도 스트레스 발산을 위해 아침부터 달리고 있었던 것이다……. 하지만 세라도 느꼈다고 하는 것을 보니 발산되지 않은 것은 확실해 보였다.

"나랑 같이 가면 기사단 연습장을 쓸 수 있거든. 연습장은 상시 발생형 마법 장벽도 있고 기사단에 딸린 우수한 신관도 있으니

다쳐도 괜찮아. 평범한 모험자는 쉽게 들어갈 수 없는 장소지. 어때, 가보지 않을래?"

미녀에게 가보지 않겠냐는 질문을 받고 거절할 수 있을 리가 없다.

"네, 갈게요."

길을 걸어가면서 세라는 기사단에 대해 이런저런 설명을 해주었다.

본래 검술 지도 역은 막스 도일이 하고 있는데 그는 왕도의 유명 검술유파인 휴므류(流)를 모두 전수받은 자였다. 현재는 그런 막스가 휴므류를 통해 단련을 해주고 세라는 모의전에서 실전 경험을 쌓게 해주는 식으로 역할을 분담하고 있다고 한다.

"막스는 가르치는 데 굉장히 능숙해서 초보라도 기사단에 들어간 지 1년이면 상당한 실력을 갖추게 돼. 그래서 이 거리의 기사단은 수준이 높지."

"기사단장 네빌 블랙과 길드 마스터는 꽤 사이가 좋아. 그래서 가끔 술을 들고 상담하러 오기도 해. 기사단과 모험자 길드는 거리의 무력 양대 조직인 만큼 다른 거리에서는 사이가 나쁜 경우도 있는데 룬의 거리에 그런 건 없어. 굉장히 친하다, 라고 할 정도는 아니더라도…… 그래, 라이벌 같은 느낌이려나? 서로가 서로를 향상시켜줄 수 있다는 건 아마 총수들끼리 관계가 나쁘지 않기 때문일 거야."

"기사단과 모험자가 그런 관계이다보니 모험자이기도 한 내가 기사단의 지도 역할을 하고 있어도 텃세가 있다거나 그런 일은 전혀 없어. 시간도 꽤 자유롭게 쓸 수 있어서 도서관에 가거나 포식정에 갈 수 있는 것도 좋아."

세라는 들뜬 얼굴로 여러 가지를 이야기했다.

영주관과 기사단 숙소는 거리의 최북부에 있었다. 입구에는 룬변경백의 문장인 『암사슴』이 걸려 있고, 당연하겠지만 삼엄한 경비가 이루어지고 있어 일반인의 출입은 제한된다.

하지만 세라는 기사단의 지도역이고 영주관에 살고 있기 때문에 당연히 얼굴만으로도 통과가 가능했다.

"어서 오세요, 세라님."

무시하는 태도는 조금도 없는, 진심 어린 목례로 경비가 세라를 맞이했다.

"다녀왔어, 나쉬. 이쪽은 모험자 료야. 지금부터 연습장에서 둘이 모의전을 할 거야. 절차를 밟아줘."

"알겠습니다. 료 님, 길드 카드를 주십시오."

절차를 밟은 뒤 별문제 없이 부지에 들어갈 수 있었다.

기사단 연습장. 훈련장도 따로 있긴 하지만 집단 모의전을 벌이거나 할 때 기사단원이 비교적 자유롭게 이용할 수 있는 시설. 로마의 콜로세움 소형 버전이라고 할까.

정확히 3시 종소리가 울려 퍼지는 와중, 세라와 료는 연습장 대기실로 들어섰다. 거기에는 혹시 모를 때를 대비해서 신관들이 자리하고 있었다.

"미안하지만 지금부터 모의전으로 연습장을 쓸 예정이야. 신관

분들은 대기를 부탁하지."

세라는 그 말만을 하고는 그대로 연습장 안으로 들어갔다.

"료, 무기는 연습용 무기로 하자. 이 모의 무기고에 있는 무기는 모두 칼날이 뭉툭하니까 원하는 걸 골라."

그렇게 말한 세라는 허리에 찬 얇은 검과 비슷한 검을 골랐다.

료가 늘 사용하는 것은 무라사메였다. 검이라기보단 '도'에 가까웠으며, 형태는 실제 일본도 중에서는 미나츠키 무네치카(일본도의 천하 5검이라 불리는 검 중 가장 아름답다고 불리는 검. 초승달처럼 우아하게 휘어진 것이 특징이다.)에 가장 가까웠다. 역시나 그런 도는 이 무기고에는 없었지만, 그나마 길이와 균형이 비슷한 것을 골랐다.

거기서 문득 의문이 들었다.

"세라 씨. 왜 제가 무기를 사용할 거라 생각했나요? 아무리 봐도 마법사잖아요."

그랬다, 료는 눈에 보이는 곳엔 무기를 갖고 있지 않았다.

미카엘제 나이프도 무라사메도 허리에 차고 다니긴 하지만 밖에서는 보이지 않는다. 그럼에도 세라는 시작부터 료가 무기를 사용한 근접전을 할 수 있다고 판단하고 있었다. 그 아벨조차 룬의 거리에서 료가 이야기하기 전까지는 근접전을 할 수 있다는 것을 몰랐는데도 말이다.

"료의 발놀림과 몸을 움직이는 방법을 보고…… 알았달까? 마법과 검을 모두 사용할 수 있는 사람…… 나도 그중 한 명이거든."

그랬다. 세라는 아마 우수한 마법사…… 아마 풍속성 마법사일 것이다. 료는 판타지의 왕도로 엘프가 바람 마법에 능숙할 것이라 멋대로 판단했다.

"어쨌든 시작할까?"

연습장 중앙 20미터 정도의 거리를 두고 둘은 마주 섰다.

"료, 준비됐어?"

"네, 언제든지 오세요."

"그럼 간다!"

그 말과 동시에 세라의 모습이 사라졌다.

'빨라!'

순식간에 료의 공격범위 안으로 뛰어들어 그대로 초고속 내려치기.

료는 피하는 것이 아닌 반대로 앞으로 검을 내밀어 받아쳤다.

스피드의 기세가 가장 오르는 포인트가 오기 전, 세라의 힘이 탄력을 받기 직전 포인트에서 받아친다. 그렇지 않으면 척력을 가진 상대의 내려치기에 검이 그대로 부러질 수도 있기 때문이었다.

받아친 뒤, 세라의 손을 노리고 내려쳤다.

하지만 한 손을 검에서 빼내 피하는 세라. 그 한 손만으로 횡격.

중심을 뒤로 돌린 두 상체만 살짝 기울여 피하는 료.

발의 위치는 바꾸지 않은 채 중심을 앞으로 되돌려 그대로 내리친다. 그걸 몸통째로 피한 세라가 곧바로 2연속 찌르기.

료는 첫 번째 찌르기를 피하고 두 번째 찌르기를 피하면서 아래에서 사선으로 올려친다. 그것을 가볍게 백스텝하여 피하는 세라.

그 시간, 불과 몇 초.

잠시 숨 고르기.

"굉장하다, 료!"

희색만면이란 바로 이것을 말하는 걸까. 세라가 료를 향해 진심으로 기쁘다는 얼굴로 외쳤다.

"아니, 세라 씨. 너무 빠르잖아요."

그래, 무서울 정도의 스피드였다. 어제의 마왕자는 발밑에도 미치지 못하는 뛰어들기 속도. 악마 레오놀이나 애꾸눈 어쌔신 호크 수준의 음속 뛰어들기. 순식간에 지척까지 파고드는 무시무시한 속도.

"하지만 료는 피했잖아! 기사단에서도 그 뛰어들기를 피한 사람은 없어."

그렇게 말한 세라가 주위를 둘러보았다. 료도 덩달아 주위를 둘러보니 관중석에 기사단원 같은 사람이 수십 명 있었다.

"여기에 반응했다는 건 과거에 이만한 속도의 뛰어들기를 경험한 적이 있다는 건가?"

"네…… 옛날에 조금."

"과연…… 그렇다면 다음엔 제대로 진심으로 간다!"

"잠깐……."

료가 말을 마치기도 전에 다시…… 이번에는 초음속 뛰어들기. 게다가 거기서 휘두르는 검의 속도가…….

'아까보다 빨라!'

아까보다 검을 휘두르는 속도 자체가 50% 정도 빨라져 있었다. 도저히 이 속도를 피하는 것은 불가능하다. 게다가 앞서서 빠르게 대처하기도 어렵다.

속도가 가장 힘이 붙은 포인트에서 받아내자 놀라울 정도로 무거운 검이라는 것을 알 수 있었다.

'세라 씨, 가냘픈데, 이 무게감은 뭐야…….'

여성에게 말하면 틀림없이 혼날 만한 대사를 떠올리는 료.

첫 번째 대련에서는 검을 받아친 뒤 반격도 할 수 있었지만 지금은 완전히 방어 우선이 되어 있었다. 견제 목적으로 찌르기와 휘두르기를 하는 경우는 있었지만, 그것은 어디까지나 견제.

하지만 방어에 전념한 료는 그야말로 철벽이다.

한쪽 눈의 어쌔신 호크도, 악마 레오놀도 결국 료의 철벽 방어를 깨부수지 못했다.

방어에 집중한 료는 그 정도였다.

그 정도이지만…….

'크윽, 이건 꽤 힘든데. 마치 스승님의 검을 계속 받고 있는 것 같아…….'

그런 철벽 방어조차 무너질 뻔했다.

속도로만 따지자면 아주 근소하지만 요정왕이라고 하는 듀라한의 검속마저 뛰어넘을지도 모른다.

'이건 그거구나, 풍속성 마법.'

물론 마법 사용 금지라는 규칙은 정하지 않았다.

하지만 이 정도 속도 영역에서의 싸움이라면 보통은 마법을 사용할 타이밍 따위 없다. 아주 조금이라도 집중력을 다른 데 쓰면 그 순간 쓰러질 테니까. 료의 마법 생성 스피드라고 해도 역시 이 정도 속도의 영역에서 마법을 사용하는 것은 무리였다.

하지만…….

'하지만 세라 씨는 사용하고 있어. 풍속성 마법으로 팔 휘두르기, 발의 움직임, 나아가 몸의 이동조차도 모든 속도를 올리고 있어…….'

그것은 무서울 정도의 마법 제어.

숨 쉬듯이 마법을 쓴다, 라는 말도 어딘가 부족했다. 완전히 무의식으로 마법을 사용할 수 있다……. 아무 생각을 안 해도 심장이 늘 뛰고 있는 것처럼……. 그런 레벨까지 높아진 마법 제어였다.

확실하게 악마 레오놀 이상으로 풍속성 마법과 검술을 융합해 소화해내고 있었다. 검마저도 풍속성 마법으로 위력을 더한 탓에 참격이 비정상적으로 무거운 것이었다.

스피드와 파워가 웃도는 상대…… 이기기 위해서는 마찬가지로 비정상적인 수단이 필요하다……. 하지만 료는 그 방법을 쓰고 싶지 않았다.

모처럼 만난 이만한 검 상대. 귀중한 경험…….

생각해 보면 스승 듀라한과 마지막 연습을 한 이후 마음이 느슨해진 것 같았다. 이 검 대련으로 자신의 그런 근성을 다시 때려잡을 수 있다면 그야말로 바라던 바였다.

변화는 아주 조금씩 찾아왔다. 그 변화를 가장 크게 느낀 것은 물론 료 자신이다.

그 변화란 '완전한 패배'였다.

지금까지도 아슬아슬하게 버티고 있었지만 역시 한계가 오고 있었다. 무리하게 받아치기를 반복했기 때문에 검이 위험했다.

'이건 못 버틸 것 같은데…….'

그렇게 수십 합을 부딪혔을 때…….

챙강.

종료.

오른쪽에서 휘둘러진 세라의 검을 받아칠 때, 여유가 완전히 사라진 탓에 흘려보내지 못하고 그대로 맞받아치고 말았다. 그 순간 검이 부러졌고, 다음 순간에는 세라의 검이 료의 목에 딱 붙어 있었다.

"졌습니다."

관중석에서는 환호성이 들려왔지만 료에게는 아무래도 상관없었다.

"굉장하다, 료!"

그렇게 말한 세라가 료를 끌어안았다.

"어……."

너무 갑작스러운 일이라 료의 머릿속은 패닉에 빠졌다.

"아, 미안……."

얼굴을 붉히며 세라가 료에게서 떨어졌다. 하지만 곧 두 손을 잡고 붕붕 흔들었다.

"내 『풍장』을 두른 검을 이렇게나 받아치다니, 료, 정말 대단해!"

"아니, 그런 걸 능숙하게 다루는 세라 씨가 더 대단한 거죠."

료의 솔직한 감상이었다.

풍속성 마법을 사용하여 몸의 모든 움직임을 가속화한다…….
발상은 단순하지만 일단 불가능했다. 발상을 하더라도 그것을 형태화하는 것이 우선 어려웠고, 어찌어찌 그것을 실행한다고 해도 어설픈 마법 제어력으로는 무리였다.

애초에 일반적인 사람의 마력량으로는 금세 마력이 떨어질 게 틀림없었다.

"내 경우는 엄청나게 연습했으니까. 그보다 료의 철벽 방어 말야. 뭐야! 엄청난 노력을 거듭하며 익힌 거라는 건 알겠지만……도대체 어떻게."

"제 검은 스승님께서 단련해 주신 거예요."

"스승님?"

"네. 이 로브를 주신…….."

그 말을 들은 세라의 눈동자가 여느 때보다 커다래졌다.

"요정왕이 검의 스승이야?"

"어…… 어떻게 그걸?"

세라가 요정왕의 로브를 알고 있다는 것이 료로서는 놀라웠다.

"아아…… 으음, 엘프라는 건 반은 요정 같은 거거든. 그래서 그 로브가 요정왕의 로브라는 건 종족 특성상 자연스럽게 알게 된 거야. 요정왕이 료를 굉장히 아낀다는 건 알고 있었어…… 그런 로브를 줄 정도니까. 하지만 그건 마법을 마음에 들어한 거라고 멋대로 생각했는데 설마 검의 스승이라니…… 요정왕에게 마법이 아닌 검을 배운다는 것도 뭔가 재미있네."

"옛날에 똑같은 말을 들었던 기억이 나네요……. 그렇게 이상한가요?"

과거 드래곤 르윈도 똑같이 말하며 웃은 적이 있다.

"이상하다기보단…… 애초에 요정왕이라는 것 자체가 이미 전설상의 존재니까…… 뭐, 됐어."

세라는 뭐라 말로 설명하기 어렵다는 표정을 지어 보였다.

그리고 더 말을 이어가려는데 관중석에서 누군가가 말을 걸어왔다.

"세라 님, 알폰소 님의 연습 시간이 다가오고 있습니다."

목소리가 난 쪽을 돌아보니 젊은 여자가 목청껏 소리를 지르며 세라를 부르고 있었다.

"아…… 벌써 그런 시간이구나. 료 미안, 일 좀 하고 와야 할 것 같아."

그렇게 말한 세라는 아까 큰 소리로 세라를 부른 여자를 향해 이리 오라며 손짓했다.

"알폰소 님……?"

"영주님의 손자야. 작년에 성인이 됐나. 영주님은 자제분들이 모두 돌아가셔서 알폰소가 차기 영주가 될 예정이지. 예전에는 정말이지 한심한 남자여서 내가 교육을 해줬는데……. 억지로 나를 겁탈하려고 하기에 검을 박아서 어깨를 부숴버렸지."

무시무시한 말을 아무렇지도 않게 하는 엘프가 여기 한 명…….

"차기 영주, 맞죠……?"

"괜찮아. 처음 고용될 때 영주님께 관에서 그런 일이 생기면 죽여버릴 겁니다, 라고 말했으니까. 목숨이 붙어 있는 것만으로도 천운이라고 생각할 거야."

무척 아름다운 미소…… 그 미소만 보면 말하는 내용을 쉽게 유추할 수 없었다.

언행에는 조심하자.

거기까지 대화를 마쳤을 때, 세라를 부른 여성이 가까스로 연습장 중앙까지 와 있었다.

"레일리타, 이쪽은 모험자 료. 소중한 사람이니까 제대로 밖까지 데려다줘. 그럼 난 대련하러 갔다 올게."

그렇게 말한 세라는 바람 마법을 쓴 것인지 단숨에 출구에 도착해 그대로 연습장을 빠져나갔다.

남겨진 료와 레일리타.

레일리타는 방금 세라의 소개를 듣고 아직까지 놀라움으로 눈과 입이 벌어진 채였다.

"저기……."

"헉! 죄송합니다."

료가 말을 걸었고, 그제서야 레일리타가 다시 작동했다.

"저는 관에서 메이드를 하고 있는 레일리타라고 합니다. 잘 부탁드려요."

"모험자인 료입니다. 저야말로 잘 부탁드립니다."

"그럼 문까지 안내해 드릴 테니 이쪽으로 오세요."

그렇게 말한 레일리타가 걷기 시작했다. 하지만 무엇인가 작게 입안에서 중얼거리고 있다.

"소중한 사람, 소중한 사람……."

료의 귀까지는 닿지 않았다.

◆

연습장을 나와 문으로 향하던 중 앞서가던 마차가 료의 앞에서 멈춰섰다.

문이 열리고 나온 남자는…….

"이거 료 아닌가. 희한한 곳에서 다 만나는군."

"길드 마스터……."

그랬다. 영주에게 보고를 마치고 길드로 돌아가려던 휴였다.

"숙소로 가는 길이지? 할 얘기가 좀 있으니까 타고 가라."

"어……."

어제 그 일 때문에 솔직히 타고 싶지는 않지만…….

"거기 아가씨, 료는 내가 안전하게 길드까지 데려다줄 테니 그렇게 전해 줘."

여기까지 들은 이상 거절할 길이 없었다.

"레일리타 씨, 감사합니다. 길드 마스터의 마차로 돌아갈 테니 여기까지면 돼요."

"네, 그럼 그렇게 전해드리겠습니다."

그렇게 말하고 료는 마차에 올랐다.

마차 안에는 휴뿐이었다.

"실례합니다."

"오, 그쪽에 앉아."

료가 앉은 것을 확인하자 휴는 마차 벽을 두드렸다. 그것을 신호로 마차는 달리기 시작했다.

"할 얘기라는 건 뭐, 알고 있겠지만 어제 일 때문인데……."

"네……."

어제는 고문 아서가 도와줬다. 하지만 오늘은 무리였다……. 료는 여러모로 각오를 다지고 있었다.

"아니, 그렇게 긴장하지 마. 아서 공에게 이것저것 전해 듣고 네가 늦지 않았다면 전멸했을 거라는 사실은 다 알았으니까. 그건 나도 감사해. 다시 한번 정말 고마워."

그렇게 말하고, 앉은 채이긴 하지만 휴가 고개를 숙였다.

"아니요, 제가 멋대로 간 것뿐이니까요……."

예상 밖의 전개에 당황하는 료.

"그래도 고마워. 넌 아벨의 목숨을 두 번이나 구해줬다. 하지만…… 문지기의 제지를 뿌리치고 들어간 건 잘못이야. 길드에 소속된 사람으로서 그걸 공공연하게 넘어가게 되면 좀 곤란해. 그래서 벌로서 의뢰를 좀 받아줬으면 한다."

"의뢰요?"

"그래, 료는 등록한 뒤에 한 번도 지상 의뢰를 받은 적이 없지?"

생각해 보니 한 번도 의뢰를 받지 않았다. 뭐, 새삼스레 생각할 필요도 없었지만.

"안 받았을 가능성이 있네요."

"응, 가능성이 아니라 안 받은 거 맞아."

휴는 단언했다. 영주관에 오기 전에 길드에서 확인했으니 장담할 수 있었다.

"그렇다고는 해도 긴급히 받아야 하는 의뢰가 있는 것도 아니니까, 앞으로 2개월 동안 3개의 의뢰를 받는다, 라는 형태로 하자. 어떤 의뢰를 받든 그건 자유다. 그만한 벌이면 괜찮겠지?"

예상보다 가벼운 벌이다.

"음…… 제가 말하는 것도 좀 그렇지만…… 그런 가벼운 벌로 괜찮은 건가요?"

"괜찮아. 이거라면 아무도 손해 볼 일 없으니까."

길드는 의뢰를 받아줘서 이득.

료는 실적을 쌓을 수 있어서 이득.

아벨이나 도움을 받은 자들도 평범하게 의뢰를 받고 있을 뿐이라고 생각할…… 가능성이 있으니까 이득……?

뭐, 손해는 아니었다.

"그러고 보니 료는 왜 영주관 같은 곳에 있었던 거지?"

"아, 모의전을 좀……."

가벼운 마음으로 대답한 료였지만, 곧바로 눈을 부릅뜬 휴의 얼굴이 시야에 들어왔다.

"시, 시설을 부수거나 하지는 않았…… 겠지? 괜찮았지?"

"뭐예요. 제가 그런 짓을 할 리가 없잖아요."

농담이라고 생각하고 가볍게 받아넘기는 료.

농담이라고 생각하지 않고 전혀 웃지 못하는 휴.

"검 모의전이니까 애초에 그렇게 될 일도 없었어요."

"그, 그렇구나……. 무사하다면 그걸로 됐어, 그래, 그래."

진심으로 안도한 표정으로 고개를 끄덕이는 휴. 거기까지 말했을 때, 비로소 마차는 길드에 도착한 것이다.

◆

데브히 제국 제도 교외, 제3 마법 연습장.

그곳에서는 현재 황제 마법사단의 모의전이 진행되고 있었다. 스무 명씩 나뉘어 진행하는 연습. 만약 그 광경을 나이트레이 왕국의 궁정 마법사들이 봤다면 경악으로 얼굴을 일그러뜨렸을 것이다.

우선 아무도 주문을 외지 않았다.

게다가 공격 마법 하나하나의 위력이 왕국의 마법사들이 아는 마법과는 격이 다를 정도의 위력. 심지어 멈춰선 채로 마법을 발동하는 것이 아닌 이동하면서 마법을 발동하고 있었다. 달리면서 파이어 볼을 쏘거나, 자신에게 향해 오는 파이어 볼에 에어 슬래시를 부딪쳐 상쇄시키거나⋯⋯.

그것을 지켜보는 사람은 여섯 명.

황제 마법사단장 피오나 루빈 보르네미사.

황제 마법사단 부장 오스카 루스카.

피오나의 부관 마리.

오스카의 부관 유르겐 키르히호프.

그리고 현재 훈련을 하며 싸우고 있는 두 중대의 중대장들.

유달리 따가운 시선을 연습장에 쏟아붓고 있는 것은 부장인 오스카였다.

"이게 현재 최대치인가⋯⋯."

아주 작은 중얼거림일 뿐 누군가에게 한 말은 아니었지만, 뒤에 서 있는 중대장 두 사람의 등에는 식은땀이 흐르고 있었다. 저도 모르게 죄송하다고 말할 것 같은 분위기마저 감돌았다.

"반년 만에 여기까지 왔다고 생각하면 그렇게 비관할 정도는 아닌 것 같은데."

사단장 피오나의 말은 상냥했지만 훈련을 보는 시선은 결코 곱지 않았다.

"네. 그 밖에 2개 중대, 총 4개 중대……. 이렇게 되면 '사단'이라는 규모가 되기까지 얼마나 걸릴지. 일단 이번 훈련은 이쯤에서 끝내도록 하죠."

"음, 그럴까."

피오나의 말을 신호로 오스카의 손에서 채광탄이라고 할 수 있는, 전투 종료를 알리는 삼색 마법탄이 발사되며 터졌다. 훈련 중이던 2개 중대는 전투 종료 신호를 확인하자 곧바로 직립해 관중석 쪽을 향했다.

단 한 사람, 지친 것인지 엉덩방아를 찧은 자가 있었다.

"멍청아!"

누가 내뱉은 말일까…….

순간 미세한 불꽃이 쓰러진 자의 오른쪽 뺨을 스치고 땅에 박혔다.

"히익."

엉덩방아를 찧은 대원의 입에서 비명이 터져 나왔다. 불화살은 부장 오스카의 손에서 나온 것이었다.

"어리석은 놈! 전투가 끝났다고 방심하지 마라. 끝났다고 생각한 그 순간이야말로 가장 정신을 바짝 차려야 할 때다!"

"네!"

전 대원이 대답한다.

"사단장님의 말씀을 듣겠다. 전원 주목."

그렇게 말한 오스카가 피오나를 향해 작게 고개를 끄덕였다.

"다들 연습하느라 고생 많았다. 지난번보다는 많이 늘었지만 급제점이라고는 할 수 없구나."

피오나의 그 말을 듣고 한층 더 경직되는 대원들.

"내일부터 나와 부장은 황제 폐하의 명에 따라 나이트레이 왕국의 항구 도시 위트나쉬로 떠난다. 귀환 예정은 두 달 뒤. 돌아오면 다시 모두의 연습을 볼 예정이다. 그때 더욱 향상된 모습을 볼 수 있으리라 믿고 있겠다. 이상."

이상, 그 소리에 모두가 주먹 쥔 오른손을 왼쪽 가슴에 갖다 대는 연방식 경례를 행했다. 50명이 조금 넘는 숫자로 결코 많지는 않지만, 그 모두가 정예임을 한눈에 알 수 있는 광경이었다.

사단장 피오나 등 간부 4명이 사단장실로 돌아간 후 황제 마법 사단원들은 연습장 뒷정리를 하고 있었다.

여기서 손을 떼는 어리석은 자는 사단에는 없다. 매일의 훈련이 원활하게 이루어짐으로써 자신의 힘이 쌓여간다. 그 결과 전장에서 살아남을 수 있다. 여기 있는 누구나 그것을 실전을 통해 경험해 왔기 때문이었다.

일상적인 훈련을 원활하게 하기 위해서는 늘 연습장이 정비되어 있어야 한다. 하지만 그동안의 잡담은 엄격히 금지되어 있지는 않았다.

"하여간, 끝나는 순간에 주저앉는 녀석이 어디 있냐."

"아아, 그때 진짜 죽는 줄 알았잖아."

조금 전 오스카가 쏜 하얗고 가는 불화살에 대한 이야기였다.

"나, 나도 앉고 싶어서 앉은 게 아니라고……."

"그래도 부장님, 오늘은 상냥하시지 않았어? 전에 똑같이 주저앉았던…… 3중대 녀석인가. 걔는 분명 양다리를 꿰뚫었지?"

"맞아, 허벅지에 박힌 불화살이 다리 안에서 타올랐다던데…… 엄청 아팠겠지."

그 광경을 떠올리며 단원들은 몸서리를 쳤다.

하지만 이 이야기에는 오해가 있다.

두 다리를 꿰뚫은 것은 사실이지만 주위를 태우지 않는 불화살이었기 때문에 다리 안에서 타오르지는 않았고, 곧바로 그 자리에 있던 치유사에게 치료를 받게 해 다리를 꿰뚫린 단원은 문제없이 현재에도 훈련에 힘쓰고 있다. 그렇지만 이런 이야기라는 것은 반드시 소문에 살이 붙는 법이었다.

"뭐, 훈련대로 하다 보면 강해지는 건 확실하고 강하면 살아남을 수 있지. 성실하게 하는 게 제일이라는 것만큼은 확실해."

"아아, 맞는 말이야."

"그런데 사실 부장이 얼마나 강해? 지금의 우리들이라면 어쩌면……."

"바보야, 차원이 다르다고. 사단 전원이 뭉쳐서 덤벼들어도 즉사 당할 걸. 그보다 아마 사단장님 상대라도 우리 모두 사이좋게 죽을 거다. 그 사단장조차 부장님 발밑에도 못 미친다고 하니……알아서들 몸 사리라고."

"역시……『폭염의 마법사』라는 별명은 괜히 지어진 게 아니구나……."

"그건 그렇고…… 위트나쉬는 머네."

연습장 사단장실로 돌아와 중앙 연방 전역 지도를 펼친 피오나는 누구에게랄 것 없이 중얼거렸다.

"그러고 보니 5년에 한 번 있는 위트나쉬 개항제에 내빈으로 초대받았지요."

피오나의 부관 마리가 차를 끓이면서 말을 건넸다.

"음. 제3 황자인 콘라트 오라버니가 대리로 가게 됐는데……황제 폐하께서 왜인지 나도 따라가라고 하셔서……."

피오나는 이해할 수 없다는 듯한 얼굴로 잠시 생각에 잠기는가 싶더니, 평소처럼 자신의 의자에 앉아 있는 오스카 쪽을 향해 말했다.

"스승님, 왜일 것 같아요?"

"전하…… 그 말투는 쓰지 말라고 몇 번을 말씀드려야……."

"여기 우리 네 명밖에 없잖아요. 뭐 어때요."

여기에 있는 사람은 사단장 피오나, 부장 오스카, 각자의 부관인 마리와 유르겐 총 4명. 피오나와 오스카가 가장 신뢰하는 자들이긴 하다.

오스카는 한숨을 크게 내쉬었다.

"솔직히 전 정치적인 일들은 모르겠습니다. 저는 그냥 마법사예요."

지긋이 오스카를 바라보던 피오나가 고개를 끄덕이며 말했다.

"왜 계속 위화감이 드나 했더니 그 말투였네요. 스승님, 왜 그렇게 점잖은 말투를 쓰고 계시죠?"

"……이후 두 달 동안 다른 귀족이나 황족들과 함께 하는 겁니다. 지금부터 정중한 말로 고쳐 쓰지 않으면…… 저는 전하나 다른 사람들처럼 재주 있게 말을 바꾸지 못하니까 말입니다."

"그건…… 황제 폐하를 포함해 황족들은 모두 포기하고 있을 거라 생각하는데요."

피오나가 안타까운 듯 말하자 오스카는 충격받은 표정으로 피오나를 바라보았다. 이어서 마리를 바라보고, 마지막으로 자신의 부관 유르겐을 바라보고, 세 사람 모두 같은 의견임을 알아차렸다.

"내 노력이……."

"그래, 그래. 스승님은 그게 더 어울려요. 스승님이 연습장에서 공손한 말투를 쓴다니 생각만으로도 몸이 근질거린다고요."

"아니, 옛날에는 제대로 썼는데……. 지금도 제도에서라면 공손한 어조를 쓸 수 있지만…… 연습장은 무리였군. 어쩔 수 없어, 포기하지."

그렇게 말하자 네 명 모두 웃음을 터뜨린다.

"뭐, 사실 황제 폐하의 생각은 잘 모르겠어. 제국에는 바다가 없으니까 바다라는 걸 보고 오라고 보내는…… 것도 아닐 테고.
역시 모르겠군.”

“흠……. 뭐, 그 정도만 알고 있어도 되지 않을까요?”

피오나는 작은 머리를 갸우뚱하며 고민을 이어갔다.

오스카는 그렇게 말하면서도 머릿속에 한 가지 생각이 떠올랐다.

‘폐하께서는 피오나 전하께서 제국에 계시지 않는 동안 피비린
내 나는 무언가를 마무리하시려는 게 아닐까?’

황제 루퍼트 6세는 막내딸 피오나를 너무나도 아꼈다.

피오나 루빈 보르네미사. 황제 마법사단의 사단장으로 현 황제
의 열네 번째 자식.

루퍼트 6세에게는 3명의 황자와 11명의 황녀가 있다.

열한 명 모두 아름답지만, 그중에서도 피오나의 아름다움은 여
러 의미로 뛰어났다. 지금은 돌아가신 제1 왕비에게 이어받은 화
려한 붉은 머리카락과 깊고 푸른 눈동자. 그리고 하얀 피부. 키는
160센티미터 정도지만 18세치고는 뛰어난 스타일.

무도회 등 사람들 앞에 나서는 일은 흔치 않고 언제나 마법 수
행과 검 수행에 힘쓰고 있다. 허리에는 황제 루퍼트 6세에게 하
사받은 보검 레이븐을 항상 차고 다니며 몸소 나서서 혹독한 훈
련을 거듭하고 있다. 열일곱 살에 황제 마법사단장으로 임명된
뒤부터는 사단을 일으키는 데에 심혈을 기울이느라 그 어느 때보
다도 무도회 같은 곳에 나서는 일이 적어졌다.

본래 황제 마법사단이란 명예직에 가까운 집단이었다. 과거 연
방군이나 궁궐을 섬기던, 이제는 일선에서 물러난 마법사들이 소

속된 집단.

200년에 걸쳐 계속 존재해 오다가 황제 루퍼트 6세가 피오나를 사단장으로 임명할 때 전원을 해고, 싸울 수 있는 집단으로 재편하라는 명령을 내렸다.

그리고 반년.

인원은 아직 120명 남짓으로 연방군 기준으로 보면 사단은커녕 대대 규모에 불과했지만, 막강한 전력임을 이미 여러 차례 보여준 바 있다.

그런 황제 마법사단을 이끄는 피오나.

열한 명의 황녀 중 유일하게 마법을 쓰는 힘이 비정상적일 정도의 수준으로 발현된 사람은 그녀뿐이었다. 게다가 조종하는 속성은 불과 빛 두 속성. 공격의 불과 회복의 빛. 양쪽 모두 능숙하게 다룰 수 있다.

황제 루퍼트 6세는 부모로서 막내딸인 그녀를 사랑했고, 황제로서 희귀한 마법 전력인 그녀를 사랑했다. 그것은 당연한 일이었다.

지극히 사랑하기 때문에 피오나에게 피에 젖은 광경을 보여주고 싶어 하지 않는 것이라고 오스카는 생각했다. 부모가 자식에게 그런 광경을 보이고 싶지 않은 것은 당연하겠지만, 다른 왕녀들과 비교해도 유독 더 심했다.

그렇다면 이번 방문 동안 무언가 피를 볼만한 일을 제국내에서 행하려는 것은 아닐까……. 예를 들면 황실에 반항적인 귀족들의 숙청이라거나……. 오스카는 그렇게 생각했다.

첫 호위 의뢰

마왕자와의 전투가 있고 사흘 뒤.

료를 포함한 10호실의 4명은 길드 식당에서 아침 식사를 하고 있었다.

"드디어 첫 호위 의뢰구나!"

검사 닐스는 무척 흥분해 있었다.

"닐스, 지금부터 그렇게 흥분하면 몸이 버티지 못할 거예요."

료가 드물게 흥분하느라 좀체 먹지 못하고 있는 닐스에게 주의를 주었다.

"그래도 다행이야. 료가 가세해 준다면 무슨 일이 일어나도 괜찮겠지."

묘하게 바른 식사 예절이 몸에 밴 듯한 모습으로 음식을 먹던 신관 에토가 소감을 밝혔다.

"다른 파티 사람들과 팀을 짜는 것도 저는 첫 경험이에요."

유일한 F급 모험자이자 견습 검사나 다름없는 아몬도 흥분을 미처 다 감추지 못했다.

"어젯밤 아벨에게 들은 대로 하면 분명 괜찮을 거예요. 저렇게 보여도 B급 파티의 리더니까요. 경험은 풍부할 겁니다."

그랬다. 네 사람은 어젯밤 우연히 이 식당에서 만난 아벨에게 호위 의뢰 기본을 배웠다.

"열 명이 호위한다는 건 호위할 마차는 아마 다섯 대. 뭐, 경우에 따라서는 7대 정도까지 늘어날 수도 있지만 방식은 변하지 않아. 선두 마차에 셋, 맨 끝 마차에 셋, 중간을 넷이 나눠 호위하는 게 일반적이다.

"마차에서 쉴 수는 없나 보네요……. 아쉬워요."

"응, 료는 어차피 피곤할 일도 없잖아. 계속 걸어. 당연히 마차는 물건이 가득하니까 호위인 모험자가 탈 자리는 없어. 아까 말한 호위 배치로 다시 돌아가서, 멤버 구성에 따라 달라질 수 있어. 대체로 신관의 수라든가 마법사나 궁사 같은 원거리 공격직의 수에 따라 바뀌지. 이번에 같이 움직이는 건 드롱이지? 호위 의뢰 경험은 풍부하니까 배치 같은 건 다 맡겨도 될 거야."

가져갈 짐 같은 것은 모두 초보자 강습회에서 배웠기 때문에 큰 문제는 없었다.

"초보자 강습회, 정말 우수해……."

아벨의 그 중얼거림은 누구에게도 닿지 않았다.

아침 식사를 마치고 조금 이르지만 호위 의뢰 집합 장소로 향하는 네 명.

"그보다…… 세 사람의 파티명, 정말 『10호실』이 맞아요?"

료는 어제부터 몇 번째인지 모를 같은 질문을 하고 있었다.

닐스와 에토가 E급으로 승진하면서 파티 이름을 붙일 수 있게 됐는데 거기서 정한 파티 이름이 『10호실』이었던 것이다.

"오, 물론이지. 이게 제일 우리를 잘 나타내주잖아."

닐스가 자신만만하게 말한다. 누구의 발안인지 그것만으로 알 수 있었다. 뭐, 말을 듣지 않았어도 왠지 알 것 같았지만.

그 모습을 보며 쓴웃음을 짓는 에토. 난감한 표정을 짓고 있지만 부정은 하지 않는 아몬. 이러니저러니 해도 닐스를 중심으로 완성된 『10호실』이었다.

파티 이름에 대해서는 특별히 규정이 있는 것은 아니지만 예외적으로 누군가나 무언가를 비방하는 것은 안 된다고 한다.

예를 들어 '아벨 바보' 같은 파티명은 절대 통과하지 못할 것이다. 그 밖에는 파티명의 일부에 '왕의' 또는 '왕가의' 같은 왕실 관련 언어가 들어가면 길드에서 변경을 강제할 수 있다.

현대 지구에서도 영국 등에서는 'Royal'이라는 명칭을 마음대로 사용할 수 없는 것과 비슷한 맥락 같았다.

어쨌든 그런 식으로 규정이 비교적 느슨하기 때문에 룬의 거리에 소속된 모험자만 해도 꽤 다양한 파티명이 있었다.

『붉은 검』

『백의 여단』

『붉은 용과 푸른 늑대』

『클라이스 님과 동료들』

『갑옷 여단』

『다 함께 대장장이가 되자』

『커피메이커』

『스위치백』

『데빌』등등…….

맨 마지막 이름은 이번 던전의 전이 사건으로 인해 길드 직원에게 약간의 추궁을 당했다나 뭐라나…….

물론 그것과는 아무 상관도 없고 파티 이름도 그저 강해 보여서 붙인 것일 뿐, 파티 멤버 중에도 데빌교 교주 같은 사람은 없었다고 한다.

애초에 데빌교 같은 것이 있는지 없는지는 아무도 모른다…….

그리고 이번에 10호실과 협력하는 파티는 D급 모험자 드롱이 이끄는 『커피메이커』였다.

집합 시각까지 아직 30분이 남았지만 남문 근처 집합 장소에는 이미 6대의 마차가 줄지어 있었다.

네 사람이 다가오자 상인 같은 남자가 다가왔다.

"이번 호위를 맡아주신 모험자 님이시군요. 저는 이번 상단의 총괄 역할을 하고 있는 우고라고 합니다. 처음 뵙겠습니다."

고압적인 성격의 장사꾼이라면 어쩌나 살짝 걱정하고 있던 아몬이 작게 한숨을 내쉬었다. 그것을 깨달은 것은 옆에 있던 료뿐이었다.

"『10호실』의 닐스입니다. 그리고 에토, 아몬, 료입니다."

소개는 별문제 없이 끝났다.

그때 뒤에서 목소리가 들려온다.

"오, 빠르네."

뒤돌아보니 모험자로 보이는 여섯 사람이 다가오고 있었다.

"호위를 해주시는 『커피메이커』 분들이십니다."

그동안 여러 차례 호위를 받아왔기 때문인지 상인 우고는 『커피메이커』와 안면이 있었다.

　"안녕하세요, 드롱 씨. 이번에도 잘 부탁드립니다."

　"오랜만입니다, 우고 씨. 저야말로 잘 부탁드립니다. 그리고 너희들이 『10호실』이구나. 아벨 씨한테 이야기는 들었다. 이번엔 잘 부탁한다."

　어젯밤, 그 후 아벨이 그들에게 미리 말을 넣어둔 것 같았다. 저렇게 보여도 이런 배려라고 할지, 입김 넣기 같은 것이 아벨의 특기였다.

　10호실의 네 사람은 정중하게 인사했다.

　"잘 부탁드립니다."

　밝은 인사는 중요하다.

　인사만 해둬도 상대방을 우호적으로 만들 수 있으니 인사야말로 제일이자 만능 커뮤니케이션 도구!

◆

　이번 상단의 목적지는 나이트레이 왕국 제일의 항구 도시 위트나쉬. 룬의 거리에서 남서쪽까지 짐마차로 편도 이틀.

　이번 호위 의뢰는 왕복이며, 가는 데 이틀, 체류 9일, 돌아오는 데 이틀로 총 13일. 체류 9일이라는 부분이 일반적인 상단에 비해 상당히 길었고, 그 결과 구속 시간도 길어졌기에 보수도 1인 금화 5장으로 책정되어 있었다.

다만 위트나쉬 체류 중에는 호위 의뢰가 면제되어 자유롭게 지낼 수 있다. 그러니 결코 힘든 의뢰는 아니었다.

D급, E급을 위한 호위 의뢰로서는 상당히 좋은 안건이라고 할 수 있었다.

『10호실』의 세 사람이 이 의뢰를 맡은 것은 꽤 행운이라고 할 수 있었지만, 총 10명 중 마지막 비어 있는 한 자리에 료가 들어간 이유는 그저 그가 오랜만에 바다 물고기를 먹고 싶었기 때문이었다.

본래 론도 숲에 있을 때에도 바다 물고기를 구하는 것은 하늘의 별 따기였다.

베이트 볼과의 전투에서 죽을 뻔하고…… 거대 딱총새우에 맞아 기절하고…… 크라켄 같은 것에 살해당할 뻔하고…… 그것이 료가 가진 바다의 추억.

'어? 혹시 나, 마지막으로 바다 물고기를 먹은 게…… 지구에 있었을 때야……?'

료는 무시무시한 사실을 깨닫고는 창백하게 질렸다.

그런 료에게 『커피메이커』 드롱의 목소리가 들려왔다.

"료는 우리 쪽의 건, 존과 함께 맨 끝 마차를 따라가 줘."

어느새 호위 배치가 끝나 있었다.

"그럼 출발하겠습니다."

선두 짐마차부터 차례로 달리기 시작한다. 하지만 호위하는 모험자는 도보로 가야 한다는 점도 있어서 상품을 나르는 짐마차는 상당히 느렸다.

"이봐, 료, 마법사라고 했지? 무슨 속성이야?"

"물이에요."

맨 끝에 배치된 료를 향해『커피메이커』건이 곧바로 말을 걸어왔다.

"물이라. 희한하네. 길드에서도 수속성 마법사는 별로 없는 것 같은데……. 존, 룬의 모험자 중에 물이 누구 있더라?"

"아니…… 없지 않아? 불, 바람, 흙…… 회복은 빛이고…… 역시 물과 어둠은 없네."

"어쩐지 저 말고 수속성 마법사를 못 만난 이유가 있었네요……."

료가 그렇게 말하자 건과 존이 웃음을 터뜨렸다.

"하지만 료의 실력이 굉장하다는 말을 아벨 씨한테 들었거든. 기대하고 있어."

"그래, 그 사람이 말했다는 건 상당하다는 거겠지?"

아벨 덕분에 무시당할 일은 없을 것 같았다.

'아벨은 좋은 사람이야. 다음에 밥이나 사줄……. 아…… 일주일 치 저녁 사준다는 약속 잊은 거 아닐까…….'

료는 던전에서의 약속을 떠올렸다……. 지금까지 잊고 있었지만.

"그러고 보니 이 의뢰는 저쪽 거리에서 9일 동안 머물러야 하죠? 엄청 기네요."

"뭐야, 못 들었어? 이 상단은 위트나쉬 거리에서 5년에 한 번 열리는 개항제에 맞춰서 가는 거야. 개항제는 7일 동안 열리니까 그동안 우리도 계속 그쪽에 머물게 되겠지."

"축제! 그거 재밌겠네요!"

"그래, 5년에 한 번 하는 거다 보니 꽤 큰 축제에다 볼거리도 많아서 각국에서 구경꾼들이 오지. 이 의뢰는 그쪽에 있는 동안은 자유롭고 숙소도 상단이 확보한 곳에 묵을 수 있으니 아주 더할 나위 없이 좋은 의뢰라고."

건과 존이 쾌활하게 말했다.

"애초에 룬과 위트나쉬 사이에는 가도도 잘 정비되어 있고 경비 순회도 있어서 도적 같은 건 거의 안 나와. 그래서 이 의뢰도 D급, E급을 위한 의뢰였잖아?"

"그렇게 좋은 의뢰인데 우리가 들어올 수 있었다니……."

"아아……. 13일 동안 발이 묶인다는 게 유일한 흠이지. 거의 보름…… 모험자들 대부분은 룬의 거리에 숙소를 잡거나 빌리고 있으니까. 보름 동안 안 쓰는 데 돈이 나가는 건…… 아깝지. 그래서 구속 기간이 긴 의뢰는 역시 인기가 없어. 그런데 료 너희들은 숙소에 살고 있으니까……."

"룬의 거리를 오래 비워도 숙소 값으로 손해 볼 일은 없다는 거네요."

"그런 거지."

『커피메이커』는 여섯 명이서 함께 사는 집을 소유하고 있었기에 긴 호위 의뢰에도 문제가 없다고 했다.

'꽤 수완가네, 커피메이커……. 아, 맞다'

"저기, 여러분들 파티명은 『커피메이커』죠……. 왜 그런 이름을 지었나요?"

그랬다. 커피메이커 하면 역시 현대 지구에서 커피를 자동으로 내려주는 그 기계가 생각나고 마는 것이다.

게다가 그 파티 리더의 이름은 '드롱'……. 료의 회사에 있던 유명한 커피메이커(드롱기.)의 이름과 비슷하다……. 늘 맛있는 커피를 내려주는 그 커피메이커는 사원 모두의 사랑을 받았기 때문에 당연히 료도 알고 있었다.

"아, 이건 리더가 추천한 거야."

"맞아. 분명 리더의 할아버지가 유명한 모험자였는데, 그때 파티 이름이 『커피메이커』아니었나?"

"할아버지 성함이 설마……."

"드롱가, 아니었나?"

료는 깊이 고개를 끄덕였다.

참고로 료가 『파이』로 환생한 뒤 아직 커피는 한 번도 마시지 못했다…….

◆

이튿날 일행은 가도 옆에서 뭔가 수리를 하고 있는 일단을 발견했다. 선두에서 드롱에게 호위 의뢰의 포인트 같은 것을 배우고 있던 닐스 일행은 드디어 도적인가 싶어 태세를 갖췄지만…….

"저건 『대장장이』녀석들이야. 고장난 짐마차를 수리해주고 있지?"

"대장장이?"

닐스가 고개를 갸우뚱하며 중얼거렸다. 왜 대장장이가 이런 곳에?

"아, 정식 명칭은 룬의 거리 소속 D급 파티『다 함께 대장장이가 되자』였나."

"들어봤어요."

파티 이름이 특이해서 닐스도 기억하고 있었다.

료나 다른 사람이 이 말을 들었다면『10호실』이라는 파티명을 붙인 닐스가 말할 처지는 아닌 것 같은데, 하고 지적을 했을 것 같지만.

"수고해! 먼저 갈게."

곁을 지날 때 드롱은 가도 옆 무리에게 그런 한마디를 던졌다.

"응? 커피구나. 그쪽도 위트나쉬에 가는 거지? 근사한 배가 진수한다고 하니 놓치지 말고 꼭 봐."

수리하는 손은 쉬지 않은 채로, 무리 중 한 사람이 드롱을 보고 그렇게 답했다.

세 대의 마차 중 하나의 바퀴가 크게 찢어진 것을 수리하고 있는 것 같다. 걱정스럽게 바라보는 상인들 옆에서 수리하고 있는 다섯 사람은 모두 체격이 좋다…….

"저 다섯 명이 대장장이들이야. 신관 한 명을 제외하고는 모두 전위라는 극단적인 파티 구성인데 그 이상으로 전원의 대장장이 솜씨가 훌륭하지."

"모험자이면서 대장장이 일도 하는 거야?"

드롱의 말에 닐스가 물었다.

"아아, 그런 셈이지. 배가 진수한다는 말 들었지? 아마 그 배를 보러 가는 길이었을 거다. 그런 와중 바퀴 고장으로 곤란해하는 상대가 보여서 수리해주고 있다……. 뭐, 그런 것 같은데. 저 녀석들 그런 거 좋아하니까."

드롱은 그렇게 설명한 뒤 말을 이었다.

"룬의 모험가 중 호인들이 많은 건 아마 아벨 씨 때문일 거야."

그렇게 말하고 드롱은 미소를 지었다.

◆

이틀 후 일행은 아무 문제 없이 항구 도시 위트나쉬에 도착했다. 『10호실』의 첫 호위는 무사히 편도 일정을 마친 것이다.

"호위 여러분, 여기가 저희가 묵을 숙소입니다. 3인실 2개, 4인실 1개로 예약되어 있습니다. 각자 접수를 부탁드립니다. 룬의 거리는 개항제 종료 다음 날, 열흘 뒤 아침 9시에 출발할 예정이니 그때까지 편히 지내주세요."

상단을 총괄하는 우고는 그렇게 말하고 상인 동료를 데리고 곧바로 상담을 하러 향했다.

"자, 그렇다고 하네. 우리가 3인실 2개, 닐스 일행이 4인실 1개면 되겠지?"

"네, 좋아요."

"좋아. 그럼 열흘 뒤에 보자."

그렇게 말한 『커피메이커』는 접수처로 들어갔다.

"아무 일 없이 도착해서 다행이야."

방에 도착하자 에토가 크게 숨을 내쉬었다.

10호실의 네 명에게는 첫 호위 의뢰였기에 약간의 긴장감 속에서 이틀을 보냈던 것이다. 물론 그것은 료도 예외가 아니어서 약간의 피로를 느끼고 있었다.

"그럼 우선 밥 먹으러 가는 김에 밖이나 좀 걸어볼까?"

닐스의 그 한마디에 다 같이 밖으로 나가서 먹게 됐다.

모레 있을 개항제의 시작을 앞두고 있어서 그런지 거리 전체가 활기가 넘쳤다. 큰길은 물론 한 블록 들어간 안쪽의 뒷골목마저도 노점들이 즐비하다. 그런 가운데 네 사람은 군것질을 하며 걷고 있었다.

"이건…… 역시 피시앤칩스. 맛있다……."

료가 감동에 몸을 떨었고 그 옆에서는,

"믿을 수 없어……. 이게 데빌피쉬의 발이라니……."

에토가 문어 다리를 구워 만든 문어 다리 숯불구이를 보며 입맛을 다시고 있다.

"이 고로케도 으깬 새우가 들어가 있어서 맛있어요."

아몬이 고로케를 즐기는 그 옆에서는,

"미니 크라켄 통구이도 달달한 양념이 완전 끝내줘."

닐스가 오징어를 양손에 들고 흡족하게 말했다.

결국, 이날 밤 10호실의 네 사람은 식당에 들어가지 않고 노점의 음식만으로 배를 채우게 되었다.

◆

다음 날.

거리 전체는 내일부터 시작되는 개항제의 마지막 준비로 분주했다.

축제 견학과 각국의 내빈 등 마지막으로 도착한 무리들이 속속 거리로 들어왔다. 그 가운데 유달리 눈길을 끄는 일당이 있었다. 바로 데브히 제국 제도에서 온 내빈. 그 일단의 마차 중에서도 훨씬 화려한 모습의 마차…… 문에는 황실의 문장이 그려져 있다.

"란드, 무슨 일이야. 뭐 문제라도 있나?"

"죄송합니다, 전하. 먼저 들어가 있는 쿠팔리스 왕국 마차가 뭔가 수속을 밟고 있는 것 같습니다……. 어떻게 할까요?"

"우리 문제가 아니라면 상관없다. 각 나라의 사정이니 참견할 일은 아니지. 그럼 천천히 기다릴까."

그렇게 말한 제국 제3황자 콘라트 슈타인 보르네미사는 마차 소파에 깊숙이 몸을 파묻었다.

"이게 바다 향기인가……. 뭔가 그립군."

마차 창문에서 풍기는 바다 향기에 콘라트가 중얼거렸다.

'우리 제국에는 바다도 없는데 바다 향기가 그립게 느껴지다니 아이러니한 일이야. 바다를 손에 넣는 것은 황제 폐하의, 아니 몇 대 전부터의 비원이긴 하지만…… 손에 쥔다면 손에 쥔 대로 귀

찮은 씨앗을 떠안게 되겠지…….'

거기까지 생각했을 때 마차가 나아가기 시작했다.

"전하, 이대로 곧장 머무실 영주관으로 향하겠습니다."

"아아, 란드, 부탁해. 아마 거기서 영주와의 회담이 있었지?"

"네, 맞습니다. 그 후 영주 주최 만찬이 있을 예정입니다."

제국의 대표로 와 있는 이상 스케줄은 꽉 차 있다.

"뭐, 어쩔 수 없지."

콘라트는 약간 쓸쓸한 낯빛으로 웃었다.

◆

그날 밤, 거리에서는 전야제가 열리고 영주관에서는 영주 주최 만찬이 열렸다.

"미안하군, 피오나. 이런 자리는 익숙하지 않을 텐데…… 피곤했지?"

"오라버니, 너무 신경 쓰지 마세요."

제3 황자 콘라트가 옆에서 인사를 받는 제11 황녀 피오나에게 말을 걸었다.

"이 뒤에 영주 록슬리 공이 퇴실할 거다. 그 타이밍에 네 방으로 내려가도 괜찮아. 아직 내일 이후에도 일정이 많으니까 오늘 밤은 푹 쉬어둬."

그렇게 말하더니 인사를 위해 다가온 각국 내빈들을 이끌고 그가 자리를 옮겼다. 덕분에 피오나는 퇴실하기 쉬워졌다. 이런 부분에 있어서는 배려가 뛰어난 콘라트였다.

영주 록슬리가 모두의 배웅을 받으며 퇴실, 그리고 피오나를 포함한 내빈 몇 명이 자리를 벗어났다.

"전하, 어서 오세요."

자신에게 배정된 방으로 들어온 피오나는 그대로 침대로 뛰어들었다.

"전하, 품위 없는 행동입니다."

황급히 부관 마리가 주의를 준다. 이 여행 동안 마리는 하녀 역할을 부여받았다. 군의 부관, 황녀의 하녀 모든 역을 문제없이 소화해내는 유능한 인재다.

"마리…… 피곤해."

"네, 이미 온몸에서 피로감이 뿜어져 나오고 계시니 말씀하지 않으셔도 알 수 있습니다."

입으로는 그렇게 말하면서도 피오나의 몸을 일으켜 드레스를 벗겨준다.

"콘라트 오라버니가 나가도 좋다고 말씀해 주셔서 다행이야……. 역시 나한테 저런 자리는 안 어울려. 사단장실이나 연습장이 몇만 배는 더 좋아."

피오나는 한숨을 쉬며 실내복으로 갈아입었다.

원래대로라면 실내복을 입을 때도 하녀가 도와주지만, 늘 군에 몸을 두고 대부분의 일을 스스로 해내고 있는 피오나로서는 갈아입는 것을 도와주는 것이 더 귀찮았다.

"콘라트 전하께서는 옛날부터 피오나 님에게는 친절하셨으니까요."

"그래. 콘라트 오라버니는 분명 상냥하긴 한데 이번에는 그뿐만이 아닌 것 같아. 내가 있으면 방해가 되서 그런 거겠지."

"설마요! 방해라니!"

저도 모르게 소리치는 마리.

"아, 설명이 부족했네. 이번 대표단에 나도 오라버니 옆에 이름을 올리고 황실의 이름을 짊어지고 있는 거잖아. 즉 나 역시 대표단의 대표. 그런 자가 만약 뭔가 불이익이 갈 만한 말을 해버려서…… 나중에 괜한 트집이라도 잡히면 귀찮아지니까 말이야. 그래서 먼저 내보낸 걸 거라 생각해."

"그렇군요. 콘라트님은 거기까지 생각하시고……."

"내 말이. 나랑 겨우 세 살 차이밖에 안 나는데…… 굉장하지."

그렇게 말한 피오나가 작게 고개를 저었다.

"피오나 님께는 타의 추종을 불허하는 검과 마법이 있습니다!"

마리는 경애하는 상관인 피오나를 격려했다.

"검과 마법이 특기인 여자라는 것도 재미있지."

그렇게 말하고 피오나는 웃는 것이었다.

개항제

개항제 1일째.

거리 중앙 광장에 설치된 메인 회장에서 위트나쉬 개항제 개최를 알렸고, 7일간의 축제가 시작되었다.

"저건…… 아무리 봐도 아벨이지……."

"음, 아무리 봐도 아벨 씨……."

"아벨 씨, 내빈석에 있군요, 뭔가 굉장하네요."

"역시 아벨 씨 대단하세요!"

각각 료, 에토, 아몬, 닐스의 발언.

료 일행이 있는 입식 관객석에서는 내빈석이 보이는데, 그 내빈 중에 아무리 봐도 아벨처럼 보이는 인물이 앉아 있던 것이다. 다만 복장이 평소의 모험복이 아닌 정복 차림이었기에 무척 늠름해 보였다.

"옷이 날개라는 건 바로 이런 거네요."

료가 실례되는 말을 중얼거렸지만 주위의 떠들썩함에 지워진 탓에 바로 옆 『10호실』 인물들에게도 들리지 않았다.

"저 내빈석에 있는 여성분, 굉장한 미인이네요."

"아아, 저 빨간색 머리를 한 사람 말이지? 내 말이."

아몬과 닐스가 내빈석을 바라보며 논평을 나누고 있다.

"아까 들었는데 제국의 황녀님이래. 닐스, 니나 씨 이상으로 그림의 떡이다."

에토가 무자비한 정보를 닐스에게 들이댔다.

"아니, 딱히 사귀고 싶다거나 그런 게 아니라 그냥 미인이다~ 뭐 그런 거지."

닐스가 과장스럽게 고개를 젓는다.

"닐스, 만약 사귈 수 있다면?"

"음, 그렇다면 사귈 거야."

료의 농담에 고민 없이 받아치는 닐스.

한숨을 쉬는 에토와 쓴웃음을 짓는 아몬.

"뭐, 어때! 남자로 태어난 이상 위를 목표로 하는 건 당연한 거 아니냐!"

"닐스, 우선 아벨을 넘어서야겠네요!"

"아니, 아벨 씨는 무리지……."

위를 향하고자 하는 닐스의 마음이 꺾이려는 그때, 네 사람에게 말을 걸어온 자들이 있었다.

"아~, 료랑 다른 애들도 있네!"

료가 돌아보니 『붉은 검』의 린이 있었다. 그 뒤로 리햐와 워렌이 나타났다.

"이런 인파 속에서 만나다니 굉장하네요."

리햐의 목소리가 들리자 조금 전까지 한숨을 쉬던 에토가 긴장했다.

"리, 리햐 씨……."

"세 사람이 있다는 건…… 저 내빈석에 있는 건 진짜 아벨인가요?"

료는 아직도 믿을 수 없었지만, 아무래도 저건 아벨이 확실한 것 같았다.

"네. 아벨은 룬의 길드 마스터의 명 때문에 온 거거든요. 뭐, 내일이면 길드 마스터도 오니까 그때쯤이면 풀려나겠죠."

리햐가 아벨이 내빈석에 있는 이유를 설명했다.

"가끔 있어요. B급 모험자가 되면 길드 마스터 대리로서 이런 자리에 나오는 경우가. 보통 룬의 거리의 경우는 백의 여단의 펠프스가 대리로 오는 경우가 많은데 지금 백의 여단은 양식 수송 임무로 바쁘거든요. 그래서 이번에는 아벨이 된 거예요. 표면적으로는."

"표면적으로는?"

"역시 아벨 씨 멋있습니다!"

세세한 것에 얽매이지 않는 닐스가 존경하는 아벨을 극찬했다.

"길드 마스터의 속마음은 아마 우릴 궁정 마법단의 던전 임무에서 제외시키고 싶은 거겠죠. 저번 같은 일이 있었으니까. 왕도에 있는 일라리온 님을 향한 보복 같은 거랄까요."

붉은 검은 일라리온이라는 사람이 보낸 편지 때문에 마법단의 호위를 따라 던전으로 들어가게 되었다. 그리고 데빌과 전투를 벌이게 된 것이다. 귀중한 전력을 잃을 위험에 처했던 휴로서는 일라리온에게 한마디 하고 싶은 마음도 분명 있었으리라.

료가 그런 생각을 하고 있는데, 가만히 내빈석을 보고 있던 린이 신음했다.

"으으~, 역시 내빈석을 덮고 있는 저 장벽, 풍속성 장벽이지……? 장난 아니게 두껍다."

"네? 저게 바람인가요? 일반적인 마법 장벽이 아니라?"

린의 중얼거림에 신관 에토가 반응했다.

"맞아, 바람이야. 장벽이라기보단 방어막에 더 가까울걸? 와이번이 상시 펼치는 바람 방어막 같은 느낌."

"위트나쉬의 영주 가문에 대대로 전해지는 비보 중에 바람 방어막을 발생시키는 보물이 있었죠. 굉장히 연비가 나빠서 잘 사용하지 않는다고 들었지만…… 뭐, 제국의 황자와 황녀가 와 있는 곳에서 파괴 공작이라도 발생했다간 전쟁이 일어날 테니…… 연비를 따질 상황은 아니었겠죠."

린과 리햐가 무시무시한 말을 하고 있었다.

'테러 같은 게 일어나면 확실히 혼란스럽겠지. 황자가 죽고 전쟁 발발이라니 완전 제1차 세계대전이잖아. 부디 아무 일도 일어나지 않기를.'

마음속으로 세계 평화를 기원하는 료였다.

"하지만 그 황녀님은 제국의 황제 마법사단장이잖아? 그렇다는 건 부장님도 왔겠지, 분명……."

"그러게요, 아마 왔겠죠……."

린과 리햐가 의미심장한 대화를 주고받았다.

"그 부장이라는 사람이 무슨 문제라도 있나요?"

신경이 쓰인 료가 두 사람에게 물었다.

"응, 그 부장이 바로 제국이 자랑하는 『폭염의 마법사』거든."

"뭐야, 그게. 멋있다."

료의 중얼거림은 두 사람에게는 들리지 않았다. 주위의 소란스러움이 더욱 커졌다.

"가로되, 일격에 왕국군 1천 명을 태워 죽였다. 가로되, 일격에 와이번을 폭발시켰다. 가로되, 일격에 반란군이 농성하던 거리를 소멸시켰다."

"그 말 들어봤어요. 정말일까요?"

에토가 얼굴을 붉힌 채 대화에 끼어들었다.

"모르겠어. 하지만 사실이라는 말은 들었어. 만약 사실이라면…… 엮이고 싶지 않은 상대네."

응, 별명은 멋있지만 가까이 가지 말자고 마음속으로 다짐하는 료.

아벨은 내일 휴가 오기 전까지는 내빈으로서 자유시간이 없었기에, 붉은 검은 셋이서 축제를 즐긴다며 떠났다.

10호실의 네 사람도.

"좋아, 오늘도 힘내서 먹어치우자!"

"오!"

본래라면 E급이나 F급 모험자는 돈이 많지 않다. 하지만 이 10호실의 사람들은 다르다.

"정말이지, 료의 마동광석 의뢰에 성공해서 다행이야."

그랬다. 1인당 30만 플로린의 보수를 손에 쥔 그 의뢰 덕분에 돈이 있었다. 그 후 곧바로 닐스는 회중시계를 샀지만 2만 플로린 정도의 지출이었기에 여전히 주머니는 두둑했다.

"아, 실례."

"아뇨, 저야말로."

걷기 위해 몸을 돌린 순간, 료는 뒤에서 온 사람과 부딪칠 뻔했다. 하지만 서로의 초고속 반응 덕분에 몸이 닿는 일은 없었다.

"아아, 부장님, 뭐하시는 거예요. 한참은 더 사서 단장님께 갖다 드려야 한다고요."

뒤쪽에서 료의 귀로 그런 소리가 들려왔다.

◆

"아니, 난 사람 많은 곳은 좀……."

"단장님께 그런 핑계를 댈 건가요? 그거 아주 기대되네요. 안 가져가면 기껏 참고 내빈석에 앉아 있었는데 부장님이 맛있는 피시앤칩스도 안 갖다 줬다면서 울걸요."

『폭염의 마법사』라는 별칭을 가진 부장 오스카와 그의 부관 유르겐은 노점의 맛있는 음식들을 사서 단장 피오나에게 전달하는 역할을 맡고 있었다.

"아니, 그런 일로 울지는 않겠지……."

그렇게 중얼거렸지만 주위의 소란스러움 탓에 부관 유르겐의 귀에는 닿지 않았다.

"어디 보자, 미니 크라켄 통구이, 연오코노미야키, 보올야키, 는 다 샀고…… 그리고 꼭 사오라고 했던 피시앤칩스는…… 아, 저기네요. 다행히 줄이 좀 빠졌어요. 부장님, 가죠."

그렇게 말한 부관 유르겐이 노점 앞에 줄을 섰다.

"유르겐…… 상당히 진지하네……."

물론 맛있는 건 좋아하지만, 줄까지 서서 먹지는 않는 오스카로서는 다소 이해하기 어려웠다. 하지만 이 '임무'에는 반드시 오스카가 필요했다.

"부장님, 먼저 산 거 식지 않게 데워놔요! 식으면 단장님이 슬퍼하실 테니까요."

『폭염의 마법사』에게 있어서 사둔 음식을 따뜻하게 데우는 일은 식은 죽 먹기일 것이다. 그보다는……『폭염의 마법사』를 그렇게 써먹을 수 있는 것은 세계가 아무리 넓다고 해도 황녀 피오나뿐이겠지만.

◆

"이런, 실례."

"아니, 괜찮습니다."

어디선가 본 듯한 대화가 내빈석 쪽에서도 오가고 있었다.

데브히 제국 제3 황자 콘라트와 룬의 모험자 길드 마스터 대리 아벨 사이에 오간 대화였다.

"룬의 길드 마스터 대리인…… 아벨 공…… 이었던가요?"

"네, 콘라트 전하. 아벨입니다. 적어도 현재는 아벨입니다."

뭔가를 눈치챈 듯한 콘라트와 의미심장한 어조로 단언하는 아벨.

"그렇군요. 실례했습니다. 전에 뵌 적 있는 어떤 분을 닮아서 그만."

"그렇군요. 아마 비슷하게 생긴 사람이었겠죠."

"아벨 공께서는 계속 대리로 계시는 겁니까?"

"아니요……. 첫날인 오늘과 마지막 날 뿐입니다. 어째서인지 중간에만 길드 마스터가 오거든요. 들은 바로는 둘째 날부터 여섯째 날까지 개별 회담과 여러 모임이 있다고."

"네, 각국 대표나 길드의 수장, 혹은 이 근처 영주들이 다 모이는 일은 흔치 않으니까요. 회담과 모임으로 꽉 차 있네요."

콘라트가 어깨를 으쓱하며 작게 고개를 저었다.

"그것참 안됐군요."

"아벨 공도 친가로 돌아가면…… 아, 아니, 실례. 그저 혼잣말입니다. 제 여동생도 왔는데 축제를 즐기는 건 여동생에게 맡기고 있습니다."

그렇게 말한 콘라트가 빙긋 웃었다.

"아까까지 내빈석에 계셨죠. 황제 마법사단장 피오나 전하."

"아벨 공은 역시 그 직함이 신경 쓰이십니까?"

한순간, 정말 단 한순간 콘라트의 눈 속 깊은 곳에 날카로운 빛이 스쳤다.

하지만 역시나 아벨, 그 아주 찰나의 빛도 놓치지 않았다.

"무슨 말씀이신지는 잘 모르겠지만, 단장님이 와 계신다는 건 당연히 부장님도 오셨다는 거겠죠? 『폭염의 마법사』라는 별칭을 가지신…….."

"그 부분은 군의 기밀 사항에 해당하므로 저는 드릴 말씀이 없군요."

마지막은 그렇게 둘러대듯 말했지만『폭염의 마법사』오스카 루스카가 왔다는 사실을 숨길 생각은 처음부터 없었다.

모든 것이 눈치 싸움이고 모든 것이 신경전이었다. 제국은 그런 나라다.

"오, 영주님이 오신 것 같네요. 그럼 다음에 또."

그렇게 말한 콘라트는 아벨의 곁을 떠나갔다.

"정말이지 상대하기 힘든 상대야……. 난 이런 거 잘 못한다고."

작은 소리로 중얼거리는 아벨이었다.

◆

"후, 지쳤다."

피오나가 침대로 쓰러졌다.

"전하, 품위 없는 행동……. 벌써 두 번째입니다."

부관이자 하녀인 마리는 어젯밤에 이어 피오나의 행위를 지적했다.

"그치만 사람들의 시선을 받으면서 왕녀인 척하면서 앉아 있는 거 엄청 힘들었다고."

"전하는 왕녀님이 맞으십니다만……. 모두의 시선을 받는 것은 평소 사단에서도 마찬가지 아닙니까."

"사단은 괜찮아. 다 아는 얼굴이고 동료니까. 하지만 이런 불특정 다수의 사람들의 시선은…… 뭐랄까……."

"불쾌합니까?"

"좀 간지러워."

"……음, 전하가 말씀하시는 뜻을 전혀 모르겠네요."

그런 대화를 나누면서도 마리는 피오나의 드레스를 벗겨서 구겨지지 않게 손질했다. 피오나도 자연스럽게 익숙한 사단복으로 갈아입고 있었다.

"아, 역시 이 옷이 최고야. 기능적이고 움직이기도 편하고."

그런 말을 하고 있는데 문을 노크하는 소리와 함께 쇼핑 담당조가 돌아왔다.

"전하, 다녀왔습니다."

"지쳤어……."

부관 유르겐과 피로감에 시달리던 부장 오스카가 돌아왔다.

"부장님까지 그런 말을……."

"음?"

"전하께서도 내빈석에서 돌아오셨을 때 같은 말씀을 하셨습니다……."

마리가 고개를 흔들며 차를 준비하기 시작한다.

"나, 난 사람이 붐비는 게 싫은 것뿐이야."

묘하게 폼을 잡으며 말하는 오스카.

"부장님, 아까 다른 사람이랑 제대로 부딪힐 뻔했잖아요. 신기하게 안 부딪히긴 했지만."

"오, 그건 위험했지. 부딪쳤으면 갖고 있던 음식을 떨어뜨렸을지도 모르니까. 그런데 안 부딪힌 건 내가 아니라 상대방이 엄청난 반응 속도로 피한 거야. 모험자에 마법사처럼 보였는데, 아마 상당한 실력이겠지."

그때의 광경을 떠올린 오스카는 사온 음식 몇 가지를 다시 데우고 있었다.

"뭐, 일단 먹자."

피오나의 그 말을 시작으로 제국 황제 마법사단의 다과회가 시작된 것이었다.

◆

개항제 2일째.

"항구 쪽에도 괜찮은 가게가 나와 있다고 하더라고요."

아몬의 그 말에 10호실의 네 사람은 항구 쪽으로 향했다. 지금까지는 대로변 노점 위주로 공략해 왔지만 오늘은 완전히 노선을 바꿔 본 것이다.

그렇다고는 해도 바다 음식이 중심이라는 점에는 변함이 없다.

"이 소금구이에 뿌려져 있는 건 혹시…… 태운 간장……."

지구 생활 이래 마주한 간장에 감동하는 료 옆에서,

"이 밀죽 말이 구이…… 크레이푸? 달콤한 재료들이 아주 일품이네."

본토 최초 공개라는 간판 아래 갑자기 등장한 크레이프를 즐기는 에토.

"구운 참치 토막과 한입 라이스의 조합은 굉장하네요."

구운 참치 초밥 같은 음식을 여러 개 주문해 먹는 아몬.

"이 사과에 달콤한 즙을 뿌려서 굳힌 사탕, 마음에 드는데!"

마치 사과를 닮은 사과 사탕을 양손에 두 개씩 들고 와구와구 먹어대는 닐스.

도중에 바다와는 관계없는 음식들도 사 먹으면서 네 사람은 항구에 전시되어 있는 쾌속선 '레인슈터'를 보러 왔다.

이는 료가 꼭 보고 싶다며 세 사람을 설득해 데려온 것인데, 오기 전까지는 별 감흥이 없어 보이던 세 사람도 그 멋들어진 외관에 시선이 못 박히고 말았다.

"이건…… 아름답네……."

"특이한 모양이다."

"움직이는 모습도 보고 싶네요."

닐스, 에토, 아몬도 넋을 잃고 있다.

그때 문득 닐스가 생각났다는 듯 중얼거렸다.

"그러고 보니 위트나쉬에 오는 길에 엄청난 배가 진수한다고 들었는데, 이걸 말하는 거였구나."

길이 30미터, 겉모습은 이른바 트리마란이라고 하는 삼동선.

중앙에 물과 접하는 하부에 큰 선체가 하나, 좌우로 병행하여 작은 하부 선체가 있었다. 하부 선체가 두 개인 쌍동선에 비해 좌우의 흔들림에도 단단히 버틸 수 있었다.

이 세계에서 이 삼동선은 물론 쌍동선조차 들어본 적이 없었다. 그렇게 생각하면 이 레인슈터는 매우 획기적인 배라고 할 수 있었다.

하지만 료의 흥미를 끈 것은 그뿐만이 아니었다.

"돛이 없어……."

료의 중얼거림에 에토가 반응했다.

"노도 없네."

범선도 노로 가는 배도 아니다. 물론 프로펠러도 없다.

"이건 어떻게 움직이는 걸까요?"

아몬도 고개를 갸웃했다.

세 사람이 생각하는 사이에 먼저 행동에 나선 것은 닐스였다.

근처에 있던 배 관계자 같은 사람을 붙잡아 직접 물어본 것이다.

"죄송합니다만 이 배는 어떻게 움직이는 거죠?"

"아아, 많이들 물어보신답니다."

그렇게 말한 그 관계자가 빙긋 웃었다.

"흘수선보다 위쪽에선 풍속성 마법을, 흘수선보다 아래쪽에선 수속성 마법을 뒤로 뿜어내며 나아가는 거죠."

설마하던 제트와 워터 제트의 하이브리드!

"그건 풍속성과 수속성 마법사가……?"

"아니요, 연금술로 마석을 쓰고 있는 것 같습니다. 저도 자세한 것까지는 잘 모르지만요."

거기까지 말하고 그 관계자는 떠났다.

"호오~."

감탄의 말은 누가 내뱉은 말이었을까…….

"움직이는 것도 보고 싶다."

중얼거린 것은 에토.

주위를 두리번거리던 닐스가 간판 하나를 발견했다.

"이봐, 여기 적혀 있어. 내일 오후에 내빈들 앞에서 운행한다나 봐."

"오~."

또 하나 기대되는 이벤트가 늘어난 와중, 닐스가 무언가를 더 발견하고 읽기 시작했다.

"뭐예요, 닐스?"

"아아. 내일 오전『제30회 2인승 보트 주회 모험자 부문』이라는 게 있는 것 같은데…… 오늘 아침 단계에선 아직 참가자에 여유가 있는 것 같길래……."

"왜 모험자?"

에토, 아몬, 료가 이구동성으로 말했다.

"어디보자…… 참가는 모험자(마법은 사용불가)에 국한되지는 않지만 후반에 노를 사용한 공격이 허가되기 때문에 체격이 튼튼한 사람을 권장한다……."

"무슨 레이스야……."

료가 저도 모르게 중얼거렸다.

"접수는 앞쪽 텐트인가……."

"닐스 씨, 혹시 나갈 생각이에요?"

아몬이 닐스에게 말을 걸었다.

"우승 상금, 30만 플로린, 준우승이라도 10만 플로린……."

"굉장하다!"

닐스와 아몬이 돈의 유혹에 지려는 것을 료와 에토는 멀리서 바라보고 있었다.

"료…… 돈이라는 건 무섭네."

"에토…… 두 사람의 무사를 빌어주죠."

이후 닐스와 아몬조는 마지막 한자리를 신청하는 데 성공했다.

"오 사격을 하고 있어."

"사격?"

항구에서 바다에 떠 있는 과녁을 향해 '쏘는' 게임인 것 같았다.

'사격…… 하지만 내가 아는 축제 때 하는 사격이랑은 규모가 전혀 달라…….'

최장의 경우 100미터 앞 해상에 떠 있는 과녁을 노리는 게임. 상당히 어려운 것인지 가장 가까운 30미터 과녁에는 몇 개의 화살이 꽂혀 있지만 100미터 과녁에는 한 대도 꽂혀 있지 않았다.

"우리 쪽에는…… 궁사가 한 명도 없으니까…….."

닐스가 다른 세 사람의 얼굴을 스윽 쳐다보고는 중얼거렸다.

"그리고 보니 『붉은 검』의 아벨이 활을 쏠 수 있다고…….."

료는 예전에 아벨이 말했던 것이 생각났다.

"아아. 대해소 때 봤는데 아벨 씨 진짜 장난 아니더라! 본업이 궁사가 아닐까 싶을 정도였다고."

"아니, 그 정도는 아니야."

갑자기 등 뒤에서 들린 아벨의 목소리에 닐스는 그대로 굳었다. 에토와 아몬도 깜짝 놀랐다.

눈치채고 있던 료만이 유일하게 놀라지 않았다. 그보다는 다가

오고 있다는 것을 알고 있었기에 화제를 돌린 것이었다.

"아벨은 혼자예요? 다른 멤버는요?"

"다른 녀석들은 노점을 돌고 있을 걸……. 나는 이제야 길마스가 도착해서 겨우 내빈역에서 해방됐고……."

그렇게 말한 아벨은 한 손에 마치 오징어 구이를 닮은 미니 크라켄 통구이를 들고 있었다.

"아, 그 미니 크라켄 통구이 맛있죠!"

어제 닐스가 먹던 거랑 똑같은 것. 존경하는 사람과 입맛이 비슷하다는 걸 알고 닐스의 목소리가 들떴다.

"응, 맛있네, 이거. 근데 맛있어 보이는 게 너무 많아. 음식에 돈을 다 써 버리는 사람들이 잔뜩 나오지 않을까?"

"거기서 아벨이 성대하게 베푸는 거예요! 내가 쏜다, 원하는 만큼 마음껏 먹어! 하고."

"응, 절대 안 해."

그런 이야기를 하고 있는데 옆에서는 에토와 아몬이 사격에 도전하려 하고 있었다.

1회 50플로린이고, 100미터 과녁에 맞으면 5천 플로린의 상금. 가장 가까운 30미터의 과녁에서도 500플로린의 상금이 되고 있다.

에토와 아몬은 다섯 개의 화살을 사서 일확천금, 100미터의 과녁을 노렸다.

"에잇!"

기합과 함께 쏘았지만…… 화살은 전혀 닿지 않았다.

'그러고 보니 활쏘기 같은 건 한 번도 해 본 적이 없네……. 그

걸 생각하면 날릴 수 있다는 점에서는 두 사람이 나보단 더 잘하는 거겠지.'

료는 에토와 아몬을 감탄한 얼굴로 바라보고는 옆에 있는 닐스에게 물었다.

"닐스는 안 해요?"

"후후후, 들으면 놀랄걸. 난 활은 만져본 적도 없어."

"너무 상상했던 대로라서 오히려 놀랐어요."

그 말을 들은 아벨이 옆에서 웃음을 참았다.

"아벨, 너무 웃잖아요."

"아, 안 웃으려고 노력했잖아. 아니, 미안해. 무시하려던 게 아니라 마치 옛날의 나를 보는 것 같아서 그만……."

"아벨도 옛날에는 활을 잘 못 쐈어요?"

"잘 못하는 걸 떠나서 닐스처럼 만져본 적도 없었어. 검 외길 인생이었으니까."

그러고는 짊어진 검자루를 두드린다.

"하지만 모험자가 되면 그럴 수는 없잖아. 특히나 우리 파티엔 궁사가 없지? 그래서 연습을 많이 했어."

그러는 사이에 에토와 아몬은 성과 없이 돌아왔다.

"활이라는 건 어렵네."

"전혀 닿지 않았어요."

에토도 아몬도 무척 허망한 얼굴이었다.

"자, 여기서 아벨이 나설 차례예요. 후배들에게 활이 어떤 건지 보여주세요."

료가 부채질한다. 엄청나게 싫은 얼굴을 하는 아벨.

"아니, 난 검사인데⋯⋯."

"아벨이라면 할 수 있다~."

아벨과 료가 그런 대화를 주고받는 사이 어째서인지 닐스가 화살을 딱 한 자루 사왔다.

"아벨 씨, 받으세요."

'딱 한 개⋯⋯ 화살 하나로 꿰뚫으라니, 닐스, 난이도가 너무 높잖아요.'

료조차도 아벨이 약간 가엾게 느껴졌다.

하지만 아벨은 얼굴빛을 바꾸지 않고 활과 화살을 받아들었다.

그리고 조용히 자세를 취하고 한순간 힘을 모아 활을 날린다.

"오오오오오오오오오!"

끓어오르는 함성.

훌륭하게 100미터 앞의 과녁을 관통한 것이다. 바다에 떠서 흔들리고 있는 과녁을, 말이다.

"천성 스타⋯⋯."

료가 저도 모르게 중얼거렸다.

"엄청나⋯⋯."

"이게 B급 모험자⋯⋯."

"아벨 씨, 정말 대단합니다!"

아몬이나 에토는 물론 닐스도 대흥분. 과녁을 뚫은 아벨이 가장 침착했다.

활을 사격장에 돌려주고 상금을 받는다. 그러자 더욱 큰 함성이 터져 나왔다.

"엄청난 함성이 왜 터지나 했더니 아벨이 있었네~."

"어머, 아벨, 벌써 풀려났군요."

붉은 검의 린과 리햐, 그리고 그 뒤에서 짐을 한가득 안고 있는 워렌이 모습을 드러냈다.

"너희들…… 겨우 노점만 돌았으면서 뭘 그렇게 사들인 거야……?"

워렌이 품에 든 짐을 보고 얼굴을 굳히는 아벨.

"여러 사정이 있는 법이죠, 여자에겐."

"맞아, 대부분은 리햐의 스트레스 발산용이지만."

리햐는 태연하게, 린은 쓴웃음을 지으며 말했다.

그리고 린이 료에게 작게 속삭인다.

"아벨이 없어서 리햐 기분이 별로였던 거야."

"아하……."

료 기준으로 굉장히 납득이 가는 이유였다.

"그럼 닐스, 우리는 저쪽을 돌아볼까요. 아벨, 멋진 솜씨 구경 잘했어요."

"오, 그래. 다음에 보자."

그 후 아벨은 리햐에게 팔을 붙잡혀 큰길 쪽으로 끌려갔다.

"아벨 씨, 역시 멋져!"

"리햐 씨…… 여신님."

"나도 활을 연습해볼까."

닐스, 에토, 아몬의 발언이지만 어느 것이 누구의 발언인지는 새삼스럽게 말할 필요도 없었다.

◆

"이 고혹적인 향기는…… 설마……."

"냄새 좋다. 식욕을 자극하는 향신료 향이네."

"듣고 보니 좀 출출하네."

"닐스 씨, 아까 사가 사탕 양손에 들고 있지 않았어요?"

길 건너편에서 풍겨오는 고혹적인 향기에 이끌리는 료, 에토, 닐스, 아몬.

들여다보니 그것은…….

"시푸드 카레!"

료가 저도 모르게 소리쳤다.

"아아, 카레. 룬의 거리에도 있었지, 비싸서 많이 먹어본 적은 없지만."

에토가 코를 킁킁거리며 말했다. 에토 치고는 드문 광경이다.

"좋아, 여기서 먹자. 더는 못 참겠어."

"확실히 배가 고파지는 향이네요. 전 카레는 처음이에요."

닐스가 자리에 앉았고 아몬도 기대에 부푼 얼굴로 메뉴를 보았다.

"저는 시푸드 카레로."

"음~, 난 오리지널 카레."

"소고기 카레 곱빼기!"

"셰프 추천 초극강 매운맛 카레."

료, 에토, 닐스가 순조롭게 주문을 마치고, 마지막으로 카레에 첫 도전하는 아몬의 주문이 초극강 매운맛 카레……. 그 말에 10 호실의 다른 세 사람이 몸을 떨었다.

"아, 아몬, 너무 도전적인 거 아니에요……?"

"초 매운맛도 아니고 초극강 매운맛이라니……."

"아몬, 뒤처리는 나한테 맡겨!"

료, 에토, 닐스는 각자의 표현으로 응원한다.

"저 매운 거 좋아하거든요."

실로 태연한 모습의 아몬.

네 사람의 앞에 각각 도착한 카레는 매우 먹음직스러워 보였다.

룬의 『포식정』 카레가 일본식 카레 그 자체라면 이 카레는 '약간 자바풍 일본식 카레'라고 해야 할까.

맛은 있다. 표준 이상의 카레는 어떤 것이라도 맛있다!

그리고 가장 걱정했던 아몬은…….

"이거 엄청나게 맛있네요! 맵기도 적당히 쏘는 느낌이라 좋아요."

굉장한 호평을 남겼다.

그걸 본 닐스가 조금 먹어보았지만…… 한입 먹고 쓰러졌다.

"닐스, 뒷수습은 해줄게요……."

"많이 매운가 보네."

료와 에토는 매운맛에 관심은 있었지만 보는 것으로 만족했다.

호기심이 고양이를 죽인다…… 실로 지당한 말이다.

아몬은 상당히 마음에 들었는지 초극강 매운맛을 한 그릇 더 주문했다.

그것을 보고 닐스는 몸을 떨었다. 초극강 매운맛의 무시무시함을 몸소 체험했기 때문이다.

◆

그날 밤 위트나쉬의 어둠 속에 꿈틀거리는 그림자가 세 개.

"상황은?"

"아주 좋아. 넷째 날 이후라면 언제든지 갈 수 있어."

"놈들이 가장 많이 모이는 게 언제지?"

"마지막 날 밤의 원유회. 영주관 안뜰에서 열려."

"야외라니 운이 좋네. 그 원유회에서 결행한다."

"알았어."

◆

개항제 3일째.

드디어 닐스와 아몬의 승부의 날.

아침부터 기합을 넣고 두 사람은 제30회 2인승 보트 주회 모험자 부문 행사장으로 향했다.

하지만 그곳에서 충격적인 광경이 펼쳐졌다.

"왜 네가 있냐?"

"뭐? 그건 내가 할 말이다."

그곳에는 길드 숙소 1호실의 댄도 엔트리하고 있었던 것이다. 그 광경은 관중석에 있는 료와 에토에게도 보였다.

"역시 저건 댄이네요."

"닐스가 시비 거는 걸 보니 맞네."

닐스의 태도를 보고 두 사람은 확신했다.

두 사람에게서 조금 떨어진 곳에 댄의 추종자들도 있었다. 추종자들은 모두 남자였는데, 그중에 한 명 여자아이가 있다는 것을 료는 깨달았다.

'어? 저 애는 분명…… 숙소 안뜰에서 댄이 도와줬던 아이……. 그래, 댄의 파티에 들어간 건가. 댄을 굉장히 걱정스럽게 보고 있는데, 설마 댄에게 반했나……?'

료가 살짝 고개를 기울였다.

"왜 그래?"

그것을 본 에토가 료의 시선을 쫓았다.

"댄의 추종자?"

"네, 저 안에 여자아이가 있죠? 예전에 댄이 도움을 준 애거든요."

"호오~. 저건 2호실 사샤야. 나랑 같은 신관이라서 알고 있는데 아직 16살인데도 꽤 우수하지. 다만 2호실의 다른 애들은 각각 E급 파티에 스카우트됐을걸. 사샤도 권유받았을 것 같은데…… 저 상황으로만 보면 댄의 파티에 들어간 건가? 저긴 원래 신관이 없었으니까 사샤가 들어갔다면 아주 균형 잡힌 파티가 되겠네."

역시나 에토는 숙소의 속사정도 여러모로 잘 알고 있었다.

그런 대화를 나누는 동안 『2인승 보트 주회 보험자 부문』의 준비가 착착 마무리되고 있었다.

대회가 준비한 보트에서 4개의 노를 가지고 2인 1조로 올라타 400미터 앞바다의 부표를 돌아오면 되는 간단한 규칙. 다만 바다 앞의 부표를 지나는 순간부터 다른 보트를 노로 공격하는 것이 가능해진다.

마법 사용은 물론 다른 보트에 올라타는 것은 금지. 두 발의 뒤꿈치부터 발끝까지는 자신의 배에서 밖으로 이탈해서는 안 된다.

또한 노 이외의 무기 사용은 불가. 다만 자신의 육체 사용은 제한하지 않는다.

규칙이 심플하면서도 폭력적이다. 뿌리 깊은 인기를 자랑하는 이벤트로 제30회라는 것은 대략 150년의 역사를 자랑한다는 뜻…….

총 삼십 척의 배가 위치에 자리했다.

그리고 울려 퍼지는 시작의 팡파르!

일제히 노를 저어가는 삼십 척의 배.

어쨌든 부표까지 가는 전반 동안 다른 배를 향한 공격은 불가. 최선을 다해 부표를 향해 노를 젓는다.

하지만 여기서 좀 생각해줬으면 하는 부분이 있다.

2인승 보트…… 실제로 타본 적이 없는 사람이라도 사진이나 동영상에서 본 적이 있겠지만 노를 젓는 사람은 어떤 방향으로 타고 있을까?

그래, 진행 방향에 등을 돌린 채로 노를 저어야 한다.

그렇지 않은 것도 있다고? 그런 보트는 준비되어 있지 않다!

이것은 엔터테인먼트이기 때문에 관객들이 환호하는 광경……

해상의 격투기를 연상시키는 광경이야말로 그들이 바라는 그림이었다.

기본적으로 한 사람이 노를 젓고 다른 한 사람이 방향을 지시한다……. 그런 설명 이후 거기에 적합한 보트가 준비되는데…… 대부분 그렇게 말처럼 쉽게 되지는 않는다.

나아가는 방향이 보이지 않은 채 저어 나가면…… 그런 식으로 움직이는 다른 보트와 부딪치기 마련.

접촉, 격돌, 노성…… 해상은 아비규환이 소용돌이치는 전쟁터가 됐다.

이 대회는 바닷속에 빠지더라도 자력으로 배로 돌아오면 그대로 재개할 수 있었다. 다만 기절한 상태로 바닷속에 던져지면 바닷속에 대기하고 있는 대회위원에게 구출되고 실격당한다.

실로 살벌한 그림이 바다 위에 그려지고 있었다.

"돈에 낚이지 않아 다행이다……."

"에토, 신관의 힘이 필요하지 않을까요?"

"아~, 내 힘으로는 역부족이라…… 아쉽네."

관중석에 자리한 료와 에토는 감탄성을 내뱉으며 그 지옥의 광경을 바라보고 있었다.

그런 두 사람에게서 조금 떨어진 관중석에서 역시 지옥의 광경을 바라보고 있는 연방의 네 사람이 있었다.

"들은 것보다 더 과격한 경기네요."

황제 마법사단장이자 황녀인 피오나는 눈을 휘둥그레 뜬 채 소감을 밝혔다.

"마법이 없다는 게 아쉬워요."

"마법이 있다면 순식간에 끝나버리겠지……."

부관 유르겐과 부장 오스카의 대화는 엇갈렸다.

"스승님…… 누구나 다 스승님처럼 강력한 마법을 쓸 수는 없거든요?"

"아니, 단장이 해도 결과는 똑같잖아?"

피오나의 지적에 오스카는 굉장히 의외라는 얼굴로 반박했다.

누가 듣고 있을지 알 수 없었기에 평소 전하라는 호칭 대신 단장이라고 부르고 있다.

"어쨌든 공격은 노로만 가능해요."

부관 겸 하녀 마리가 무의미한 대화를 수습했다.

"그건 그렇고 단장님은 그 크레이푸가 상당히 마음에 들었나 보네요. 어제도 먹었죠."

단장 피오나가 맛있게 먹는 모습을 본 마리가 뜻밖이라는 듯 말했다. 2년 가까이 피오나를 모셔왔지만 피오나가 음식에 집착하는 모습을 본 적이 없었기 때문이다.

싫어하는 음식은 없지만 좋아하는 음식도 딱히 없다는 그런 느낌…….

"응, 너무 맛있어. 연습장에서도 제공할 수 있게……."

"무리입니다."

말하는 도중 각하한 것은 부장 오스카였다.

"스, 스승님, 거길 어떻게든……."

"애초에 연습장은 훈련과 연습을 하는 자리입니다. 음식도 엄선해서 건강에 좋은 것만 식당에서 내놓고 있죠. 단맛은 대상에서 제외입니다."

부장이긴 하지만 피오나에게 있어 마법 스승이기도 한 오스카의 말은 절대적이었다.

절대적이긴 하지만 크레이푸는 포기할 수 없었다.

"그렇다면 성으로 크레이푸 가게를 불러서……."

그런 중얼거림은 오스카의 귀에 닿지 않았다. 아니면 일부러 들리지 않는 척을 하는 것인지는 알 수 없었다.

"뭐, 뭐어. 정말 맛있는 노점들이 많죠."

어떻게든 사태를 수습한 것은 부관 유르겐이었다…….

◆

해상에서는 싸움이 절정에 접어들고 있었다.

마침내 선두의 두 배가 바다 앞 부표를 넘는 위치에 이르렀다.

"저건…… 닐스와 아몬이네요……."

"또 한 대는 댄 일행이네……."

관중석의 료와 에토는 갓 짜낸 오렌지 주스와 사가 주스를 마시며 바다 위를 보고 있었다.

인연이 깊은 닐스와 댄, 이 두 보트가 1, 2등을 다투고 있었던 것이다. 아니, 물론 양쪽이 열심히 해서 그렇게 된 거겠지만.

아몬이 노를 젓고 닐스가 선상에서 일어섰다.

그에 맞춰서(?) 댄도 선상에서 일어섰다.

그리고 서로 노려본다.

닐스가 무어라 소리쳤고 그에 맞추듯 아몬이 보트를 댄의 보트에 부딪힐 정도로 가져갔다.

그리고 시작되는, 노를 이용한 한판 승부.

때리고, 찌르고, 때리고, 때리고, 때리고…….

"닐스도 댄도 흔들리는 보트 위에서 대단하네요."

"역시 검사야!"

료와 에토는 바보 콤비가 되고 말았다. 태클조 부재.

E급이라고는 하지만 검사끼리의 싸움은 격렬하다. 이미 노는 하나 부서졌고, 두 번째 노로 싸움을 이어간다.

그 사이에도 싸우는 두 척의 배는 조금씩 앞으로 나아가고 있긴 했지만, 쓸데없는 전투를 피한 다른 배에 의해 추월당했다.

하지만 관중석의 함성은 닐스와 댄이 독차지했다.

"좋아~ 때려~ 밀어내~!"

"거기야! 오른쪽에서 페인트를 넣어서 단숨에 찔러버려!"

"위에서 내려쳐! 내려쳐!"

"배에 구멍을 뚫어서 가라앉혀!"

"노 같은 건 버리고 검으로 베어버려~!"

"움직임을 보니 두 사람 다 검사 같은데! 그렇다면 위에서 사선으로 내려친 다음 반대로 올려쳐서 쓰러뜨려 봐라!"

실로 갖가지 함성이 난무하고 있다.

그리고 마침내 서로 맞부딪힌 순간, 두 사람의 두 번째 노가 거의 동시에 부서졌다.

"오~!"

달아오르는 관중석.

서로 무기가 사라졌다면…… 남은 건 당연히 몸싸움뿐이다!

하지만…… 각자 다른 보트에다 제각각 흔들리고 있었기에 훌륭할 정도로 주먹이 닿지 않았다.

닐스도 댄도 역시 검사, 그것을 이해하고 있었다.

누가 먼저랄 것 없이 서로의 오른손과 왼손을 맞잡고 힘겨루기로 이행했다. 프로레슬링에서 말하는 록 업이다. 힘을 자랑하는 레슬러가 링 중앙에서 묵직하게 힘을 겨루는 남자와 남자의 자존심 싸움. 움직임이 없음에도 보는 이를 흥분시키는 신기한 열기를 가지고 있다.

그것은 이 해상에서도 마찬가지였다.

두 사람의 록 업은 우열을 가릴 수 없었다. 하지만 그것을 보는 관객들은 조금 전 그 어느 때보다 분위기가 고조되었다.

"아, 선두가 결승선을 통과해 버렸어……."

"뭐, 꼴찌나 밑에서 2등은 확정이네요."

에토와 료는 닐스와 댄의 힘겨루기에 조금도 뜨거워지지 않았다.

물론 파티 멤버로서 닐스를 응원하는 것은 변하지 않는다. 하지만…… 뭐, 그것뿐이라면 그것뿐이다.

그리고 결말은 갑자기 찾아왔다.

깍지 낀 손과 상반신은 전혀 움직이지 않았지만 발밑은 달랐다.

흔들리는 선상…… 배라기보다는 보트…… 두 사람에게서 가해지는 압력을 보트가 견디지 못하고 부서졌다.

우지끈.

바다로 내던져지는 네 명.

배가 부서졌으니 실격되었다. 그렇게 판단한 대회 위원들이 곧바로 회수를 하러 갔는데…… 향한 곳에서, 즉 바닷속에서도 닐스와 댄은 서로 힘겨루기를 하고 있었다…….

"관객을 열광시킨 두 팀에게 대회위원회로부터 특별상을 수여합니다."

닐스와 아몬은 경사스럽게도 댄의 팀과 함께 특별상을 받았다.

팀당 1만 플로린.

"닐스, 아몬. 축하해."

"무사히 돌아와서 다행이야."

료와 에토도 진심으로 박수를 보냈다. 닐스와 아몬은 여러모로 불만족스러운 얼굴을 하고 있었지만…… 1만 플로린을 받자 밝게 웃는 얼굴이 됐다.

현금의 힘이란 참으로 무서운 것이다…….

◆

그리고 오후, 삼동선 레인슈터의 피로 항행이 진행되었다.

10호실의 네 사람은 닐스와 아몬이 특별상으로 받은 1만 플로린도 곧바로 음식으로 바꿔 만반의 준비를 갖추고 내빈석 옆에 자리를 잡았다.

왜냐하면 그곳이 배가 제일 잘 보이는 곳이었으니까.

"왜 료랑 너희가 여기 있는 거냐……."

내빈 중 맨 끝자리에 앉은 룬의 거리 길드 마스터 휴가 아주 작은 소리로 물었다.

"여기가 제일 좋은 장소이기 때문이죠."

료의 대답은 아주 멀쩡한, 그리고 아주 정확한 대답이었지만 휴가 물어보려고 했던 의미에서는 완전히 벗어난 것이기도 했다.

"응, 그렇구나……."

전날부터 있던 연속 회담과 회합으로 인해 피로가 누적된 휴는 힘없이 그 대답을 받아들였다.

"그런데…… 그쪽의 닐스는 저렇게 침을 흘릴 것 같은 얼굴로 뭘 보고 있는 거지?"

이어서 내빈석 쪽을 뚫어져라 쳐다보는 닐스가 그런 상태인 이유를 료에게 묻는다.

"저쪽의 아름다운 황녀 전하를 보고 있는 것뿐입니다."

"그렇구나……. 부디 손대진 말아줘. 확실한 국제 문제가 될 테니까."

"『폭염의 마법사』한테 타버릴까요?"

료는 린과 리햐가 했던 말을 떠올리며 물었다.

"잘 알고 있네. 『폭염의 마법사』는 그 황녀님의 부하로 이 거리에 와 있다. 이름은 오스카 루스카 남작. 그 공적으로 평민에서 귀족으로 추대된 전직 모험자지."

그런 말을 하는 사이 레인슈터가 항만 안으로 들어와 내빈석 앞을 천천히 달리기 시작했다.

"오오."

"정말 아름다워."

"그야말로 배의 혁명이야."

여기저기서 칭찬의 목소리가 튀어나왔다. 그것은 10호실의 4명도 예외가 아니었다.

"역시 예쁘다……."

"흐르듯이 나아가네."

"타보고 싶네요."

"왜 제트와 워터 제트의 하이브리드인 걸까."

닐스, 에토, 아몬, 료 각자 말은 다르지만 감탄을 표현하고 있다. 마지막 료의 말도…… 어떻게 보면 감탄이었다.

그리고 옆에서 들린 모 길드 마스터의 멋없는 말도 어떤 의미로는 확실한 감탄이었다.

"건조비 3700억 플로린이 허투루 들어간 건 아니군……."

◆

개항제 4일째.

그날 네 사람은 노점이 아니라 위트나쉬에 원래 있던 가게를 중심으로 공략하고 있었다. 공략한다…… 라는 건 물론 먹으면서 돌아다닌다는 말과 같았다.

점심으로 든든하게 배를 채운 네 사람. 드디어 음식 이외의 가게로 눈을 돌릴 여유가 생겨났다.

큰길에서 한 블록 들어간 골목길도 그리 좁지는 않았다. 이는 위트나쉬의 특징으로, 커다란 짐수레가 짐을 실은 채 지나갈 수 있도록 어디든 넉넉한 넓이를 갖추고 있는 것이다. 그래서 그런지 가게 천막 아래로 물건을 진열해둔 가게도 꽤 있었다.

그중에서도 네 사람 모두의 눈길을 끈 것은 바로…….

"활 전문점은 흔치 않죠."

아몬의 말에 에토와 료는 고개를 끄덕였다.

"좋아, 들어가 보자."

닐스가 문을 열고 가장 먼저 들어갔다.

내부 구색은 활 전문이라는 이름에 부끄럽지 않을 만큼 수많은 활 혹은 노(弩)가 장식되어 있었다. 손님에게 잘 보이는 위치에는 활이 많이 놓여 있긴 했지만 안쪽에는 상당한 수의 노가 있어서 총합으로는 노가 더 많다는 것을 료는 깨달았다.

노는 나무 받침대 위에 옆으로 눕힌 활을 설치한 형태의 원거리 공격 무기다.

활에 비하면 요구되는 기량이 낮아 누구나 쏠 수 있다. 화살을 놓고 겨냥해 방아쇠를 당기면 대체로 노린 방향으로 날아간다.

다만 현저하게 불리한 점이 있다. 바로 연사 능력. 게다가 활과 달리 숙련자가 되어도 연사 능력은 그다지 높아지지 않는다……. 화살 하나하나를 당기는 것이 힘들기 때문에 이는 어쩔 수 없는 일이었다.

닐스, 아몬 그리고 료 세 사람이 나름대로 흥미롭게 둘러보고 있었는데, 한 사람, 꽤 진지하게 노를 바라보는 신관이 있었다. 에토다.

"에토?"

그런 에토에게 료가 말을 걸었다.

"료, 이거라면 나도 도움이 될 수 있을까?"

에토는 계속 생각해왔던 것이다. 아몬과 닐스가 싸우고 있을 때 자신은 어떻게 하면 전력이 될 수 있을까.

근접전은 어렵다. 공격 마법도 한정되어 있다. 그렇다면 중거리에서 원거리를 지원하는 공격이 좋을 것이다. 하지만 활은 다룰 수 있게 되기까지 시간이 걸린다. 얼마 전 '사격'을 통해 깨달았다…….

하지만 이 노라면…… 확실히 연사능력은 낮다. 하지만 엄호사격이라는 것은 무시할 수 없다. 특히 근접전을 하고 있을 때 갑자기 떨어진 적에게서 화살이 날아오면…… 게다가 한 번 그것을 의식하게 되면 계속 머리 한구석에 남게 된다. 즉, 눈앞의 근접전에 집중할 수 없게 되는 것이다.

그러니 실제로 피해를 줄 뿐만 아니라 '올지도 모른다'라고 생각하게 해서 집중력을 흐트러뜨리는 데에도 매우 효과적이었다.

"두 분께선 노를 찾으십니까?"

말을 걸어온 것은 가게 안쪽에서 나타난 서글한 인상의 노인이었다. 하지만 한눈에 알 수 있는 장인의 분위기. 혹은 달인이라고 불러야 할 수준의 분위기라고 할까.

"네, 중거리 지원에 쓸 수 있을까 싶어서요."

에토가 고개를 숙이면서 그렇게 말했다. 역시 에토의 안에서 뚜렷한 지원 사격 형태가 그려져 있는 것 같았다.

"그렇군요, 신관분이라…… 확실히 그 경우라면 활보다는 노가 좋겠지요."

노인은 고개를 끄덕이며 그렇게 말했다. 그리고 에토의 몸을 위에서부터 아래까지 슥 훑어본다. 에토는 이곳의 네 사람 중 가장 호리호리했다.

"아, 이런, 실례했군요. 저는 이 가게의 주인 아브라함 루이라고 합니다. 실은 방금 막 재미있는 시제품이 완성되었는데, 어쩌면 손님들께 딱 맞을지도 모르겠군요. 들어오시지요, 안으로."

그렇게 말하고는 아브라함 루이는 안쪽으로 향했다. 네 명이 줄줄이 뒤따라갔다.

안쪽은 공방이었는데, 료는 그곳에 가기 전에 어떤 것을 보고 말았다. 그것은 바로 시계. 다섯 개의 회중시계와 하나의…… 손목시계? 회중시계도 닐스가 가지고 있는 2만 플로린 정도의 물건과는 격이 달랐다. 격이 다르다는 것을 한눈에 알 수 있을 정도의 걸작. 게다가 연금술 미사용, 그러니까 완전한 기계식 시계로 보였다……

안쪽으로 들어간 곳은 그야말로 궁도장을 연상시켰다.

"역시 활 전문점……."

료의 그 중얼거림에 옆에 있던 에토가 고개를 끄덕였다.

아브라함 루이가 근처의 책상으로 다가가 놓여 있던 도구를 집어 들고 왔다.

"이것이 오전에 만든 연사식 노입니다."

그것은 팔에 장착하는 형식으로, 팔꿈치에서 손목 정도의 길이를 가진 소형 노였다. 노 위로는 레버가 달린 높이 5센티미터, 에토의 팔과 비슷한 폭의 상자가 실려 있다.

"이 상자 안에 화살을 넣으면 나쁘지 않은 속도로 연사할 수 있지요."

아브라함 루이는 그렇게 말하고는 작은 화살 다섯 개를 상자에 넣어 자신의 왼팔에 장착했다. 그리고 15미터 정도 앞의 과녁을 겨냥해 왼손의 방아쇠를 당긴다.

보기 좋게 중심에 박혔다.

그리고 레버를 한 번 내렸다. 전혀 힘을 들이지 않고 오른손으로 쉽게 끌어내렸다. 한 건 그것뿐이다.

"레버를 당기면 현이 당겨지면서 상자 안의 화살이 자동으로 장착됩니다."

"오~."

아브라함 루이의 설명에 네 사람은 감탄했다.

그리고 두 번째 사격을 날린다.

이번에는 즉시 레버를 끌어내리고 곧바로 세 번째 사격. 또 곧

바로 네 번째 사격, 다섯 번째 사격, 그렇게 연달아 쏘았다.

"굉장하다……."

에토는 저도 모르게 감탄의 소리를 내뱉었다.

"크기가 크지 않으니 사정거리는 이 정도…… 15미터가 한계입니다. 하지만 분해나 조립도 쉽게 할 수 있어서 평소에는 부피가 크지 않습니다. 무엇보다 연사 능력은 보신 대로입니다."

"그야말로 연노(連弩)……."

아브라함 루이가 설명하고 료가 지구의 지식을 중얼거렸다. 중국 역사에서는 오래 전부터 등장했던 연노, 혹은 제갈노. 이렇게까지 소형인 연노는 들어본 적이 없지만 어느 정도 익숙한 것이기도 했다.

"이거…… 꼭 갖고 싶은데…… 얼마인가요?"

에토가 결심을 굳힌 표정으로 물었다.

그 말을 듣고 아브라함 루이는 웃는 얼굴로 고개를 끄덕였다.

"감사합니다. 저도 완성된 당일에 그쪽처럼 노를 찾는 손님이 오신 것은 운명이 아닐까 했습니다만……. 아, 이게 아니지, 가격 말이지요 그렇군요……. 시제품이라는 것도 있으니 원가로 금화 8장, 8만 플로린은 어떨까요?"

"사겠습니다."

에토는 즉답했다. 그리고 돈을 꺼내려고 했다. 하지만 곧 옆에서 금화 두 장씩 든 손 세 개가 나타났다.

"어?"

"파티 때문이잖아? 이 정도는 내게 해줘."

"한 사람당 2만씩 딱이네요."

"여기서 2만을 써도 또 금방 아벨한테 뜯어낼 거니까 괜찮아요!"

에토는 놀랐고, 닐스는 당연한 얼굴을 하고 있고, 아몬은 고개를 끄덕였고, 료는…… 굉장히 잔인한 말을 하고 있지만 아마 농담일 것이다. 분명 농담일 거다. 꼭 농담…… 이었으면 좋겠다…….

무사히 연사식 노를 구입하고 나자 아브라함 루이는 시험 사격장에서 연습을 권유했다. 활에 비하면 초보자도 사용할 수 있다고는 하지만 약간의 기술은 필요했다. 에토는 아브라함 루이의 설명을 열심히 듣고 몇 번이나 연습했고 30분이 지나자 조금 전 아브라함 루이의 시험 발사 정도의 연사 속도로 쏠 수 있게 되었다.

에토 이외의 네 명은 옆에서 그것을 보고 있었다. 료는 문득 떠오른 듯 옆에 있는 아브라함 루이에게 물었다.

"죄송합니다만 이 가게에서는 시계도 만들고 계신가요?"

"아니요, 저건 제 취미입니다."

료의 물음에 아브라함 루이가 기쁜 얼굴로 대답했다.

"사실 아까 진열되어 있던 다섯 개의 시계를 봤는데…… 그건 전부 연금술을 사용하지 않은 시계죠?"

"오, 알아보시는군요! 바로 그렇습니다. 완전 기계식이지요."

아브라함 루이는 그렇게 말하고는 공방으로 들어가 회중시계 하나를 가져왔다.

"이게 제 최신작입니다. 퍼펙츄얼 캘린더, 미닛 리피터, 투르비용, 여기에 내부 충격 방지 파라슈트와 자동 감김 장치도 넣는 데 성공했지요."

"오……."

그것은 너무나도 아름다웠다.

주먹만한 크기 속에 우주를 가득 담은 듯한…….

혹은 세계의 구조 자체를 집어넣은 듯한…….

모든 게 완벽했다.

불완전한 인간이 만들 수 있는 완전한 기계.

아니…… 불완전한 인간이기에 만들 수 있는, 상상의 극치인 완전한 기계.

그야말로 천재의 걸작이었다…….

◆

개항제 5일째.

오전 내내 네 사람은 평소처럼 돌아다니며 간식을 먹고 점심으로는 위트나쉬의 전통 맛집이라고 하는 가게에서 배를 든든히 채웠다.

만족스럽게 가게에서 나온 네 사람의 귀에 나무 두드리는 소리가 들려왔다.

"뭘 만드는 건가?"

"활기가 넘치네요."

에토와 아몬이 소리가 들려오는 쪽을 보며 말했다. 그곳에서는 다섯 명의 남자들이 부서진 짐마차 바퀴를 수리하고 있었다.

옆에는 짐마차의 주인인 것인지 몇 번이고 고개를 숙여 감사를 전하고 있다.

"어? 그러고 보니 위트나쉬로 오는 길 도중에도 수리를 하는 사람들이 있지 않았나요?"

료는 눈앞의 광경에 과거에 보았던 광경이 떠올라 그렇게 말했다.

"아아, 같은 사람들이야."

닐스가 고개를 끄덕이며 대답했다. 그리고 그들의 정체를 밝혔다.

"룬의 거리 D급 파티 『다 함께 대장장이가 되자』의 사람들이다."

"아, 들어본 적 있어."

"어쩐지 솜씨 좋은 실력이라고 생각했어요."

"……다들 파티명에 대해선 패스인가요?"

닐스의 설명에 에토가 고개를 끄덕였고 아몬이 그 솜씨를 칭찬했고 료가 상식적인 의문을 던졌다.

료가 가장 상식인인 것인지…… 아니면 모험자에게 있어서는 이런 종류의 파티명은 아주 평범한 것인지…… 어려운 문제였다.

"근데 대장장이인데 목공도 하는군요."

료의 안에서 대장장이는 쇠를 손질해서 물건을 만든다는 이미지를 갖고 있었는데 눈앞의 '대장장이'들은 재주 좋게 바퀴를 만들고 있었다. 분명 목공에 관해서도 남다른 기량을 가진 집단으로 보였다.

"재주가 많은 거겠지. 애초에 모험자를 하면서 대장장이 일도 하는 거니까……."

닐스는 료의 말에 그렇게 대답했다.

"드롱 씨가 말하길 신관 한 명 빼고는 모두가 전위인가 봐."

"확실히 다섯 명 다 대단한 체격이네요."

닐스의 설명에 료가 고개를 끄덕이며 말했다.

하지만 닐스의 그 설명에 깜짝 놀란 인물이 한 명 있었다.

"저 안에…… 신관이 있다고……?"

그랬다. **다섯 명** 모두 대단한 체격이었다. 신관도 포함해서.

같은 신관으로서 호리호리한 체구를 가진 에토가 깜짝 놀란 것
또한 당연한 일이었다.

◆

6일째엔 10호실 4명이서 노점이 아닌 점포를 중심으로 먹으며
돌아다녔다.

맛있는 점포는 거의 대부분 먹어치웠다…… 라고 단언할 수 있
을 정도로 네 사람은 실컷 먹었다.

그리고 드디어 개항제 마지막 날.

이날 거리 자체는 마지막 날이라 그런지 밤에 후야제가 열리며
분위기를 한층 돋웠다.

영주관에서는 밤에 안뜰에서 원유회가 있었기에 아침부터 장
식 등을 하느라 관에 사람들의 출입이 잦았다. 그중에는 낯선 업
체도 많이 포함돼 있었지만, 애초에 각국 대표가 동행자를 데려

온 단계에서 낯선 이들은 많았다. 경비가 느슨해지는 것은 어쩔 수 없는 일이었다.

그렇지만 저녁까지 별문제 없이 조용히 시간은 흘렀다. 물론 개항제의 소란을 제외하면.

10호실의 네 사람이 불현듯 어떤 사실을 깨달은 것은 이날 점심을 다 먹었을 때였다.

"잠깐…… 그러고 보니 우리, 이 거리에 도착한 후에 한 번도 모험자 길드에 얼굴을 안 비췄네……."

닐스가 조심스레 말을 꺼낸 것을 기점으로.

"아……."

"길드엔 꼭 얼굴을 비춰야 해요?"

"그 부분은 선배들한테 물어볼 수밖에 없겠다. 나랑 아몬은 모험자가 된 지 얼마 안 됐으니까."

완전히 잊고 있었다는 듯 놀라는 에토, 그 필요성을 모르는 아몬과 료.

길드에서 받은 초보자 강습회에서는 특별히 언급되지는 않았다.

"정해진 건 아니지만 길드를 통해 모험자에게 공지를 전하는 경우도 적잖이 있어. 그리고 이동한 곳의 거리에서 모험자로서 어떠한 활동을 한다면 한마디는 넣어 두는 편이 나중을 생각했을 때 귀찮을 일이 없다는 건 확실하지……."

이럴 때 설명은 닐스보다 에토의 몫이었다.

"어쩔 수 없지. 지금부터 잠깐 얼굴을 비출까? 딱히 아는 사람이 있는 것도 아니지만…… 잠깐 얼굴을 비추고 아무 문제가 없으면 또 간식을 사 먹으면 되고! 설마 북쪽 거리 한 블록 뒤편에 해산물 파스타 맛집이 있을 거라고는 생각도 못 했는데…….”

“린 씨 일행이 준 정보에 감사해야지.”

그렇게 말하며 10호실의 네 사람은 위트나쉬의 모험자 길드로 향했다.

위트나쉬의 모험자 길드는 꽤 크다.

변경 최대라 불리는 룬의 거리만큼은 아니더라도 나이트레이 왕국 제일의 항구 도시인 만큼 모험자의 수와 의뢰도 많기 때문이었다.

“룬 이외에 이렇게 큰 길드는 본 적이 없을지도…….”

“그래, 제법 되는데.”

에토와 닐스도 그 크기에 감탄했다.

안으로 들어가니 오후 시간이었음에도 꽤 많은 인원이 모여 있었다. 룬의 거리였다면 이 시간의 길드는 한산한데.

“축제 기간이라 길드에도 사람이 많은 걸까요?”

료가 이상한 말을 하고 있었지만 아무도 반박을 하지 않았다…….

왜냐하면 태클 역의 닐스가 발견하면 안 될 인물을 발견해 버렸기 때문이었다. 동시에 상대방 역시 닐스를 알아차린 듯했다.

“왜 네가 있냐.”

“아앙? 그건 내가 할 말이야, 짜샤.”

어딘가의 불량배 같은 대화를 시작하는 닐스와 댄.

그랬다. 길드에는 1호실의 댄과 그 추종자들도 있었던 것이다.

닐스와 댄은 험악한 상태였지만 다른 이들은 딱히 그런 일 없이 인사를 나눴다. 훈련장에서의 그 사건은 닐스와 댄을 제외한 이들의 마음속에서는 이미 결착이 난 사건이었기 때문이었다.

특히 『2인승 보트 주회 모험자 부문』에서 댄에게 끌려나갔던 1호실 척후 담당은 역시 닐스에게 끌려나갔던 아몬과 사이좋게 대화를 나누고 있었다. 마지막까지 두 사람의 록 업에 휘말려 배 파괴와 침몰, 침수를 경험한 동지로서 서로에게 유대감마저 생겨난 것 같았다.

그리고…….

"안녕, 2호실의 사샤던가? 오랜만이야."

"아, 10호실의 에토 씨. 오랜만입니다."

신관끼리도 인사를 하고 있었다.

남겨진 료는 특별히 다른 추종자들과 아는 사이도 아니었기에 인사만 하고 게시판을 멍하니 바라보고 있었다.

"어? 너희들, 보트에 탔던 두 명이잖아."

"정말이네, 그땐 굉장했지."

"그래, 여기서 싸움은 금지다. 그런 것보다 이리 와서 마셔. 축제 기간 동안 모험자는 제한 없이 먹고 마실 수 있어."

그래서 이런 시간에도 모험자가 많았던 걸까. 묘하게 납득한 10호실의 네 사람.

'룬의 거리의 길드 식당은 알코올 절대 금지지만, 여기는 그런 게 없네. 장소에 따라 조금씩 다르구나.'

그런 소감을 떠올린 료도 위트나쉬의 모험자에게 이끌려 식당으로 가게 되었다.

하지만 역시 길드 식당은 길드 식당.

요리가 훌륭하다!

"오오, 이 소금 절임 생선 맛있다."

"이 국물에도 생선 맛이 배어 있어."

"이 커다란 조개, 구우니까 향기가 엄청 좋아요."

"설마 닭새우를 먹게 될 줄은……."

밖에서 먹으며 돌아다니는 것 이상으로 해산물을 만끽하고 있는 룬의 거리의 모험자들이 그곳에 있었다.

"어때, 결행할 수 있겠어?"

"문제없어."

"돌아간 놈은 없나?"

"룬의 거리 모험자 길드 마스터가 거리를 떠났다. 원유회에는 대리가 참가한다더군."

"좋아, 그럼 계획대로 실행하자."

한편, 거리에는 그런 수상한 대화를 벌이는 자들도 있었다…….

『폭염의 마법사』

해가 떨어지고 저녁 6시가 넘어갈 무렵, 영주관에서는 원유회가 시작되려 하고 있었다.

"아벨 공. 또 교대인가요?"

"콘라트 전하. 네, 저희쪽 길드 마스터는 일단 오늘 아침까지는 있었던 것 같은데 지금은 룬의 거리로 돌아갔습니다. 그러니 원유회에는 제가 다시 참석하게 되었습니다."

아벨은 고개를 흔들면서 왜 내가, 라는 표정을 짓고 있었다.

그것을 본 제3 황자 콘라트는 미소 지었다.

"하지만 오늘까지 축제를 즐기신 거죠? 저는 한 발자국도 밖에 나가지 못했습니다⋯⋯. 어려울 거라는 건 알았지만⋯⋯ 그래도 조금은 축제를 돌아볼 수 있지 않을까 하는 옅은 기대를 갖고 있었는데 말이에요. 아쉽게도 무리였네요."

거기까지 말했을 때, 콘라트에게 말을 걸어오는 자가 있었다.

"오라버니."

콘라트가 뒤를 돌아보니 원유회에 걸맞게 차려입은 황녀 피오나가 서 있었다.

"아, 피오나, 소개하마. 아벨 공, 이쪽은⋯⋯ 이미 아시겠지만 제국 제11 황녀 피오나 루빈 보르네미사, 제 여동생입니다. 피오나, 이쪽은 룬의 거리의 모험자 길드 마스터의 대리인 아벨 공이다. B급 모험자인 실력가야."

그렇게 소개를 받은 피오나와 아벨은 가볍게 인사를 나눴다.

"그럼 아벨 공, 이따 뵙죠."

말을 마친 콘라트는 피오나와 함께 영주 곁으로 걸어갔다.

아벨의 입장에서는 무료함과 동시에 불안함도 있었다. 그건 허리에 늘 차고 있던 검이 없기 때문이었다.

물론 원유회인 이상 무기를 들고 참석하는 사람은 없다. 이 원유회엔 의례용 검조차 들지 못한다는 규정이 있기 때문이었다.

방어는 '바람 결계의 비보'로 만전을 기울였으니까…… 그런 말을 들으면 반론할 수 있을 리가 없다.

"그리고 보니 린이 와이번이 두른 바람의 방어막 정도의 강도라고 했었나……. 하지만 어라? 료는 커다란 얼음 창으로 뚫었는데……."

과거 론도 숲에서 귀환하던 중 와이번의 둥지 격인 마의 산을 넘다 마주친 사건을 말하는 것이었다.

"뭐, 무슨 일이든 완벽할 수는 없는 법이겠지."

거기까지 중얼거리는데 위트나쉬 거리의 영주가 단상에 올랐다.

원유회가 시작되었다.

원유회가 시작된 지 약 한 시간.

가장 먼저 이변을 깨달은 것은 바람 결계의 비보를 관리하던 영주 관할의 마법사들이었다.

"어?"

"무슨 일이야?"

"갑자기 마력이 주입되지 않고 있어요."

"어떻게 된 거지?"

"모르겠습니다. 하지만 이대로라면 결계가 사라질 텐데……."

"그건 안 돼!"

바람의 결계의 비보 마력 공급선에 모종의 장치, 펼친 후 일정 시간이 지나면 선이 타버리는 장치가 되어 있었다는 사실을 알게 된 것은 모든 것이 끝나고 난 후…….

이때는 그저 패닉에 빠져 있었다.

마력의 공급이 끊기고 바람의 방어막이 사라졌다.

주의해서 보지 않으면 모를 정도의 결계였다. '막'이라고 할 정도니까. 더구나 주위 배경이 밤하늘이 되면 더욱 그랬다.

그리고 원유회에 참석한 자들이 아무도 모르는 채로 충격이 엄습했다.

원유회가 열리는 안뜰을 향해 관 밖에서 대량의 공격 마법, 화살, 혹은 투창에 의한 공격이 시작된 것이다.

"꺄아아아악!"

난무하는 비명. 그리고 노성.

안뜰에는 위트나쉬령 기사단의 기사들도 있었지만 덮쳐오는 공격에 속수무책으로 쓰러져 갔다.

"테이블 그늘에 숨어라!"

그런 소리도 들려왔고 그 말에 따른 사람들은 잠시나마 목숨을 부지할 수 있었다.

하지만 습격은 거기서 끝나지 않았다. 오히려 시작이었다. 외부에서 오는 공격이 수그러들자 다음은 직접적인 습격이 개시되었다. 문이 열리고 검은색 일색인 남자들이 몰려와 닥치는 대로 베어버린다.

기사도, 내빈도, 집사나 하녀할 것 없이 모두.

"젠장, 이 녀석들은 뭐야! 위병은 어떻게 된 건가!"

내빈 중에는 그렇게 외치는 사람도 있었지만 아무도 명확한 답을 갖고 있지 않았다.

그러나…… 건물 안으로 들어가면 금방 알 수 있었을 것이다.

안뜰 이외의 영주의 주요 전력은 이미 모두 죽었다는 것을. 안뜰 원유회 참석자 누구에게도 알려지지 않은 채로 포위는 이미 완성되어 있었다. 살해당한 자들 중엔 영주의 기사들뿐 아니라 내빈들의 부하도 포함돼 있었다.

"〈장벽〉."

다른 것에 비하면 훨씬 두꺼운 장벽…… 〈마법 장벽〉과 〈물리 장벽〉을 동시 전개한 황녀 피오나는 황자 콘라트를 계속 지키고 있었다.

첫 공격이 하필이면 콘라트에게 맞아 중상을 입힌 것이다.

"오라버니, 저쪽에 있는 정자 벽을 등지면 아직 조금 더 버틸 수 있을 거예요. 천천히 걸어도 되는데 걸을 수 있겠어요?"

"아…… 괜찮아. 피오나가 회복시켜 줬으니 그 정도는 할 수 있어."

피오나는 화속성과 광속성을 다룰 수 있는 마법사였다. 광속성에 의한 회복은 상급 신관 정도의 수준이었지만 앞으로 어떻게 될지 모르는 이상 엄청난 마력을 소비해 전력으로 회복시킬 수는 없었다.

장벽 이외의 마력은 가능한 한 사용하지 말라고, 콘라트가 그렇게 지시한 것이다.

그리고 그 지시는 지금으로선 옳았다.

외부로부터의 공격은 멈췄지만, 습격자가 직접 공격을 결행했다. 근소하게 살아남은 원유회장의 기사들과 습격자들의 칼부림이 행사장 곳곳에서 일고 있었다.

"이만한 일이 벌어졌는데 습격자 이외에 아무도 문밖으로 안 나오는 걸 보면 관 전체가 제압됐을 가능성이 크겠군."

상처는 막혀도 잃어버린 피는 돌아오지 않는다. 창백하게 질린 얼굴로 콘라트는 분석했다.

"그럴 수가……."

콘라트의 말에 피오나가 작게 고개를 흔들었다.

"피오나, 부하들이랑 왔지? 그들과 연락할 방법은 없어?"

그 말에 피오나는 튀어 오르듯 고개를 들었다.

"있습니다! 다만…… 적에게도 이쪽 장소를 알릴 수 있습니다만……."

"그건 어쩔 수 없다. 이대로라면 결말은 뻔해."

콘라트의 대답을 들은 피오나는 한 번 고개를 끄덕이고는 마법을 생성했다. 오른손에서 생겨난 검은 마법탄 다섯 개가 하늘로 올라가더니 붉은 채광탄이 되어 하늘에서 크게 터졌다.

"봤다면 달려올 겁니다. 보지 못하더라도 스승님이 알아차리실 거예요."

"스승…… 오스카 말이구나. 그가 온다면 안심이지."

그렇게 말하며 살짝 미소 지은 콘라트가 벽에 등을 대고 앉았다.

두 사람이 이동한 정자는 원유회 메인 회장에서는 잘 보이지 않는 장소인 데다 기사도 내빈도, 그리고 적들도 없었다.

'조금이라도 여기서 시간을 벌 수 있다면…… 스승님이 와주실 거야.'

하지만 그럴 여유는 주어지지 않았다.

아까 그 채광탄은 적에게도 보였으니까.

"놈들이다!"

말하는 순간, 그 적들은 아차 싶었을지도 모른다.

콘라트의 강렬한 시선이 그 적들을 관통하고 있었기 때문이다.

"그래, 이 습격의 목적은 우리인가."

"우리가 목적……."

콘라트의 말에 눈이 휘둥그레지는 피오나.

"피오나, 살려둘 필요 없어. 다 죽인다."

"네, 오라버니."

서서히 다가오는 적들.

속삭이듯 영창하는 콘라트.

적이 발동 범위에 들어갔을 때 트리거 워드를 외친다.

"〈스톤 재블린〉."

땅에서 나온 돌창이 적들을 향해 날아가더니 착탄 직전 분열되어 여러 명의 적들을 없애버렸다.

그러자 〈스톤 재블린〉의 표적이 되지 않아 무사한 적들이 일제히 두 사람을 향해 달려들었다.

"〈피어싱 파이어〉."

영창 없는 피오나의 마법으로 네 개의 하얗고 미세한 불꽃 화살이 적들을 향해 날아갔다.

적들이 정면의 불꽃 화살을 피하자 화살은 유턴해 뒤에서 적들의 목에 박혔다.

그 후 세 번의 〈피어싱 파이어〉가 날아가 적의 전위라 할 수 있는 자들을 궤멸시켰다.

적어도 보이는 범위에 적은 없다…… 하지만 작고 낮은 소리의 영창이 들려왔다.

그 영창을 들은 콘라트의 낯빛이 더욱 창백해졌다.

"말도 안 돼, 이 영창은……. 피오나, 전방에 전력 방어. 아니, 절대 방어인 〈성역 방진〉을."

"〈성역 방진〉."

피오나가 외치는 순간 작고 낮은 영창이 끝나고 마법이 방출되었다.

"역시…… 〈배럿 레인〉……."

린이 대해소 당시 고블린 킹의 숨통을 끊기 위해 사용한, 풍속성 마법의 최상급 마법 중 하나. 그 공격력은 절대적이며, 고블린 킹의 방어조차 종이처럼 뚫고 들어가 그 몸을 구멍투성이로 만드는 마법.

일반적인 방어계열 마법으로 막는 것은 불가능하기 때문에 〈성역 방진〉이 필요했다.

신의 기적이라고까지 불리는 절대 방어 〈성역 방진〉.

모든 마법공격과 물리공격을 막는다는 궁극의 광속성 방어 마법. 신관 중에서도 고위 성직자가 아니면 발동할 수 없다는 마법이지만 피오나는 사용할 수 있었다. 그것도 어렸을 때부터 쓸 수 있었다.

하지만 〈성역 방진〉은 다른 방어계 마법에 비해 무서울 정도로 마력을 소비했다.

다른 사람들에 비해 수백 배의 마력량을 자랑하는 피오나조차도 〈장벽〉의 연속 사용, 〈피어싱 파이어〉의 연속 사용, 마지막으로 〈성역 방진〉까지.

남은 마력이 상당히 줄어든 것이 느껴졌다.

'〈배럿 레인〉을 쏠 정도의 상대가 진심으로 임한다면…… 상당히 힘든 싸움이 될 거야…….'

그렇게 생각한 피오나가 각오를 다졌지만, 주문을 외던 마법사의 기척은 사라졌다.

그리고 또 다른 여러 명의 인기척이 들끓었다.

'셋, 넷…… 다섯? 인기척은 느껴지지만 장소까지는 모르겠어.'

"모르는 마법이야."

피오나로서는 알아들을 수 없을 정도로 작은 목소리로 주문을 왼다.

콘라트는 약간은 알아들었지만 그 콘라트조차 들어본 적이 없는 주문.

"아니……, 토속성이 섞여 있는 건가? 하지만 화속성 폭발계열 영창이 메인? 뭐야, 이게."

"흙? 폭발?"

그 순간 피오나는 콘라트를 바라보았다.

그리고 콘라트가 앉아 있는 땅에 마법이 형성되어 있는 것을 알 아차렸다.

"오라버니, 위험해!"

피오나는 콘라트에게 몸을 부딪쳐 그를 밀어냈다.

동시에 외쳤다.

"〈성역 방진〉."

그 순간 땅이 터졌다.

마치 간헐천처럼 튀어오르는 불길과 흙.

그에 의해 날아가는 피오나.

하지만 피오나는 날아가면서도 원유회장에서 믿음직한 동료들 이 달려온 것을 확인한 상태였다.

"스승님, 오라버니를 부탁해……."

◆

피오나가 적탄 다섯 개, 즉 긴급 구조 요청 채광탄을 하늘로 날 렸을 때 부장 오스카, 부관 유르겐, 부관 겸 하녀 마리는 운 좋게 야외에 있었다.

그리고 영주관 안뜰에서 쏘아진 적탄 다섯 개를 보았다.

"적탄 다섯 개…… 긴급 구조 요청? 유르겐, 마리. 이대로 관으로 돌진한다."

"네."

군대에서 상관의 명령은 절대적.

평소 농담을 주고받는 동료였지만 전쟁터 혹은 그와 비슷한 상황이 되면 상관과 부하 관계가 된다.

관문을 지키는 위병은 여느 때와 같았다.

세 사람이 황녀 피오나의 측근이고 무엇보다 오스카가『폭염의 마법사』라는 것도 잘 알려져 있었기에 별다른 문책 없이 지나갈 수 있었다.

문제는 문을 열고 관에 들어간 뒤.

"이게 뭐야……."

"죽었네요."

유르겐과 마리는 쓰러져 있는 자들을 확인하고 보고했다.

"이상 사태라는 게 확인됐다. 안뜰로 간다."

첫 모퉁이를 돌자마자 온통 검은색으로 뒤덮인, 그야말로 뒷세계 일이 전문인 것 같은 집단을 만났다.

"〈피어싱 파이어〉."

선두에 선 오스카가 20개가 넘는 하얗고 미세한 불꽃 화살을 쏘았다.

여기서 첨언을 하자면 그 모든 화살이 적들의 이마에 박혔다는 점이었다.

"변함없는 정밀 제어……."

부관 유르겐이 중얼거렸다.

이 〈피어싱 파이어〉는 오스카가 모험자였던 시절부터 가장 잘하는 마법이었다. 극도로 얇고 연소되지 않는 흰 불꽃 화살을 이마에 명중시켜 뇌까지 이르는 공격으로 숨통을 멎게 한다.

대상에게 주는 상처는 극미.

이 때문에 소재 매입도 고가로 받을 수 있었다.

몇 개의 복도를 빠져나가고 몇 개의 집단을 조금의 지체도 없이 쓰러뜨린 후 세 사람은 안뜰에 도달했다.

하지만 그곳에 펼쳐진 광경은 지옥도 그 자체였다. 마법, 활, 투창, 그리고 근접전으로 인해 살해된 자들의 시신이 곳곳에 널려 있다.

"설마 전하께서는……."

마리가 목소리를 떨며 중얼거린다.

"전하가 쉽게 당하겠나! 다쳤을지도 모른다, 찾아라!"

오스카의 일갈에 마리도 유르겐도 찾기 시작했다……. 하지만 그럴듯한 사람은 찾지 못했다.

'괜찮아, 여기에 시체는 없어. 어딘가에 살아 있다…….'

오스카는 두 사람 앞에서는 평정을 가장하고 있었지만 속은 미칠 정도로 타들어갔다.

"부장님, 저쪽에서 전투음이!"

유르겐이 소리쳤다.

대답할 시간도 아깝다는 듯 오스카가 달리기 시작했다. 그에 따라 유르겐과 마리도 달렸다.

울타리를 넘고, 그리고 세 사람이 본 광경은……

간헐천처럼 치솟는 불길과 흙에 의해 날아가는 피오나.

그 순간 오스카의 얼굴이 절망으로 물들었다.

하지만 그것은 아주 한순간.

날아가면서도 피오나가 이쪽을 보며 입술을 움직인 게 보였다.

"유르겐과 마리는 콘라트님의 몸을 지켜라. 나는 날아간 전하를 쫓겠다."

그렇게 지시를 내린 뒤 오스카는 온 힘을 다해 관 밖을 향해 달렸다.

◆

마지막 날 밤이라 거리에서는 후야제가 열리고 있었다.

이것이 만약 현대 지구라면 불꽃놀이 같은 것도 있었겠지만『파이』에서 화약은 아직 일반적이지 않았다.

적어도 료는 『파이』로 환생한 이후 한 번도 보지 못했다.

하지만 그 대신에 광장에는 거대한 캠프파이어가 설치되어 있었다. 축제 기간에만 사용했던 장식품을 장작 대신으로 쓰는 업자들도 있어서 참가자들은 마음 놓고 후야제를 지내고 있었다.

위트나쉬 모험자들에게서 겨우 풀려난 10호실의 네 사람은 광장의 모닥불이 아닌 해안에 설치된 모닥불 쪽으로 향하고 있었다.

물론, 가는 길에 다양한 음식을 사 모으면서…….

"나는 미니 크라켄 통구이 네 개다."

"나는 크레이푸 네 개."

"사실은 사가 사탕으로 하고 싶었는데 다 팔려서…… 타코야아키라는 걸 시식해 보니 맛있길래 이걸 네 세트 사 왔어요."

각자 마음에 드는 음식을 사와서 교환하자, 에토가 그런 제안을 해서 넷이 각자 음식을 사서 이곳에서 합류한 것이다.

"응? 료만 늦네."

"아까 저쪽 노점인 사가 사탕 가게에 있었던 것 같은데……."

"오~!"

에토의 보고에 사가 사탕을 포기하고 있던 아몬이 환호성을 질렀다.

그러던 중 닐스가 하늘을 올려다본 것은 완전히 우연이었다.

"어, 뭐야?"

닐스는 그렇게 말하며 영주관 쪽에서 날아오는 무언가를 가리켰다.

"어디?"

"사람?"

에토는 찾지 못했고 찾은 아몬도 의문형.

"저거…… 그 황녀다."

그렇게 말한 닐스는 혼자 달리기 시작했다. 날아갈 곳은 해안. 모래땅이라고는 하지만 잘못 떨어지면 죽을 수도 있었다.

달리기 시작한 닐스를 따라 에토와 아몬도 달리기 시작했다.

이미 세 사람의 머릿속에 료에 대한 것은 남아 있지 않았다…….

모험 때도 이렇게 열심히 뛰어본 적은 없다. 그만큼 닐스는 필사적으로 달렸다.

모래땅에 발이 파묻혀 몇 번이나 넘어질 뻔한 것을 필사적으로 버티고 가능한 한 속도를 늦추지 않은 채 낙하지점을 목표로 달렸다.

그리고…….

마지막은 거의 미끄러지면서…… 아슬아슬하게 캐치.

"위, 위험했다……."

언뜻 보니 큰 부상은 없었다.

파티라도 나온 것일까. 그녀는 드레스 차림을 한 황녀 피오나 본인이었다.

"헉, 헉…… 닐스 씨, 황녀님은요?"

"아아, 아마 괜찮을 거야. 정신을 잃긴 했지만."

먼저 따라붙은 것은 아몬, 조금 늦게 에토도 따라왔다.

하지만 따라온 것은 에토뿐만이 아니었다.

"아몬!"

"네, 보여요."

그렇게 말한 아몬은 검을 뽑아 검은색 일색인 남자에게 덤벼들었다.

본래는 "누구냐"라며 신원을 물어야 했겠지만 이 자리, 이 상황에서 나타난 수상한 인물들이 정직한 사람일 리가 없다……. 닐스도 아몬도 그렇게 판단한 것이다.

그리고 늦게 합류한 에토도.

"모든 공격을 막아다오 〈물리 장벽〉."

검은 적들이 쏜 단검이 가차 없이 피오나를 덮쳤다. 그것을 물리 공격을 막는 〈물리 장벽〉으로 에토가 막아냈다.

닐스는 피오나를 안은 채라 움직이지 못했다.

실질적으로 아몬 혼자 도둑 두 명을 상대하는 셈이었다.

일반적인 F급 모험자였다면 채 몇 합도 나누지 못하고 베였을 것이다.

하지만 아몬은 발밑의 모래를 발로 차 시야방해를 하거나, 죽이는 것이 아닌 전투력을 빼앗는 것을 목적으로 한 집요한 팔 공격 등으로 시간을 벌고 있었다.

그리고 마침내 신관 에토의 손에서 날아가는 화살.

개항제 4일째에 아브라함 루이의 가게에서 구입한 연사식 노. 설마하던 사흘 후의 실전 투입이었다.

그 연사식 노에서 쏜 화살이 적들 중 한 명의 목을 관통했다.

갑작스런 공격에 약간 동요한 또 다른 검은색 일색의 남자. 그 약간의 동요를 아몬이 파고들었다. 몸뚱이째 박치기를 하며 밀어 넘어뜨리고는 그대로 목을 향해 검을 찔렀다.

…….

한동안 아무도 말을 꺼내지 않았다.

"잘돼서 다행이다……."

에토는 그렇게 중얼거렸다.

아몬은 검을 들고 닐스의 곁으로 이동했다.

아직 추격이 있을지도 몰랐기 때문이다.

그리고 그것은 나타났다.

"이봐, 그 사람에게서 떨어져라."

오스카는 관을 나온 후 전력으로 계속 달렸다.

"해안인가. 모래땅이면 상처가 크진 않을 거야."

거리에서 해안으로 내려가는 와중에도 곳곳에 적들이 배치되어 있었다. 한 치의 망설임도 없이 〈피어싱 파이어〉로 꿰뚫고 구르듯이 해안으로 내려갔다.

그곳에는 시체도 굴러다니고 있었지만 오스카의 눈에는 전혀 들어오지 않았다.

눈에 들어온 것은 단 하나, 경애해야 할 황녀를 품은 남자들.

그 광경을 보는 순간 얼마 남지 않았던 이성이 날아갔다.

아주 조금이라도 이성이 남아 있었다면, 그 남자들이 검은색의 적들과는 서로 다르다는 것을 깨달았을 것이다.

아주 조금이라도 이성이 남아 있었다면 주위에 굴러다니는 시체야말로 검은 적들이었고, 그 남자들이 도둑을 쓰러뜨렸다는 것을 이해했을 것이다.

아주 조금이라도 이성이 남아 있었다면…… 그 남자들을 죽이려고는 하지 않았을 것이 분명했다.

한 걸음씩 다가가며 오스카가 입을 열었다.

"이봐, 그 사람에게서 떨어져라."

하지만 그 남자들은 아무 말도 하지 않고 피오나를 놓아줄 기미도 없었다.

당연하다. 그들은 적이니까.

"그 여자는 너희들이 손대도 되는 분이 아니다."

그 순간 오스카의 손에서 〈피어싱 파이어〉가 날아갔다.

다가오는 '자'가 풍기는 위험함은 모두가 느끼고 있었다.

하지만 그중에서도 에토가 느낀 위험도는, 확실하게 지금까지 살아온 것 중 최상급.

'뭐야 이거…… 두르고 있는 마력도, 모여든 마력도 비정상적이야.'

"그 여자는 너희들이 손대도 되는 분이 아니다."

그자가 말하는 순간 에토는 반사적으로 주문을 외고 있었다.

"〈생추어리〉."

긴급 전개 방어 마법 〈생추어리〉……. 영창 없이 순식간에 방어진을 전개하는 신관의 비기.

절대 방어인 〈성역 방진〉은 고위 신관만 사용할 수 있었지만 이 〈생추어리〉는 신관이라면 거의 누구나 사용할 수 있었다.

단 5초 동안이지만 대부분의 물리 공격, 마법 공격을 막을 수 있다.

하지만 그 반동은 강력하다.

고위 신관이라면 몰라도 E급 모험자에 불과한 에토가 사용한다면…….

카앙.

〈생추어리〉는 정상적으로 발동하여 3개의 〈피어싱 파이어〉를 도로 튕겨냈다.

세 개는 정확히 닐스, 에토, 아몬의 이마를 향해 날아오고 있었다. 그것을 확인한 순간 에토는 속으로 고개를 끄덕였다. 자신의 판단은 틀리지 않았다고.

"쿨럭."

하지만 〈생추어리〉의 반동으로 입에서 피를 토하고 그대로 무릎을 꿇고 쓰러졌다.

"에토!"

"에토 씨!"

아몬이 급히 에토의 품으로 달려가 몸을 받쳐주었다. 이미 에토의 의식은 희미했다.

하지만 그런 대화에는 일말의 관심도 없는 오스카.

"어서 그 사람에게서 떨어져."

그렇게 말한 오스카가 다시금 〈피어싱 파이어〉를 쏘았다.

"〈아이스 월 10층〉."

이번에는 투명한 얼음벽이 오스카의 〈피어싱 파이어〉를 튕겨냈다.

"무슨?"

〈생추어리〉가 〈피어싱 파이어〉를 튕겨낸다는 것은 알지만, 얼음벽 같은 것이 〈피어싱 파이어〉를 튕겨낸다?

금이 갔다……. 겨우 금이 갔다고?

"다들 어디 갔나 했더니…… 시체는 굴러다니고 게다가 전투 중이고."

거기까지 말한 료는 그제서야 에토가 피를 토하고 무릎을 꿇고 있는 광경을 보게 되었다.

동료가 피투성이인 모습……. 료의 이성이 날아가기에는 충분했다.

"너…… 에토에게 무슨 짓을 한 거야……."

"닥쳐. 당장 그 사람에게서 떨어져라."

그렇게 말한 오스카는 〈피어싱 파이어〉를 4개 날렸다.

'〈아이시클 랜스 4〉.'

료는 네 개의 불꽃 바늘을 네 개의 얼음 창으로 요격했다.

"뭐야, 저건……."

완전히 이성을 잃은 오스카조차 눈앞의 수속성 마법사가 이상하다는 것만큼은 알 수 있었다. 자신의 〈피어싱 파이어〉 네 개를, 얼음 창 네 개로 요격한다……. 자신과 동등한 수준의 마법 생성 스피드를 가졌다는 것을 증명한 것이다.

그런 인간을 오스카는 처음 만났다.

피오나가 상대의 수중에 있는 이상 대규모 파괴 마법은 사용할 수 없다. 그녀가 말려든다면 본전도 못 찾을 테니까.

그렇게 되면 취할 수 있는 수단은 자연히 제한된다.

"먼저 너를 죽인다."

그렇게 말한 오스카가 이성을 잃은 눈동자로 료를 향해 외쳤다.

"〈염창 연탄〉."

오스카의 손에서 〈피어싱 파이어〉와는 질이 다른, 관통력을 높인 불꽃 창 열 개가 료를 향해 발사되었다.

'〈적층 아이스 월 10층〉.'

료의 앞으로 차례차례 〈아이스 월〉이 생성되었다. 그것은 료의 앞에서부터 오스카를 향해 차례차례 겹쳐졌다.

과거 악마 레오놀의 〈업화〉에서 사용했던 마법.

하지만 〈피어싱 파이어〉와는 비교가 되지 않는, 관통력에 특화된 〈염창〉. 일격에 료가 자랑하는 〈아이스 월 10층〉마저도 꿰뚫어 나간다.

하지만 〈적층 아이스 월〉은 그것을 내다본 방어, 관통력 높은 공격을 동적으로 방어하기 위한 마법이었다. 악마 레오놀이 가진 〈업화〉 수준의 파괴력이 아니라면 지금 료의 방어를 돌파할 수는 없었다.

오스카는 〈염창 연탄〉을 다시 4연사하며 돌파를 노렸다.

불꽃의 창이 〈아이스 월〉을 관통하면서 전진한다……. 하지만 얼음벽을 한 장 관통할 때마다 뚜렷하게 그 속도가 약해져 갔다. 눈으로 확인하긴 어렵지만, 확실하게.

그리고 마침내 뚫지 못한 얼음벽에 부딪혀 소멸했다.

그것이 수십 번 반복되었고…….

료의 〈적층 아이스 월〉은 오스카의 〈염창 연탄〉을 모두 막아냈다.

"말도 안 돼……."

오스카는 자신이 보고 있는 것을 믿을 수 없었다.

오스카 특제 〈염창〉은 한 방으로도 제도의 성벽을 무너뜨린다. 그것을 10연사, 5회 발동……, 합계 50개나 되는 〈염창〉을 발사한 것이다.

그걸 다 막아냈다고? 그런 것은 그저 악몽에 지나지 않는다.

게다가 상대는 마력이 소진되지도 않았다.

"뭐야, 이제 끝인가? 그럼 이번에는 내 차례네."

서늘한 료의 목소리가 울려 퍼졌다.

하지만 그것을 잠재우려는 듯 다른 목소리가 끼어들었다.

"기다려! 양쪽 다 공격 그만!"

끼어든 목소리는 료에게는 매우 친숙한 것이었다.

하지만…….

"아벨, 부른 적 없어요. 방해한다면 당신도 얼음으로 만들어버리겠어요."

한없이 낮은 료의 목소리.

이 중에서 료와 가장 오랜 시간을 보낸 아벨조차도 들어본 적 없는 섬뜩한 목소리.

그만큼 료의 분노가 어마어마하게 크다는 것을 알 수 있었다.

"자, 잠깐만 기다려, 료."

아벨은 식은땀을 흘리며 료에게 자제해줄 것을 부탁하고 오스카 쪽을 향했다.

"그쪽 흰머리는 오스카지? 데브히 제국 황제 마법사단 부장 오스카 루스카."

이름이 불리고 나서야 오스카가 침입자를 바라보았다.

"네놈은 뭐지?"

"내 이름은 아벨. 룬의 거리 모험자 길드 마스터 대리다. 너와 대치한 이 네 사람은 수상한 자가 아니야. 룬의 모험자 길드에 소속된 모험자다. 내가 잘 아는 자들이지 원유회에서 일어난 일에 가담한 자들이 아니야."

원유회라는 말을 들은 오스카가 미세하게 반응했다.

"물론 당신이 저기 있는 황녀의 몸을 걱정해서 행동했다는 건 알고 있어. 그러니까 잠시만 얘기를 들어줘."

거기에 끼어드는 목소리.

"아벨, 이제 얘기는 끝났죠? 그럼 이제 저 자식을 죽일게요."

"아니, 대체 왜!"

료의 선고에 소리치는 아벨.

"에토를 저런 꼴로 만들어 놓고 그냥 아, 그렇습니까 하고 넘어갈 리가 없잖아요. 그럼 반대로 이 여자를 얼음 덩어리로 만들어서 돌려보내 줄까요? 아주 아름다운 오브제가 완성되겠네요."

그 말을 듣는 순간 오스카에게 돌아오고 있던 이성이 다시 날아갔다.

오스카가 귀신같은 얼굴로 마법을 발동했다.

"〈천지붕락〉."

하늘에서 무수한 불꽃이 쏟아지는 광역 파괴 마법…… 본래라면.

하지만 이번에는 그 모든 불꽃은 료에게로만 쏟아졌다.

'〈워터 제트 256〉.'

두껍게 만든 물의 창 256개가 부채꼴로 발사되며 쏟아지는 불꽃탄을 모두 베어냈다. 훌륭할 정도로 모든 불꽃을 요격해 상쇄시킨다.

"흐음, 인간치고는 꽤 하지만 겨우 그 정도인가요? 이제 죽여도 되죠, 아벨?"

"바보야! 될 리가 없잖아!"

식은땀을 넘어서서 전신이 땀으로 흠뻑 젖어 버린 아벨이었지만 여기서 물러날 수는 없었다.

왕국과 제국 사이에 전쟁이 벌어지기 일보직전인 상황이다.

아벨은 여기까지 와서야 오스카보다도 먼저 료를 확실하게 설득해야 한다는 사실을 깨달았다.

아까부터 부추기는 건 료 쪽이었으니까.

"료, 네 마음은 알지만 여기선 공격을 멈춰줘."

"아벨은 리햐가 같은 짓을 당해도 그 말을 듣고 검을 거둘 건가요?"

"응, 거둘 거야. 왜냐하면 리햐는 왕국과 제국에 전쟁이 일어나는 건 원치 않을 테니까."

아벨은 료의 질문에 망설임 없이 단언했다.

그것은 물론 료를 설득하기 위함이기도 했지만 동시에 진심이기도 했다.

료는 거의 10초 동안 아무 말도 하지 않았다. 아벨로서는 위가 아파질 지경인 10초.

"……그런가요? 알겠어요. 아벨의 얼굴을 봐서 공격을 거두죠."

그 순간, 아벨이 눈에 띄게 안심하는 것이 보였다.

"아벨, 그 황녀님을 당신이 저쪽 백발 갈색 피부를 가진 사람에게 전해 줄래요?"

"그래, 알았어. 닐스, 내가 맡을게."

그렇게 말한 아벨은 닐스에게서 피오나를 받아들고 오스카의 품으로 옮겨주었다.

오스카는 아벨에게서 피오나를 받자 그제서야 침착함을 되찾은 듯 보였다.

그것을 보면서 료는 생각했다.

'저게 『폭염의 마법사』인 거지……. 흰머리에 갈색 피부라니 무슨 중2병 캐릭터도 아니고. 마법의 위력은 레오놀에겐 미치지 못했지만…… 마법 생성 속도가 비정상적이네. 어쩌면 나 이상으로 생성 속도가 빠를지도……. 레오놀과 비교해도 내 마법 생성 속도는 빨랐는데…… 이건 더 단련할 필요가 있겠어.'

◆

다음 날. 개항제가 끝난 다음 날이다.

어젯밤 신전이 운영하는 치료원에 입원한 에토는 하룻밤 사이에 거의 회복돼 있었다.

이것은 아벨의 노력…… 이라기보단 『붉은 검』의 신관인 리햐가 위트나쉬의 신전에 다리를 놓아준 덕분이었다.

참고로 치료 자체는 가장 솜씨가 좋은 리하가 해준 것인데, 그동안 내내 정신을 잃고 있던 에토는 그 사실을 알지 못했다. 눈을 뜬 후 그에 대한 사실을 전해듣고는 감동으로 몸을 떨었다고 한다.

"리하는 아벨을 좋아하는데……."

보답받지 못하는 에토의 마음을 생각하며 료가 중얼거렸다.

"동경과 좋아하는 건 다른 감정이에요."

최연소 16세인 아몬이 속삭이듯 말했다.

놀라는 료.

겨우 16년의 생애 동안 대체 무엇을 경험해 왔기에…….

어쨌든 에토는 회복했다.

애초에 외상은 전혀 없었고 피를 토한 것도 〈생추어리〉의 반동에 의한 것이었다. 신전에는 〈생추어리〉의 반동과 관련된 회복 노하우가 축적되어 있었다.

'이 세계의 마법이란 대체 뭘까……. 아니, 이 세계라기보단 왕국의? 혹은 중앙 연방의 마법이라고 해야 하나? 내가 사용하는 마법과는 달라……. 악마 레오놀이나 엘프인 세라 씨가 사용하는 것과도……. 그리고 어제의 『폭염』과도 달랐어……. 언젠가 시간을 내서 조사해보고 싶네…….'

축제 후 알게 모르게 적적한 분위기가 감도는 것은 만국을 넘어 전 우주 공통의 현상. 그런 위트나쉬의 큰길가에는 그 와중에도 몇 개의 노점이 나와 있었다.

축제를 위해 흘러들어와 축제 동안만 노점을 낼 생각이었던 점

주들이 지내기 편한 환경에 그대로 위트나쉬에 머무는 일도 종종 있었다. 료 일행이 마음에 들어하던 몇몇 노점도 문을 연 상태였다. 아직 한동안은 위트나쉬에 머무는 것 같았다.

다만 안타깝게도 크레이푸 가게는 이미 떠나고 없었다…….

그런 노점에서 마지막으로 한풀이를 하듯 열심히 먹는 네 사람…… 아니, 에토는 회복한 지 얼마 되지 않았으니 먹는 양을 조절하라는 말을 들은 상태였기 때문에 세 사람과 한 사람…… 의 뒤에서 말을 거는 사람이 있었다.

"나도…… 노점 음식 쪽이 더 좋아……."

아벨이었다.

"아벨, 문제는 다 해결됐나요?"

"너한테는 듣고 싶지 않아!"

어젯밤 왕국과 제국의 관계가 전쟁 일보 직전까지 치달은 주요 원인 중 하나가 바로 눈앞에 있는 수속성 마법사였기 때문이었다.

물론 동료가 아무 죄 없이 당해 분노에 사로잡혀 있었다는 것은 이해하지만.

아벨의 설명에 따르면 황제 마법사단 부장 오스카와 10호실 네 사람의 전투는 쌍방 불문에 부치는 것으로 합의했다고 한다.

잠에서 깨어난 피오나 왕녀와 회복된 콘라트 황자에게 아벨이 직접 찾아가 닐스 일행에게서 들은 이야기를 설명해주었다. 같은 장소에서 듣고 있던 부장 오스카 본인의 사과도 있었으므로 이건은 무사히 마무리된 것이다.

하지만 원유회의 습격에 대해서는 그럴 수 없었다.

"원유회 쪽은 참석한 내빈 상당수가 피해를 입었으니까…… 국가 차원의 외교 문제로 앞으로 이런저런 일이 있을 것 같아. 뭐, 이곳 위트나쉬의 영주 집안이 뒤집어질 거라는 것만큼은 확실하겠지……."

"바람 결계의 성물 같은 게 보호하고 있던 거 아니었나요?"

예전에 린과 리햐가 얘기했던 내용을 에토는 기억하고 있었다. 동경하는 사람이 한 말은 모두 기억하고 있을…… 가능성도 부정할 수는 없었다.

"아아. 습격 직전에 끊기도록 장치가 되어 있었다나 봐. 명명백백한 실수지."

아벨이 고개를 저었다.

그리고 무언가 생각난 듯 고개를 번쩍 든다.

"그래, 맞아. 닐스, 에토, 아몬. 너희 세 사람에게 피오나 황녀로부터 감사의 말을 들었어. 땅에 부딪히지 않도록 구해주고 게다가 적들로부터 몸을 던져 지켜줬잖아. 그래서 위로금도 나온다는 것 같아. 길드를 통해 전달한다고 했으니 룬의 거리로 돌아갈 때쯤이면 길드 계좌로 입금돼 있을 거야."

"좋았어~!"

"감사한 일이네요."

"받아도 될까요?"

닐스, 에토, 아몬이 기뻐했다.

물론 포상을 목적으로 도운 것은 아니지만 자신들의 행동이 인정받고 이를 가시적으로 칭찬받는 것은 누구라도 기쁠 것이다.

"참고로 료한테는 없어."

"뭐, 뭐어……. 제가 도착했을 땐 이미 적들은 쓰러져 있었고, 뭔가 이상한 화속성 마법사만 있었으니까요."

"『폭염의 마법사』를 이상한 화속성 마법사라고 부를 수 있는 네가 대단하다."

아벨이 큰 한숨을 내쉬었다.

"그러고 보니 아벨도 원유회에 나갔었죠? 다치진 않았어요?"

순간 거동이 수상해지는 아벨.

"무, 물론이지. 그그그그정도는 나한테 걸리면 끄떡없지."

"대놓고 반응이 수상한데……."

"그러게요……."

아벨의 자못 수상한 모습에 에토와 아몬도 의심의 눈초리로 바라보았다.

참고로 닐스는.

"역시 아벨 씨! 정말 대단합니다!"

전혀 의심하지 않았다.

"아벨……. 자, 토해내면 한결 편해질 거예요. 다 토해 버려요."

어느 경찰의 조사인 걸까, 과음한 동료에게 하는 말인 걸까, 료는 아벨에게 다정하게 말을 건넸다.

물론 이대로 넘어가줄 생각은 눈곱만큼도 없었다.

"아니……, 처음엔 원유회에 참가했었는데…… 도중에 이 거리의 길드 마스터한테 붙잡혀서 별채 방에서 개별 회담을 하게 됐거든……. 방음 마도구를 사용하고 있던 탓에 그런 일이 벌어졌다는 걸 눈치채는 게 늦었어⋯⋯."

"하지만 회담이라면 휴 씨가 다 소화하고 가지 않았어요?"

"그렇긴 한데⋯⋯ 요점은 룬의 거리에서 하고 있는 모험자용 초보자 강습회를 여기 위트나쉬도 하겠다는 거였어. 그래서 그 자료나 강사 파견에 관해서는 얘기하고 돌아간 것 같은데⋯⋯ 어 제는 위트나쉬 강사 후보들을 룬의 거리에서 실제로 하고 있는 초보자 강습회에 참가시켜줄 수 있겠냐는 얘기를 했었고. 뭐, 그 희망 사항을 끊임없이 들어야 했지⋯⋯."

높은 자리에 오르면 여러모로 고생이 많은 것 같다.

대리조차 이러니 정규직 휴 맥글러스의 고생은 어떠할지⋯⋯.

이후 10호실의 4명은 아벨에게서 위트나쉬 길드 마스터와의 대화 내용을 적은 편지를 룬의 거리 휴에게 건네달라는 부탁을 받았다.

"사실은 내가 직접 건네주고 싶지만, 일이 좀 남아서⋯⋯."

료의 눈으로 보기에도 거짓말하는 티가 너무 나는 아벨. 휴에 게서 이것저것 추궁당할 것이 귀찮은 것이 분명했다.

어차피 룬의 거리로 돌아오면 이런저런 질문을 받을 테니 며칠만 유예되는 것뿐인데⋯⋯ 사람은 왜 문제를 미루고 마는 것일까⋯⋯.

료는 몇 번이나 고개를 흔들며 선사 시대부터 이어진 인간의 업 에 대해 생각한 것이었다.

귀로

다음 날 이른 아침.

열흘 만에 호위 의뢰를 받았던 상단과 합류했다. 연계 호위를 맡은 드롱이 이끄는 『커피메이커』 사람들과도.

"이봐, 닐스. 그새 얼굴이 꽤 알려졌던데."

드롱이 보자마자 꺼낸 말은 일전 있었던 보트 경기에 관한 것이었다. 커피메이커도 그 대결을 보고 있었던 것인지, 그 후에도 이 거리의 모험자들과 함께 대화하며 분위기가 무르익은 것 같았다.

"모험자로 이름이 알려지는 건 좋은 일이지."

드롱은 크게 고개를 끄덕이며 닐스의 어깨를 두드렸다.

"좋아, 대열은 왔을 때와 똑같다. 이틀간 정신 바짝 차리고 가자."

"오!"

그리고 이틀 후, 왔을 때와 똑같이 일행은 별다른 문제 없이 룬의 거리에 도착했다.

◆

'내 이름은 알폰소 스피나졸라. 룬 변경백의 손자다. 올해 19살이 되었다. 부모님은 이미 돌아가셨기 때문에 별일이 없다면 내가 룬의 차기 영주가 될 것이다. 아니, 그건 아무래도 상관없는 일이다. 지금 내 앞에 놓인 가장 큰 문제는 한 여성이 지난 며칠 동안 기분이 언짢다는 것이다.

그 여자의 이름은 세라라고 하며 나의 검 선생님이다. 선생님은 엘프로, 아름답다는 말도 진부하게 들릴 정도로…… 그래, 역시 아름답다.

물론 아름다움과 검 솜씨는 전혀 상관이 없다.

예전에 나는 잘못을 저질렀다. 선생님을 강제로 내 것으로 만들려고 했던 것이다. 그 결과, 나는 어깨가 부서졌고, 거기서 그치지 않고 검에 박혔다. 그랬다, 박살 낸 다음 굳이 검을 찌른 것이다. 무서웠다…….

물론 나의 어리석은 행위의 대가이기 때문에 어쩔 수 없는 일이다……. 그 후 나에게 선생님은 경외와 경애의 대상이 되었다. 선생님은 본래 거의 웃지 않는다. 말수도 결코 많지 않다. 연습 이외의 쓸데없는 말을 하는 것을 들어본 적도 없다. 선생님은 기사단의 지도도 맡고 있는데 그 기사들도 같은 말을 했으니 아마 천성이 그런 분일 것이다.

내 잘못은 기사들에게도 알려져 있다……. 어깨가 부서지고 검에 찔렸다는 것도 알려져 있지만…… 그 후 딱히 누군가에게 무슨 말을 듣는 일은 없었다……. 보통이라면 경멸을 받았을 텐데…….

그 일 이후로 나는 마음을 바꾸고자 노력했다. 자신의 어리석은 행위를 부끄러이 여기고 차기 룬 변경백으로서 누구에게도 손가락질받지 않는 귀족이 되려고 노력했다. 물론 아직 그에 이르렀다고는 생각되지 않지만 노력은 계속하고 있다.

내 이야기는 이 정도로 하겠다.

가장 큰 문제는 선생님이 지난 며칠 동안 기분이 언짢다는 것이다.

물론 기분이 언짢다고 해서 불합리한 질책이나 폭력이 있는 것은 아니다. 그냥 조금 공기가 어색하고 불편해졌을 뿐.

그리고 그것은 나뿐만 아니라 기사단을 포함한 관 사람들 대부분이 느끼고 있는 것이었다.'

◆

'저는 영주관에서 메이드를 하고 있는 레일리타라고 합니다. 주로 검술 지도인 세라 님을 보좌하고 있습니다.

다만 지난 며칠 동안 세라 님은 기운이 없으십니다. 물론 검술 지도 일도 평소와 같이 해주시고 저희 메이드에게도 상냥하게 대해주고 계십니다. 하지만 매일 보고 있는 만큼 알 수 있습니다. 기운이 없으십니다.

제가 여쭤봐도 괜찮아요, 평소랑 변함없어요, 라고만 대답하십니다. 그래서 정확한 이유는 모릅니다.

다만…… 지난 연습장에서 있었던 모의전, 이것이 그 이유가 아닐까 저는 생각하고 있습니다.

저는 평범한 하녀라서 검도 마법도 잘 모릅니다. 그렇지만 세라 님과 함께 오셨던…… 료 님이라고 했던가요, 두 분의 싸움은 굉장했습니다.

장소 특성상 기사분들의 연습은 자주 보고 있고, 세라 님에게 함께 부여된 역할 때문에 세라 님과 기사분의 전투도 자주 보고 있습니다. 하지만…… 그 두 분의 싸움에 비하면 어른과 아기 정도의 차이가…… 아니, 신과 개미 정도의 차이가 있었던 것 같습니다.

그리고 싸움을 마친 후, 세라 님은 료 님을 껴안으셨습니다. 금방 떨어지셨지만 그렇게 흥분되고 즐거워 보이는 세라 님을 본 것은 처음입니다. 게다가 헤어질 무렵엔 '소중한 사람'이라고 말씀하셨습니다…….

세라 님은 매우 아름다운 분이십니다…… 그야말로 미의 여신도 울고 갈 정도로 아름다우십니다. 하지만 연애와 관련된 소문은 전혀 없었습니다. 물론 저 정도의 아름다움, 저 정도의 강함을 가지고 있기 때문에 기사단을 비롯한 관 사람들은 동경의 시선으로 보고 있습니다. 하지만 본인은 그것에 대해서는 전혀 개의치 않으시고…….

이야기가 잠시 샜네요.

어쨌든 세라 님은 요 며칠 동안 기운이 없으십니다. 저희 메이드 모두가 그 일을 무척 걱정하고 있습니다.'

◆

그날 세라는 오랜만에 모험자 길드를 방문했다.

참고로 이곳에 오기 전에 들른 곳은 북쪽 도서관, 『포식정』, 모험자 길드 숙소 10호실 순이었다.

어제 북쪽 도서관 금서고에서 연금술과 골렘에 관한 서류를 발견했다. 책이 아니라 꽤 오래된 양피지로 만든 십여 장의 뭉치였다.

북쪽 도서관의 주인이라고까지 불리며, 아마 어느 사서보다 장서에 관해 잘 아는 세라조차도 처음 보는 양피지 뭉치.

그 사실을 골렘 관련 연금술을 찾고 있는 료에게 알려주고자 위의 장소들을 하나하나 찾은 것이다.

그뿐만 아니라 최근 5일 동안 도서관에서도 『포식정』에서도 료를 만나지 못했다는 것도 이유 중 하나였다.

길드의 문으로 들어서자 몇 개의 시선이 세라 쪽을 스쳤다. 그리고 한 번 시선을 떼고는 이번에는 확실하게 세라 쪽을 바라보았다.

그런 식으로 수많은 사람들이 그녀를 다시 바라보았다.

"이봐, 저 사람은……."

"풍의 세라……."

"세라 님……."

"별일이 다 있네."

"어? 누구예요, 저 미인은."

"바보야! 솔로로 B급 파티를 담당하고 있는 세라 씨잖아!"

그런 말 같은 건 들리지 않는다는 듯이 세라는 일직선으로 걸어 접수처로 향했다.

"오랜만이야, 니나 씨."

"어서 오세요, 세라 씨. 오늘은 무슨 일로 방문하셨나요?"

세라가 인사한 접수 직원는 니나였다.

"D급 모험자인 료를 찾고 있어. 그가 찾고 있는 것의 단서를 찾았다고 전하고 싶어서."

길드에선 기본적으로 모험자에게 보내는 전언이나 짐 보관 등은 가능하지만, 모험자의 행동에 대한 정보는 다른 사람에게 주지 않았다. 그것은 의뢰와 관련된 경우도 있기 때문이었다. 의뢰와 관련된 정보의 보안에는 충분히 주의를 기울여야 했다.

그 부분은 B급 모험자인 세라도 잘 알고 있었기에 앞서 그런 표현을 사용한 것이다. "료에게 부탁받은 내용을 전달하기 위해 찾고 있다"라고.

사실 완전히 거짓말인 것도 아니다.

"아…… 료 씨 일행분들은 의뢰 때문에 이 거리에 없습니다."

"그래……. 그럼 내일 또 올게."

그렇게 말하고 세라는 몸을 돌리려 했다.

"아, 세라 씨, 잠시만요."

황급히 불러세우는 니나. 그리고 가까이 다가오라며 손짓하더니 작은 소리로 말한다.

"세라 씨, 료 씨 일행분들은 의뢰로 다른 거리에 가 있기 때문에 당분간은 안 돌아오실 거예요."

그 말을 듣는 순간 세라의 얼굴이 절망으로 뒤덮였다.

그 커다란 변화는 니나도 깨달을 정도였다.

"세, 세라 씨, 괜찮으세요?"

"아, 응, 괜찮아…… 괜찮아……. 그래서 잠시라니 얼마나……?"

"의뢰의 종류는 '기간: 일주일 이상'이라…… 정확한 부분은 모르겠습니다만, 아마 앞으로 일주일 이상은 걸리지 않을까 싶은데…….."

니나는 위트나쉬 왕복 호위 의뢰이며 위트나쉬 개항제가 끝난 뒤 귀환할 것이라는 점은 짐작하고 있지만 세라에게 그렇게까지 전달할 수는 없었다. 그래서 일주일 이상이라고만 전한 것이다.

"그래……. 알았어. 고마워요."

그렇게 말한 세라는 접수처를 떠났다.

그 모습은 누가 봐도 충격을 받은 모습이었고 모험자들은 누구랄 것 없이 말없이 그녀를 배웅했다.

그로부터 일주일 동안 세라의 마음은 답답하기 그지없었다.

'불과 한 달 전만 해도 료의 존재 같은 건 몰랐잖아. 그 무렵으로 돌아간 것뿐이야……. 머리로는 알고 있지만……. 아아…… 요정왕이 왜 료를 좋아했는지 잘 알 것 같아…….'

일주일은 돌아오지 않는다고 해도 혹시나 하는 마음에 매일 북쪽 도서관과 포식정에는 얼굴을 내밀었다.

하지만 그곳에 바라던 모습은 없었고, 언제나 세라는 풀이 죽은 채 영주관으로 돌아가는 것이었다.

그리고 접수 직원 니나와 만난 지 8일 후.

오전 기사단 훈련을 마친 세라는 북쪽 도서관으로 향했다.

도서관에서 대열람실은 물론 그는 들어갈 수 없는 금서고 안도구석구석 찾아보았다……. 하지만 역시 그곳에 원하는 인물의 모습은 없었다.

어제보다 더 충격을 받은 상태로 이어서 포식정으로 향했다. 점심을 조금 넘은 시간대라 이 시간엔 거의 손님이 빠져 있다. 하지만 이전에 료와 만난 것은 이 시간대였다.

세라는 포식정의 문을 열고 안으로 들어갔다.

그곳에는…… 맛있게 카레를 먹고 있는 수속성 마법사의 모습이!

세라는 눈물이 나올 뻔했다.

이유는 모르겠다. 하지만 그것이 솔직한 감정이었다.

집중한 채로, 혹은 진지하게 카레와 마주한 료…… 그 모습을 보고 세라는 한동안 움직일 수 없었다.

문득 료가 눈을 들자 시야에 세라의 모습을 들어왔다.

오른손으로 숟가락을 든 채 왼손으로 손짓하여 그녀를 부른다.

그것을 인식한 세라는 활짝 웃으며 료의 곁으로 다가갔다.

◆

그곳은 북쪽 도서관의 금서고.

금서고에는 모험자의 경우 B급 이상이어야 들어갈 수 있기 때문에 료는 혼자가 아니었다.

옆에는 등까지 흘러내린 플래티넘 블론드 머리를 가볍게 묶어 올린, 미의 여신도 울고 간다는 엘프 여성이 앉아 있다. 세라다.

본래라면 B급 이상의 동행자가 있더라도 자격 외의 사람이 금서고에 들어가는 것은 허용되지 않는다. 그렇지만 이번에 료가 들어올 수 있었던 건 세라가 나서서 영주의 허락을 받아주었기 때문이었다. 목적은 료가 위트나쉬 거리에 의뢰하러 나간 사이 세라가 이 금서고에서 발견한 어떤 연금술 관련 양피지 뭉치를 열람하기 위해.

금서고 내의 서적, 서류, 기타 문서는 서고 밖으로 반출할 수 없다. 그래서 료가 그 양피지 뭉치를 보기 위해서는 특별한 허가를 받아 그가 직접 금서고에 들어갈 수밖에 없는 것이다.

료가 종이뭉치를 가볍게 슥 훑어보고는 고개를 들었다.

"정말 흥미롭네요."

"그렇지? 그렇게 생각하고 료에게 전하러 갔었어……."

"죄송합니다, 호위 의뢰로 나가 있던 탓에."

료가 위트나쉬 호위 의뢰로 13일 동안 거리를 떠나 있는 동안 세라는 일부러 이 종이 뭉치를 길드까지 전하러 왔다고 한다.

고맙다는 말밖에 할 수 없었다.

"아니, 아니. 괜찮아. 신경 쓰지 마."

그렇게 말한 그녀의 옆얼굴은 료에게는 조금 뿌듯해하는 것처럼 보였다.

"좋아요, 그럼 메모 좀 할게요."

그러자 료는 가져온 종이 뭉치와 펜, 잉크를 책상 위에 늘어놓기 시작했다.

"양피지라면 〈복사〉로 베낄 수 없으니까. 종이에 적혀 있었다면 더 수월했을 텐데."

세라가 안타깝다는 얼굴로 말했다.

"……허?"

"……응?"

료가 이상한 목소리로 되물었고, 그것을 본 세라도 되물었다.

뭔가 의사소통에 문제가 있었던 것 같다.

"방금 복사가 어떻다고 말했어요?"

"방금 복사가 어떻다고 말했어요."

어미를 올리느냐 안 올리느냐의 차이만으로 의미가 크게 달라진다……. 말이라는 것은 어려운 것이다…….

"만약 이게 종이에 적혀 있는 거라면, 〈복사〉라고 말하는 걸 사용해서 곧바로 다른 종이에 베낄 수 있는 거예요?"

"응, 베낄 수 있어. 료의 말을 들어보니 〈복사〉 마법을 모르는 것처럼 들리네."

그제서야 이해를 한 세라가 빙긋 웃었다.

'이 미소를 보기 위해서라면 몇 번이고 "〈복사〉를 몰라요"라는 말을 반복할 수 있어…….'

료의 마음이 흐트러졌다.

하지만 의지의 힘으로 되돌렸다.

"네. 〈복사〉 마법 같은 건 몰라요……."

"료는 재미있네. 이것저것 많이 알고 있는 것 같고 엄청 강한데도 가끔 기본적인 걸 모르는 경우가 있는 것 같아."

"〈복사〉라는 게 기본이었구나……."

거기까지 듣고서야 하나의 수수께끼가 풀렸다.

모험자 길드에 자주 놓여 있던 종이……. 모험자 등록했을 때 니나가 료에게 보여준 설명서……. 그것들은 모두 〈복사〉된 것들이었다.

그래서 대량으로 존재할 수 있었던 거야!

『파이』에서는 활판 인쇄 대신 마법이 그 역할을 담당하고 있었다!

생각해보면 당연한 건지도 모른다. 마법이라는 더없이 편리한 도구가 있다면 활판 인쇄는 만들어질 필요가 없는 것이다.

"그 〈복사〉 마법은 저도 사용할 수 있을까요?"

"음, 글쎄? 무속성 마법이지만 이건 드물게 상성이 맞고 안 맞고가 있거든. 사서들은 쓸 수 있는지 여부가 채용시험이 될 정도니까 다들 쓸 수 있겠지만……. 뭐, 일반적으로 거리에서 상업 활동을 하는 경우라면 다들 복사상에게 부탁하고 있어."

이 세계에도 인쇄 회사가 있나 보다…….

"흐음, 누구나 〈복사〉를 할 수 있다면 굳이 비싼 돈으로 책을 사지 않아도……."

"응, 그건 불법이야."

이 세계에도 저작권 같은 것이 있나 보다…….

"역시 책은 제대로 사서 읽는 편이 좋아. 그게 작가를 위한 거니까."

"네, 그렇게 할게요."

료가 순순히 고개를 끄덕이는 것을 본 세라는 빙긋 웃었다.

간신히 다 베껴 쓴 뒤 한숨 돌렸을 때, 료는 이전부터 의문스러웠던 것을 세라에게 물었다.

"계속 궁금했는데 세라 씨는 도서관에 자주 있죠?"

"응, 있지."

"입관료 지출에 돈이 꽤 많이 들 것 같은데……."

"아……."

세라가 슥 시선을 피했다.

"어, 어라?"

"아니…… 저기…… 난 관에서 일하고 있으니까 입장료는 무료로……."

"완전 부럽다!"

료의 진심을 담은 외침이었다.

"처, 처음에는 냈었어. 하지만 여기 입장료 수입의 90% 이상을 내가 내고 있다는 걸 알게 된 영주님께서 그건 과하다면서 무료로……. 아, 하지만 그것 덕분에 영주님께서 무리한 부탁을 들어주시고 료가 금서고에 들어올 수 있었던 거니까……."

어쩐지 마지막에는 "에헴" 하는 소리가 들릴 것만 같은, 감사히 여겨 달라는 듯한 태도였다.

"물론 그건 감사하죠."

그건 진심이다.

"아, 맞다. 나중에 아까 말했던 〈복사〉 마법, 아는 복사상한테 데려가서 보여줄게."

강제로 화제를 돌리는 세라.

"……부탁드릴게요."

료는 알면서도 그것을 받아주었다.

"저는 마법에 관해서는 지나칠 정도로 몰라서……."

"나도 인간의 마법이라고 하나, 이 중앙 연방 마법에 대해서는 잘 모르지만…… 뭐, 숲을 떠난 지 나름대로 세월이 흘렀으니까 료의 의문에도 조금은 대답할 수 있을 거야."

'세라 씨는, 실제로 몇 살일까…….'

"료…… 지금 뭔가 이상한 생각 했지?"

"아, 아뇨……."

세라가 수상하다는 눈빛으로 료를 바라보았다. 그런 세라에게서 시선을 피하는 료.

"나는 대략 200살이야."

료가 화들짝 놀라 세라를 보았다.

"뭐야~? 의외였어?"

놀리기에 성공한 아름다운 여성, 마치 그런 제목을 붙여야 할 것만 같은 미소를 지은 세라.

"아니……. 이백 년 살았는데 그렇게 예쁘다는 게 놀라워서……."

"며, 면전에서 그런 말을 들으면 좀 쑥스러운데."

얼굴을 붉힌 세라가 고개를 돌렸다.

◆

둘이서 포식정에서 사이좋게 카레를 먹은 뒤 세라가 알고 있다는 복사상으로 향했다. 큰길에서 외딴길로 들어선 곳에 있었지만 내부 규모는 꽤 거대했다.

"복사 속도는 사람마다 꽤 차이가 있으니까 빨리할 수 있는 사람은 자연스럽게 업무량이 늘어서 더 많이 벌 수 있다나 봐."

세라는 가게가 거대한 이유를 말해 주었다.

"그럼 들어갈까?"

그렇게 말하고 문을 열려고 하는데 안에서 사람이 나왔다.

"오, 세라."

"아벨, 오랜만이야."

복사된 것으로 보이는 종이 뭉치를 안은 아벨이 가게에서 나왔다.

"아벨이 일을 하다니 별일이네요."

"……료? 아니, 나도 일은 해……. 그보다 왜 료가 세라랑 같이 있는 거야?"

료의 농담조의 말에 아벨이 놀라 반응했다.

"세라 씨는 제…… 말하자면 선생님입니다."

"료는 제…… 말하자면 학생이죠."

그렇게 말하고는 두 사람은 함께 웃었다.

"너희들 사이좋네……."

아벨이 두 사람의 모습을 멍하니 바라보는데 가게 안에서 사람이 나왔다.

"아벨 씨, 문을 닫아주셔야…… 아, 세라 씨, 어서 오세요."

나온 것은 30대 중반의 여성이었다.

"이런, 시간이 지체됐네. 그럼 난 이만 가볼게. 료한테는 이것저것 물어볼 게 있으니까 나중에 다시 보자."

그렇게 말하고 아벨은 떠났다.

"안녕, 카피러스, 오랜만이야. 료, 이쪽은 복사상 카피러스. 룬의 거리 제일가는 복사상이지."

"아니, 세라 씨, 과장이 심하세요…… 처음 뵙겠습니다. 료 씨, 복사상 카피러스입니다."

"모험자인 료입니다."

카피러스와 료는 인사를 나눴다.

"카피러스, 실은 료가 〈복사〉 마법 자체를 모른다고 해서 그걸 보여주려고 데려왔어. 미안하지만 잠시 복사하는 걸 가까이서 보여줄 수 있을까?"

"좋아요. 방금 아벨 씨 경우는 급한 건이라서 어려웠겠지만, 여유 있게 도급받은 것이 있으니 그걸 복사하는 모습을 보고 가세요."

그렇게 말한 카피러스는 두 사람을 가게 안쪽으로 안내했다.

카피러스가 보여준 복사 마법의 효과는 말 그대로 '페이지 복사&붙여넣기'였다.

왼손을 원 페이지 위에 대고 오른손을 복사할 페이지 위에 댄다.

"내가 바라노라. 펜과 종이의 기적에 의해 쌍둥이가 태어나기를 〈복사〉."

이렇게 하면 똑같은 페이지가 복제되는 것이다.

이때 확대나 축소는 할 수 없으며, 복사되는 종이의 크기와는 관계없이 '그대로' 복사된다.

현대 지구의 복사기만큼의 속도는 당연히 따라오지 못했지만 A4 한 페이지를 5초 정도면 복사할 수 있으니 충분히 실용적인 속도였다.

"이거 굉장하네요."

료는 진심으로 그렇게 생각했다. 오전에 양피지를 베껴 썼기 때문에 더더욱 그렇게 느낀 것 같았다.

"응. 이 마법은 인간의 생활을 크게 뒤바꾼 마법 중 하나지."

"세라 씨, 과장이 심하네요."

세라가 무게감 있게 선언한 말에 카피러스가 쓴웃음을 지으며 대답한다.

"과장이 아냐. 대단한 마법이고 그걸 다루는 카피러스는 정말 대단하다고 생각해."

세라가 지닌 시각은 료에게도 큰 공감을 불러 일으켰다. 그렇지, 화려한 것만이 대단한 것은 아니다.

"카피러스 씨, 좋은 구경을 하게 해주셔서 감사합니다."

"아뇨, 이런 걸로 괜찮으시다면 언제든지 좋아요. 료 씨도 복사가 필요하시면 꼭 저희 가게를 이용해 주세요."

료와 세라는 복사상을 나왔다.

하지만 갑자기 세라가 료에게 말을 걸어온다.

"료, 할 얘기가 있어."

굉장히 의미심장한 말투.

"네? 세라 씨?"

"그래, 그거. 그 세라 씨라는 거."

"네?"

"지금까지는 내가 B급이니까 예의를 차려서 '씨'를 붙이는 걸까, 어쩔 수 없지. 그렇게 생각했는데…… 아까 아벨은 이름으로 불렀었지. 그러니까 나도 이름으로 불러줬으면 좋겠어."

세라는 그렇게 말하고 뺨을 부풀렸다.

무척 사랑스러웠다.

"그, 그건 상관은 없지만……."

"자, 그럼 바로 실행. 세라."

"……세라."

"좋아!"

그렇게 말한 세라는 뿌듯하게 미소 짓고는 다시 걷기 시작했다.

닐스의 기묘한 마을

 료에게는 모험자 길드에서 부과된 벌이 있었다.

『두 달 동안 의뢰를 세 개 해낼 것.』

 그 첫 번째가 『10호실』의 3인방과 『커피메이커』 멤버들과 진행했던 위트나쉬행 상단 호위였다.

 사실 왕복 호위 의뢰라는 것은 왕로와 귀로 각각 별도의 의뢰로 취급하기 때문에 2번의 의뢰를 해낸 셈이 됐다. 길드의 내부 일처리와 관련된 이야기이므로 의뢰인 쪽에서 특별히 신경 쓸 것은 없고 불이익을 받는 것도 없었다.

 그렇지만 여러 이유로 횟수를 소화해야 하는 모험가에게는 매우 효과적인 의뢰인 것만은 확실했다.

 그리고 료는 그런 모험자에 해당했다.

 즉, 앞으로 한 달 반 사이에 한 가지 의뢰만 더 하면 되는 것이다.

 그래서 료는 조금도 초조해하지 않고 북쪽 도서관이나 『포식정』, 혹은 모의전을 위해 기사단 연습장에 드나들고 있었는데…….

 "료, 도와줬으면 하는 일이 있어."

 "으음?"

 그날 오후, 기사단 연습장에서 세라와의 모의전을 마치고 숙소로 돌아오자 방에 있던 닐스가 고개를 푹 숙이며 부탁했다.

"도와줬으면 하는 일이요?"

닐스의 설명을 요약하자면······.

닐스가 태어나고 자란 마을이 모험자 길드에 토벌 의뢰를 했다.

의뢰 등급은 C급·D급 의뢰여서 E급 파티인 자신들만으로는 받을 수 없다.

D급인 료가 임시 파티를 짜주면 D급 의뢰를 받을 수 있게 된다.

토벌 대상은 마을 인근에 출몰하는 고블린과 스켈레톤이다.

"고블린과 스켈레톤?"

그 토벌 대상을 들은 료는 조금 두근거렸다.

'드디어 고블린과 맞먹는 판타지 세계의 주역! 스켈레톤의 등장이구나.'

하지만 신경 쓰이는 것도 있었다.

"근데······ 왜 고블린과 스켈레톤이죠? 이상한 조합이네요."

"맞아. 그 두 종은 근본적으로 서식지가 달라. 뭐, 스켈레톤한테 서식이라는 말을 써도 될진 모르겠지만."

그렇게 대답한 것은 에토였다.

신관인 에토에게 있어 언데드의 일종인 스켈레톤은 철천지원수······ 라고 료는 멋대로 생각했다. 그러니 이 중에서라면 스켈레톤에 관해 가장 잘 알 것이다.

"스켈레톤이 출현하는 장소는 묘지나 버려진 신전, 사당, 폐관, 남은 건 기껏해야 폐갱 정도려나. 닐스, 마을에 방금 말한 장소가 있어?"

"묘지는 있어. 거기인가 봐. 의뢰서에는 그런 쪽에 대한 자세한 설명은 안 적혀 있었거든. 그리고 애초에 이 토벌 의뢰는 카이라디의 거리에 처음 나온 의뢰였어. 마을에서 제일 가까운 게 카이라디니까. 하지만 의뢰를 달성하지 못하고 이어서 룬의 거리로 들어온 거지……."

"고블린과 스켈레톤 토벌인데 카이라디에서 달성이 되지 않았다는 건 대체……."

에토도 머리를 갸우뚱한다.

고블린이 약하다는 것은 모두가 아는 사실이다. 대해소는 별개였지만.

스켈레톤도 결코 강하지 않기에 일대일이라면 F급 모험자라도 문제없이 쓰러뜨릴 수 있었다. 신관의 범위 정화 마법인 〈턴언데드〉가 있다면 수십 마리가 넘는 스켈레톤이 있다고 해도 뒤지는 일은 없을 것이다.

그런 만큼 '의뢰를 달성하지 못했다'라는 것은 이해할 수 없는 상황이었다.

"뭐, 그렇게 돼서 처음에는 카이라디 길드에 들러서 상황을 물어봐야 할 것 같아."

"그 의뢰는 이동 시간 같은 건 얼마나 걸릴까요?"

"카이라디까지 하루, 마을까지 하루, 의뢰로 사흘을 잡으면 왕복으로 총 7일 정도 걸릴 것 같아."

그렇게 말한 후 닐스는 어때, 받아줄 수 없을까? 하는 얼굴로 료를 보고 있다.

"받는 건 상관없어요."

"정말?! 고마워!"

"다만 내일 모의전 약속을 한 사람이 있어서 이제부터 그분에게 중단을 알리고 올게요. 그러니 길드에 임시 파티를 신청하는 것과 의뢰를 수락하러 가는 건 그 후가 되긴 하겠지만, 상관없겠죠?"

료로서는 깊은 의미 없이 한 말이었지만, 취소되는 내일 일정을 들은 세 사람은 깜짝 놀랐다.

"료랑 모의전을 한다고……?"

"그런 인간이 룬의 거리에?"

"꼭 인간이라고 단언할 수는…….."

닐스도 에토도, 그리고 아몬도 너무 놀란 나머지 상대가 들으면 무척 실례되는 말을 중얼거리고 있었다.

"그럼 잠깐 다녀올게요."

◆

료는 불과 한 시간 전에 나온 영주관 입구에 다시 돌아와 있었다.

놀란 것은 경비를 맡은 기사였다.

"료 공, 무슨 일이십니까?"

어느샌가 기사들은 료를 '공'이라는 호칭으로 부르고 있었다.

지난 며칠간 매일 오후 기사단 연습장에서 세라와 모의전을 치렀는데, 그 전투에 관한 소문이 기사단 안에 파다하게 퍼졌다는 것은 료도 알고 있었다. 그것이 '공'이라는 형태로 나타나게 된 것 같았다.

"죄송합니다, 내일도 세라 씨와 모의전을 하기로 약속했는데, 의뢰가 들어와서 모의전을 취소해야 할 것 같아요. 그 사실을 전하러 왔습니다."

거기까지 말하자 경비가 무척이나 안타깝다는 표정을 지었다.

"내일은 저도 보러 가려고 했는데 아쉽네요."

"그, 그건…… 죄송합니다……?"

"아, 아닙니다……. 세라 님 말이죠? 지금은 연습장에서 기사단 훈련을 하고 계실 겁니다."

그렇게 말한 경비는 료를 안에 들이며 연습장 쪽을 가리켰다.

"어? 제 마음대로 들어가도 돼요?"

"네. 료 공은 언제든지 연습장에 출입하실 수 있다는 허가가 나 있습니다. 어서 들어가세요."

지금 처음 들었는데…… 어느새?

연습장에서는…… 대부분의 기사가 땅에 드러누워 있었다. 모두 사이좋게 수면 학습…… 을 하는 건 아니었다.

멀쩡하게 서 있는 것은 세라뿐. 아무래도 세라 한 명에게 모두 두들겨 맞은 것 같았다.

그런 상황인 연습장에 료는 서 있었다.

"이건……."

정말 작은 목소리였는데도, 그에 반응한 세라가 휙 하고 료 쪽을 돌아보았다.

그리고 조금의 지체도 없이 한순간에 료의 앞으로 이동했다.

"료, 금방 또 보네. 뭐 두고 간 거라도 있어?"

"아니, 실은 세라에게 사과할 게 있어서……."

그렇게 말문을 튼 료는 조금 전의 의뢰 일을 정리해서 세라에게 전해주었다.

"……그래서 내일 모의전을 할 수 없게 됐다는 거랑, 한동안 거리를 비울 테니 그 사실을 전해드리려고……."

예전에 료 일행이 위트나쉬로 호위 의뢰를 갔을 때 세라가 찾고 있었다는 것을 들었기에 이번에는 확실하게 미리 설명을 해두는 것이 좋겠다고 생각한 것이다.

이야기를 들은 세라는 조금 우울해 보였다.

'모의전을 할 때 늘 즐거워 보였으니까…… 한동안 못 하게 된다고 하면 우울하겠지…….'

료는 그렇게 생각하고 돌아온 뒤의 일을 제안했다.

"돌아오면 모의전에 더 어울려 주세요. 그리고 포식정에도 카레 먹으러 같이 가요."

그렇게 말하자 세라가 눈에 띄게 밝아졌다.

"그, 그래? 꼭 약속이다? 무조건 약속이다?"

"네, 네에. 약속할게요."

세라의 기세에 살짝 눌리면서도 료는 몇 번이나 고개를 끄덕였다.

"좋아. 그럼 룸메이트를 위해서라도 열심히 다녀와."

그러자 세라는 활짝 웃으며 료를 배웅해주었다.

우울함이 가셔서 다행이다……. 료는 진심으로 안도했다.

다시 료가 길드 숙소로 돌아오자 10호실의 세 사람은 방에서 기다리고 있었다.

닐스가 마을의 간단한 지도를 그리며 여러 설명을 해주었다고 한다.

"오래 기다리셨죠."

"료, 어서 와."

"어서 오세요."

"모의전 상대가 화를 내거나 하진 않았어……?"

마지막 질문은 조심스레 물어오는 닐스.

"아, 괜찮았어요. 그보다 길드에 가서 수속을 밟죠. 배도 고프니까 가는 김에 저녁도 먹고요."

길드에서의 절차는 순조롭게 끝났다.

다만 의뢰를 수락한 뒤 응접실로 초대받았다는 점이 평소와 달랐다.

그리고 기다린 지 2분, 길드 마스터 휴가 들어왔다.

"그래, 일부러 불러내서 미안하다. 아, 인사 같은 건 필요 없어. 앉아 있어도 돼."

황급히 일어서려던 네 사람을 향해 그대로 앉아 있으라는 지시를 내린다.

"부른 건 이 의뢰가 카이라디에서 우리 쪽까지 오게 된 경위를 설명해 주기 위해서다. 궁금하지?"

"네, 궁금해요."

가장 먼저 말한 것은 역시 닐스였다.

당연했다. 그의 고향 마을에 관한 의뢰니까.

"카이라디에서는 두 차례 모험자 파티가 보내졌어. 첫 번째는 E급, 두 번째는 D급 파티지."

"D급 파티도 의뢰를 실패했다고요?"

고블린과 스켈레톤 토벌…… 수를 알 수 없다고는 해도 D급 파티가 실패할 거라고는 생각되지 않았다.

"아니, 그게…… 그 D급 파티 보고서에는 '마을 사람들의 협조를 얻지 못했다'거나 '마을 사람들이 적대했다'고 적혀 있었거든……."

"……네?"

얼빠진 소리를 낸 것은 닐스.

"그런 배타적인 마을이 아닌데……. 뭐, 엄청 개방적이라고도 할 순 없지만."

"음~. 뭐, 보고서만으로는 뭐라고 단언할 수 없지. 다만 첫 E급 파티에선 멤버에게서 중상자가 나왔다. 스켈레톤에게 당한 것 같아. 그때는 스무 마리 이상의 스켈레톤을 만났다고 적혀 있었으니까 조심해라. 그래도 신관인 에토가 있으니 방심하지만 않으면 괜찮겠지."

그 말을 듣고 에토가 크게 고개를 끄덕였다.

"솔직히 나로서는 닐스랑 너희가 맡아준 게 다행이라고 생각해. 역시 마을이라면 같은 출신인 인간이 좋지……. 나도 작은 마을 태생이라 알아. 그렇지만 카이라디에서 온 의뢰 랭크가 'C급, D급'이라고 되어 있어서 어떻게 된 건가 했는데…… 료가 들어간다면 문제없겠지. 그래, 다행이다."

휴는 혼자 만족한 듯 몇 번이나 고개를 끄덕였다.

"그리고 카이라디의 모험자 길드 앞으로 이번 의뢰 소개장을 써 뒀으니 가져가. 닐스가 의뢰인 마을 출신이라는 것과 함께 정보 쪽의 협조를 부탁한다는 말도 써놨다. 뭐, 나쁜 일은 없을 거야."

"길드 마스터, 하나부터 열까지 정말 감사합니다."

"뭐, 신경 쓰지 마. 너희들은 장래가 유망한 젊은이들이니 말이야. 무사히 돌아오도록 해."

그렇게 말한 휴는 웃으며 응접실을 나갔다.

"배고파요. 밥 먹죠."

조금도 동요하지 않는 료의 말에 닐스는 당황하면서도 고개를 끄덕였고, 에토는 웃음을 참았고, 아몬은 쓴웃음을 지었다.

배가 고파서는 일을 할 수 없다.

◆

다음 날.

평소보다 이른 시간에 길드 식당에서 아침 식사를 마친 네 사람은 카이라디 거리로 향했다.

당연하지만 도보로.

룬과 카이라디 사이는 사람이나 물건의 왕래가 잦아 가도가 정비되어 있었다. 정비되어 있다고는 해도 돌다리가 깔려 있는 식이 아니라 땅이 다져져 있는 것뿐이지만…… 그래도 길이 없는 길을 가는 것에 비하면 훨씬 편하다고 할 수 있었다.

가도변에는 종종 지름 1미터, 높이 5미터 정도의 원기둥이 세워져 있었다.

"저 가끔씩 서 있는 원기둥은 뭘까요?"

그 기둥이 궁금했던 료는 누구에게랄 것 없이 물었다.

그리고 이런 계통의 질문에 답해주는 것은 대개 에토의 몫이었다.

"저건 퇴마주야. 마물을 막기 위한 기둥이지. 500미터 간격으로 세워져 있는 걸로 알고 있어."

"결계……."

료가 저도 모르게 중얼거렸다. 료의 머리에 떠오른 것은 론도 숲에 있는 자신의 집에 미카엘(가명)이 설치한 결계였다.

"결계라고 말할 정도의 효과가 있진 않지만…… 뭐, 웬만한 일이 없는 한 마물은 다가오지 않아. 왕국의 주요 가도에는 대체로 설치되어 있어."

룬과 위트나쉬를 잇는 가도에도 있었다고 하는데, 료의 기억에는 남아 있지 않았다. 그때는 『커피메이커』 사람들의 정보를 얻어내는 것이 더 중요했기에 그런 것일지도 모른다.

이 퇴마주와 집에 있는 결계는 역시 근본적으로 다른 것 같다.

언젠가는 집에 있는 결계의 수수께끼도 풀어보고 싶다……. 또하나, 료의 마음에 야망이 피어올랐다.

그리고 점심.

길드 식당에서 만들어 준 도시락을 먹으며 네 사람은 쉬고 있었다.

"그건 그렇고…… 정말 아무 일도 안 일어나네요."

"료…… 도대체 뭘 기대하고 있는 거야……."

료의 독백에 어이가 없다는 시선을 보내며 대답하는 닐스.

"아니, 뭐, 지역 간의 이동을 한다고 하면…… 끊임없이 다가오는 마물을 격퇴하고, 집단으로 덮쳐오는 도적을 잡아 그들이 쌓아둔 보물을 갈취하는, 뭐 그런 게 왕도가 아닐까 싶어서요."

"무슨 끔찍한 소릴 하고 있어……."

그런 일이 잦다면 국가 차원의 경제활동은 막힐 수밖에 없을 것이다.

그런 것들을 닐스가 설명해주었다.

그랬다. 겉보기엔 엄청나게 어수룩해 보이는 검사 닐스가 설명한 것이다.

료는 충격을 받았다.

"야, 료. 너 엄청 실례되는 생각했지?"

"그, 그. 렇. 지. 않. 아. 요?"

옆에서 끅끅대며 웃음을 참고 있던 에토가 끝내 박장대소를 터뜨리고 말았다.

한바탕 웃고 난 뒤.

"닐스가 전에 아벨 씨한테 그거랑 관련된 이야기를 해 달라고 한 적이 있거든. 그걸 기억하고 있던 거겠지."

"에토, 떠벌리지 마!"

에토가 사실을 알린 것에 당황하는 닐스.

"역시……."

"왜 거기서 납득을 하는데!"

료가 크게 고개를 끄덕였고 그 반응에 닐스가 항의했다.

계속 옆에서 듣고 있던 아몬은,

"하지만 전에 들은 내용 하나하나를 그런 식으로 전부 습득했다는 것도 굉장하네요. 저도 더 열심히 해야겠어요!"

아몬은 좋은 녀석이었다.

그날 저녁에도 별일 없이, 네 사람은 카이라디에 도착했다.

"의뢰 보고로 길드가 엄청나게 혼잡할 시간대야. 숙소 먼저 확보하자."

닐스의 제안으로 모험자 길드에 가기 전에 숙소를 확보했다. 노숙을 하면 숙소비는 들지 않겠지만 모처럼 거리에 왔으니 제대로 된 침대에서 자고 싶었다.

모험자는 몸이 자본이니까.

숙소를 확보하고 내친김에 저녁까지 먹은 뒤 네 사람은 모험자 길드로 향했다.

역시나 당일 의뢰 보고의 피크 시간이 지난 후라 그런지 길드 내에는 모험자가 거의 없었다.

접수처에도 젊은 남성 접수원이 한 명 있을 뿐.

"우린 룬의 거리의 모험자인데, 이 거리에서 돌려보낸 애버리 마을의 토벌 의뢰를 맡은 자다. 의뢰에 관한 정보를 받고 싶어. 그리고 이게 우리 길드 마스터가 보낸 소개장이다."

닐스는 그렇게 말하고는 휴가 들려준 소개장을 접수 직원에게 건넸다.

"알겠습니다. 잠시만 기다려 주세요."

그러자 접수원은 소개장을 들고 안쪽 문으로 들어갔다.

"이후 안쪽에서 사람이 나오고, 우리는 거리의 모험자와 길드의 높으신 분들과 얽혀 일촉즉발 사태에 빠지고 마는 거죠. 그리고 힘으로 그 사태를 해결하는 거예요."

료가 라이트 노벨의 왕도적인 전개를 구구절절 늘어놓기 시작했다.

"료는 왜 늘 그렇게 싸우는 전개로 이어가는 거야……."

"모의전이 취소돼서 욕구불만이야?"

"예전에 료 씨가 말했던 항재전장(恒在戰場)이라는 거로군요!"

닐스가 어이없어하고, 에토는 고개를 저었고, 아몬은 뭔가 어려운 말을 쓰고 있었다.

하지만 유감스럽다고 할지 혹은 당연하다고 할지, 그런 전개는 일어나지 않았고 네 사람은 안쪽의 응접실로 들어갈 수 있었다.

"이 건에 관해서는 서브 마스터가 설명을 해주신다고 하니 여기서 잠시만 기다려 주세요."

그 말을 듣고 응접실에서 기다린 지 5분.

서브 마스터는 길드 마스터를 보좌하는, 길드에서 두 번째로 높은 지위를 가진 인물로 일정 규모 이상이 되면 대개 존재한다.

하지만 변경 최대의 규모를 자랑하는 룬의 모험자 길드에는 어째서인지 서브 마스터가 존재하지 않았다. 그래서 위트나쉬 때는 대리로서 아벨이 휴 대신 파견되기도 했던 것이다.

들어온 남성은 30대 중반, 전직 마법사라는 이미지를 풍기는 사람이었다.

료와 비슷한 키에 에토만큼이나 호리호리한 체격, 아몬처럼 온화한 표정을 띤, 한눈에 봐도 대화하기 편해 보이는 인상을 가진 남성.

"룬의 거리의 모험가죠? 난 이 카이라디의 모험자 길드 서브 마스터 란덴비아예요. 잘 부탁합니다."

"저는 파티의 리더 닐스입니다. 파티 멤버 에토, 아몬, 그리고 료입니다."

평소의 말투와는 달리 정중한 말투로 설명을 하는 닐스.

TPO는 사회인의 기본이다.

"아아, 그쪽이 의뢰 마을 출신인 닐스군요. 마스터 맥글러스가 보낸 소개장에 적혀 있었습니다. 그리고 이 파티가 장래가 기대되는 젊은 파티라고도 말이죠. 그 마스터 맥글러스가 기대하는 파티라……. 그런 파티가 있다는 건 조금 부럽네요. 카이라디에선 요즘 젊은이들이 모인 파티가 거의 생겨나지 않고 있거든요."

"장래가 기대되는 젊은이……."

"마스터 맥글러스…… 멋진 발음이다."

세 사람이 내뱉은 기쁨의 탄성 외에 한 명이 약간 이상한 부분을 물고 늘어졌지만, 그것이 누구인지는 굳이 언급하지 않겠다. 절대 어딘가의 수속성 마법사다, 라고는 말하지 않겠다…….

"우리 길드 마스터, 혹시 유명인인가?"

에토의 중얼거림에 서브 마스터 란덴비아가 깜짝 놀란다.

"혹시 영웅 맥글러스를 모르시나요……?"

"영웅?"

네 사람 모두 이구동성으로 묻는다.

"이젠 그 이야길 모르는 세대들이 모험자가 되는 시대로군요. 과거에는 왕국의 모험자 마스터 맥글러스의 이름을 모르는 사람이 없었죠. 그 정도의 인물입니다. 10년 전 일어난 왕국과 연합의 전쟁, 그저 『대전』이라고만 불리는 그 전쟁의 영웅이 바로 마스터 맥글러스입니다. 이 의뢰가 끝나고 룬의 거리에 돌아가면 선배 모험자에게 들려달라고 해보세요. 마스터 맥글러스라는 사람의 영웅담을요."

"네, 그렇게 하겠습니다."

아직도 놀라움에서 회복하진 못했지만, 닐스가 크게 고개를 끄덕이며 대답했다.

"좋아, 그럼 이번 의뢰에 대한 설명을 해볼까요? 설명이라고는 해도 솔직히 말해 지금으로선 별로 정보가 없지만 말이죠."

카이라디에서는 E급과 D급 파티가 한 차례씩 파견됐다.

첫 E급 파티는 스켈레톤과 전투를 벌였고 5명 중 중상자 2명. 철수.

다음의 D급 파티는 일부 마을 사람들의 협조를 얻지 못해 조사 불능. 철수.

이후 촌장 일행이 카이라디 모험자 길드에 사과를 위해 방문했다.

하지만 의뢰를 받아들이는 파티는 그 후 나타나지 않았고, 의뢰는 변경 최대인 룬의 거리로 옮겨갔다.

"정보가 별로 없어 미안하군요. 당시 그 파티에게 이야기를 들었던 직원은 이미 길드를 그만뒀거든요. 혹시 질문 있습니까?"

"토벌 의뢰서에는 고블린과 스켈레톤이라고 적혀 있던 것 같은데, 고블린 확인은 됐나요?"

에토가 질문을 했다.

그러고 보니 지금까지 들은 보고에서는 고블린의 '고'자도 나오지 않았다.

"아뇨, 모험자는 확인하지 못했습니다."

란덴비아는 고개를 저으며 부인했다.

"E급 파티가 스켈레톤을 만난 건 서쪽 묘지인가요?"

마을 지리에 밝은 닐스가 질문했다.

"아뇨, 묘지가 아니라 동쪽 숲이라고 보고받았습니다."

"동쪽 숲?"

그 대답에 닐스가 깊은 생각에 잠겼다.

이후로는 더는 질문이 나오지 않아 란덴비아의 설명은 종료됐다.

"그럼 건투를 빕니다."

그렇게 말한 란덴비아는 몸을 일으켰고 10호실의 네 명을 내보냈다.

다음 날 아침, 카이라디 거리를 나와 목적지인 애버리 마을에 도착한 것은 오후가 지나서였다.

"꽤 일찍 도착했네요."

"우리 걷는 속도가 빨라서 그런 거야. 보통이라면 꼬박 하루는 걸리는데……."

료의 감상에 닐스가 쓴웃음을 지으며 대답했다.

네 명 모두 특히나 지구력을 중점적으로 단련하고 있었기에 이런 장거리 이동에서 시간을 상당히 절약할 수 있었다.

높은 퍼포먼스 상태를 얼마나 오래 지속할 수 있는가……. 그것은 운동선수든 모험자든 매우 중요한 요소였다.

지구력 만세.

주거지는 마을 중심에 모여 있다고 하는데 개간된 밭이 마을 밖으로도 꽤 광범위하게 펼쳐져 있었다.

그곳에서 일하고 있던 몇몇 마을 사람들이 네 사람을 보고는 다가왔다.

이유는 마을로 돌아온 검사 때문이었다.

"닐스냐? 오, 닐스잖아! 오랜만이네!"

"닐스~ 어서 와~!"

닐스를 향해 정겹게 손을 흔드는 마을 사람들을 보며 료는 안심한 표정으로 말했다.

"닐스는 마을 사람들에게 미움받아서 추방당한 게 아니었군요. 다행이에요."

"내가 왜 추방을 당해."

화를 낸다기 보단 반쯤 어이없다는 어조로 닐스가 대꾸했다.

"그야 닐스는 딱 보기에도 사고뭉치 같다고 할지, 망나니 같다고 할지…… 막무가내 같은 느낌이잖아요?"

"윽…… 그건 부정 못 하겠지만……."

"그런 사람은 대개 마을에서 쫓겨나 모험자로 위장한 채 살아가는 걸로 정해져 있다고요."

"료가 단정한다……."

"료 씨에게 그런 지인이 있었던 걸까요?"

라이트 노벨을 기반으로 한 지식으로 단호하게 내뱉은 료의 말에 에토와 아몬이 속삭이듯 작은 목소리로 대화했다.

"어, 어쨌든 우선 촌장님과 할멈께 인사를 드리러 가자."

억지로 화제를 돌린 닐스가 성큼성큼 마을 중심을 향해 걸어갔다. 다른 세 명도 그 뒤를 따랐다.

마을 중심 광장. 그곳에 인접하여 큰 집이 서 있다.

건물 자체는 목조이지만 안은 꽤 넓어 보였다.

"블란, 있어?"

문을 열어젖힌 닐스는 조금의 주저함도 없이 척척 안으로 걸어 들어갔다.

하지만 역시나 세 사람은 조금 주저했다. 닐스는 잘 알고 있을지도 모르지만 세 사람은 다르다. 그래서 문 밖에서 머리만 내밀어 안을 들여다보았다.

그곳은 집회장으로 사용되는 곳인지 아주 넓은 공간이었다.

몇 초 정도 기다리자 집 안쪽에서 닐스 수준의 큰 덩치와 우람한 근육을 가진 50대 정도의 남성이 나왔다.

"음, 누구…… 잠깐, 너 닐스? 정말 닐스냐?"

마치 믿을 수 없는 것이라도 본 양, 블란이라고 불린 남자는 닐스를 머리끝부터 발끝까지 여러 번 쳐다보았다.

"그래, 나야."

"정말 닐스구나……. 순간 못 알아봤어."

그러고는 두 사람은 꼭 끌어안았다.

"못 알아봤다니…… 아직 마을을 떠난 지 일 년도 안 됐잖아."

"뭐, 그렇긴 한데…… 뭐랄까, 듬직한 느낌이랄까…… 마을을 나갔을 때는 그저 망나니일뿐이었으니까."

"풉."

그 말을 들은 뒤의 세 사람이 일제히 웃음을 터뜨리고 말았다.

"나아아참! 블란, 그렇게 부르지 말라니까. 그래, 맞아, 이쪽 세 사람은 에토, 아몬, 료다. 내 파티 멤버지."

"잘 부탁드립니다."

세 사람은 일제히 고개를 숙여 인사했다.

"오, 잘 부탁해. 나는 촌장 블란이다. 뭐, 서서 얘기하기도 그러니까 일단 앉아."

블란의 권유로 네 사람은 자리에 앉았다.

마침 그때 블란과 같은 나이대로 보이는 한 여성이 쟁반에 컵을 담아 나왔다.

"닐스, 어서 와. 여러분도 어서 오세요."

"랑랑, 다녀왔어."

랑랑이라 불린 여자는 빙긋이 미소 지으며 음료가 담긴 컵을 내려놓고 자리에 앉았다.

"그나저나 닐스가 이 타이밍에 왔다는 건…….."

"그래, 마을이 길드에 낸 의뢰를 우리가 받았어."

"그래…… 응? 하지만 그 의뢰는 카이라디 모험자 길드였는데…… 게다가 상당한 등급의 의뢰로 알고 있는데?"

"카이라디에서는 더는 아무도 안 맡는다고 해서 룬의 거리까지 들어온 거야. 랭크도 뭐, 어떻게든 키워서 받아냈지."

닐스의 그 말에 에토와 아몬은 쓴웃음을 지었다.

"그래……. 뭐, 마을 사정을 모르는 녀석들보다야 닐스 네가 있는 팀이 낫겠지."

거기까지 말한 블란은 컵의 물을 한 모금 마셨다.

그것을 본 닐스가 물었다.

"블란, 두 번째로 온 모험자들에게 협조하지 않았다는 얘길 들었는데, 어떻게 된 거야?"

"아…… 사실 그게 이번 의뢰의 핵심인 셈인데……. 솔직히 어디부터 어떻게 설명해야 할지 잘 모르겠으니 처음부터 다 설명할게. 좀 길어질지도 모르지만."

그렇게 말한 블란은 말을 시작했다.

"처음 스켈레톤을 본 건 반년 전이야. 동쪽 숲이…… 있는 곳에서 말야. 그리고 석 달 전에 고블린을 봤지. 이것도 동쪽 숲…… 그 안에서도 조금 남쪽 방향이다. 이건 내가 본 거야. 하지만 사실 그 후로는 한 번도 못 봤어. 다른 사람이 봤다고 했으면 뭔가 잘못 본 게 아니었을까 싶을 정도로 아무리 찾아도 찾을 수가 없더군."

거기서 한번 말을 끊고 물을 마신다.

"스켈레톤은 숲 안쪽 조금 트인 곳 부근에 늘 있었어. 이제 의뢰할 돈이 마련이 돼서 토벌 의뢰를 넣은 거야. 뭐, 하는 김에 고블린도 토벌해 주면 좋을 것 같아서 그것도 같이 적은 거고. 그래서 첫 파티가 왔는데…… 결과는 들었나?"

"아아, 중상자 두 명."

"맞아. 스무 마리의 스켈레톤에 둘러싸였다나 봐. 그래서 그 파티는 거리로 돌아갔지. 문제는 그 전투 장소야."

블란이 얼굴을 찌푸렸다.

"혹시 동쪽 숲의…… 안쪽으로 들어갔나?"

닐스가 짐작을 한 것인지 정확하게 맥을 짚어 물었다.

"그래. 전투로 인해 숲이 오염됐지. 그래서 두 번째 파티가 왔을 때 쫓아내려고 하는 마을 사람들이 나오게 된 거야. 생사가 걸린 전투이니 장소를 따지라고 해도 무리라는 건 알아. 동시에 마을 사람들 입장에서 보면 함부로 들어가서는 안 되는, 몇 대에 걸쳐 전해 내려오는 곳에서 전투가 벌어진 데다 그곳이 피로 얼룩졌으니 쫓아내고 싶어지는 심정도 이해해. 그러니 어려운 얘기지……."

"아아, 그러네……."

그렇게까지 말하고 닐스는 문득 다른 세 사람을 바라보았다.

그리고 세 사람 모두 말을 이해하지 못하고 있다는 것을 확인했다.

"미안, 이해가 잘 안 가지. 그렇다고는 해도 이건 마을의 비밀

에 관한 부분이니까…… 할멈과 총회의 허가를 받지 않으면 얘기
할 수 없어. 조금만 기다려줘."

그렇게 말한 닐스가 세 사람에게 고개를 숙였다.

이후 네 사람은 마을 안에 자리한 닐스의 생가로 이동했다.

현재는 닐스가 가독(家督)을 물려준 동생 부부가 생활하고 있었
는데 그들은 닐스의 귀환을 눈물을 흘리며 기뻐했다.

그리고 닐스를 제외한 세 사람은 그 집에서 닐스가 마을 사람
들을 설득하는 것을 기다리게 되었다. 그 사이 닐스의 동생인 닐
로이와 아내 사나가 세 사람을 대접해주었다.

"즉, 닐로이 씨가 성인인 18세가 된 후에 가독과 농지를 물려주
고 모험자가 되기 위해 마을을 떠난 거네요?"

"네. 형은 어렸을 때부터 농사를 좋아하지 않았는데…… 형이
성인이 되기 직전에 부모님이 돌아가신 탓에 어쩔 수 없이 잇게
된 거거든요……. 원래라면 성인 직후에 마을을 떠날 예정이었어
요. 하지만 저를 돌보기 위해 남아준 거죠."

동생 닐로이는 생김새는 닐스를 닮았지만 체격도 성격도 조금
도 닮지 않은 아주 온화한 청년이었다.

"닐스는 저렇게 보여도 남을 잘 챙겨주지."

"닐스 씨한테는 굉장히 신세지고 있어요."

에토와 아몬이 닐스를 칭찬했다.

물론 닐스는 여기 없다.

있었다면 분명 얼굴을 붉히며 부정했을 것이다.

"지금 닐스는……."

"촌장님 댁에서 마을 사람이 모여 총회가 열리고 있습니다. 아마 거기서 이런저런 설명을 하고 있지 않을까 싶은데……."

아까 료 일행이 촌장 블란과 대화를 나눴던 그 공간에서 하는 것 같았다.

"마을 범위가 되면 관례라든가 전통이라든가 여러 문제가 있을 테니까요……."

마을에서 자랐고, 바로 최근에 마을을 나온 아몬이 공감한다는 듯 말했다.

"네. 다만 이번에는 형과 형이 신뢰하는 사람들이 토벌대로 왔다고 하니 토벌을 반대할 사람은 없을 것 같아요. 지난번 사람들은 마을의 관습 같은 건 완전히 무시하고 숲으로 들어가려고 해서 그렇게 된 거지만……."

"아, 역시 그런 문제가 있었구나."

에토가 고개를 끄덕이며 말했다.

그 누구도 자신들에게 불리한 보고는 하지 않는다, 혹은 줄인다, 혹은 의도적으로 건드리지 않는다……. 자주 있는 일이다.

거짓말을 하는 것은 아니다. 묻지 않았으니 대답하지 않을 뿐이다.

상사나 보고를 받는 사람은 그 부분을 잘 물어봐야 하지만…… 사실상 아주 어려운 일이었다.

그 결과 의뢰주나 협력자들에게 불만이 남게 된다.

세상은 어려운 일투성이다.

◆

"오, 나 왔어."

아내인 사나를 포함해 다섯 명이 담소를 나누던 중 닐스가 총회에서 돌아왔다.

한숨 돌린 뒤 닐스는 설명을 시작했다.

"결론부터 말하자면 스켈레톤의 토벌 허가는 떨어졌다. 내일 밤 말이야. 그래서 그 전, 내일 낮 동안은 고블린에 관해 조사해볼 예정이야. 고블린 쪽은 실제로 봤다고 하는 블란이 그 장소까지 안내해 줄 거고. 뭐, 그쪽은 일단 가보는 거니까 어쩌면 못 찾을 수도 있어. 그리고 스켈레톤 쪽 말인데……."

닐스는 내온 물을 단숨에 들이마시며 말을 이었다.

"총회에서 너희에게는 전부 얘기해도 된다는 허가가 떨어졌으니 말해줄 거지만, 당연히 앞으로 할 얘기는 발설하면 안 돼. 알고 있지?"

"알았어."

"네."

"알겠습니다."

에토도 아몬도 물론 료도 고개를 끄덕였다.

"이 마을은 좀 특수한 마을이야. 특수한 부분은 두 가지. 첫째, 동쪽 숲 가장 안쪽에는 마을의 수호수(獸) 님이 계신다. 나는 사실 본 적이 없어. 촌장님과 할멈밖에 만난 적이 없지. 그러니까 수호

수가 어떤 존재인지도 모르고 실제로 지금도 있는지 아닌지
는…… 솔직히 모르겠어."

"수호수……."

"그런 전승이 있는 마을이 가끔 있긴 한데…… 닐스의 마을이
그런 곳이었다니……."

아몬은 평범하게 놀랐고, 에토는 보다 전문지식을 포함해 놀
랐다.

'수호수…… 엄청나게 판타지스러워!'

료는 혼자 두근거리고 있었다.

"오늘 내로 촌장님과 할멈이 수호수님께 설명을 하러 간다더
군. 고블린 조사와 스켈레톤의 토벌을 실시한다고 말이야. 뭐, 그
래서 그런 것 때문에 동쪽 숲에서 피를 보는 건 삼가 달라고 한
건데…… 총회에선 노력은 해 보겠다고 전했다."

"스켈레톤 자체는 피를 흘리지도 않고."

"우, 우리만 안 다치면 되는 거네요."

에토와 아몬이 각각 소감을 말했다.

'분명 그 수호수님은 악신 같은 것들에게 잠식당하거나 저주를
받아 미쳐버린 나머지 우리에게 달려들 게 분명해요. 그렇다면 그
잠식에서 해방해주는 게 새로운 미션이 될 가능성도 있겠네요!'

어딘가의 라이트 노벨스러운 전개를 머리에 떠올리고 있는 료.

"료, 너 또 무슨 이상한 생각 했지?"

닐스의 날카로운 질문이 날아왔다.

"아, 아무 생각 안 했는데요?"

닐스가 게슴츠레한 눈빛으로 료를 바라보았다.

"그, 그보다 수호수님이 첫 번째고, 또 하나 더 마을이 특수한 이유가 있는 거죠?"

료는 어떻게든 자신을 향한 추궁을 벗어나고자 화제를 전환했다.

"하여간······. 다른 하나는 사당이다."

"사당?"

반응한 것은 신관 에토였다.

"아아, 하지만 이건 좀 설명하기 까다로우니까 내일 할멈이 직접 설명하겠다더군. 나도 어떻게 설명해야 할지 전혀 감이 안 잡혀. 미안하지만 내일까지 기다려줘."

◆

하룻밤이 지나고, 애버리 마을에 도착한 다음 날.

어젯밤, 광장에서 닐스 귀환 환영회 같은 것이 열리는 일은 없었다.

'그런 연회가 열리는 게 이세계 환생물의 약속인데······ 아쉽게도 그 어디에도 그런 건 없었어······.'

홀로 낙담한 것은 료뿐이었다.

딱히 료가 술을 좋아한다거나 연회를 좋아한다거나 그런 것은 아니다. 단지 이야기의 한 약속으로서 기대한 것일 뿐.

료는 그런 남자다.

네 사람이 광장에 가니 촌장 블란이 나이 든 여인과 이야기를 나누고 있었다.

"오, 왔구나. 에토, 아몬, 료라고 했지? 소개하마, 이쪽은 마을의 지주역이신 나스 님이다. 다들 할멈이라고 부르지."

블란이 그렇게 말하는 순간 나스 님, 아니 할멈이 손에 든 지팡이를 블란을 향해 휘둘렀다. 블란이 상체를 뒤로 휙 기울여 회피했다.

"손님한테 할멈이라고 설명하는 놈이 어디 있느냐, 멍청한 녀석. 미안하네, 손님들. 이 블란도 그렇고 닐스도 그렇고, 예의를 팔아먹은 놈들이 많은 마을이니 이해해 주게나."

"왜 나까지……"

어째서인지 말려든 닐스.

"뭐, 일단 고블린 조사 먼저 하러 가자."

망설임 없이 끼어드는 블란. 연장자의 잔소리를 그 한마디로 어물쩍 흘려보낸 것을 보면 블란은 우수한 촌장인지도 모른다.

그 장소는 마을 변두리에서 15분 정도 걸어간 곳에 있었다.

"꽤 가까운 곳이네."

닐스가 마을 쪽을 보며 말했다.

"아이들 중에서도 이 근처까지 놀러오는 경우가 종종 있지. 일단 내가 목격한 뒤에는 접근을 금지했지만…… 어디든지 규칙을 어기는 아이는 있는 법이니까……"

촌장 블란이 닐스를 보며 말한다.

"아니, 뭐, 옛날엔 나도 그런 일을 한 적이 있었던…… 가능성은 있을…… 지도 모르겠다는…… 생각이 들기도 하지만…….”

“틀림없이 했지.”

쉽게 얼버무리지 못하는 닐스와 말을 자르며 단언하는 블란.

“역시 닐스는 옛날부터…….”

료가 가슴 앞에서 팔짱을 끼고 고개를 끄덕이며 이해했다는 듯 중얼거렸다……. 아니, 중얼거린다기엔 큰 목소리였다. 마치 본 인에게 들으라고 말하는 것 같았다.

“역시라니 뭐야. 게다가 옛날부터라고 하면 마치 지금도 그렇 다는 것처럼 들리잖아.”

그 말을 듣고 낄낄대는 에토와 쓴웃음을 짓는 아몬.

아무도 ‘지금은 그렇지 않아요’라고 말해주지 않았다.

사실 지금의 닐스는 규칙을 어기는 일은 거의 없지만, 이 부분 은 역시나 이미지가 중요한 법이다.

촌장 블란이 목격했다는 장소에서 15분 정도 더 걸어갔다.

거기서부터 갑자기 고블린의 것으로 보이는 발자국이 늘어났다.

“이건…… 설마.”

에토가 최악의 상정을 떠올린다. 그 상정은 에토뿐만 아니라 닐스도 마찬가지였다.

“고블린 터…… 혹은 마을이 생겼을 가능성이 있겠군.”

고블린이 스무 마리 정도 사는 경우엔 터, 그 이상의 규모로 살 고 있는 경우는 마을이라고 표현하는 것이 모험자들에게는 일반 적이었다.

닐스가 거기까지 말하자 료가 고개를 들었다.

"왜 그래, 료?"

"닐스…… 열 마리가 넘는 고블린이 이쪽으로 오고 있어요. 5분 뒤에 조우할 겁니다."

그렇게 말한 료가 남쪽을 가리켰다.

"엄청난 색적 능력이군. 그렇다면…… 한 마리만 남기고 다른 놈들은 다 사냥하자."

닐스가 바로 지시를 내렸다.

"살린 녀석의 뒤를 쫓아 터를 찾아내 습격하는 건가요?"

료가 확인했다.

"그래, 원래라면 제대로 조사하고 사람을 모아서 하는 편이 좋 겠지만…… 놈들이 와 있다면 어쩔 수 없지."

"이봐, 닐스. 열 마리야. 괜찮아?"

한두 마리면 문제없지만 수는 곧 힘이었다. 이쪽은 다섯 사람인 데 그 배의 수가 다가오고 있다고 하니 블란으로서는 불안했다.

"료가 있으니 괜찮아. 료, 녀석들 발목 좀 잡고 있어 줘. 방법은 맡길게."

"알겠습니다."

'여기선 신작의 시험을…… 크크큭.'

마음속으로 사악한 미소를 짓는 료.

"료 씨가……."

"뭔가 꾸미고 있는 웃음이네."

료는 속으로 웃었다고 생각했지만 표정에도 드러나 있었다.

그것을 본 아몬과 에토가 그렇게 중얼거렸다.

숨기는 것은 애초에 불가능했다…….

5분 후, 숲속에서 10마리의 고블린이 나왔다.

조금 트인 장소로 열 마리가 모두 나온 시점에 료는 이미지화를 마치고 마음속으로 외쳤다.

'〈아이스 바인드 10〉.'

주문을 외자 고블린의 양손과 양발에 물로 된 줄이 얽혀들더니 순식간에 얼어붙으며 움직임을 묶어버렸다.

"가자, 아몬."

"네!"

움직일 수 없게 된 고블린을 본 닐스와 아몬이 튀어나가 한 마리씩 숨통을 끊어 나갔다.

여덟 마리까지 쓰러뜨렸을 때 료는 일부러 고블린 한 마리의 〈아이스 바인드〉를 풀었다. 당연히 풀려난 고블린은 왔던 방향으로 쏜살같이 달아났다. 결코 지능이 높지 않은 고블린인 만큼 노리고 도망쳤을 가능성은 생각하기 어려웠다.

아홉 마리째의 숨통을 끊고 촌장 블란과 10호실 네 명은 놓친 고블린의 뒤를 따랐다.

노 대미지로 깔끔하게 아홉 마리를 쓰러뜨린 그 솜씨에 블란은 마음속으로 놀라고 있었다.

그리고 한편으로 그것을 이뤄낸 것이 어렸을 때부터 봐왔던 닐스와 그의 동료라는 사실에 감회가 새롭기도 했다.

10분 정도 달렸을까.

"저 앞이네요."

다섯 사람의 시선 끝에 작은 언덕이 보이기 시작했다.

"겉으로 보이는 게 열 마리. 그리고 동굴 같은 게 있어요. 동굴 안에 몇 마리가 있는지는 알 수 없습니다."

"알았어. 일단 밖에 있는 놈들 먼저 아까랑 같은 방법으로 해치워두자. 정말 안성맞춤인 방법이던데……."

닐스가 인상을 찡그리며 말했다.

'하여간…… 이런 방법은 료가 아니었다면 절대 쓸 수 없었겠지. 정말이지 수속성 마법사란 굉장하다니까.'

약간의 오해를 하면서도 네 사람은 연속 전투로 의식을 전환했다.

'〈아이스 바인드 10〉.'

또다시 닐스와 아몬에 의한 일방적인 유린.

닐스가 막 열 마리째를 쓰러뜨린 시점에 동굴 속에서 세 마리의 고블린이 나오는 것이 보였다.

'〈아이스 바인드 3〉.'

나온 세 마리도 곧 얼음 사슬에 묶여 꼼짝 못하는 상태가 됐고 닐스와 아몬에게 숨통이 끊겼다. 그중에는 고블린 아처도 있었지만 아무런 상관이 없었다.

그리고 마침내 나타나는 거물.

그 기색은 료뿐만 아니라 10호실 전원이 알아차렸다.

"뭔가 큰 게 온다. 아몬, 조심해."

"네!"

닐스와 아몬이 재차 검을 잡았다.

나온 건…….

"고블린 제너럴……."

예상 밖의 상황에 닐스가 중얼거렸다.

룬의 거리에서 일어난 대해소에서는 이 제너럴이 세 마리 나타났다.

하지만 본래 제너럴 같은 것은 그렇게 흔하게 나타나는 것이 아니다. 이런 외딴 마을에 만들어진 고블린 터, 혹은 마을에서 발견돼 봐야 고작 아처. 백 보 양보해도 메이지까지다.

고블린 제너럴은 그 아래의 고블린 메이지들과 달리 개체별 전투 능력이 월등히 높았다. B급 모험자는 되어야 일대일로 겨우 제압할 수 있을 정도로 강한 것이다.

E급의 닐스, F급의 아몬으로선 우선 이기는 것이 불가능한 상대.

……보통이라면…….

"〈아이스 바인드〉."

료의 소리가 울려 퍼지고 지금까지의 고블린처럼 제너럴조차 얼음 사슬에 사로잡혔다.

당연히 제너럴은 그런 사슬을 잡아 뜯으려고 했으나…… 손도 발도 전혀 움직이지 않았다.

게다가 위를 향한 채 땅에 벌렁 드러누워 버린 제너럴. 쓰러뜨려 달라고 말하는 것이나 다름없었다.

"어? 어라?"

닐스가 엉뚱한 소리를 냈다.

"닐스, 안 죽일 거예요?"

"아, 아아…… 죽여야지."

그렇게 말한 닐스는 넘어진 제너럴에게 다가가 목을 쳤다.

이리하여 애버리 마을에 닥친 위기 중 하나는 제거되었다.

"희생 없이 쓰러뜨려서 다행이에요. 제너럴 마석도 구했고요. 게다가 꽤 짙은 색이에요. 옛날부터 그 근방에 살고 있었던 걸까요?"

료가 들뜬 기색으로 말했다.

"아, 으응."

왠지 모르게 약간, 아주 조금 납득이 가지 않는다는 표정을 지으며 닐스는 마을로 가는 길을 걷고 있었다.

에토와 아몬은 제너럴 마석을 손에 넣은 것이 순순히 기쁜 것인지…….

"제제제너럴 고브 제너럴♪."

"모두가 다 같이 고브 제너럴♪."

알 수 없는 즉흥적인 노래를 부르면서 걷고 있다.

"닐스랑 너희, 대단하구나……."

블란이 중얼거린 감탄사는 네 사람의 귀에 닿지 않았다.

수호수

마을 광장에는 많은 마을 사람들이 모여 있었다.

"촌장, 닐스! 어떻게 됐어?"

"무사히 고블린을 전멸시켰다."

"오~!"

촌장 블란이 전하자 함성이 터져 나왔다.

"대단하네, 닐스!"

"너희도 애썼다!"

"자자, 멧돼지 고기 산적구이다, 먹어라."

한바탕 터져 나온 함성이 잦아들자 네 사람 주위로 모여든 마을 사람들이 어깨를 두들기며 감사를 전하거나 음식을 건네주었다.

"아니, 잠깐만. 술은 안 돼. 아직 밤에 스켈레톤이 남았다."

"아……."

기세를 몰아 술까지 가져온 마을 사람을 발견한 블란이 빠르게 말렸다.

이례적이었지만 그 후 광장에서 다 함께 점심 식사를 하게 되었다.

"블란."

"네, 할멈. 고블린은 토벌했습니다."

"음, 들었다. 잘해줬다. 그렇다면 더 늦기 전에 오후에 수호수님께 네 명을 데려가는 것이 좋겠구나. 수호수님께서 얘기를 하고 싶다고 하셨지 않느냐."

"그랬죠……. 네 사람에겐 전해 두겠습니다. 점심 먹고 출발하죠."

그런 대화가 료의 귀에는 들려왔다.

'수호수님 알현 이벤트! 저주에 잠식당한 수호수님과의 배틀이 될 가능성이……!'

료의 얼굴은 저도 모르게 희미하게 웃고 있었다.

"료, 또 뭔가 안 좋은 일을 꾸미고 있는 거 아니겠지……."

"료 씨, 불길한 느낌이네요."

닐스는 굉장히 꺼림칙한 표정을 지으며, 아몬 쪽은 평소처럼 미소를 지으며 료를 보고 말한다.

그때 에토는 할멈 쪽을 보고 있었다.

정확하게는 할멈이 지팡이에 달고 있는 장식 끈과 담배함을.

'저건…… 분명 대지모신님의…….'

에토는 기억을 더듬으며 생각에 잠기는 것이었다.

수호수가 있다는 곳은 동쪽 숲에서 한 시간 정도 더 걸어 들어간 곳이었다.

"이 동쪽 숲 안쪽은 마을 사람들도 들어갈 수 없어. 물론 멍청한 꼬맹이였던 닐스는 몇 번이나 들어갔다가 나랑 할멈한테 혼났지만."

"역시!"

"역시라니 어째서!"

촌장 블란의 설명에 납득하는 료. 그리고 납득했다는 사실을 납득하지 못하는 닐스.

"할멈…… 아니, 나스 님, 그 담배함은……."

에토는 몇 번이나 망설인 끝에 마침내 말을 걸어보기로 했다.

"할멈이라고 부르게나. 이제 날 나스라고 부르는 건 수호수님 정도니까. 그보다 담배함…… 아아, 이 지팡이에 달린 거 말인가? 빛의 신관이라면 알아봤겠지?"

할멈은 지팡이를 살짝 들어 지름 5센티미터 정도의 돌 조각을 에토가 보기 쉽도록 해주었다.

"네. 대지모신님의 문장이 아닌가 해서요."

"음, 열심히 공부했나 보군. 빛의 신전에서는 아직도 그런 내용을 알려주고 있는 건가……."

"대지모신?"

료가 중얼거린 의문은 에토에게도 할멈에게도 들린 듯했다.

"그렇다네. 지금은 이제 거의 남아 있지 않네만…… 이 마을 대대로 장로는 대지모신을 모셔왔어."

"우리가 믿는 빛의 여신님과 대지모신님은 각각 일곱 신 중 하나로서 모셔지던 신들이네. 다만 오랜 시간 동안 이런저런 일들이 있어서……."

"이제는 신전이나 신관이라고 하면 무조건 빛의 여신의 신전, 빛의 여신의 신관이 되어 버렸네. 다른 육신은 쇠퇴하고 만 게지."

자조하듯, 하지만 조금 쓸쓸한 어조로 할멈이 말했다.

그 말에는 억울하다거나 슬프다는 느낌은 없었고, 어느 쪽인가 하면 체념에 가까운 듯 후련해 보였다.

"신앙 같은 것은 남에게 강요한다고 되는 것이 아닐세. 만약 사라져 버린다면 그건 그거대로 이 세계의 이치일 터."

능통하다……. 그 말이 지금의 할멈에게 딱 맞아떨어지는 것 같았다.

그래서 료는 문득 의문이 들었다.

"할멈도…… 즉 대지모신을 믿는 사람도 광속성 마법은 사용할 수 있나요?"

그랬다. 광속성의 마법…… 즉 회복계의 마법은 신관의 전매 특허였다. 그 능력은 빛의 여신의 신관뿐인가, 아니면 다른 신의 신관도 사용할 수 있는 것인가…… 그것이 료가 가진 의문이었다.

"광속성 마법?"

"네, 상처 회복이나 뭐 그런 거요."

"음, 쓸 수 있다네. 허나 빛의 신관들이 쓰는 것과는 다르지. 에토, 라고 했나? 빛의 신관은 영창을 하느냐?"

"네? 아, 네. 물론입니다."

할멈에게 불시에 질문을 받은 에토가 화들짝 놀라 대답했다.

"대지모신님을 섬기는 자들은 영창을 하지 않는다네. 그렇다기보단 애초에 영창 같은 건 없었거늘, 언제부터인가 영창 같은 게 당연하다는 듯이 난무하게 됐지."

"……네? ……어?"

아까의 질문 이상으로 에토가 놀랐다. 그렇다기보다는 굳어졌다.

에토가 굳어진 광경은 리햐와 관련된 일 외엔 흔치 않았기에 료가 보기에도 굉장히 흥미로웠다.

그렇게 굳은 얼굴로 걸어가는 에토와 함께 일행은 비로소 목적지인 수호수가 사는 숲속 동굴에 도착한 것이었다.

◆

수호수.

땅에 사는 인외 생물.

그곳에 사는 사람들과는 다양한 형태로 공생관계를 맺는 경우가 많다. 그래서 수호수라고 불린다. 기본적으로 거리처럼 사람이 많은 곳에는 없으며 산과 숲 등 자연이 풍요로운 곳에 거주한다.

또한 그 존재가 드러나는 경우는 거의 없고, 관련된 마을 사람들만이 알고 있는 경우가 대부분이다. 그래서 얼마나 많은 수의 수호수가 존재하고 어떤 종류의 수호수가 살고 사람들과 어떤 관계성을 쌓아왔는지는 알려지지 않았다.

"수호수님, 나스입니다. 블란과 함께 토벌하러 갈 네 사람을 데려왔습니다."

동굴 밖에서 할멈, 그러니까 나스가 안을 향해 정중히 말했다.

그 목소리에 멈춰선 채 계속 걷던 에토가 드디어 재기동되었다. 그걸 힐끔 본 료는 남몰래 안심했다.

만약 료가 가정했던 것처럼 수호수가 무언가 나쁜 것에 잠식당했다면 갑작스런 전투가 벌어지게 된다. 그럴 경우 에토가 바로 움직이지 못한다면 치명적이었기 때문이다.

하지만…….

"음, 고생했구나."

동굴 속에서 천천히 나온 것은…….

"펜릴……."

에토가 중얼거린 말은 료에게도 들렸다.

몸길이는 3미터 정도일까. 온몸을 은빛 털로 감싼 늑대.

불안한 걸음걸이로 보아 체력을 상당히 잃었다는 것을 알 수 있었다. 다만 그의 시선은 뚜렷했고 하는 말도 명료했다.

'잠식은 되지 않았나 보네……. 응…… 이벤트도 발생 안 하고.'

료가 못마땅하다는 표정을 지은 것을 닐스도 아몬도 보고 있었다.

그리고 동시에 고개를 끄덕였다. 역시 뭔가 좋지 않은 일을 생각하고 있었구나…… 라고.

"흠, 빛의 신관이라. 신관이 있다면 녀석들의 수에 밀리는 일은 없겠지. 그리고 나는 정확히 말해 펜릴은 아니지만…… 뭐, 비슷한 것일세."

그렇게 말한 수호수가 작게 웃었다.

"빛의 신관, 검사가 두 명…… 그리고……."

수호수는 료를 정면으로 똑바로 쳐다보며 말을 이었다.

"내 이름은 웅퀸쉰이라고 한다네. 그곳의 물의 마법사여, 그대의 이름은 무엇이지?"

"료입니다."

이름을 묻는 질문에 료는 조금 놀라면서도 대답했다.

하지만 옆에 있던 할멈과 촌장 블란의 놀라움은 조금 수준이 아니었다.

"수호수님이 존함을······."

수호수가 자신의 이름을 댄 것에 놀라고 있었다. 그런 적은 지금까지 한 번도 없었다.

사실상 할멈도 블란도 수호수의 이름이 '응퀀쉰'라는 것을 지금처럼 알았으니 말이다.

"인간이 발음하기 어려운 이름 때문일세, 지금까지 굳이 말하지 않은 것은. 허나 거기 마법사······ 료라고 했나. 료에게는 전하지 않으면 안 되겠지. 그건 예의에 어긋나니 말이야."

"예의?"

료가 고개를 갸웃거리며 되묻는다.

"음. 뭐라고 말하면 좋을까······. 우리는 요정의 친척 같은 걸세. 그런 연유도 있어 그대는······ 그래, 가까이 있으면 아주 마음이 편하지."

료로서는 쉽게 이해할 수 없는 내용이었다.

료의 검 스승은 듀라한의 외모를 가진 물의 요정왕이다.

그 요정왕에게 검과 로브를 받았다. 그 로브를 보고 엘프인 세라는 "요정왕이 아낀다"고 말했었다. 그리고 눈앞에 있는 요정 친척 비슷한 수호수는 료 근처에 있으면 편안하다고 말했다.

이것들을 종합하면, 료는 요정들에게 호의를 받고 있는 것 같다······. 애초에 요정이 무엇인지도 잘 모르겠지만.

'룬의 거리로 돌아가면 세라에게 물어보자. 엘프는 반은 요정

같은 거라고 했었으니까 분명 이것저것 알려줄 거야.'

"마음이 편하시다니…… 으음, 감사합니다?"

뭔가 대답이 조금 이상한 것 같다.

료가 그렇게 말하자 수호수가 크게 웃었다.

"감사해야 할 건 내 쪽이네. 그대 덕분에 수명이 천 년 정도는 늘어난 것 같으니까. 실은 이제 10년 정도면 수명이 다할 예정이었는데…… 나스가 참으로 재미있는 자를 데려왔구나."

"맙소사……."

할멈 쪽은 할 말을 잃은 듯 보였다.

앞으로 10년이면 수명이 다할 예정이었다는 것도 충격이지만, 그것이 료를 데려온 것으로 인해 천 년이나 늘었다는 것은 더더욱 충격적이었다.

"료, 굉장해……."

"저 자신에겐 아마 아무런 혜택도 없겠지만요……."

닐스가 감탄했고 료는 고개를 흔들면서도 당황한 표정을 지우지 못했다.

자신이 온 것만으로도 수명이 천 년이나 늘어난다니…… 수호수라는 것이 인간을 넘어선 존재라는 것만큼은 확실하게 이해했다.

"자, 그보다 그대들의 토벌 말인데…… 지난번 그자들은 멋대로 움직인 탓에 여러모로 곤란한 상황이 벌어졌었지."

늑대의 얼굴이긴 하지만 수호수에게서 풍기는 난처한 기색은 10호실의 네 사람도 어렴풋이 느낄 수 있었다.

"깨닫고 보니 스켈레톤들과 전투 상황이 되어 버려서…… 숲을 피로 더럽혀버렸습니다. 죄송합니다."

촌장 블란이 수호수에게 사과했다.

"흠, 그건 어쩔 수 없는 부분도 있었겠지……. 생사가 달린 문제였으니. 그렇다고는 해도…… 그 약한 삼십 마리 앞에서도 고전한 이상 어느 쪽이든 토벌은 성공할 수 없었을 거네."

수호수는 한숨처럼 짧게 숨을 내쉬었다.

'스무 마리에서 늘어났어……. 저 말투로만 보면…… 약한 30마리라는 건 스켈레톤일 거고…… 그 외에도 더 강한 개체가 있다는 거겠지.'

료는 수호수의 말을 분석했다.

"스켈레톤 30마리 말고도 토벌 대상이 있다는 말씀이십니까?"

료가 갖고 있던 의문 그 자체를 닐스가 물었다. 역시 파티 리더.

"강한 것이 한 마리 있네. 같은 계통이지만 더 크지. 사람들 사이에서 그걸 뭐라고 부르는지 나는 모르겠네만. 그 강한 한 마리는 사당 안 입구 부근에 붙잡아 뒀네. 약한 서른 마리를 쓰러뜨리면 그놈을 풀어줄 테니 쓰러뜨리도록 하게나."

"수호수님이 잡아두셨다니……."

수호수의 설명에 할멈이 감동으로 크게 놀랐다.

"음. 사당의 영력만으로는 발을 묶어둘 수 없어서 말이지. 내남은 힘을 써서 붙잡고 있었는데…… 최근 비정상적으로 힘이 필요해지면서 내 수명도 많이 깎여버렸어."

그렇게 말한 수호수가 또 너털웃음을 터뜨렸다.

자신의 수명을 웃으며 말할 수 있는 것은 그릇이 큰 존재이기 때문일까, 아니면 긴 시간을 사는…… 것처럼 보이는 존재이기 때문일까.

수호수는 동굴에서 움직일 수 있는 상태가 아니었기에 그를 제외한 일행이 사당 앞에 와 있었다.

"저건 사당이라기보다는『숨겨진 신전』급 규모네요……."

에토가 할멈에게 말했다.

"흠…… 그런 식의 정의는 잘 모르겠네만…… 마을에서는 대대로 사당이라고 불렀네. 다만 반년 정도 전부터 조금씩 스켈레톤이 나타나게 됐지. 제의도 마을에서 지내는 탓에 계속 닫혀 있었지만…… 그 이후로는 가까이 가지도 못하고 멀리서 보고 있을수밖에 없었네……. 게다가 수호수님이 말씀하시기론 사당 안에 더 강한 것이 있다는데, 도대체 무슨 일이 일어나고 있는 건지."

그렇게 말한 할멈이 크게 한숨을 내쉬었다.

"에토, 숨겨진 신전이 뭐예요?"

료는 궁금한 것을 솔직하게 물어보기로 했다.

"숨겨진 신전이라는 건 빛의 신전에서도 몇 군데 있습니다만, 문 안쪽에 제단이 비치되어 있는 경우를 말합니다. 신관만 있으면 바로 의식을 치를 수도 있는…… 그런 곳이지요. 사당의 경우는 제단이라고 부를 만한 커다란 건 비치되어 있지 않습니다. 문도 작고. 언제, 뭘 위해 만들어졌는지는 이미 지식이 사라져서 전해지지 않는 것 같습니다만, 오래된 것이라면 천 년 이상 전에 만들어진 것도 있다고 합니다……."

에토의 설명은 료에게는 무척 흥미롭게 다가왔다.

할멈에게도 들려드리기 위함인지 말투는 그 어느 때보다 정중했다.

"내가 아는 한 사당 문은 열린 적이 없으니, 안이 어떻게 되어 있는지는 적어도 지금 살아 있는 사람이라면 아무도 모를 걸세."

그렇게 말한 할멈은 작게 고개를 흔들었다.

"예전에 수호수님이 말씀하신 적이 있네. 수호수님이 계신 동굴은 어디선가 힘이 흘러드는 것 같다고. 그래서 힘이 쇠약해진 수호수님도 그 동굴에서 지내신 것인데…… 그 힘이 흘러오는 원천이 이 사당일지도 모른다고 하셨네."

"그럴 수 있습니다. 숨겨진 신전은 지맥보다는 대지에서 솟아나는 힘이 모인 곳에 만들어졌다는 설이 있거든요. 만약 이곳이 그런 곳이라면 숨겨진 신전으로 모여든 힘이 그 동굴로 흘러 들어가고 있는지도 모르겠네요."

에토는 생각을 이어가면서 자신의 가설을 전했다.

◆

스켈레톤과의 전투에 들어가기 전 10호실의 4명은 면밀한 논의를 하고 있었다.

"강하고 큰 녀석이 제일 문제겠군. 스켈레톤 계열이라고 한다면 스켈레톤 제너럴, 스켈레톤 킹 그리고 스켈레톤 아크. 그 밖엔 예를 들어 곰의 시체가 스켈레톤이 되거나 했을 가능성이 크겠지만…… 그 경우도 일반적인 스켈레톤과 대처 방법은 똑같으니 더 고민하지 않아도 괜찮겠지."

"에토, 그중에서 가장 성가신 게 뭐야?"

"아크야. 아크에겐 일체의 마법이 듣지 않거든."

'일체의 마법이 듣지 않는다……. 최근에 어디선가 들어 본 듯한 대사인데…….'

닐스와 에토의 대화를 들은 료가 기억을 더듬는다. 하지만 데빌에 관해서는 생각이 나지 않았다.

'뭐, 됐나.'

"애초에, 스켈레톤 계열은 참격 자체가 잘 안 먹히니까 검으로 하는 공격은……."

"그런가. 나도 아몬도 검밖에 안 갖고 있는데……."

에토의 설명에 아몬이 생각에 잠겼다.

"에토, 망치로 때리는 건 어때요?"

"응, 그런 게 제일 효과적이지."

료가 라이트 노벨에 기반한 지식으로 제안하자, 정답이 맞았는지 에토가 크게 고개를 끄덕였다.

"그럼 괜찮아요. 제가 발을 잡아두고 있을 테니 닐스와 아몬은 외부에서 커다란 망치로 때리는 걸로 하죠."

"외부에서?"

"커다란 망치?"

료가 자신만만하게 말하자 닐스와 아몬이 고개를 갸우뚱했다.

"그럼 먼저 사당 앞의 스켈레톤을 일소하겠습니다."

그렇게 말한 에토가 작은 소리로 영창에 들어갔다.

"부정한 영혼을 지금 근원으로 돌려보내라. 그 죄가 용서받기를 우리는 여기에 바라노라 〈턴 언데드〉."

마지막 트리거 워드를 외자 에토가 시야에 포착한 30마리의 스켈레톤이 차례로 증발해 나갔다.

'부정한 영혼을 지금 그 근원으로 돌려보내라, 너무 멋진 영창이잖아! 만든 사람은 중2병에 걸렸을 게 분명해!'

료가 마음속으로 실례되는 생각을 하는 사이 남은 마지막 한 마리의 스켈레톤이 하늘로 사라졌다.

E급 모험자인 에토에게는 〈턴 언데드〉도 상당한 마력이 소모되는 것인지, 아니면 서른 마리를 한꺼번에 없앴기 때문인지 한쪽 무릎을 꿇은 채로 숨을 고르고 있다.

"괜찮아요, 에토?"

료가 맛있는 물을 채운 얼음 컵을 에토에게 건네며 말했다.

이럴 때 물 한잔은 무엇과도 바꿀 수 없이 소중했다. 인간의 몸은 참으로 신비롭다.

"고마워, 괜찮아."

에토는 물을 단숨에 들이켜고 대답했다.

그러는 사이 닐스, 아몬은 사당 문으로 다가가 준비 태세를 갖추고 있었다.

드디어 문이 열렸다.

수호수가 붙잡고 있으니 크고 강한 스켈레톤이 갑자기 튀어나오지는 않겠지만 그럼에도 두 사람은 조심스럽게 문을 열어나갔다. 오랫동안 닫힌 채로 있던 문치고는 제법 쉽게 열렸다는 느낌이었다. 전위검사 두 사람이 열었다고는 하지만.

문이 활짝 열리고 흩날리던 먼지가 가라앉자 내부가 보였다.

2미터가 넘는 한 마리의 스켈레톤이 서 있었다.

"스켈레톤 아크……."

"마법이 안 먹히는 제일 성가신 놈이네!"

에토가 말하고 닐스가 재차 확인했다.

닐스와 아몬이 문가에서 떨어지며 검을 겨누었다.

'〈아이스 크리에이트 해머〉.'

료가 주문을 외자 닐스와 아몬이 들고 있던 검 위로 에워싸듯 얼음 망치가 생성되었다.

"우왓, 꽤 크네. 료, 이걸로 치라는 거지?"

"한 방, 한 방이 무거울 것 같아요."

닐스와 아몬이 휘두르거나 스윙을 해 보며 사용 편의성을 확인하고 있었다.

"네. 광장까지 나오면 발을 잡아두고 있을 테니 그걸로 쾅쾅 내려쳐서 내구력을 깎아주세요."

"알았어."

"네."

닐스와 아몬은 료가 지정한 광장을 에워싸듯 섰다.

'〈아이스 월 3〉.'

문에서부터 광장까지 얼음벽으로 둘러싸인 길을 만들었다. 이걸로 갑자기 루트를 벗어나서 덮쳐와도 괜찮았다.

"그럼 수호수님께 풀어달라고 할게요. 〈아이스 플라워〉."

불꽃놀이가 파이어 플라워라고 불리는 것에서 착안한 이름이었다.

료가 들어올린 오른쪽 손바닥에서 공중을 향해 반짝반짝 빛나는 눈덩어리가 솟아올랐다. 상당한 높이로 치솟은 눈덩어리는 곧 화려하게 터졌다.

중심에서 펼쳐지는 다이아몬드 분진이 석양을 받아 놀라울 정도로 반짝였다. 이어서 2단, 3단으로 터지며 눈부시게 쏟아져 내린다.

일행은 토벌 도중이라는 것도 잊은 채 시선을 사로잡히고 말았다.

"아름답구나."

할멈의 중얼거림은 아주 작았지만 료의 귀까지도 닿았다.

"자, 아크가 옵니다."

료가 큰소리로 외쳤다.

그로 인해 일행의 의식은 토벌로 되돌아갔다.

"언제든지 와라!"

닐스의 목소리가 신호가 된 것은 아니겠지만…… 마침 수호수의 속박이 풀린 것인지 스켈레톤 아크가 움직이기 시작했다.

언데드는 산 자를 미워한다.

그 이유는 확실하지 않지만 산 자에게 이끌려 산 자를 죽이고 자신들과 같은 저주받은 존재로 끌어들이려 한다.

아크 역시 문을 나서자마자 일행을 향해 걷기 시작한다. 그대로 천천히 나아가 광장까지 나오자…… 정면에 펼쳐진 〈아이스 월〉에 부딪혀 앞길이 막혔다.

'〈아이스반〉.'

마법이 듣지 않는다고 해도 〈아이스 월〉이나 〈아이스반〉처럼 아크 자체를 대상으로 하지만 않으면 될 일이었다.

물리적인 현상에서는 벗어날 수 없다.

그래, 예를 들면 얼음 위는 미끄럽다, 처럼.

스켈레톤 아크는 〈아이스반〉 위에서 성대하게 미끄러져 넘어졌다. 몇 번을 일어서려고 했지만 실패했다.

"〈아이스 월 해제〉. 지금이에요, 닐스, 아몬."

"오! 아몬, 간다."

"네!"

닐스와 아몬이 넘어진 아크와 거리를 좁혔다.

그리고…… 료의 특제 아이스 해머를 힘껏 휘둘러 아크를 향해 내리쳤다.

콰앙.

"단단하네."

"네, 하지만 조금씩 대미지는 주는 것 같아요."

닐스랑 아몬이 서로 확인했다.

"좋아. 이대로 계속한다."

"네!"

때리고, 때리고, 때린다.

일어나지 못하는 아크를 향해 두 사람은 한결같이 때리기를 반

복했다.

〈아이스반〉은 반경 약 2미터, 해머의 길이는 3미터…… 게다가 원거리 공격 마법이 없는 아크를 상대로 대미지 없이 계속 내리칠 수 있다.

다만 E급 닐스와 F급 아몬이기 때문에 일격이 주는 대미지는 결코 크지 않았다. 쓰러뜨리기 위해서는 상당한 시간이 걸리는 것은 어쩔 수 없는 일이었다.

아주 조금씩이라고는 해도 대미지를 계속 받으면서 아크는 네발로 섰다. 일어서기를 포기하고 네발로 이동하려는 것이었다.

"뭐, 그렇게 나오겠지. 하지만 마찬가지야. 네가 서 있는 건 특제 얼음이니까. 엄청 미끄럽거든."

료의 말대로 네발로 누워도 아크는 나아가지 못했다.

〈아이스반〉위에서 계속 미끄러졌다.

애초에 얼음 위는 왜 미끄러운가?

얼음 표면에 물이 있으니까…… 가 아니다. 얼음 표면의 녹은 물과는 상관없이 미끄러진다.

열역학적 이야기는 아닌 것이다.

물론 물이 있으면 더 잘 미끄러지긴 하겠지만.

물분자 H_2O, 이 물분자끼리 달라붙는 이유는 수소 결합이라는 분자 간 상호작용에 의한 것이다.

이쪽의 수소 H가 옆에 있는 산소 O와 수소 결합, 다른 하나인 수소 H도 그 옆의 다른 산소 O와 수소 결합, 이쪽 산소 O는 옆의 다른 수소 H, 또 그 옆의 다른 수소 H와 수소 결합.

이 '네 개의 수소 결합 상태…… 즉 물 분자 다섯 개'가 한 세트, 이것이 가장 흔한 얼음의 상태다.

가장 흔하다는 것은 그것이 가장 안정된 상태이자 안정된 형태라는 뜻이기도 하다.

얼음은 온도가 낮아질수록 단단해진다.

반대로 말하면 같은 물이라도 온도가 높아지면 약한 수소 결합이 늘어난다.

얼음 표면…… 즉, 물이나 공기와 접해 있는 곳에는 수소 결합이 세 개나 두 개인 물분자도 많이 존재한다.

그리고 이 '수소 결합 두 개인 물 분자', 즉 '물 분자 세 개로 이루어진 물 분자'가 미끄러지는 원인인 것이다.

이 '수소 결합 두 개인 물분자'가 수소 결합 네 개인 얼음의 표면을 돌아다니며 베어링 볼과 같은 역할을 하고 있는 셈이다.

평평한 바닥에 파친코 구슬이나 유리구슬을 대량으로 쏟았다고 하자……. 그 위를 신발이나 슬리퍼를 신고 걷기란 아마도 어려울 것이다.

평평한 바닥을 수소 결합 4개인 물 분자, 파친코 구슬이나 유리구슬을 수소 결합 2개인 물 분자라고 생각하면 상상하기 쉬울 것이다.

그리고 료가 〈아이스반〉으로 생성한 얼음 바닥은 이 특성을 이용했다.

론도 숲에서 끊임없이 분자 수준의 결합 연습을 해 왔기 때문에 가능한 것이었다.

물 분자 3개를 붙인 '수소 결합 2개의 물 분자'를 가득…… 그러면서도 손톱 끝이나 발뒤꿈치를 박아서 이동할 수 없을 정도의 경도를 가진 얼음. 이 양립은 마법과 과학에 대한 지식이 있는 료만이 쓸 수 있는 것이었다.

어쨌든 그런 〈아이스반〉 위에서 아크는 네발로 서서도 앞으로 나아가지 못한 채 닐스와 아몬에게 계속 두들겨 맞아야 했다.

마침내 아크가 네발 서기를 포기하고 배를 깔고 엎드렸다.

"이족보행에서 사족보행, 마지막에는 엎드리기…… 당연히 접촉면적을 늘려 마찰계수를 높일 생각이겠지만 마찬가지입니다. 넌 나아갈 수도, 물론 점프할 수도 없어요."

시작 후 15분이 넘도록 닐스와 아몬은 쉴 새 없이 아크를 계속 내리치고 있었다.

최근에는 특히나 지구력에 주력해 훈련을 쌓고 있다고는 해도 한눈에 봐도 피로가 누적되었다는 것을 알 수 있었다.

'너무 힘들 것 같으면 교대할까 생각하고 있었는데…….'

료는 때리는 역할을 교대하는 것도 염두에 두고 있었지만, 그것은 기우로 그쳤다.

"슬슬 끝이다!"

그러면서 닐스가 가격한 순간…….

으적.

소리를 내며 망치에 닿은 아크의 목뼈가 부러졌고, 눈에서 번

쩍이던 붉은빛이 사라져 갔다. 기어이 스켈레톤 아크를 쓰러뜨린 것이다.

"간신히, 쓰러뜨렸다……."

"피곤해……."

닐스와 아몬이 털썩 주저앉는다.

닐스는 허리에 찬 물통에서 물을 쏟아붓듯이 마셨고 아몬은 주저앉더니 그대로 몸을 뒤로 젖혀 큰 대자로 뻗었다.

스켈레톤 같은 언데드계는 마석을 남기지 않는다.

그래서 이렇게 고생해서 잡은 스켈레톤 아크에게서는 마석을 구할 수 없었다.

"아, 알고 있었다고는 해도…… 뭔가 허무하네."

"네……."

료가 마석을 떨구지 않았다는 것을 보고하자 닐스와 아몬은 고개를 끄덕이며 그렇게 말했다.

"다들 애썼구나."

전투 중 후위보다 더 뒤에서 지켜보고 있던 할멈이 블란과 함께 나왔다.

"사당에 들어가 봐도 되겠나?"

"움직이는 건 없는 것 같아요."

할멈의 확인에 료가 대답했다.

그 말을 들은 할멈은 블란을 거느리고 사당으로 들어갔다. 그 뒤를 에토와 료도 따라 들어갔다. 닐스와 아몬은 물론 밖에서 쉬고 있다.

사당 안은 학교에 있을 법한 25미터 수영장 정도의 넓이였다. 정면 안쪽에는 제단으로 보이는 것이 있다. 꽤 넓긴 하지만 별다를 것 없는 공간.

"제단…… 뿐?"

"기본적으로 숨겨진 신전에 있는 건 제단뿐이라고……."

료의 중얼거림에 에토가 속삭이듯 대답했다.

제단에는 1미터 정도 높이의 여성 모양 조각상과 금이 가고 일부가 부서진 검은 수정 같은 구슬이 있었다.

'저 구슬은…….'

료는 본 기억이 있었다.

룬의 던전의 40층에서 39층으로 올라가는 계단 쪽에 있던 그 구슬과 닮았다. 크기는 이쪽이 더 작은 데다 부서져 있지만…….

"부서져 있군……."

부서진 구슬을 보며 할멈은 중얼거렸다.

"할멈, 이건 대체……."

블란이 구슬을 보고 할멈에게 묻는다.

"나도 정확히는 모른다만…… 선대의 무녀에게서 들은 적이 있다. 일찍이 사당에는 빛나는 구슬이 있었지. 허나 어느 순간 그 구슬은 검고 탁해지더니 얼마 후 깨졌다더군. 아마 이 검은 구슬을 말하는 거겠지……."

"과거에는 빛이 났다고……."

할멈의 설명을 들은 블란이 중얼거리며 검게 깨진 구슬을 바라보았다.

"사당은 지금까지처럼 닫아둔다. 내 힘으로는 어쩔 수 없으니 다음 세대의 무녀들에게 맡길 수밖에."

"다음 세대의 무녀?"

료가 할멈 쪽을 향해 물었다.

"그대들도 만났었지? 닐스 동생 닐로이의 아내인 사나가 가장 유력한 후보일세. 그 밖에도 비슷한 연령대의 사람들에게 무녀의 소질이 나타나고 있어. 본인들이 원한다면 나 혼자였던 이 세대보다는 훨씬 강한 무녀 세대가 되겠지. 그러면 마을 제사뿐만 아니라 이 사당도 쓰게 될지 모를 일이지."

할멈이 기쁜 얼굴로 답했다.

"남은 건 고블린들이 있었다는 동굴인가. 수호수님이 계신 동굴처럼 이곳에서의 힘이 넘쳐흐른 것일지도 모르겠군."

"그렇군요. 그럴 수 있겠네요."

할멈의 추론을 에토는 고개를 끄덕이며 긍정했다.

"이 마을은 옛날부터 몇 번이나 고블린들의 습격을 받아왔었지……."

할멈은 그렇게 말하더니 힐끗 사당 밖에 있는 닐스를 바라보았다.

'혹시 닐스의 부모님이 안 계시는 건…….'

료는 할멈의 시선으로 그렇게 생각했지만 입 밖에 내지는 않았다. 그런 건 제3자가 멋대로 파고들어도 될 문제가 아니었다.

료 본인도 지구에서 부모님을 잃었고.

할멈의 말은 계속되었다.

"지금까지는 본거지를 찾지 못했었는데 그대들이 토벌해 준 동굴이 본거지였을지도 모르겠구나. 그 동굴에 우리들의 능력으로 봉인묘를 만들어두면 땅으로 새어 나올 일은 없겠지. 내일이라도 블란과 함께 가봐야겠어."

그녀의 마음속에서 과거부터 안고 있던 무수한 현안 중 몇 가지가 오늘 해결된 것인지…… 할멈은 전에 없이 밝은 표정을 짓고 있었다.

◆

룬의 거리를 떠난 지 닷새 만에 10호실의 4명은 무사히 의뢰를 달성하고 다시 룬의 거리로 돌아왔다.

돌아오는 길에도 별일은 없었다…….

네 사람이 룬의 거리에 들어선 것은 저녁이었다. 당연히 모험자 길드는 붐비는 시간대.

"이건…… 평소보다 더 더 붐비는 것 같은데?"

"응, 혼잡하네……."

"곤란하네요……."

닐스, 에토, 아몬이 평소 이상으로 붐비는 길드를 문가에서 들여다보며 한숨을 내쉬었다.

"먼저 목욕이나 하러 갈까요?"

기다리는 것도 시간이 아깝다, 넷이서 그런 이야기를 나누고 있을 때 료가 제안했다.

"그럴까?"

룬의 거리에는 꽤 많은 공중목욕탕이 있었다. 모험자 길드 근처에도 네 명의 단골 목욕탕이 있다.

그 대욕탕 안에서.

"이제 곧이구나……."

"음, 곧이네."

닐스와 에토가 의미심장한 대화를 나누고 있었다.

"전 알고 있어요, 닐스. 유곽에 있는 미란다 양에게 드디어 고백하는 거죠?"

"아니거든. 누구야, 미란다는."

료의 혼신을 다한 추리는 꽝이었다.

"나도 에토도 모험자로 등록한 지 300일이 다가오고 있다는 얘기야."

모험자 등록 후 300일 이내엔 길드 숙소에서 살 수 있다. 하지만 그 기간이 지나면 숙소를 떠나야 한다.

"아아…… 그런 뜻이었어요?"

료는 작게 한숨을 쉬며 고개를 끄덕였다.

즐거운 시간은 끝나가고 있었다.

료도 여러모로 생각은 하고는 있었다.

'이렇게 된 이상 계획을 앞당길 필요가 있겠어.'

"이봐, 료, 아몬. 나랑 에토는 숙소를 나가면 집을 사거나 빌릴 생각이야. 거기서…… 너희도 같이 살지 않을래?"

그 권유를 들은 아몬은 놀라서 입을 다물었다.

아몬도 료도 아직 앞으로 반년 이상은 숙소에서 생활할 수는 있다. 하지만 적어도 아몬은 닐스, 에토와 파티를 맺고 있기 때문에 함께 생활했을 때의 메리트는 클 것이다.

아몬도 그 사실은 금방 이해할 수 있었다.

"꼭 그렇게 하고 싶어요!"

아몬은 두말없이 받아들였다.

"오, 좋아!"

닐스가 고개를 크게 끄덕이며 아몬의 어깨를 힘껏 두드렸다.

에토가 기쁜 얼굴로 웃었다.

"료는……?"

"음, 미안해요. 전 따로 집을 살 예정이에요. 마법과 연금술 실험을 하려면 넓은 땅이 필요하거든요."

닐스의 물음에 료가 조금 아쉽다는 듯 답했다.

"아…… 그렇구나…….'

닐스도 아쉽다는 얼굴로 답했지만 무리해서 몇 번이나 권유하지는 않았다. 그럴 것 같다는 것을 어렴풋이 느끼고 있었는지도 모른다.

에토도 아쉬워 보이긴 매한가지였지만 미소를 지으며 말했다.

"그래도 이번처럼 어려운 의뢰 때는 도와줘."

"네, 물론이죠."

그날 밤 10호실의 네 사람은 길드 식당에서 늦게까지 이야기를 나눴다.

이번 의뢰의 일, 지금까지의 일, 그리고 앞으로의 일을.

푸른 눈의 사람들

10호실의 4명이 애버리 마을의 의뢰를 마치고 룬의 거리로 돌아온 다음 날 오후.

모험자 길드 마스터 휴 맥글러스는 영주관에 와 있었다.

영주에게 보고를 마치고 곧바로 기사단장 집무실로 향한다. 집무실 앞에는 여느 때처럼 두 명의 기사단원이 서 있었다.

"네빌 공을 만나고 싶은데 자리에 있나?"

"네, 계십니다."

그렇게 말하고는 문을 두드린다.

"모험자 길드 마스터 휴 맥글러스 공이 오셨습니다."

"들어오라고 해."

안에서 건조한 남자의 목소리가 들려왔다.

휴는 집무실 안으로 들어갔다. 내부는 열 평 정도의 넓이에 꽤 큰 집무 책상과 응접용 공간, 그리고 술병이 늘어선 찬장만이 놓인 심플한 구성.

룬 변경백령 기사단장 네빌 블랙은 커다란 몸집의 체구를 집무의자에 구겨넣은 채 무언가를 쓰고 있었다.

"미안, 거기 앉아서 기다려줘. 곧 다 쓰니까."

그것만 말하고는 다시 집중해서 무언가 쓰기 시작한다. 평소늘 있는 일이라 휴는 전혀 개의치 않고 앉아서 기다렸다.

3분 정도 기다리니 작성을 마친 것인지, 기사단장 네빌은 자리에서 일어나 찬장에서 술병과 두 개의 잔을 꺼내 휴의 맞은편에 앉았다.

그리고 두 사람은 잔을 기울이며 몇 가지에 대해 의논했다.

"네빌, 그 마석 건, 정말 하나 더 추가하는 거 맞나?"

휴는 우선 현안 문제부터 확인에 들어갔다.

'그 마석'이란 물론 료와 아벨이 길드에 들여온 와이번의 마석을 말했다. 하나는 이미 영주가 매입했고, 당시엔 휴도 영주의 매입은 하나뿐일 것이라고 생각했는데…….

"그래, 하나 더 추가다. 딱히 내가 쓰는 것도 아니니까. 처음으로 마석을 본 『공방』 녀석들이 어떻게든 부탁한다면서 울며불며 매달렸다더군. 본인들 월급을 낮춰 매입에 써도 된다는 말까지 나온 상황이라……."

그렇게 말한 네빌은 쓴웃음을 짓고는 말을 이었다.

"그 정도의 매물은 이제 앞으로도 한동안은 없을 거잖아? 완벽한 크기, 농도, 그리고 뭐니뭐니해도 바람의 마석이라는 게 조건에 부합한 거야."

"그…… 배 때문인가."

한층 더 작은 소리로 휴가 확인했다.

"그래, 그 배다. 평생을 넘어 부모 자식 2대에 걸쳐서 개발에 매진하는 녀석들을 보고 있으면, 뭐 무리해서라도 매입해 주고 싶은 마음인 거지. 물론 영주님께서도 적극적으로 찬성하셨다. 그러니 지난번과 비슷한 것을 6억 플로린에 사들이지."

"알았다."

논의할 것들을 얼추 마치고 휴가 몸을 일으키려 하는데, 기사단장 네빌이 의외의 이름을 입에 담았다.

"휴, 네 쪽에 있는 료라는 모험자, 그 녀석은 뭐하는 놈이냐?"

네빌의 입에서 먼저 료의 이름이 나온 것에 휴는 놀랐다. 료와 기사단 사이에 접점이 있을 거라고는 생각하지 못했기 때문이었다.

"료 이름을 자네가 어떻게 알아?"

"질문에 질문으로 대답하지 마."

그렇게 말하고 네빌이 연신 웃었다.

"아니, 그 료가 요즘 우리 연습장에 자주 오거든. 그래서 이름을 알지."

"료가 기사단 연습장엘? 그런 데서 뭘 하고 있길래……."

"그야 물론 연습장에서 뭘 한다고 하면 모의전이겠지?"

네빌의 그 대답을 듣고 휴는 몸을 떨었다.

료는 던전에 나홀로 들이닥쳐 마왕자를 쓰러뜨리기까지 했던 남자다. 그렇다면 모의전에서 설비를 망가뜨렸을 가능성은……?

하지만 또 하나 생각난 것이 있었다. 그러고 보니 예전에 마차 안에서 모의전을 하고 있다는 식의 이야기를 료에게서 들었었다…….

"설마 설비를 망가뜨렸다던가……."

"아니, 걱정하지 마, 그런 건 아니니까. 우리 연습장엔 상시 기동형 마법 장벽도 있고 말이지."

"그럼 대체……."

"음…… 그게……."

네빌은 말을 꺼내기가 어려운 것인지 말을 멈췄다. 이는 대쪽 같은 성미를 가진 네빌로서는 매우 드문 일이었다.

"실은 세라 공과 모의전을 하고 있어."

"……허?"

네빌의 예상치 못한 말에 휴가 얼빠진 목소리를 냈다.

'료가 세라와 모의전? 아니, 그야 세라는 모험자이고 료도 모험자니까…… 모의전을 한다 해도 문제는 없지만, 어떻게 둘이 아는 거지? 게다가 길드의 훈련장이 아니라 기사단 연습장에서 모의전? 하기야 네빌 말대로 마법 장벽이 있어서 연습하기 더 쉬운가……?'

휴의 머릿속으로 오만가지 생각들이 뒤죽박죽 솟아올랐지만 입을 쑥 내밀고 나온 말은 그것들과는 거의 관련이 없는 말이었다.

"세라에게는 '공'을 붙이면서 왜 나나 료는 그냥 부르는 거냐?"

"당연한 말을. 세라 공은 이 영주관의 권력자다. 영주님을 제외하면 최고 권력자라고 해도 좋을 정도지. 게다가 난 그나마 세라 공이지만 기사단원들은 모두 세라 **님**이라고."

그렇게 말한 네빌이 유쾌하게 웃었다.

"뭐, 그런 세라 공과 료는 호각에 가까운 모의전을 벌이고 있어. 나도 본 적이 있는데 정말 놀랍더군. 기사단원들이 넋을 잃고 보는 것도 납득이 가. 애초에 무슨 일이 일어나고 있는지 절반 정도는 이해할 수 없는 수준이지만."

모의전의 광경을 떠올린 네빌이 웃으며 말했다.

"우리 기사단원도 지도역인 세라 공에게 훈련을 받고 있긴 하지만

『풍장』조차 쓴 적이 없으니 말야……. 순수한 검기만으로도 하늘과 땅만큼의 차이가 있으니 어쩔 수 없는 일인 건 알지만, 전력을 기울일 상대가 없는 세라 공을 보면서 가엾다고 생각했었는데……."

"네가 세라를 상대하면 되지."

"농담 마. 나 같은 건 발밑에도 못 미친다고. 그래, 가끔은 영웅 맥글러스 공께서 세라 공을 상대해주는 게 어때? 할 수 있지 않을까?"

기사단장 네빌이 부추긴다.

"멍청아. 팔을 다쳐서 은퇴한 내가 뭘 어쩐다고. 애초에 현역 시절이라고 해도『풍장』을 발동시킨 세라를 이길 수 있을 것 같지는 않은데……."

그렇게까지 말하고 휴는 문득 생각이 미쳤다.

"세라의 마법이 굉장하다는 말은 들었지만…… 료만큼이나 대단하다는 건가?"

"음? 세라 공의 마법은 나도 본 적이 없는데?"

"어라?"

두 사람의 대화는 어딘가 어긋나고 있었다.

"모의전은 마법을 말한 게 아닌가?"

"세라 공과 료의 모의전은 검 모의전인데?"

"……허어?"

다시금 휴는 얼빠진 소리를 냈다.

그리고 숨을 한 번 내쉬고 나서 휴가 간신히 말을 쥐어짜냈다.

"료는…… 마법사인데……."

"……허?"

이번에는 네빌이 얼빠진 소리를 냈다.

잠시 두 사람 사이로 침묵이 내려앉았다.

그리고 간신히 먼저 입을 연 것은 네빌이었다.

"……뭐, 저기 아무튼, 두 사람의 모의전은 기사단원들에게 좋은 자극을 주고 있으니까 앞으로도 꼭 계속 해줬으면 한다는 말을 너한테 전하고 싶었을 뿐이야……."

"아아…… 알았어."

쓸데없는 생각을 두 사람은 마침내 포기한 것이었다.

휴는 기사단장 집무실을 나와 마차로 돌아가던 중 굉장히 들뜬 얼굴의 세라를 만났다.

"그래, 세라."

"오랜만이야, 마스터 맥글러스. 네빌 공과 만나고 오는 길인가?"

"아아, 그러고 보니 방금 막 들었는데, 료랑 모의전을 하고 있다면서?"

"음. 영주님의 허락은 이미 받았는데?"

세라가 고개를 갸우뚱하며 대답한다.

"아니, 뭔가 불만이 있어서 그런 건 아니야. 네빌도 기사단원들에게 좋은 자극이 되고 있다고 했으니까."

"그렇구나! 그렇다면 다행이야."

그렇게 말하고 세라는 미소를 지었다.

휴도 한 명의 남자다. 남자에게 있어서 세라의 미소는 굉장히 강렬했다…….

하지만 그 열정에 진 나머지 겁탈하려다 어깨가 부서진 영주의 손자 알폰소 스피나졸라를 떠올리며 세라의 웃는 얼굴에서 필사적으로 시선을 떼어냈다.

"마스터 맥글러스도 진심을 다한 모의전을 하고 싶어지면 언제든 와. 연습장에는 우수한 신관도 있으니까 다소의 부상은 나을 수 있을 거야."

그렇게 말하고 세라는 떠났다.

"아니…… 난 발을 들이고 싶지 않은데……."

휴의 중얼거림은 누구의 귀에도 닿지 않았다…….

◆

10호실의 4명이 애버리 마을의 의뢰를 마치고 룬의 거리로 돌아온 다음 날 점심. 료는 오랜만에 『포식정』에서 세라와 카레를 먹었다. 그리고 세라는 영주관으로 돌아가고 료는 황금파도로 향했다.

'아벨에게는 받아야 할 빚이 몇 개 있었어. 예를 들면 던전에서 일주일 치 사준다고 약속했던 저녁밥…… 아직 한 번도 못 얻어먹었지. 그리고 맞다. 위트나쉬에서는 아벨의 체면을 봐서 그 불마법사를 얼려버리려던 걸 멈춰줬으니까. 응, 이건 누가 뭐래도 도움을 받아야겠네!'

시간은 오후 2시.

황금파도에서 점심을 먹던 사람들도 대부분 일어난 시간. 그런 가운데 식당 의자에 앉아 책을 읽고 있는 B급 검사 한 명.

접수처에서 호출할 생각이었던 료에게는 그야말로 최적의 상황이었다.

"아벨, 빌려준 거 돌려받으러 왔어요."

"어어? 뭐야, 료 너였냐. 놀래키지 마. 그보다 빌려준 거라니……내가 뭔가 빌렸나?"

"던전에서 저한테 일주일 정도 저녁 사주겠다고 약속했잖아요."

"!"

완전히 잊고 있었던 것 같은 아벨.

"다, 다, 다, 당연히 안 잊었지! 료가 바쁜 것 같아서 말을 걸 타이밍을 놓쳤을 뿐이야, 진짜로!"

"하아……."

아벨의 변명을 들은 료는 일부러 한숨을 내쉬었다.

그리고는 아벨 맞은편에 앉는다.

"일주일 치 저녁 대신 도와줬으면 하는 일이 있어요."

"어…… 뭐, 뭔데? 그게 더 힘들 것 같은데……."

료의 제안에 아벨이 불안한 얼굴로 되묻는다.

"사실 제 룸메이트인 닐스와 에토가 모험자로 등록한 지 300일이 다가와서 조만간 숙소를 떠나게 됐어요. 그래서 집을 사기로 했다는데 거기에 아몬도 따라서 나갈 예정이고요. 그래서 저도 그 타이밍에 숙소를 나와 혼자 살 생각인데……."

"료는 세 사람과 함께 안 사는 거야?"

"네. 마법이나 연금술 실험을 많이 하고 싶어서 넓은 정원이 있는 집에서 살고 싶어요."

"혹시 그 마석을 판 돈이 좀 들어온 건가?"

료의 말에 아벨은 생각난 듯 말했다.

"오늘 아침에 확인해보니 두 개째가 팔린 것 같은 금액이 들어 있었어요."

"그렇군. 하나는 곧바로 영주관에서 매입했다고 했으니 어디론가 더 팔린 건가…… 길마스는 역시 수완가라니까."

아벨이 몇 번이나 고개를 끄덕였다.

"그래서 오늘은 집을 찾는데 아벨의 도움이 필요해서 온 거예요."

"그렇구나. 그런 거라면 맡겨줘."

뭐니뭐니해도 아벨은 룬의 거리의 얼굴과도 같았다.

모험자 중 압도적인 인기는 물론이고 몇 안 되는 B급 모험자로서 거리 사람들에게도 유명했다.

그런 인물의 서포트를 받는다면 속는 일도 적을 것이고, 애초에 아벨이 소개해 주는 중개업소라면 신뢰할 수 있을 거라고 생각하고 찾아온 것인데…….

"땅이나 건물은 모험자 길드에서도 취급하고 있어."

모험자 길드에는 부동산 부서도 있는 것 같다…….

결국 두 사람은 모험자 길드로 이동하게 됐다.

"설마 길드에서도 취급할 줄은……."

"길드 독점 물건마저 있을 정도야. 뭐, 빈집 매매나 임대 물건은 현실적인 문제로 모험자가 사거나 빌리는 경우가 많으니까.

아마 숙소에 들어가 있는 기간을 300일까지로 해두는 것도 그런 쪽과 관련되어 있는 거 아닐까."

"더러워! 어른은 더러워요!"

아벨이 내놓은 그럴싸한 추론에 료는 몇 번이나 고개를 흔들며 말하는 것이었다.

"아, 하지만 빌리거나 사지 않고 아벨 팀처럼 숙소에 눌러앉아 있는 파티도 있죠."

"눌러앉아 있다니…… 제대로 정규 요금은 내고 있다고. 뭐, 이렇게 말하면 좀 그렇지만 B급이라 나름대로 높은 보수를 받고 있으니 가능하다고도 볼 수 있지."

현대 지구에서 고급 호텔 최상층에 살고 있는 사장님 같은 거겠지……. 료는 멋대로 그렇게 추측했다.

청소나 세탁 등을 모두 숙소 쪽에서 해주고 음료나 가벼운 식사류도 주문하면 바로 방으로 가져다주니…… 확실히 쾌적한 생활을 할 수는 있을 것 같다.

그래, 돈만 있다면!

"료도 숙소에 살면…… 아니다, 실험 같은 걸 해야 해서 마당이 넓은 집이 필요하다고 했지……."

"네. 이런 경우라면 정석적으로 어느 정도의 돈을 내면 낡은 귀족의 저택이라든가 저주받은 귀족의 저택 같은 걸 싸게 사들일 수 있지 않을까…… 뭐 그런 전개를 생각하고 있어요."

"뭐야, 정석이니 전개니……."

료는 라이트 노벨에 기반한 왕도적 전개라는 희망을 품고 말했지만, 아벨에게는 통하지 않았다. 뭐, 당연하겠지.

"료, 말하기 어렵지만 그건 불가능할 것 같아……."

"네?"

"죄송합니다. 비록 아벨 씨의 소개라 할지라도 귀족의 저택은 귀족 지위를 가지신 분만 구입하실 수 있습니다."

"아……."

"뭐, 그런 거지."

모험자 길드 부동산 부서의 부서장인 리플레이트가 직접 나와 응대해 주었지만…… 료에게 들이닥친 현실은 비극적인 것이었다.

"그럼 내 넓은 정원은……."

"아니, 아직 료의 넓은 정원은 아니잖아. 리플레이트 씨, 료가 찾는 집은 어쨌든 정원이 넓은 집이야. 마법이나 연금술 실험을 하기 위한. 이 녀석 부자니까 어느 정도까지의 지출은 괜찮아."

그렇게까지 말할 필요가 있을까, 바가지를 쓰는 건 아닐까, 하고 료는 생각했다.

"아벨, 그건……."

"괜찮아. 리플레이트 씨는 길드에서 제일 성실한 직원이야. 필요한 정보는 다 전달해주는 편이 나아. 너한테 더 딱 맞는 매물을 찾아줄 거야."

인망이 두터운 아벨이 그렇게까지 말하자 부서장인 리플레이트도 자부심을 느낀 것 같았다.

기쁜 얼굴로 크게 고개를 끄덕이며 말했다.

"그렇군요. 하지만…… 지금 수중에 있는 물건 중에는 료 씨가 원하는 조건에 맞는 것은 없네요……. 혹시 하루만 기다려 주실 수는 없겠습니까? 저희 쪽에 들어오지 않은 물건, 혹은 새로 나온 물건 등을 시중 중개업소에 방문하여 모아오겠습니다. 내일 오후에 다시 와주실 수 있으십니까?"

그렇게 말한 부서장 리플레트의 얼굴은 그야말로 성실 그 자체. 자신의 일에 자부심을 갖는 남자의 얼굴이었다.

그런 표정을 짓는 남자의 부탁을 료가 거절할 리가 없다.

"네, 잘 부탁드립니다."

◆

"3시네요……. 아벨에게 저녁밥을 얻어먹기엔 아직 좀 이르군요."

"내가 사는 게 전제인 거냐……. 집 구하는 걸 도와주는 걸로 대신한다는 말을 들었던 것 같은데……."

"전 위트나쉬 해안에서 아벨의 체면을 봐서 그 『폭염의 마법사』를 죽이지 않았던 건데…… 거기에 대한 보답은……."

"아, 그래, 알았어. 그랬었지. 그때는 고마웠어! 자, 간식이라도 사줄 테니까 어디든 좋아하는 가게로 데려가."

반쯤 체념한 얼굴로 아벨은 료에게 말하는 것이었다.

"좋아하는 가게라고 해도…… 간식이 맛있는 가게는 몰라요. 아벨, 어디 좋은 가게 아는 데 없어요?"

"그럼 바로 저기에 케이크랑 커피가 맛있는 가게가 있어. 거기로 갈래?"

"커피!"

료는 『파이』에 와서 처음으로 '커피'라는 단어를 들었다. 아니, 물론, 『커피메이커』는 알고 있었지만…….

"료는 커피를 알고 있어?"

"악마처럼 검고 지옥처럼 뜨겁고 천사처럼 순수하고 사랑처럼 달콤한 그 음료죠?"

"중간에 잘 모르는 단어가 많긴 했지만 아마 맞을 거야. 검은 음료 말이야."

탈레랑의 그 유명한 말도 아벨에게 걸리면 검은 음료라는 말 한마디가 돼 버리는 그 현실에 료는 절망했다.

"이 메뉴는 대체……."

두 사람이 들어간 가게는 『카페 드 쇼콜라 룬점』.

다만 가게 이름에 쇼콜라가 들어감에도 불구하고 초콜릿을 사용한 케이크는 없었다.

없었지만…….

"몽블랑, 딸기 쇼트케이크, 사가 타르트……."

"나는 딸기 쇼트케이크로 할까. 커피는 블루마운틴으로."

"커피도…… 블루마운틴? 코나? 만델링까지…….."

료는 메뉴를 보면서 속으로 고개를 저었다.

'뭐지, 이 기시감은……. 이건 환생자가 어쩌고 할 수준이 아니잖아…….'

"결정하셨습니까?"

근사한 여성이 주문을 받으러 왔다.

"난 딸기 쇼트케이크랑 블루마운틴 세트로."

"저, 저는…… 몽블랑이랑 코나."

주문을 받은 여성이 돌아갔다.

"료는 케이크도 알고 있어? 론도 숲에는 없었을 텐데……."

"고, 고향에 있어서……."

"그렇구나……."

나온 케이크도 코나 커피도 너무나 맛있었다. 현대 일본에서 카페를 열어도 문제없이 살아갈 수 있을 정도의 완성도.

다만 코나 커피는…… 지구에 있을 무렵 자주 마시던 하와이 코나가 아니었다. 이름만 적당히 따다 지은 거겠지 하고 료는 멋대로 결론지었다.

다만 맛은…….

"깜짝 놀랄 정도로 맛있었어……."

"그렇지? 길드랑 코앞인데 여기 정말 맛있어."

"여기, 리햐가 데려온 거 맞죠?"

"윽."

정곡이었던 것 같다.

"뭐, 맛있으니까 상관없지만요."

"료도 데이트 때 쓰면 되잖아. 세라라든가."

뭔가를 떠보는 듯한 말과 아벨의 표정.

"세라와는 그런 사이 아니에요."

"어느새 이름으로 부르고……."

"제가 아벨을 이름으로 부르는 걸 보고 자기도 이름으로 불러 달라고 해서…… 어쩔 수 없는 타협의 산물이에요."

그렇게 말한 료가 작게 고개를 저었다.

"료가 세라를 선생님이라고 했었지……. 애초에 두 사람은 어떻게 알게 된 거야? 너흰 접점 같은 건 없었잖아. 세라는 길드에도 얼굴을 내밀지 않고, 기사단의 지도역이고……."

"북쪽 도서관에서 많이 배웠거든요."

"과연, 도서관이었구나."

료의 설명에 드디어 오랜 의문이 풀렸다는 얼굴을 하는 아벨. 실제로는 일주일 정도밖에 되지 않았지만.

"그리고 요즘은 검 대련을 하고 있어요. 기사단 훈련을 하기 전쯤에."

"세라랑 검으로 모의전을……?"

"네. 엄청 강해요. 전패 중입니다."

그렇게 말한 료가 스스럼없이 웃었다.

아직 져서 분하다는 수준까지도 접근하지 못했다는 증거. 그만큼 세라와의 사이에는 압도적인 강함의 차이가 있다는 것을 느끼고 있었다.

"그『풍장』이라는 게 굉장하더라고요. 세라의 바람 마법은 완벽해요. 모든 속도가 빨라지거든요. 애초에 검기 자체도 초절기교인데 거기에 풍장으로 속도와 무게까지 더해지니 무서울 정도로 성가셔요."

"세라가 『풍장』을 쓴다고?"

"네. 그렇게 말했잖아요. 아벨, 제 말 제대로 듣고 있는 거 맞아요?"

그렇게 말한 료가 남아 있던 커피를 다 마셨다.

'아니, 『풍장』을 쓴 세라와 싸울 수 있다니 뭔가 단단히 잘못된 것 같은데…… 『풍장』 없이도 나는 간신히 호각…… 아니, 호각으로 싸울 수나 있을까? 솔직히 자신이 없어……. 료는 마법사일 텐데, 왜 그렇게까지 검술을 연마하는 거지……. 도대체 어디를 목표로 하고 있는 거야……?'

어디를 목표로 하고 있는가…… 그것은 료 본인도 모른다…….

"애초에 길드 근처에 이런 가게가 있는지도 몰랐어요."

"여기는…… 그러고 보니 룬의 거리에 입점한 건 작년이네. 왕도에서는 오래된 카페야. 분명 40년 정도의 역사가 있다고 들었는데……."

아벨이 생각하면서 대답했다.

'아무리 생각해도 이 케이크와 커피 세트는 환생자의 아이디어…… 맛의 재현도 완벽한 걸 보면 아이디어뿐만 아니라 제조에도 관여하고 있다……. 내가 『파이』에 오기 20년 전에 환생자가 온 건가? 아니, 그럴 리가. 왜냐하면 미카엘(가명)은 『실로 오랜만의 방문자입니다, 당신은』이라고, 그 온통 하얀 세상에서 그렇게 말하면서 나를 맞이했잖아. 그런 천사 비슷한 존재가 20년 정도를 실로 오랜만이라고는 말하지 않겠지.'

아무리 고민해도 납득할 만한 답이 나오지 않았다.

그리고 다음에 나온 아벨의 질문에 환생자에 대한 생각은 중단되었다.

"료, 위트나쉬에서의 일 말인데……."

"네?"

"『폭염의 마법사』, 제국의 오스카를 죽이려 했지. 료가 그대로 마법을 썼다면 죽었을 거야, 분명. 그건 어디까지 진심이었어?"

"아아…… 그건 뭐 받은 그대로 갚아준 것뿐인데요? 아벨이 보기에 저랑 그 녀석과 큰 차이가 있어 보였나요?"

료는 마지막 남은 케이크 한 조각을 먹으며 대답했다.

기어이 오스카는 『그 녀석』으로 불리고 있었다.

"응, 그렇게 보였어."

"하지만 사실상 그 정도로 차이는 없었을 거예요. 그때는 그 녀석은 공격, 저는 방어라는 구도였으니 전부 다 요격한 걸로 힘의 차이가 있어 보였을진 모르겠지만…… 반대 입장이 돼서 제가 공격, 그 녀석이 방어라는 구도가 됐었다면 그 방어를 쉽게 뚫진 못했을 거라 생각하니까요."

료는 그때 일을 떠올리며 대답했다.

수속성 마법은 방어에 적합하다. 예를 들면 〈아이스 월〉이 그랬다. 최강이자 최고의 방어 마법이라는 확신마저 있다.

물론 그럼에도 가끔은 부서지지만.

"게다가 제 속성이 물이고 그 녀석 속성이 불이었다는 것도 관련이 있었을 거예요. 불을 끄는 건 물이잖아요? 어떤 화재라도 대량의 물만 있으면 끌 수 있어요. 아마 그런 상성 문제도 있었을 거고요."

료는 생각하면서 말을 이었다.

"마법의 생성 속도랄지, 구축 속도랄지…… 그런 부분은 놀라울 정도로 빨랐어요, 그 녀석. 그래서 이쪽이 공격을 가했어도 요격당할 가능성이 높았을 거예요."

"그런데 왜 부추긴 거야?"

"이성을 잠깐 잃었어요. 축제 때문에 기분이 고양돼 있던 걸지도 모르겠네요."

"응, 료가 위험한 녀석이라는 건 잘 알았어."

"아벨에 비하면 저 같은 건 한참 못 미치죠……."

"왜 나야!"

"맞다, 료."

"뭐예요? 헉…… 설마 이제 와서…… 돈이 없으니까 이 케이크 세트를 사라든가, 그런 소리해도 소용없어요!"

"그런 말 안 해!"

아벨은 그렇게 말하고는 한숨을 쉬며 말을 이었다.

"오히려 내 부탁을 들어주면 케이크 세트 하나 더 먹어도 돼."

"들어줄게요! 이번엔 딸기 쇼트케이크로 할까요?"

"……내용도 안 듣고 덥석 맡지 말라고."

아벨은 어이가 없었다.

"저는 아벨을 믿어요. 아벨이 무자비한 부탁을 들고 왔을 리 없다고 말이죠."

"……그냥 1초라도 빨리 두 번째 케이크를 먹고 싶은 거 아냐?"
마지막 아벨의 중얼거림은 료에게 닿지 않았다.

그리고 두 사람은 케이크 세트를 하나씩 더 주문했다.
육체노동이 메인인 모험자 남성에겐 케이크 세트 하나로는 부
족하다……. 그것은 사실이었기 때문에 아벨도 한 그릇 더.
애초에 케이크 세트로 배를 채우려는 생각이 잘못된 것 같기도
하지만…….
"그나저나 부탁할 게 뭔가요? 내용에 따라서는 맡을 수 없을지
도 몰라요."
"두 번째 케이크까지 다 먹어놓고 그러는 법이 어딨어. 잠깐 이
후에 시간 좀 내줬으면 좋겠어."
"이후에? 저번에도 그런 말을 하고 순찰을 나갔다가 아벨의 인
기 없음을 절감하지 않았나요? 또 아벨의 상처를 후벼 파는 결과
가 되는 건 아닐지…….'
"그거, 내 인기랑은 상관없이 연합 모험자와 관련된 얘기였지?
사실 이번에도 그거랑 좀 관련이 있을 수도 있어. 수상한 사람이
모여 있는 건물이 있다고 해서 거길 수색할 예정이거든."
"아벨, 그런 건 위병들에게 맡기는 편이 나아요. 그들 입장에서
는 괜히 참견하는 것처럼 보일 것 같은데…….'
료는 이세계 환생물에 흔히 있는, 멋대로 끼어들어서 거리의
나쁜 사람들을 소탕해 버리는 환생자들의 패턴을 떠올리며 작게
고개를 저었다.

"물론 니무르라는 아는 위병대장한테 도움을 요청받아서 하는 거야."

"위병 니무르라면 우리가 룬의 거리에 도착했을 때 문지기를 맡고 있던 사람이죠? 아벨의 귀환을 반겨줬던."

"그런 걸 잘도 기억하고 있네……."

그때는 평범한 위병으로 보였는데 위병대장이었단다. 거드름 피우지 않는 대장이라니 꽤 훌륭하군. 그렇게 료 안에서 니무르의 평가는 올라가고 있었다.

"서문 근처에서 저녁에 만나자는 얘기만 들었어. 그러니 지금부터 위병 초소에 가서 확인하려고."

"혹사당하는 불쌍한 수속성 마법사……."

"케이크 먹었잖아!"

◆

위병 초소에는 완전 무장한 위병이 정렬하고 있었다.

"오, 아벨, 마침 딱 맞춰 왔어! 방금 황금파도에 사람을 보내려고 했는데."

처소에 다다르자 니무르 대장이 아벨을 발견하고 말을 걸어왔다.

"니무르, 수색은 저녁 아니었나?"

"예정으로는 그랬는데 아까 정찰대 쪽에서 지금 모두가 은신처에 모여 있는 것 같다는 연락을 받았어. 이왕이면 일망타진하고 싶거든. 그래서 예정을 앞당기게 됐다."

"그렇구나. 뭐, 그건 상관없어. 도와줄게. 그리고 이쪽 마법사 료도 도와줄 거야. 막강한 전력이 될 테니까 기대해."

"오, 그거 잘됐군. 응? 료라면 아벨을 도와줬던 녀석? 그때 아벨이랑 같이 돌아왔었지. 그렇구나, 조력 고맙다."

"아뇨, 아뇨."

그렇게 말한 니무르가 손을 내밀었고 니무르와 료는 악수를 했다.

"그래서 니무르, 이번 녀석들은 결국 뭐야?"

"아, 아까 드디어 확증을 잡았는데, 연합의 간첩이다."

"연합……."

아벨은 그렇게 중얼거렸다. 그 표정만으로 료는 그가 뭔가 마음에 걸리는 것이 있다는 걸 알아차렸다. 그리고 료도 마음에 걸리는 것이 있었다.

'지난번에 잡은 네 명도 연합 쪽…… 제대로 된 모험자가 아니라 숨어들어온 사람들이었지……. 대체 뭘까?'

료와 아벨 2명을 포함한 습격대 20명은 서둘러 이동해 서문과 가까운 낡고 큰 공방터를 에워쌌다.

계속 감시하던 정찰대에게서 보고가 들어왔다.

"열 명 전원 있습니다."

정찰대의 보고에 고개를 끄덕이는 니무르 대장.

"우리는 정면으로 간다. 조쉬, 네 명을 데리고 뒤로 돌아가. 아벨이랑 료도 뒤로 돌아가서 도망가는 놈이 있으면 잡아줘. 다치게 하는 건 상관없지만 죽지 않게만 해주면 고맙겠군."

거친 방식의 체포도 상관없는 것 같다……. 역시 범죄는 저지르지 않는 게 제일이다.

아벨, 료, 조쉬 등 네 명의 부하가 뒤로 돌아간 지 30초 후, 앞쪽 입구에서 파괴음이 들렸다. 입구의 문을 어떤 방법으로 부순 걸까.

실내에서 난무하는 노성이 바깥까지 들려왔다.

그 직후였다. 뒷문으로 여러 명의 그림자가 튀어나왔다. 튀어나왔지만…….

"으악!"

얼음 바닥을 밟고 미끄러져 넘어졌다. 그런 그들을 위병대 네 명이 재빨리 끈으로 묶어 나갔다.

"〈아이시클 랜스〉."

료는 2층 창문에서 튀어나온 남자의 다리에 얼음 창을 내리쳐서 균형을 잃게 했다. 남자는 료의 눈앞으로 추락해 기절했다.

바로 눈앞에 떨어졌기 때문에 료도 일단 들고 있던 끈으로, 다른 사람이 하는 것을 흉내 내어 뒤쪽으로 묶으려고 했다.

하지만……. 챙그랑.

조금 떨어진 창문에서 두 사람이 더 튀어나왔다. 그리고 서문 쪽으로 뛰어 달아났다.

"쫓겠습니다!"

조쉬는 그렇게 외치고는 뒤쫓기 시작했다.

"이봐, 잠깐…… 젠장, 나도 쫓는다. 료, 여기는 맡길게."

아벨도 그렇게 말하고는 도망친 두 남자와 조쉬의 뒤를 따라 달리기 시작했다.

어…… 저기……, 라고 말하면서 끈으로 계속 묶고 있는 료와 네 명의 부하들만이 덜렁 남겨졌다…….

그것은 너무나 갑작스럽고 충격적인 광경이었다.

아벨이 세 사람을 따라 한참을 달려 모퉁이를 도는 순간, 그 광경이 날아들었다.

앞쪽에서 세 명의 몸이 불타오른 것이다.

"한 명이 더 있었나? 〈콜스칼레〉."

아벨의 귀에 그런 말이 어렴풋이 들려왔다.

발검 일섬.

아벨은 검을 뽑아 날아온 것을 베어버렸다.

그것은 화속성의 공격 마법. 하지만 지금까지 본 적도 없을 정도로 빛을 발하는 불꽃 덩어리.

"뭐야, 이 녀석은……."

결코 마법에 정통하지 않은 아벨조차도 보통이 아니라는 걸 알 수 있는 공격 마법. 료를 데려오지 않은 것을 후회했다.

하지만 후회했던 시간은 찰나.

후회조차 용납되지 않았다.

아벨이 인식했을 때에는 검을 든 남자가 이미 눈앞에 있었다!

챙, 채앵, 챙.

남자의 삼연격을 받아낸다.

그리고 직감에 따라 백스텝으로 거리를 벌렸다.

그 순간.

"〈라피스〉."

남자 앞에 네 개의 돌창이 발생하더니 아벨을 향해 발사됐다.

오른다리 쪽 공격은 피하고, 배 쪽 공격은 칼자루로 내려치고, 가슴 쪽 공격은 칼등으로 받아치고, 머리 쪽 공격은 머리를 기울여 피했다.

앞으로 나아가면서.

상대가 공격하는 순간이야말로 반격의 기회.

뛰어들어 단숨에 간격을 좁히고 낮은 자세에서 사선으로 쳐올렸다.

"칫."

저도 모르게 혀를 찬 쪽은 아벨.

검이 닿은 것이 피부뿐이었음을 감촉으로 알아차린 것이다. 그 밖에도 뭔가 도구를 자른 것 같긴 하지만…… 몸을 가를 생각으로 파고든 것을 감안하면 완전히 피했다고 해도 좋을 정도였다.

하지만…….

"탐사기가……. 네놈……."

남자의 표정은 분노로 가득 차 있었다. 가슴 주머니에 넣어두었던 도구가 검에 잘려 부서져 있다.

남자는 연보라빛 머리카락 사이로 보이는 푸른 눈으로 아벨을 노려보았다.

"이제 됐어. 사라져!"

그런 분노에 찬 말을 내뱉으며 보라색 머리의 남자가 외쳤다.

"〈뷔네아 그라체스〉."

"〈아이스 월 10층〉."

남자 앞에 나타난 무수한 얼음 고드름.

전면을 압도할 정도의 그것들은…… 얼음벽에 의해 모두 가로막혔다.

"뭐야?"

보라색 머리의 남자가 주위를 둘러보았지만 검게 탄 세 구의 시체와 눈앞의 검사 외에는 아무도 없다. 적어도 보이는 범위에는. 즉, 바로 옆에 있는 모퉁이 건너편…….

"〈콜스칼레〉."

선명하게 빛나는 세 개의 불꽃 덩어리가 남자에게서 발사되어 모퉁이를 돌아갔다.

"〈아이시클 랜스 6〉."

모퉁이 저쪽에서 들리는 목소리…… 아벨이 아는 목소리…….

아벨은 알고 있었다. 료가 카운터를 좋아한다는 것을.

상대의 공격에 맞춰 본인도 공격을 날린다. 혹은 굳이 상대에게 공격을 하게 해서 그것을 파괴하듯 마주 공격한다…….

마의 산의 하피퀸에게도, 던전 40층의 마왕자에게도…….

불꽃 덩어리는 **셋**, 하지만 얼음 창은 **여섯**이라고 했다……. 그렇다면 아마 이 보라색 머리의 남자를 향해서도…….

그런 생각을 한 순간 아벨의 몸은 움직이고 있었다.

채앵.

아벨의 공격을 보라색 머리의 남자가 그 검으로 받았다.

"크흑!"

그 등을 향해 얼음 창 세 개가 꽂히…… 지 않고 부서졌다.

하지만 위력을 지울 수는 없었기에 남자는 그대로 날아가더니 땅바닥을 굴렀다.

그 타이밍에 모퉁이 너머에서 료가 달려왔다.

"아벨, 무사해요?"

〈수동 소나〉를 사용해 일대를 탐색했을 때 아벨도 살아 있다는 것은 알고는 있었지만 실제로 보지 않으면 불안한 것은 당연하다.

"응, 괜찮아."

보라색 머리의 남자가 쏜 돌창을 피했을 때, 얼굴에 온 것을 직전에 피한 탓에 왼쪽 뺨이 찢어져 있었다. 물론 생명에는 지장이 없다.

"저 녀석은 대체……."

"〈아이스 월 10층 패키지〉."

료의 외침에 의해 얼음벽이 두 사람을 감싼 순간 불꽃 비가 쏟아졌다.

"〈아이스 월 10층 패키지〉."

료가 얼음벽을 다시 쌓아야 할 정도의 위력.

그렇게 1분이 넘는 시간 동안 비가 계속 내렸고…… 그쳤을 때에는 보라색 머리의 남자는 이미 없었다…….

"도망갔나……."

"지금 그 불꽃 비는 다른 누군가의 마법 같았는데…… 그 사람이 데려간 걸까요?"

시각이 아닌 〈수동 소나〉라고 하는, 공기 중의 수증기를 통해 상황을 파악하고 있던 료는 일어난 일을 어느 정도는 이해하고 있었다.

그렇다고는 해도…… 뭔지는 알 수 없다.

"저거…… 사람은 아니죠?"

악마처럼 뿔이나 꼬리가 있는 것은 아니었다. 데빌이나 마왕자처럼 이형적인 것도 아니었다.

겉보기에는 완전한 사람.

그저 보라색 머리를 가진 사람. 심지어 눈이…….

"눈이 파랗게 빛나는 사람이라니, 적어도 난 들어본 적 없어."

아벨이 그렇게 말했고 료도 동의하며 고개를 끄덕였다. 그리고 말을 이었다.

"룬의 거리도 뒤숭숭하네요…….

"아니, 저런 놈들 보통은 없다고…….

◆

다음 날 오전, 료는 세라와 북쪽 도서관에서 조사를 마치고 포식정에서 점심을 먹은 뒤 아벨과 약속한 1시에 모험자 길드에 도착했다.

아벨은 이미 와 있었고, 어딘가에서 본 적이 있는 꼬마와 접수

처 근처에서 이야기를 나누고 있었다. 길드에 들어온 료를 알아
차린 것은 아벨보다도 그 꼬마였다.

료가 자신 이외에 유일하게 아는 수속성 마법사, 궁정 마법단
나탈리.

아벨은 료가 들어온 것을 알아차리자 나탈리에게 인사를 하고
료 쪽으로 다가왔다.

"료, 시간에 맞춰 왔네."

"나탈리는 괜찮아요?"

나탈리는 두 사람에게 고개를 숙여 보이고는 길드를 빠져나갔다.

"왕도에서 나한테 편지가 와서 그걸 갖다 준 거야."

"일라리온, 이라고 했나요?"

예전에 나탈리가 아벨에게 가져온 편지가 왕도의 일라리온이
라는 인물이 보낸 편지였다는 것을 료는 기억하고 있었다.

"이상한 부분만 잘 기억하네."

아벨은 쓴웃음을 지으며 일라리온의 편지로 보이는 것을 품에
갈무리했다.

"아벨, 어제는 괜찮았어요?"

"응? 그 보라색 머리 녀석 말야? 딱히 그 뒤로 덮쳐온 적은 없
는데?"

"아니, 다친 것 때문에 리햐한테 혼나지 않았나 해서요."

"아아…… 그건 엄청나게 혼났지……."

아벨은 얼굴을 찌푸리며 작게 고개를 흔들었다. 꽤 혼난 것 같
지만…… 왼쪽 뺨의 상처는 완전히 사라져 있다. 역시 리햐의 회

복 마법은 대단하다고 료는 속으로 고개를 끄덕였다.

"아벨 씨, 료 씨, 기다리고 있었습니다."

아벨과 료가 부동산 부서에 들어서자 부서장인 리플레이트가 일어나 인사했다. 그대로 응접실로 안내받았다.

"희망에 맞는 물건을 딱 한 채 발견하긴 했습니다만……."

세 사람에게 차가 나오자 바로 리플레이트가 본론을 꺼냈지만, 그 말은 무척 조심스러워 보였다.

"조건에 완벽하게 부합하는 물건은 아니라는 거죠?"

이런 식으로 말을 꺼낸다는 것은 큰 틀은 합격점이지만 세세한 부분에 문제가 있는 경우가 대부분이다.

"네. 문제점은 바로 장소입니다."

"장소?"

두 사람이 입을 모아 물었다.

"네. 소개해드릴 물건은 거리 밖에 있습니다."

"!"

과연 이 말에는 료도 아벨도 놀랐다.

료는 정원의 넓이나 주위의 집 등 여러모로 타협할 필요도 있을 거라 생각하긴 했지만…… 그래도 설마 거리 밖의 집을 소개받을 줄은 몰랐기에 예상 밖이었다.

예전에 론도 숲에서 이 룬의 거리에 처음 왔을 때 아벨과 함께 작은 언덕 위에서 룬의 거리를 한눈에 바라본 적이 있다.

완연히 자란 황금색 밀의 바다 안에 자리 잡은 룬의 거리. 그 주변 황금색 바다에 제법 많은 집이 보였던 기억이 났다.

농업에 종사하는 사람들이 거리에서 거리 밖으로 옮겨가 살게 됐다고. 그 왕래 문제도 있어서 룬의 거리는 밤에도 성문이 닫히는 일이 없다고.

"그 소개받을 집이 농가 쪽 집인가요?"

"네. 저도 어제 보고 왔는데 장소가 거리 밖이라는 점 말고는 자신 있게 추천할 만한 물건입니다."

료의 물음에 부서장 리플레이트는 고개를 끄덕이며 대답했다.

"그럼 일단 보러 가죠."

료가 그렇게 말하자 리플레이트도 아벨도 몸을 일으켰다.

"길드에 짐마차 사용을 신청했으니 밖에서 기다려 주세요."

리플레이트는 그렇게 말하고 길드 본관 뒤편에 있는 차고로 향했다.

"길드에 짐마차 같은 게 있었군요."

"그래, 아마 세 대쯤 있을걸. 통칭 길드 마차. 한 대는 영주관에 오갈 때 길마스가 사용하는 경우가 많긴 한데, 이번처럼 길드 직원이 필요하다고 판단했을 경우에 사용 허가가 떨어지지. 참고로 모험자한테 빌려주는 경우는 없다."

"아쉽네요."

아벨은 료가 생각하고 있던 것을 선수 쳐서 부인했다.

세 사람이 길드 마차에 오르자 마차는 북쪽을 향해 큰길을 내달리기 시작했다. 이전에 영주관에서 돌아오는 길에 휴가 태워준 마차…… 그것이었다.

한참을 달려 룬의 거리의 중앙, 즉 던전 입구인 이중 방벽 광장에 도착했다. 거기서 우회전하여 동쪽 큰길, 즉 동문 방향으로 향한다.

이 근처는 료도 잘 아는 곳이다. 단골 가게인 『포식정』이 근처에 있었기 때문이다.

물건이 동문과 가깝다는 것은 료의 입장에서는 메리트가 컸다. 같은 거리 밖이라도 남문이나 서문에 비하면 훨씬 감사한 일이었다.

마차는 동문에서 간단한 절차를 거쳤다.

아벨과 료의 길드 카드와 리플레이트, 마부의 길드 직원 카드 확인. 하지만 그런 확인은 한 명당 몇 초 만에 끝나기 때문에 크게 막히는 일은 없었다.

동문을 나와 5분 정도 지나자 목적지에 도착.

집 앞에 놓인 마차에서 내린 료의 시야에 가장 먼저 들어온 것은 넓은 앞마당이었다.

꽤 먼 곳에 정원의 가장자리를 알리는 나무 울타리가 보였다. 정원은 세로 400미터, 가로 400미터 정도…… 축구 코트가 삼면이 거뜬히 들어갈 정도의 넓이.

그리고 뒤돌아보니 집이 서 있었다.

전형적인 농가…… 는 아닌 것 같은데.

"농가는 원래 다 이런 느낌이에요?"

건물 자체는 단층. 하지만 가로 폭이 상당히 넓었다.

중앙에 현관이 있는데 양문으로 된 훌륭한 문이었다. 그 중앙

의 문 이외에도 보이는 것만 해도 두 개의 문…… 입구가 있다.

창문으로 보이는 것도 몇 개 있지만 현재는 덮개로 덮여 있었다. 그런 부분은 론도 숲에 있는 료의 집을 연상시켰다.

"이곳은 농가지만 꽤 부유한 집이었던 것 같습니다. 외아드님이 왕도에서 기술자로 인정받아 귀족으로 추대되었다던데, 그 때문에 부모님도 왕도로 불려갔다더군요. 그때 이 집과 농지를 팔기 위해 내놓게 된 거죠."

"기술자에서 귀족이라니 꽤 우수한 인재였나 보네."

부서장 리플레이트의 설명에 아벨이 크게 고개를 끄덕이며 말했다.

"여기저기 흩어져 있던 농지 쪽은 다른 농가 분들이 사셨다고 하는데, 이 댁과 여기 딸려 있는 이 앞마당, 이곳은 일 년 가까이 매수자가 나오지 않고 있다고 합니다."

"일 년이나 방치된 것치고는 잡초 같은 게 깔끔하게 정리되어 있네요."

료는 앞마당도 헛간 옆도 깨끗하게 손질되어 있다는 것을 알아차렸다.

"아, 그건 아마 E급, F급 의뢰로 빈집 관리를 받아서 그런 거 아닐까?"

아벨이 대답했다.

"하지만 이곳 물건은 길드에 의뢰가 들어온 것이 없었습니다. 그래서 길드의 부동산 부서에서도 체크하지 못했습니다. 그 부분은 정말 면목 없습니다."

부서장 리플레이트가 료에게 고개를 숙여 보였다. 처음 아벨과 료가 부동산 부서에 찾아갔을 때 이 물건이 등록되지 않은 것에 대해 사과한 것이다. 길드에 빈집 관리 의뢰가 들어오면 당연히 부동산 부서에서 체크했을 테니 말이다.

"음? 하지만 이렇게 깔끔한데…… 아, 아저씨네 청소 회사구나."

"네. 슈미트 하우젠 공 회사가 관리를 맡고 있던 물건이었습니다."

아벨의 깨달음을 긍정하는 리플레이트.

"그 청소 회사라는 거, 전직 모험자 분이 하신다는 그건가요?"

"오, 맞아. 료도 아는구나. 얼굴은 무섭지만 착한 사람이야. 청소와 관련해서 부탁하고 싶은 게 있으면 사용하도록 해. 모험자에겐 할인도 해주니까."

료가 알고 있었던 건 처음 숙소에 갔을 때 접수처 직원인 니나가 알려줬기 때문이었다. 숙소의 청소는 전직 모험자의 청소 회사가 하고 있다고.

간단히 안을 둘러보는 세 사람.

당장이라도 들어가 살 수 있을 정도로 청소가 잘 돼 있다.

처음 보였던 중앙문 이외의 문들도 평범하게 집 안팎을 잇는 문이었다. 물건을 넣고 빼는 데 중앙문만으로는 불편해서 달아놓은 것일지도 모른다.

일종의 곁문 같은 것이겠지.

마찬가지로 집 뒤편에도 두 개의 곁문이 붙어 있어 넓은 집이지만 출입은 쉬워 보였다.

거실, 식당, 주방, 침실 몇 개, 거기다 몇 개의 큰 창고 방, 심지어 농가인데도 서재 같은 방까지 있다…….

"이런 걸 대농이라고 하는 걸까요."

료가 그렇게 중얼거렸다.

그 집 안에서도 가장 놀란 것은 주방 조리대였다. 화강암 소재로 보이는 검은색의 거대한 조리대도 그렇고, 요리를 하는 사람들에게는 굉장히 편리할 것 같은 조리대.

이 집에서 누가 가장 큰 권력을 쥐고 있었는지를 잘 보여주는 설비였다.

그렇게 얼추 돌아보고 난 후…….

문득 료는 깨달았다.

깨닫고 만 것이다.

"욕조가…… 없어……."

그야말로 얼굴에 '절망'이라고 새겨진 모습이었다.

"그, 그렇군요……. 혹시 료 씨는 목욕이 필요하신…….

"네…….

절망에 휩싸인 료를 보고 자신의 실수를 깨달은 부서장 리플레이트의 얼굴에도 절망감이 드리웠다.

그랬다. 절망은 전염된다.

"본인이 직접 만드는 수밖에 없지 않을까?"

아벨만큼은 대수롭지 않게 반응했다.

하지만 그 대수롭지 않은 아벨의 한마디가 료를 부활시켰다.

"맞아! 직접 만들면 되죠! 리플레이트 씨, 집 개조를 하려면 뭔가 허가 같은 걸 받아야 하나요?"

"아, 아뇨, 필요 없습니다. 그것도 이 매물을 추천하는 이유 중 하나입니다. 거리 안에서는 관계 각처에 허가를 반드시 받아야 하고⋯⋯ 심지어 집의 벽 수리를 하는 것조차 허가가 필요합니다. 하지만 이곳 거리 밖에서는 가도에 손을 대지 않는 이상 원하는 대로 바꿀 수 있습니다. 욕실을 두는 것도 물론 가능합니다. 필요하면 목수 등의 준비도 저희 쪽에서 가능합니다."

료의 물음에 리플레이트가 대답했고, 얼굴에 드리워져 있던 절망도 어디론가 사라진 채였다.

"다행이네요. 그래서 이 집 가격은⋯⋯?"

"네, 물건, 수속에 드는 비용 등을 모두 포함해 5천만 플로린은 어떻습니까. 뒷자리 금액은 빼드렸습니다."

"살게요."

료는 즉시 결정했다.

료에게 있어 거리 밖인 것은 특별히 문제가 없었다. 모험자 길드에 매일 의뢰를 받는 모범적인 모험자 활동 같은 건 애초에 하지 않았으니까.

동문 근처에는 『포식정』을 포함해 서민적이긴 하지만 평균 이상의 맛집이 즐비하다는 것을 료는 알고 있었다.

또한 기존에 살던 숙소보다 북쪽 도서관이나 북쪽에 있는 영주관과 오히려 더 가깝다는 것도 마음에 들었다.

그리고 무엇보다 이 넓은 정원.

론도 숲의 결계 안보다도 큰 넓이. 과연 이만한 마당이 따라올 줄은 예상 밖이었다. 욕실이 없는 것은 유감이지만 만들면 그만이다.

이 정도로 완벽한 조건의 매물을 거절할 이유는 료에겐 없었다.

◆

보라색 머리의 남자와 보라색 머리의 여자가 마차에 몸을 싣고 있었다.

"하여간⋯⋯. 뭘 어떻게 하면『이상값』을 찾으러 와서 세 사람을 죽이고, 두 사람이랑 전투를 벌이게 되는 건데."

보라색 머리의 여자가 작게 한숨을 쉬며 말했다.

"내 잘못이 아니야. 탐사기를 작동시키고 있는데 갑자기 세 남자가 이쪽을 향해 왔다고. 모습을 본 이상 죽일 수밖에 없잖아."

보라색 머리의 남자가 별다른 감정 없이 담담하게 말했다.

"그런데 그 탐사기도 고장 난 거지? 한번 타워로 돌아가야겠네."

"그 검사와 마법사는 다음에 만나면⋯⋯ 빚은 갚아주겠어."

보라색 머리의 여자의 말에 보라색 머리의 남자가 처음으로 감정을 드러내며 대답했다.

"빚을 갚을 수 있긴 하고?"

"『제한』된 상태로는 무리야⋯⋯. 그 둘은 인간치고는 놀랄 만큼 전투능력이 높았으니까. 하지만 다음엔⋯⋯."

보라색 머리의 남자의 이어진 중얼거림은 옆에 있던 보라색 머리의 여자에게도 간신히 들릴 정도의 크기였다.

"한 단계만이라도 제한을 풀면 둘이 다 같이 덤벼도 문제없어."

"단순한 화풀이 같긴 하지만…… 뭐, 마음대로 하든가?"

어깨를 으쓱하며 말을 잇는다.

"이상값의 원인은 특정할 수 없었지만 이 거리는 이제 됐어. 새로운 탐사기를 받으면 다른 곳을 탐사하자. 성이 함락되는 건 피하고 싶으니까."

◆

룬의 거리의 아득한 북방.

"장군, '그' 건에 관해 보고가 있습니다."

"무슨 일이지?"

"보고 드립니다. 왕국 룬의 거리에 잠입해 있던 가밍엄 소대가 룬의 거리에서 이탈했습니다."

"이탈이라고?"

장군으로 불린 남자가 얼굴을 찌푸리며 그 뒤를 재촉한다.

"위병에게 붙잡혀 감옥에 갔지만 탈옥했다고 합니다. 그래서 그대로 거리를 이탈했다고."

"붙잡혔다? 말도 안 되는 실책을……."

장군이 이마에 손을 얹고 작게 고개를 흔들며 말을 이었다.

"새로운 다른 이로 대체하도록. 지금 잠입해 있는 영지는……."

"룬 변경백령을 제외하면 호프 후작령, 슈즈베리 공작령, 플리

트윅 공작령, 그리고 왕도입니다."

"남부는 괴멸인가……."

"예. 역시 남부의 하인라인 후작은……."

보고를 하는 부관들도 괴로운 표정을 짓고 있다.

"좋다. 하인라인 후작은 버려라. 거긴 어쩔 수 없어, 곪어 부스럼이 되면 곤란해. 그런 만큼 같은 남부의 룬 변경백만큼은 잘 해결하도록."

"알겠습니다."

부관은 인사를 마치고 퇴실했다.

남겨진 장군이 중얼거렸다.

"어떻게 해서든 시간에 맞춰야 해……."

에필로그

그곳은 새하얀 세상.

미카엘(가명)은 오늘도 여러 세계를 관리하고 있다.

손에는 평소 늘 쓰는 태블릿(돌판).

"드디어 그 오스카 루스카…… 『폭염의 마법사』와 부딪혔군요……. 아니, 물과 불이 부딪혔다고 해야 할까요……. 이번에는 전초전이었던 만큼 피해는 거의 없었군요. 다행입니다. 다만 이…… 뒤에 보이는 두 분의 격돌이 상당하네요……. 미하라 료 씨도 정말로 기구한 운명을 걷게 되겠군요……. 전생자라는 사실만으로도 여러 사정이 있는 법이지만…… 과연 어떻게 될지."

거기까지 중얼거린 미카엘(가명)은 돌판을 다시 한번 움직여 미래 예측을 보았다.

"이런, 그것 말고도 이건 또…… 이 역시 수라의 길이군요. 보통은 그저 전생자라는 것만으로 이렇게 큰 사건에 휘말리지는 않습니다만…… 평온무사와는 거리가 먼 세계에 살게 되겠군요……. 미하라 료 씨, 부디 무사히 살아남을 수 있기를……."

외전 화속성 마법사 Ⅱ

재회

오스카가 사라진 지 2년이 지났다.

콘은 그 후 모험자가 되었다. 당초의 예정보다 조금 빨랐지만 마슈령과 그 주변 분위기가 뒤숭숭해지며 일가가 이주하게 된 것이 발단이 되어 그 타이밍에 콘은 독립해 모험자로서의 길을 걷기 시작했다.

결국 마슈령은 주변 국가들과의 항쟁에 휘말려 연합의 지배 지역이 되었다.

최근 그 연합의 지배 지역에서 어떤 소문이 퍼지고 있었다.

바로 도적 사냥꾼.

도적은 백성에게도 나라에도 백해무익한 존재나 다름없었기에 그것을 사냥해 주는 존재가 있다면 반가운 일이었다. 반가운 일이지만…… 보통 그렇게 간단한 일은 아니었다.

본래 정규 수비병이나 기사단이 찾아도 찾아내지 못하는 도적들을 그 도적 사냥꾼은 기어이 찾아내 쓰러뜨리고 있다……. 우선 거기서부터 일반적이지 않았다.

게다가 그 도적 사냥꾼은 집단이 아니라 혼자라고…….

홀로 도적 사냥을 한다는 말은 대다수의 사람들이 믿지 않았지만 도적 사냥꾼의 존재 자체는 최근 반년 사이 더욱 확고해졌다.

사냥당한 도적의 절반은 불에 탔고 절반은 검에 베였다고 한다. 그 점으로 보아 틀림없이 화속성 마법사가 도적 사냥에 가담했을 것이다. 그리고 도적 사냥꾼들은 도적들에게 깊은 원한을 품은 자들이라고도 했다.

그 말을 들을 때마다 콘의 뇌리에는 한 소년의 모습이 떠올랐다. 이제 열두 살이 되었을 그 소년은 **화속성 마법사**이며 **도적에게 깊은 원한을 품은 자**이기도 했다⋯⋯.

예전에는 타는 듯한 붉은 머리였지만 콘 앞에서 사라졌을 때는 새하얗게 새 있었다. 그 소년, 오스카는 어떻게 되었을까⋯⋯. 콘은 궁금해 하면서도 지금은 우선 자신의 일로 머리가 가득 차 있었다. 그래서 오스카도 콘과 마찬가지로 연합의 모험자 길드에 등록했다는 것을 몰랐고, 일부에서는 화제가 되고 있다는 것 또한 몰랐다.

"야, 뭐야, 그 태도는!"

"멍청아, 그만해."

자신의 지인이 건방져 보이는 백발 소년의 어깨를 잡아챈 것을 황급히 말리는 모험자. 그리고 모험자는 백발의 소년에게 사과했다.

"미안하네, 오스카. 이 녀석이 막 거리에 왔거든. 용서해 줘."

사과를 받은 오스카는 입을 열지 않고 고개만 끄덕이고 그대로 길드 밖으로 나갔다.

뒤에 남겨진 두 사람.

"너 너무 저자세잖아. 저런 놈은 따끔하게 한 마디 해줘야⋯⋯."

"그대로 있었다면 네 오른팔이 오스카에게 잘려나갔을 거다!"

"뭐……."

오스카의 어깨를 잡았던 사내는 꿀 먹은 벙어리가 된 채 저도 모르게 자신의 오른팔을 바라보았다.

"오스카에겐 손대지 마. 이 길드의 불문율이다. 손대지 않으면 아무 문제 없어. 제대로 예의를 갖추면 의뢰를 도와주기도 하고 검 솜씨도 나무랄 데 없지. 돈에 대한 집착도 없으니 정규 보수를 주면 문제가 생길 일도 없어. 그러니 오스카에겐 손대지 마."

◆

이곳은 플린트 거리. 연합의 중심에서 보면 변방에 가깝지만 그만큼 마물토벌이나 도적 토벌 쪽 의뢰는 상당히 많은 편이었다. 플린트는 이 일대에서 꽤 큰 거리였고 모험자 길드에 등록한 모험자의 수도 많았다. 그야말로 모험가들이 활동하기에 딱 알맞은 거리였다.

그런 플린트 거리의 모험자 길드에서 오스카는 유명한 존재가 되어 있었다.

기본적으로 한 명, 즉 솔로로 활동한다. 하지만 얼굴을 아는 모험자의 부탁을 받으면 도와주기도 한다. 랭크는 E급이었지만 이는 연합 모험자 길드의 규정상 18세 성인이 돼야 D급 이상으로 올라갈 수 있기 때문이었다. 물론 미성년자일 때 벌어들인 포인트나 공적은 성인 후에 참작되기 때문에 결코 헛된 것은 아니었다.

애초에 오스카에게 그런 일은 아무래도 좋았다. 그가 모험자 길드에 소속되어 있는 것은 생활비를 벌기 위해서, 그리고 도적의 정보를 얻기 위해서였으니까.

모험자 길드에는 도적 토벌 의뢰가 온다. 또한 도적 정보 수집 의뢰가 오기도 한다. 다시 말해 모험자 길드는 도적 관련 정보를 모으기에 최적의 장소인 것이다. 실제로 모험자 길드가 얻은 정보를 영주나 국가에 보고해 기사단의 대규모 도적 토벌이 이뤄지기도 했다.

일반적인 도적 토벌 의뢰로 대응할 수 없는 규모라면 기사단이 나서는 것은 도리였다.

그날 오스카의 귀에 새로운 도적 정보가 들어온 것은 우연이었다. 길드 식당에서 저녁을 먹고 있는데 뒷자리에 앉은 일행들의 이야기가 들려온 것이다.

"그나저나 모아온 정보가 도적단『흑여우』였다니 놀랍군."

"그래, 도적 중에서도 상당히 신중한 움직임을 보이는 편이니까. 지금까지도 소문으로는 자주 들렸지만 실체는 전혀 파악되지 않았다며."

"설마 방치된 조스타 요새였을 줄은……."

"게다가 몇 달 간격으로 옮긴다고 하니…… 신중한 놈들이야."

"토벌하는 건가?"

"하기야 하겠지만…… 기사단이겠지. 스무 명 남짓한 도적이라면…… 평소 같으면 우리 길드도 갈 수 있겠지만 지금은 B급도 C급도 다 나갔잖아? 뭐, 그 사이에 도망치지 않기를 바랄 뿐이지."

거기까지 들은 오스카는 값을 테이블에 두고 식당을 나섰다.

향한 곳은 물론 방치된 조스타 요새였다.

◆

밤인데도 조스타 요새에는 조금의 빛도 보이지 않았다. 확실히 누가 있는 것처럼 보이진 않았다. 하지만 머리로 '그곳에 누군가가 있다'라고 억지로 생각하고 보면 몇 가지 위화감이 느껴졌다.

물론 밖에서 보이는 위치에 보초 같은 것이 서 있는 것은 아니었다. 보초가 서 있다면 분명 누군가가 다가왔을 때 더 빨리 발견할 수 있으리라. 하지만 그것은 동시에 적에게 요새에 누군가가 있다고 알리는 셈이기도 했다.

양날의 검.

요새에 자리 잡았다는 흑여우는 아무도 없다고 생각하게 만드는 쪽을 택했다. 그렇게 되면 물론 요새에 있다는 걸 아는 사람이 접근하기는 더 쉬워진다.

"이제 여기도 슬슬 한계인가."

요새 안에서 『흑여우』의 리더 바란이 중얼거렸다.

여기라는 것이 요새를 말하는 것인지, 아니면 흑여우 그 자체를 말하는 것인지…….

회의실로 쓰고 있는 이 방에는 바란을 포함해 간부 5명이 있었다. 바란 이외에는 각자 자유롭게 술을 마시는 분위기다. 옆방은 일반 단원의 처소로 10명 이상이 들어가 있었다. 들어가 있을 텐데…… 바란은 문득 깨달았다.

"너무 조용하지 않나?"

그런 생각에 일어서는 순간, 처소로 이어지는 문이 열리고 한 소년이 들어왔다.

"뭐야, 넌?"

말한 남자는 그 순간 불탔다.

게다가 또 한 명…… 채 비명을 내지르지도 못하고 불타버렸다.

신중하게도 가장 먼저 목 주변, 성대부터 태워서 고함소리조차 내지 못하도록 만든 것이다. 실로 놀라운 재주였다.

이어서 소년은 불에 탄 결과를 지켜보지도 않고 다른 남자에게 뛰어들어 검을 한 번 번쩍였다. 목이 잘린 남자는 역시 소리치지 못한 채 목구멍에서 푸슉, 공기가 새는 듯한 소리를 내며 쓰러졌다. 그리고 소년은 간발의 차를 두지 않고 네 번째 사람의 가슴에 검을 박아 넣었다.

거기까지 오는데 5초도 걸리지 않았다. 실로 굉장한 솜씨였다.

일어선 채로 조금의 미동도 하지 못한 바란은 그제서야 소년의 머리가 하얗다는 것을 깨달았다. 전투에서는 전혀 필요 없는 정보였지만 인간은 완전한 궁지에 몰리면 현실을 외면하고 싶어지는 법인지도 모른다.

백발의 소년이 검을 휘둘러 피를 털어내고는 바란 쪽을 향해 말했다.

"『흑여우』의 리더지?"

그 물음에 바란은 대답할 수 없었다.

시치미를 떼고 도망치려고 한다거나, 그런 이유가 아니었다. 단순히 압도되어 말을 하지 못한 것이다.

"리더가 아닌가? 아니면 죽인다."

이윽고 바란은 상황을 파악했다. 그리고는 서둘러 입을 열었다.

"기다려, 리더다. 리더 바란이다."

바란이 그렇게 말하자 백발의 소년이 고개를 끄덕였다.

"너에게 질문이 있다. 질문은 딱 하나. 포쉬와 보스코나는 어디 있지?"

"······뭐?"

백발의 소년이 물었지만 바란의 대답은 맥빠진 소리가 전부였다.

"모르는 모양이군. 그럼 죽어라."

"기다려! 보스코나는 모르겠지만 포쉬라면 『암야의 늑대』 포쉬를 말하는 건가?"

"몰라."

망설임 없이 죽이려 하는 오스카의 모습에 어떻게든 알고 있는 정보를 쥐어짜내 전달하는 바란. 하지만 오스카는 도적단의 이름은 몰랐다.

"아니, 모른다니······ 아, 그래, 보스코나라는 녀석도 있지. 이렇게 볼에 큰 상처가 있는······."

그러면서 바란은 오른손 검지로 오른쪽 뺨을 위에서 아래로 쓸어내렸다.

"그래, 그놈이다."

그 순간, 흰머리 소년의 격한 감정이 주위에 흘러넘치기라도 하듯 바란에게 오한이 덮쳐왔다.

하지만 지금은 그런 것을 따질 때가 아니었다. 자신의 목숨이 걸려 있었으니까.

"『암야의 늑대』는 지금 버려진 뉴스터 요새에 있다."

"확실한가?"

"확실해. 내가 당장이라도 여길 정리하고 뉴스터 요새에 들어가려고 조사를 시켰으니까. 그랬더니 선객이 있었다. 그게 바로 포쉬가 있는 『암야의 늑대』였고."

"그렇군……."

그렇게 중얼거린 백발의 소년은 잠시 생각에 잠겼다. 바란의 정보를 파악하고 있는 것 같았다.

"이봐, 부탁해. 제발 목숨만은 살려줘. 너한테 필요한 정보는 줬잖아?"

바란이 바닥에 무릎을 꿇고 목숨을 구걸했다.

"좋아. 목숨만은 살려주마. 〈염옥〉."

백발의 소년이 백스텝으로 물러나며 그렇게 외치자 바란을 둘러싸고 불꽃의 벽이 나타났다. 아주 옅어 건너편이 보일 정도였지만 영락없는 하얀 불꽃이 요동치고 있었다.

"그 불꽃의 우리는 나흘만 기다리면 사라진다. 내가 놈들을 죽일 때까지 거기서 얌전히 있으면 목숨은 건질 수 있을 거야. 하지만 억지로 나가려고 하면 죽는다."

"그, 그래……. 알았어."

바란은 그렇게 말하고는 몇 번이나 고개를 끄덕였다. 적어도 당장 죽지는 않는다는 것을 알았기 때문이다. 시간만 벌 수 있다면 어떻게든 방법은 있다…… 그렇게 생각했다. 눈앞의 소년은 나흘을 기다리면 사라진다고 했지만…… 부하들을 인정사정없이 죽인 놈이 하는 말을 믿는다는 것은 애초부터 말도 안 되는 이야기였다.

바란의 눈에서 그 생각을 거의 정확히 읽어낸 오스카였지만, 별다른 말없이 몸을 돌려 방을 나갔다. 그 길로『암야의 늑대』가 있다는 뉴스터 요새로 향했다.

거의 3시간 정도가 지나서야 바란은 움직이기 시작했다. 허리에 숨겨둔 투척용 칼을 꺼내 불꽃의 벽을 향해 던졌다.

쉬익.

칼은 아무런 저항 없이 불꽃의 벽을 뚫고 건너편 벽에 부딪혔다. 칼에도 불꽃에도 별다른 변화가 없었다.

"뭐야? 이 불꽃은 위장이었나?"

그렇게 말한 바란은 단숨에 불꽃의 벽을 뚫고 지나갔다. 무언가에 부딪혀 튕기거나 하는 일도 없이 손쉽게 나왔다.

"핫. 뭐야, 위장이었군. 이렇게 쉽게 나오다니."

그렇게 말한 순간, 불꽃의 벽이 무너지며 바란에게 달려들었다.

"끄아아아아아아악!"

불길에 휩싸여 소리치는 바란. 하지만 목소리는 금방 사그라졌다. 그 후엔 시커먼 재만이 흩날렸다.

그날 도적단 『암야의 늑대』는 운이 없었다. 사전 조사를 하고 덮친 마을은 오전 중에 귀족이 비축해 둔 식량을 가져간 뒤였다……. 그 결과 손에 넣은 물건은 실로 적었다. 더구나 자포자기 상태가 된 마을 사람들이 죽음을 각오하고, 그리고 분노에 가득 차 습격해 온 탓에 『암야의 늑대』에도 사망자가 나온 것이다. 마을을 덮쳐서 사망자가 발생한 것은 몇 년 만이었다.

리더인 포쉬는 벌레 씹은 듯한 표정을 짓고 있었다.

'젠장, 젠장, 젠장! 이번 습격만 끝나면 한동안 얌전히 지내려고 했는데…… 이런 양이면 또 바로 습격해야 하잖아…….'

보기에도 기분이 언짢은 포쉬에게 동료 중 누구도 말을 걸지 않았다. 이럴 때 포쉬에게 말을 걸어봐야 좋을 것이 없었다. 그것은 도적단의 인간 누구나가 알고 있었다. ……아니, 언제든 제거될 수 있는 이런 폭력 조직의 구성원이 일반 백성들보다 분위기를 읽는 능력이 더 뛰어난 것인지도 모른다. 자신의 생명 자체와 직결되는 일이니까.

심기가 언짢은 포쉬는 말없이 홀로 맨 안쪽에 있는 자신의 방으로 들어갔다.

다른 단원들은 넓은 방에서 고기를 먹고 술을 마시며 하루의 시름을 달랬다. 쓸데없는 생각은 하지 않는다. 어려운 것을 생각하는 것은 리더에게 맡긴다.

이런 변방의 도적단에서도 조직이 안고 있는 문제는 여실히 드러났다. 행동 전부를 결정해야 하는 정상의 고뇌와 시키는 대로 하면 그만인 아래의 행동.

정상에 올라본 적 없는 인간은 절대 이해할 수 없는 그 결정적인 차이. 슬픈 이야기다.

그런 도적들의 모습을 몰래 관찰하는 그림자가 하나.

도적들의 귀가를 면밀히 주시하고 있는 것은 물론 오스카.

모든 것을 관찰하고 오스카는 환희와 실망을 모두 맛보고 있었다.

환희한 것은 리더를 확인했다는 것. 포쉬라고 불리던 그 남자…… 평범한 체격과 평범한 키로 그다지 신체적인 특징은 없지만, 그런 만큼 얼굴은 어렴풋이 인상에 남아 있었다. 도적치고는 매우 이지적인 이목구비.

도적이라는 것은 막무가내에 폭력적인 삶을 살아왔기 때문인지 딱 보기에도 멍청해 보이는 얼굴들이 많았다. 적어도 오스카는 그렇게 생각했다. 편견이지만…… 인생이 얼굴을 만든다는 격언으로 보자면 어떤 의미로는 옳았다…….

그런 와중 포쉬라는 남자는 이지적이라고도 할 수 있을 정도의 얼굴이었다. 그래서 오스카의 인상에 남아 있었다.

그들이 요새로 돌아왔을 때, 포쉬가 선두에서 말을 타고 있었다. 그것을 확인한 것에서 온 환희.

실망은 보스코나를 확인하지 못했다는 것. 우람한 체구에 너무나도 특징적인 오른쪽 뺨의 상처. 스무 명에 가까운 도적단 안에 있어도 결코 놓칠 리 없는 남자…… 하지만 돌아온 도적들 안에는 없었다.

물론 요새에 남아 있다거나 한 것도 아니었다……. 아무도 남아 있지 않았으니까. 즉, 보스코나는 어떤 이유로 현재 이 도적단을 떠나 있는 것이다. 그걸 확인한 것에서 오는 실망.

'어쩔 수 없지.'

오스카는 마음을 고쳐먹기로 했다. 오늘로 모든 것을 끝낼 수 있다면 그건 그거대로 좋았을 텐데…….

"우선은 한 명……."

오스카는 작게 중얼거렸다.

◆

앞으로의 일을 고민하던 포쉬가 요새 안에서 일어난 변화를 감지한 것은 냄새가 원인이었다.

"뭐야, 이 탄내는……."

분명 고기가 타는 냄새인데…… 지금까지 맡아온 어떤 동물이나 마물이 타는 냄새보다도 불쾌한 냄새였다. 이런 냄새는 맡아본 적도 없다……. 아니, 있다.

"사람이 타는 냄새잖아!"

마을을 습격해 집에 숨어 있는 인간들을 집째로 태운 적이 있었다. 그것도 여러 번. 그때의 냄새와 똑같다.

"왜 여기서 그 냄새가……."

그때 포쉬의 뇌리에 한 가지 정보가 번뜩였다.

"도적 사냥꾼…… 사냥당한 도적의 절반은 불타고 절반은 검에 베여 있었다고 했나……. 큰일이군!"

하지만 그것치고는 이상했다. 아무리 생각을 하고 있었다고는 하지만 부하들이 있는 곳은 문을 사이에 두고 바로 옆에 있는 넓은 방. 도적 사냥꾼 같은 집단이 덮친다면 포쉬도 알아차렸을 것이다.

그렇지만 생각하는 건 나중이다.

옆쪽의 넓은 방에는 입구와 별도로 숨은 통로로 된 출구가 있었다. 하지만 포쉬가 지금 있는 이 방에는 없다. 구조상 만들지 못한 것이다.

"창문으로 나갈까?"

부하를 돕겠다는 생각은 조금도 없었다. 없지만 그 부하들과 도적 사냥꾼들이 있을 넓은 방에서는 아무런 소리도 들리지 않았다.

그 부분이 아무래도 수상했다. 문에 귀를 대고 소리를 들어 보았지만 역시 아무 소리도 안 들렸다.

그런데 그때, 돌연 넓은 방에서 목소리가 들렸다.

"포쉬, 안쪽에 있는 거 알아. 나와라."

젊은 목소리. 젊다기보단 어리다고 해야 하나? 이 자리에 저런 어린 목소리는 상당히 부자연스러웠다. 그렇지만 자신이 있다는 사실이 들통났다면 창밖으로의 탈출도 이미 간파하고 있으리라.

방법이 없어!

포쉬는 문을 열고 넓은 방으로 들어갔다. 방은 여기저기 탄화되어 연기가 피어오르는 것처럼 보였다. 그리고 일곱 구의 불에 탄 시체…… 시체였을 것으로 추정되는 숯으로 변한 물체와 아홉 구의 검에 베인 시체가 나뒹굴고 있었다.

그리고 홀로 서 있는 키 작은 인물.

"아이?"

포쉬는 저도 모르게 그렇게 중얼거렸다.

키는 150센티미터 정도일까······. 움직이기 편해 보이는 가죽 갑옷을 입고 오른손에는 표준보다 약간 짧은 검을 쥐고 있다.

그러나 무엇보다도 눈에 띄는 것은 그 흰머리였다. 얼굴은 십 대 초반인데, 아직 어리다고 부를 수 있는 이목구비와 흰머리의 부조화가 돋보였다.

"너 혼자서······ 아니, 우문이군."

포쉬는 도적 사냥꾼에 대해 떠도는 소문 속에서 또 다른 소문을 떠올렸다.

"홀로 도적 사냥을 하고 있을 가능성······ 소문이 사실이었어."

실제로 베인 부하들을 보면 상당한 검 실력이다. 부하들 실력으로는 검을 제대로 맞춰보지도 못했으리라. 그 정도의 솜씨라는 것을 그 베인 흔적을 통해 짐작할 수 있었다.

하지만······.

"어차피 내 목숨을 빼앗을 생각이겠지? 무수한 원한을 사왔으니 어쩔 수 없지."

그렇게 말한 포쉬는 검을 뽑았다.

"그 전에 한 가지 묻고 싶다. 보스코나는 어디 있지?"

오스카는 그렇게 물었다. 그 물음에 포쉬가 히죽 웃으며 대답했다.

"하하. 보스코나도 죽이고 싶은 건가. 뭐, 그 녀석도 상당한 원한을 산 건 확실하지. 하지만 그 질문에 대답할 생각은 없는데.

궁금하면 검으로 물어봐라."

포쉬는 그렇게 말하며 도발했다.

물론 그것은 대치한 오스카를 만만하게 보거나 조롱해서가 아니다. 반대로 이렇게 말해두면 자신을 죽이는 검은 휘두르지 않을 것이라는 계산하에서였다.

죽이지 않고 쓰러뜨린다……. 이것은 상당한 실력차가 없으면할 수 없다. 기본적으로 검이라는 무기는 상대방을 죽이기 위한것이기 때문이다. 그리고 완전히 숨통을 멎게 하지 않으면 반격을 당하게 된다.

포쉬는 화법 역시 지금까지 오스카가 쓰러뜨려 온 도적들과는달랐다.

오스카가 먼저 뛰어들며 싸움이 시작됐다.

포쉬가 지금까지의 도적들과 다른 것은 화술뿐만이 아니었다.검 솜씨도 차원이 달랐다.

오스카가 공격하고 포쉬가 받아친다.

오스카는 도저히 열두 살이라고는 생각되지 않는 검사였다. 더정확히 말하자면 어른과 비교해도 강하다……. 기사단에 소속되었다 하더라도 틀림없이 정상급이었을 거다, 불과 12살인데.

하지만 아무래도 검선이 거칠었다. 그리고 적절한 완급 조절도없다. 그것은 젊으니 어쩔 수 없는 것이었다. 검 뿐만의 이야기가아니라 모든 것에 있어서 젊음은 그런 것이다.

물론 슈크 마을의 영감 댁에 있을 때 기사단과 연습을 했고 모험자가 된 뒤에도 어른들을 상대로 검술 훈련을 하면서 정규 도적 토벌 등으로 실전 경험도 쌓았다. 하지만 정말로 목숨이 걸린 상황에서 일류 검사를 상대로 온갖 허실이 섞인 전투 경험은 적었다.

그것은 그가 아직 열두 살이기 때문이 아니었다. 어른 모험자라도 그런 경험을 하지 않고 모험자의 생을 마감하는 자들이 많았다. 오스카는 불과 12살에 그런 경험을 하고 있었다…… 눈앞의 상대와.

오스카가 공격하고 있기는 하지만 어느 쪽인가 하면 열세였다. 그것은 오스카 본인이 가장 크게 자각하고 있었다.

'공격하는 것처럼 보이면서 공격하지 않고, 막는 것처럼 보이면서 공격하고…… 상대하기 힘들어!'

기사단 중에도 페인트를 섞는 사람은 꽤 있었지만 포쉬의 페인트는 그 완성도가 압도적으로 높았다.

허실을 분간할 수 없으니 공격으로 보이는 것을 모두 피할 수밖에 없었다. 그렇게 되면 오스카 쪽의 공격이 느슨해졌다. 그리고 그 타이밍에 그가 쉬고 있다는 느낌이 들었다. 포쉬는 스태미너 관리에 있어서도 오스카보다 위였다.

오스카가 공격하고 있는 상황임에도 사실상 공수가 팽팽했다……. 오스카의 머릿속에서는 솔직히 뭐가 뭔지 알 수 없었다.

검의 기술로는 호각, 경험으로도 웃돌고 냉정함에 있어서도 상대가 위…… 상급 검사가 보면 확실히 오스카는 지고 있는 상태.

하지만…….

변화는 이미 나타나고 있었다.

아주 미세한 검의 흔들림, 아주 미세한 반응 속도의 저하, 아주 미세한…… 두통.

포쉬는 전투 도중부터 두통을 느끼고 있었다. 그것은 처음에는 대수롭지 않았지만 지금은 꽤 심했다. 심해짐에 따라 메스꺼움마저 느껴지고 있었다.

이는 아무리 생각해도 평범하지 않았다.

"독인가……?"

포쉬가 그렇게 생각한 것은 당연했다. 하지만 상대의 검은 스치지도 않았다. 만약 검에 독이 발라져 있다고 해도 영향은 없을 것이다. 음료와 음식에 독이 섞여 있었나……. 아니, 포쉬는 요새로 돌아온 뒤 아무것도 먹지 않았다.

원인을 알 수 없는 채로 포쉬는 계속 싸웠다.

이유가 무엇이든 지면 죽는다. ……당장 죽지는 않겠지만 결국은 죽임을 당할 것이다. 그런 생각을 하고 있었기에 포쉬는 계속 검을 휘둘렀다.

현기증이 엄습했고, 시간이 더 지날 때마다 심해지는 두통과 메스꺼움. 집중력도 떨어지고 있었지만 그래도 포쉬는 계속 검을 휘둘렀다.

그러나 마침내…….

악력이 부족해진 나머지 검이 튕겨 나갔다. 순간 몸을 지탱할 수도 없어 한쪽 무릎을 꿇었다.

"빌어먹을."

그렇게 말한 포쉬의 말에도 힘이 없었다. 이런 상황임에도 불구하고 졸음마저 엄습해온다…….

"대체 무슨 짓을 한 거지?"

포쉬는 한쪽 무릎을 꿇은 상태로 오스카를 노려보았다.

노려본 오스카는 아무 말도 하지 않았다. 그저 호흡을 가다듬고만 있다.

그리고는 입을 열었다.

"보스코나는 어딨지?"

"망할. 내 질문에 대답해."

말 자체는 거칠었지만 정말로 나약하기 그지없었다.

그런 포쉬를 보는 오스카의 눈은 증오로 가득 차 있다. 검을 휘두르는 동안에는 그런 눈이 아니었다. 의식해서 애써 냉정함을 유지하고 있었던 것이다. 그러나 상황이 여기까지 오자 마침내 그 감정을 드러낼 수 있게 되었다.

"포쉬, 넌 연기를 너무 많이 마셨어."

"뭐? 연기?"

그의 말대로 방에는 불에 타 탄화된 부하들에게서 연한 연기가 피어올랐고, 그 밖에도 불에 탄 나무 의자와 책상이 나뒹굴고 있었다.

그 연기가?

"어렸을 때 공방에서 창문을 여는 것을 잊어버려서 속이 메스꺼웠던 적이 있었지. 숯에서 나는 연기가 원인이라고 스승에게 배웠다."

일산화탄소 중독. 현대 지구에 관한 지식이 있었다면 그렇게 말했을지도 모른다.

물론 오스카에게도 포쉬에게도 그런 지식은 없었다.

"핫. 연기라니……. 근데 넌 왜 멀쩡한 거지?"

그랬다. 같은 공기가 담긴 넓은 방 안에 있고 포쉬는 이런 상태였다. 그럼에도 오스카는 아무렇지도 않아 보였다.

"나는 불 속성 마법사다. 불에서 나는 연기도 다룰 수 있지."

"맙소사……."

포쉬는 도적단의 리더였고 지식의 흡수도 나름대로 적극적으로 해왔기에 마법에 관한 지식도 결코 적지 않았다. 하지만 그런 포쉬조차 불 속성 마법사가 연기도 다룰 수 있다는 식의 이야기는 들은 적이 없었다. 그러나 눈앞에 있는 백발의 마법사는 연기를 다룰 수 있다고 한다……. 그리고 두 사람이 처한 상태의 차이가 그 말이 거짓이 아님을 증명하고 있었다.

"젠장……."

포쉬는 완전한 패배를 인정했다.

"보스코나는 어디 있지?"

오스카는 질문을 되풀이했다.

포쉬는 아무 대답도 하지 않았다.

하지만 다음 순간 오른팔에 날카로운 통증이 일었다. 자신의 오른팔을 바라보자 팔꿈치 끝이 사라지고 피가 뿜어져 나오고 있었다.

"억……."

비명도 지를 수 없는 상태였다.

오스카의 검에 오른팔을 베인 것이다. 두통과 메스꺼움에 오른팔 통증이 더해졌다. 다만 통증 탓에 졸음은 사라졌다……. 물론 아무런 위로도 되진 않았지만.

"알았어, 말하지."

포쉬는 마침내 그렇게 말했다. 더는 냉정한 사고를 할 수 있는 상태가 아니었다. 사람은 한계 상태에 이르면 냉정한 사고 같은 건 할 수 없는 법이다.

"보스코나는 제국에 갔다."

"제국?"

의외라면 의외인 말에 오스카는 무심코 말을 되풀이했다.

"제국은 실력주의 국가다. 놈의 검 솜씨는 원래 비상했지. 게다가 그 검을 손에 넣고 나서는 한층 더 실력이 예리해졌다. 그래서 검으로, 바깥 세계에서 출세하기 위해 제국에 간 거야."

"검……."

"그래. 옛날 어느 마을을 덮쳤을 때 손에 넣었던 검이지. 여자의 목을 베고 피를 뒤집어쓰고 있는데 그 여자의 남편이 그 검을 들고 덤벼들었다더군. 그때의 검이다."

포쉬는 힘없이 말하면서도 그렇게 설명했다. 그 말을 할 때 눈앞의 흰머리 마법사의 표정이 증오를 넘어서 무표정해졌다는 것을 깨닫지 못했다.

그리고 백발의 마법사는 이렇게 말했다.

"그 검은 아버지의 검이다."

"무슨……."

그 순간, 포쉬의 목이 떨어졌다.

◆

조스타 요새와 뉴스터 요새에서 시신이 발견된 것은 사흘 뒤였다. 본래 조스타 요새에 도적단이 머물고 있다는 사실은 모험자 길드에서 기사단으로 전달되어 토벌대가 보내질 예정이었는데, 선발대가 이미 누군가에 의해 도적단이 궤멸되었다는 정보를 가져온 것이다.

뉴스터 요새 쪽은 영내 폐 요새 전체를 조사하는 단계에서 발견되었다. 버려진 조스타 요새에 도적단이 숨어 있었으니 다른 버려진 요새에도 있는 것이 아닐까하는 생각에서였다. 허술하긴 했지만 가능성이 있을 법한 일이었고 실제로도 있었다. 다만 뉴스터 요새 쪽도 누군가에게 습격을 당한 뒤였지만.

도적단은 악이다.

그러니 그들이 습격당하고 살해당했다고 해서 아무도 동정하지 않았다. 오히려 기사단 쪽은 노골적으로 기뻐했다. 그리고 누가 습격했는지에 대해서는 조사하지 않았다. 이후에도 도적을 계속 사냥해줬으면 하는 바람에서였다.

그러나 어느 날을 기점으로 도적 사냥꾼은 나타나지 않았다. 그 정보는 특히 도적들 사이로 빠르게 돌았다. 자신들의 생명을 위협하는 존재, 어떻게 보면 천적에 관한 것이니 당연하다고 하면 당연한 것이다.

도적 중 누군가에게 반격을 당했다거나, 다른 나라로 이동했다거나, 혹은 그 공적으로 귀족들에게 추대되어 은퇴했다는 등 많은 소문이 나돌았다.

물론 그중 어느 것이 정답인지는 아무도 모른다…….

제국으로 이동하는 동안 오스카는 고민했다. 불 속성 마법의 불편함에 대해서였다.

상대를 죽이기 위한 것이라면 바로 일격필살이지만…… 그렇기에 반대로 그저 무력화시키고 싶은 경우에는 사용하기 어렵다. 타서 죽어버리고 만다.

그렇다면 몸의 일부에만 불꽃을 닿게 하면 되지 않을까, 그렇게 생각했지만 아마 피부만 태울 뿐 상대방의 움직임을 멈출 수는 없을 것이다. 피부를 태울 것이 아니라 뼈와 살을 관통하거나 절단해야 했다. 그렇게 하지 않으면 다가오는 상대를 막을 수 없다.

오스카는 그런 생각을 계속 이어가면서, 그리고 여러 시도를 하면서 제국으로 향한 것이다.

제국으로

예전에 지구에 엠페도클레스라는 사람이 있었다. 기원전 5세기의 고대 그리스 철학자이자 의사이자 시인이자 정치가…… 게다가 명문가 출신이었다.

그는 만물의 근원이 흙, 물, 공기, 불 네 가지라고 주장했다.

더 말할 것도 없이 그 말은 어떤 의미로는 옳았다.

빛과 어둠의 속성을 제외하면 네 가지 속성 마법이 흙, 물, 바람(공기), 불이라는 것이 그 증거였다.

엠페도클레스의 이 네 원소를 바탕으로 한 물리학자는 이렇게 말했다.

"흙은 고체, 물은 액체, 바람은 기체, 그리고 불은 플라즈마를 나타낸다고도 할 수 있다."

갑자기 무슨 말이냐고?

물(H_2O)을 예로 들어 생각해 보자.

물의 고체는 '얼음'이다. H_2O가 여러 개 수소 결합을 해 단단히 붙어 있다.

물의 액체는 '물'이다. H_2O가 몇 개 수소 결합돼 있지만 나름대로 움직인다.

물의 기체는 수증기다. H_2O가 상당히 자유롭게 움직이고 있다.

그리고 제4의 상태라고도 할 수 있는 플라즈마……. 이것은 H_2O가 '해리'되어 물분자 H_2O에서 수소 원자 H나 산소분자 O로 나뉘어 한층 더 '전리'된 상태……

플라즈마란? 가장 단순한 원자라고 할 수 있는 수소 원자다. 플라즈마에 대해 조금 더 알아볼까.

원자는 중심에 +전하를 가진 원자핵이 있고 그 주위를 −전하를 가진 전자가 돌고 있다. 수소 원자의 경우 중심에 있는 원자핵은 +전하를 가진 양성자 하나. 그 주위를 도는 −전하를 가진 전자 하나. +와 −가 각각 하나이기에 수소 원자는 일반적인 상태에서는 +도 −도 아닌 상태가 된다.

하지만 플라즈마가 되면 이 양성자와 전자가 멀어진다. 전자가 멀어지기 때문에 전리라고 한다.

어려운가? 그렇지 않다. 중학교 과학 수업에서 배웠을 테니까. 중학교 과학에서는 **이온**이라는 단어로 배웠을 것이다.

+전하를 가진 양성자가 양이온, −전하를 가진 전자가 음이온, 둘을 합쳐서 이온.

고체→액체→기체로 점점 작아지고 원자 자체도 분리되며 더욱 작아진다……. 그것이 플라즈마이며 기체의 다음 상태라고 일컬어지는 이유다.

왜 굳이 장황하게 이런 설명을 했는가 하면…… 시행착오를 거듭한 오스카의 화속성 마법이 마침내 플라즈마를 다루기에 이르렀기 때문이다. 물론 오스카는 플라즈마 같은 건 모르고, 심지어 그런 개념조차 몰랐다. 그의 머릿속에서는 엄청나게 뜨거운 불이라는 정도의 인식뿐이었다.

정확히 말하면 불 자체는 플라즈마가 아니다. 연소라고 불리는 현상이라고 볼 수 있었다.

오스카는 일반적인 불이라면 자유자재로 다루고 자유자재로 날릴 수 있었지만, 플라즈마 상태의 불은 아직 자유자재로 날리는 경지까진 이르지 못했다.

그렇지만 오스카의 화속성 마법이 더 상위 단계에 이른 것은 사실이었다.

우주의 99% 이상의 물질은 플라즈마 상태로 존재하고 있다고 알려져 있다. 즉 전 우주 차원에서 보면 아주 흔한 것이다. 하지만 오스카가 사는『파이』, 그러니까 이 행성에서는…… 솔직히 그렇게 흔한 것처럼 보이지는 않았다…….

플라즈마의 예로 가장 많이 거론되는 것이 바로 천둥이다.

그러니 '플라즈마? 그게 뭔데? 어떤 모양인데?' 하는 생각이 든다면 천둥을 떠올리면 편하다.

연합에서 제국으로 이동하는 와중 오스카는 확연하게 화속성 마법사로서의 힘이 몇 단계 상승했다.

사람이 성장하기 위해서는 사색의 시간이 필요한 것일까. 자신을 마주하고, 주변과 대립하고……. 그리고 그것을 이루기 위해서는 어느 정도 마음의 여유가 필요했다.

영감이 세상을 떠난 지 2년. 그 사이 오스카의 마음에는 여유 따위는 한톨도 없었다. 늘 마음속엔 복수하겠다는 생각뿐이었다.

하지만 쓰러뜨려야 할 두 사람 중 한 명은 쓰러뜨렸다. 또 다른 정보도 얻었고, 외견적으로도 꽤 눈에 띄는 인물이다. 그리고 현재의 자신보다도 훨씬 강하기 때문에 더 강해지지 않으면 쓰러뜨릴 수 없다……. 지금은 아직 대치할 상대가 아니다.

그래서 조급함은 사라진 상태였다.

물론 가끔 꿈을 꾸기도 한다.

그 후엔 자신을 불태우는 듯한 격정의 불길에 몸이 타오르는 듯한 기분이었다. 하지만 오스카는 결코 그것을 싫어하지 않았다. 왜냐하면 몸을 불태우는 듯한 격정의 불길 뒤엔 자신의 화속성 마법 위력이 올라간다는 것을 경험을 통해 알았기 때문이다.

이유는 모르겠다. 모르겠지만 그것은 아무래도 상관없었다. 그 사실이 중요했고, 그는 그 사실을 받아들일 뿐이었다.

◆

오스카는 14세가 되었고 제국에서 모험자로서 활동하고 있었다. 제국 남동부의 대귀족 몰그룬트 공작이 수도에 두고 있는 헴레벤의 모험자 길드에 소속되었다.

오스카는 두 요새에서 도적단을 궤멸시킨 후 반년이 넘는 시간을 들여 헴레벤까지 이동해 왔다. 그동안 특히 화속성 마법을 이것저것 시도해 보면서. 돈은 도적단이 모아둔 현금과 보석류를 손에 넣었기 때문에 문제는 없었다.

이동하는 동안 살과 뼈를 관통하는 화속성 공격 마법을 비로소 자신의 것으로 습득한 상태였다. 놀랄 정도의 밝기를 가진 불이지만 최대한 가늘게 만들면 표적이 보기에 점 상태로 다가오기 때문에 인식하기 어려웠다. 마물을 상대로도 거의 피하지 못했다.

다만 아직도 날릴 수 있는 것은 한 번에 한 개뿐이다…….

그것은 이른바 플라즈마인데, 오스카는 물론 아직 중앙 연방에는 그런 개념이 없었기 때문에 주변 사람들은 '하얀 불'이라든가 '굉장히 밝은 불' 정도로만 생각하고 있었다.

오스카 본인은 〈피어싱 파이어〉라고 이름 붙였다.

헴레벤에서 모험자 활동을 하며 마법을 갈고닦고 검 솜씨를 연마하며 거의 한 해가 지나가려 하고 있었다.

오스카는 D급 모험자가 되어 있었다. 연합에서는 18세의 성인이 되어야 D급 이상으로 올라갈 수 있었지만 연방에서는 그렇지 않다.

모험자라 불리는 이들은 나라를 초월해 존재했고, 모험자 길드로 불리는 것도 각국에 존재하지만 나라마다 세부적인 규정은 달랐다.

또한 소재지 국가와의 연계도 매우 강하기 때문에 다른 나라의 모험자 길드와의 교류라는 것은 거의 존재하지 않았다. 중앙 연방의 모험자와 모험자 길드란 그런 곳이었다.

"아, 오스카, 마침 잘 왔어!"

모험자 길드에 뭔가 적당한 의뢰가 없는지 보러 왔을 때, 오스카에게 누군가가 말을 걸어왔다. 말을 걸어온 사람은 C급 파티 『난사난격』의 리더 엘머. 뒤에는 다섯 명의 파티 멤버가 따라오고 있었다.

오스카는 고개를 약간 숙여 보였다.

"만약 의뢰를 찾으러 온 거라면 우리 일을 도울 생각 없어? 마물 토벌 의뢰야."

그렇게 말한 엘머가 의뢰서를 오스카에게 보여주었다.

"……워타이거 토벌 의뢰?"

"그래. 호랑이 마물이지. 마을 사람들이 습격당한 것 같아. 지금 막 받은 거다. 긴급 의뢰 수준이라 이동도 길드에서 마차를 내주고 보수도 좋아. 쓰러뜨린 녀석이 잡은 소재도 토벌자가 알아서 해도 된다네. 워타이거는 송곳니만 해도 꽤 비싼 값에 팔리니까. 오스카가 들어오면 평소와 같이 보수는 7분할. 워타이거의 뒷다리를 〈피어싱 파이어〉였나? 그 하얀 불로 관통시켜서 발을 묶어줬으면 좋겠어. 어때?"

오스카는 잠시 고민하고는 고개를 끄덕이며 대답했다.

"좋아요."

"좋았어!"

무심코 그런 말을 뱉으며 작게 승리 포즈를 취한 것은 파티 멤버인 쌍검사 자샤였다. 다른 네 명도 기뻐 보였다. 오스카의 실력을 여섯 명 다 알고 있었기 때문이다.

오스카는 기본적으로 솔로로 활동하고 있었다. 그래야 시간을 자유롭게 쓸 수 있기 때문이었다. 하지만 가끔 이렇게 도움을 부탁받을 때가 있다. 제대로 된 파티도 있고 그렇지 않은 파티도 있다……. 헴레벤에 본거지를 둔 파티는 수백 개나 되니까 당연하다고 하면 당연하겠지만.

그중『난사난격』은 꽤 제대로 된 파티였다. 리더인 검사 엘머를 필두로 쌍검사, 치유사, 척후, 두 궁사 6명으로 구성돼 있다.

무엇보다 엘머가 거드름 피우지 않는 편견 없는 남자였다. 오스카는 나이도 그렇지만 흰머리에 붙임성 없는 표정, 말수도 결코 많지 않다…… 아무리 봐도 애교가 많은 소년은 아니었다. 그래서 오스카를 싫어하는 모험자도 있다. 좋아하지도 싫어하지도 않는 자가 가장 많겠지만…… 그런 자들은 분쟁이 일어나는 것을 봐도 도와주거나 하진 않았다.

하지만 그렇다고 자신을 건드렸는데 순순히 넘어갈 오스카는 아니다……. 오스카에게 얻어맞은 자는 열이나 스물 정도에서 그치지 않았다.

그런 오스카를 호의적으로 보는 몇 안 되는 파티가 이번『난사난격』이다.

좋아하든 싫어하든 상관없다……. 그렇게 보이기도 하고 기본적으로 그렇게 생각하고 있는 오스카였지만, 그럼에도 호의를 받았을 때 불쾌한 마음이 들지는 않았다. 그래서『난사난격』과 하는 일은 결코 싫지 않았다.

길드가 준비한 마차는 8인승의 꽤 큰 마차다.

여느 파티라면 검사나 방패기사 등 체격 좋은 자가 많아 마차 안이 비좁게 느껴지는 일도 있겠지만『난사난격』과 오스카는 일곱 명이면서도 나름대로 쾌적한 여유를 느낄 수 있었다.

검사 엘머 본인도 속도를 중시하기에 결코 체격이 크지 않았다. 쌍검사 자샤도 스피드와 다양한 기술로 압도하는 자가 많은 쌍검사답게 결코 크지 않은 체격. 치유사 미사르트도 많은 이들이 가진 치유사의 이미지에 어긋나지 않는, 평범한 체격보다 조금 날씬하고 온화한 분위기의 남성. 척후인 안도 척후인 만큼 당연하다고 할 수 있겠지만 몸이 가볍고 몸집이 작은 여성이었다. 궁사인 유시와 라시는 쌍둥이 자매로 모두 여성으로서 표준 정도.

즉, 여섯 명 모두 크지 않았다.

오스카는 아직 14세, 키 160센티미터 정도로 검을 매일 휘두르고 근육도 나름대로 붙어 있지만 결코 크다고 할 정도는 아니었다.

이 일곱 명이라면 8인승 마차라도 여유가 있는 것은 당연했다.

"목적지인 마을까지는 마차로 4시간이다. 일단 이걸 먹어둬."

7명은 마차를 타고 목적지인 마을로 향했다. 마차에 올라타기 전, 길드에서 간식 차원으로 가벼운 식사를 전해준 상태였다. 참으로 융숭한 대접이었다.

"자, 오스카, 아~."

"뭐야. 내가 낫지, 자, 아~."

쌍둥이 궁사 자매 사이에 끼여 좌우에서 샌드위치를 앞에 둔 오스카……

"아뇨, 제가 직접 먹을 수 있어요."

"아잉, 짓궂어~."

"정말! 부끄럼쟁이라니까."

오스카가 거절하고, 유시도 라시도 아쉬운 듯 샌드위치를 가져갔다.

그것을 보고 쓴웃음을 짓는 검사 엘머. 딱하다는 눈빛을 보내는 쌍검사 자샤. 싱글벙글 웃고 있는 치유사 미사르트. 그리고 작게 고개를 흔드는 척후 안.

붙임성 없는 오스카지만 용모는 무척이나 뛰어났다. 그래서 이는 『난사난격』에 오스카가 가담했을 때의 흔한 광경이었다.

『난사난격』과 오스카 일행은 마을 사람들의 안내를 받아 고지대에 올라와 있었다.

"저 동굴 입구에……."

마을 사람들이 손가락으로 가리킨 끝은 고지대에서 100미터 이상 떨어진 움푹 패인 동굴. 그 동굴 앞을 토벌 대상이 어슬렁대고 있었다.

"꽤 크군."

"4미터 이상은 되지 않을까……."

"워타이거는 3미터만 돼도 큰 편이지?"

검사 엘머가 중얼거리고 쌍둥이 궁사인 유시와 라시가 마주보며 확인한다.

"크다는 건 일격의 위력도 크다는 뜻이지. 공격에 맞지 않도록 주의해야겠어."

쌍검사 자샤는 팔짱을 끼고 미간을 좁힌 채 그렇게 말했다. 워타이거는 마법을 쓰진 않지만 앞다리의 일격이 파괴적이었다. 특히나 갑옷 정도는 쉽게 찢어버리는 그 발톱이 가장 큰 골칫거리였다. 치유사 미사르트와 척후 안, 그리고 오스카는 아무 말 없이 워타이거를 보고 있었다.

그런 일행을 보면서 리더 엘머가 구령을 내렸다.

"좋아, 계획한 대로 뒤에서부터 가까이 접근한다."

일행은 고개를 끄덕이며 뒤에서부터 구덩이 쪽으로 접근해 갔다.

일행과 워타이거의 거리는 60미터 정도까지 근접해 있었다. 계획으로는 오스카의 〈피어싱 파이어〉가 도달할 수 있는 40미터까지 눈치채지 못하도록 다가가 선수를 칠 예정이었지만…….

"눈치챘어!"

냄새가 나지 않더라도 소리는 전해진다. 공기의 진동, 혹은 지면의 진동……

워타이거는 일행을 알아보자 조금의 지체도 없이 일행을 향해 달려왔다. 몸에서는 전의가 넘치고 눈에는 잔혹한 빛이 드러나 있다. 마을 사람을 덮친 후로 인간의 맛을 알아 버린 것일까, 혹은 사람을 죽이는 것이 즐겁다고 생각하는 것일까……. 어쨌든 일행을 적으로 간주하고 있는 것은 분명했다. 땅을 박차고 달리는 그 속도는 상당히 빨랐다……. 그러나,

"〈피어싱 파이어〉."

오스카의 마법도 빨랐다. 발동도, 그리고 탄속도.

외친 다음 순간 이미 워타이거의 왼쪽 뒷다리를 관통한 상태였다.

"크아아."

워타이거는 작게 비명을 내지르더니 확실하게 놀란 표정을 짓고 있었다.

"좋아, 간다!"

검사 엘머는 그렇게 말하고 쌍검사 자샤와 함께 근접전을 시도하기 위해 달려가려 했다.

하지만…….

"기다려!"

오스카가 날카롭게 외쳤다. 그리고 바로 주창했다.

"〈장벽〉."

물리 장벽과 마법 장벽이 순식간에 앞에 펼쳐졌다.

펼쳐진 그때.

콰앙.

〈장벽〉에 무언가가 부딪치는 소리가 났다.

"허?"

"뭐야?"

"〈에어 슬래시〉인 것 같네요."

쌍둥이 궁사 유시와 라시가 놀라고 치유사 미사르트가 답했다.

"말도 안 돼! 워타이거는 마법 같은 건 못 쓰잖아!"

쌍검사 자샤가 무심코 외쳤다.

그렇다. 워타이거는 마법을 쓰지 못한다. 조심해야 할 것은 그 기동성과 앞다리 혹은 이빨에 의한 공격. 그것뿐이어야 했다…….

콰앙. 쾅.

하지만 재차 풍속성으로 보이는 투명화 공격 마법이 일행을 덮쳤다. 모두 오스카의 〈장벽〉에 의해 막히고 있다고는 하지만 일행의 표정은 어두웠다.

이해할 수 없는, 그리고 있을 수도 없는 상황이 눈앞에서 발생하면 사람은 누구나 어두운 표정이 되기 마련이다. 적어도 밝아지지는 않을 것이다……. 일부 특이한 사람들을 제외하고.

"즉, 이 녀석은 워타이거가 아니다……."

"생각할 수 있는 건 엠퍼러 타이거."

척후 안이 나직이 중얼거리자 오스카를 제외한 모두의 시선이 안에게로 쏠렸다.

"맙소사……."

검사의 목소리는 절망으로 가득 차 있었다.

엠퍼러 타이거.

워타이거의 상위종이자 놀라울 정도로 강력한 마물. 하늘의 악몽이 와이번이라면, 지상의 악몽은 엠퍼러 타이거…… 그렇게 비유할 수 있을 정도로 성가시고, 그리고 소수로 맞붙기에는 절망적인 마물.

와이번을 토벌할 경우 C급 이상 모험자 20명 이상이 필요하다. 엠퍼러 타이거의 경우에는 그런 규정이나 정석 같은 것은 없다.

얼마나 많은 인원을 모으든 토벌은 불가능하기 때문이다. 그 스피드, 파워, 그리고 풍속성 마법…… 모든 것이 인간과 비교해 압도적으로 높은 수준의 마물.

"어떻게든 토벌해야 한다면 A급 파티를 준비해라."

……엠퍼러 타이거를 토벌할 경우에 하는 말이었다.

물론 A급 파티가 없는 상황에서도 엠퍼러 타이거를 토벌한 사례는 있다. 다만 B급 모험자를 포함해 10명 이상이 사망했다…….

그만큼 무섭고도 강력한 마물.

현재 눈앞의 워타이거, 아니 엠퍼러 타이거는 〈에어 슬래시〉를 계속 날리고 있었고, 그것을 오스카가 〈장벽〉으로 계속 막고 있었다. 하지만 일행에게 워타이거를 공격한다는 선택지는 없었다.

검사 엘머가 간신히 쥐어짜낸 듯한 작은 목소리로 말했다.

"후퇴하자."

그것은 어쩔 수 없는 판단이었다. 오스카의 〈장벽〉으로 계속 막고 있다고는 하지만 언제까지 갈지는 알 수 없었다. 그리고 공격할 수단은 없다.

유일한 희망이라고 하면 오스카의 〈피어싱 파이어〉로 인해 엠퍼러 타이거는 뒷다리를 다쳐 기동력이 깎였다는 점이었다.

이 정도면 도망칠 수 있을 것이다. 거기까지 판단한 후에 내린 "후퇴하자"였다.

그 순간, 엠퍼러 타이거의 공격이 멈췄다.

그리고…….

"뭔가…… 돋아난 것 같은데…….."

"범에 날개…….."

쌍둥이 궁사가 그렇게 지적한 대로 엠퍼러 타이거의 등에 한 쌍의 날개 같은 것이 돋아난 것처럼 보였다.

풍속성 마법으로 엮은 〈바람 날개〉였지만 일행은 그런 것은 몰랐다. 몰랐지만 그것이 날개라는 것은 직감으로 이해했다.

그 순간 엠퍼러 타이거가 사라졌다.

오스카는 순간적으로 〈장벽〉의 출력을 올려 지금껏 이상으로 두꺼운 벽을 만들었다. 동시에 그곳으로 충격이 부딪히며 〈장벽〉

이 찢어졌다.

"큭. 〈장벽〉."

찢어진 〈장벽〉을 포기하고 새로운 〈장벽〉을 친다. 새로운 〈장벽〉에 충격만을 남기고 누군가가 멀어진 낌새를 오스카는 느꼈다.

투명화 돌격, 발톱을 사용한 찢기, 더 나아가 투명화 상태로 후퇴. 보인 것은 장벽에 부딪힌 순간뿐…… 오스카가 보호하지 않았다면 그 순간 일행은 모두 발톱에 의해 찢겼을 것이다.

그 사실을 이해한 『난사난격』의 멤버들의 등 뒤로 식은땀이 주르륵 흘렀다.

"강하다……."

무심코 그렇게 중얼거린 것은 검사 엘머였지만, 쌍검사 자샤도 같은 감상을 품고 있었다. 그것은 압도적인 공격을 보여준 엠퍼러 타이거에 대한 것임과 동시에 이를 막아낸 오스카에 대한 칭찬이기도 했다.

"철수는 무리다."

척후 안이 나직이 중얼거렸다. 이에 동의하며 쌍검사 리샤와 치유사 미사르트가 고개를 끄덕였다.

"그래. 어쩔 수 없어, 싸운다!"

엘머가 그렇게 선언했고 모두가 고개를 끄덕였다.

"정통으로 간다. 오스카, 〈장벽〉의 크기는?"

"가로 폭 3미터, 높이 3미터."

"알았어. 오스카가 놈의 돌격을 받으면 내가 장벽 오른쪽에서, 자샤가 왼쪽에서 뛰쳐나가 놈을 측면에서 공격한다. 만약 놈이 물러나면 유시와 라시가 활로 추격."

엘머가 지시를 내리고 자샤, 유시, 라시가 고개를 끄덕인다.

그리고…….

"왔다."

엠퍼러 타이거가 투명화 돌격을 해왔다. 투명화라고는 해도 오스카의 〈장벽〉에 격돌한 순간은 모습이 보였다.

콰앙.

〈장벽〉이 공격을 받아낸 순간, 엘머와 자샤가 튀어나가 엠퍼러 타이거 측면에서 공격을 가했다. 하지만 간발의 차로 엠퍼러 타이거는 후퇴하여 두 사람의 공격을 피했다.

그 모습에 상정한 대로 유시와 라시가 〈장벽〉 옆으로 달려 나와 화살을 통한 추격을 실시했다.

화살을 쏘는 순간 엠퍼러 타이거에게서 투명화 풍속성 공격 〈에어 슬래시〉가 발사되며 두 사람을 동시에 덮쳤다.

카운터 어택.

공격한 순간이 가장 무방비하다는 것은 어떤 경우에나 똑같다. 엠퍼러 타이거는 그 사실을 알고 있다는 듯 두 사람에게 원거리 공격을 퍼부어 왔다.

하지만 당연히 엠퍼러 타이거가 그 사실을 알고 있듯 C급 파티 『난사난격』 멤버들도 알고 있었다.

채앵, 챙.

유시를 향해 오는 〈에어 슬래시〉는 검사 엘머가, 라시를 향해 오는 〈에어 슬래시〉는 쌍검사 자샤가 베어냈다.

이건 솔직히 말해 쉬운 일이 아니었다. 우선 〈에어 슬래시〉는 투명화 공격 마법이다. 투명화된 마법을 포착하는 것 자체가 인간에게는 어려웠다. 〈에어 슬래시〉 같은 고속 공격 마법이라면 시야에 비치는 약간의 경치의 왜곡을 통해 판단할 수밖에 없다.

게다가 **마법을 검으로 벤다**라는 행위 자체의 어려움도 있었다. 무작정 검을 휘두르는 것만으로는 마법을 베어낼 수 없는 것이다.

예를 들어 불 자체에 물을 뿌려도 불은 꺼지지 않는 것처럼 현상 자체에 간섭하는 것엔 의미가 없다. 하지만 불이 발생하기 시작한 나무나 천 등에 직접적으로 물을 뿌리면? 그래, 불은 꺼진다.

마찬가지로 원인, 바탕이 되는 물건 자체에 직접 작용함으로써 현상인 마법을 지우는 것이 가능해진다. 물리적 공격일 경우엔.

이것이 자신의 마법을 상대의 마법에 부딪쳐 상쇄시키게 되면 또 다른 이야기가 되는데…… 그건 또 다음 기회에.

어느 쪽이든 엘머와 자샤가 보여준 검의 기량은 역시 C급이라 할 만했다.

"무슨 타이밍에 〈에어 슬래시〉를 쏘는 거야, 저 녀석."

영리함도 겸비했다는 말인가.

쌍검사 자샤가 투덜거렸고 검사 엘머도 고개를 끄덕이며 답했다.

"결국 우리가 쏜 화살도……."

"피했어……."

유시와 라시도 초조한 표정으로 그렇게 보고했다.

"어? 안은?"

엘머는 척후 안이 없다는 것을 깨달았다.

"크갸아아아아악."

왼발 때에 이어 다시 엠퍼러 타이거의 비명이 울려 퍼졌다. 보니 왼쪽 눈에 단검이 박혀 있다.

"오오……."

쌍검사 자샤의 입에서 저도 모르게 새어나온 탄성. 그 목소리에 맞추듯 척후 안이 돌아왔다.

"단검을 던지고 왔어."

안은 조용히 중얼거리듯 보고했다. 척후답게 기척을 끄고 접근해 쌍둥이 화살로 교란시키고, 그 사이 투척용 칼을 눈을 향해 던진 것이다.

당연히 상당한 거리까지 접근하지 않으면 엠퍼러 타이거의 눈에 칼을 박을 정도의 위력이 되지는 않았다.

그 위험성을 생각하자 근접전을 메인으로 하는 검사 엘머조차 식은땀이 멈추질 않았다.

시야에 비쳐도 미처 의식하지 못 한다……. 인간이라면 자주 경험하는 일이지만, 척후가 상대라면 엠퍼러 타이거조차 가능한 일인 것 같았다.

"자, 잘했어."

엘머는 어떻게든 소리를 쥐어짜 말했다. 실제로 해낸 과정을 떠올리면 무서울 만큼 리스크 높은 행동이었지만 일행이 얻은 이익은 한없이 컸다. 시야를 반쯤 빼앗았으니.

그러나 동시에 분노는 정점에 이른 것 같았다.

"크오오오오오오."

엠퍼러 타이거의 분노가 담긴 포효가 주변에 울려 퍼졌다.

"열받았네."

"지금부터가 진짜인가?"

"지금부터가 진짜겠지."

쌍검사 자샤가 말하고 쌍둥이 자매가 서로 확인한다.

그리고…….

콰앙. 퍼억.

투명화 상태로 뛰어들어 연속으로 날카로운 발톱을 사용한 일격을 반복하기 시작한 엠퍼러 타이거. 부담이 가장 큰 것은 당연히 모든 공격을 계속 받는 오스카였다. 처음에 비해 상당한 마력을 넣어 〈장벽〉의 경도를 끌어올렸음에도 엠퍼러 타이거의 발톱에는 일격밖에 버티지 못했다.

오스카의 〈장벽〉은 현 단계에서 이미 중앙 연방의 마법사들이 사용하는 〈물리 장벽〉, 〈마법 장벽〉과 비교하면 비정상적인 경도에 비정상적으로 긴 지속 시간을 자랑했다. 하지만 그런 오스카의 〈장벽〉조차 찢는 발톱…… 그것은 가공할만한 날카로움이라고 할 수 있었다.

그런 엠퍼러 타이거가 거리를 둔 채 잠시 **몸을 웅크렸다.** 그것은 지금까지 없었던 행동. 당연히 이 뒤에는 전에 없는 무언가를 해올 것이다.

'하지만 뭐가 오는 거지?'

지금까지 〈에어 슬래시〉, 투명화 돌격, 발톱과 모든 공격을 받아 온 오스카였지만 앞으로의 공격은 읽을 수 없었다.

C급 이상 모험자에 비해 유일하게 오스카에게 부족한 것은 경험. 이렇게 말하면 간단하지만 경험을 쌓아온 『난사난격』 멤버들도 앞으로의 전개는 읽지 못했으니 어쩔 수 없다.

"이건…… 경험해본 적 있는 감각……."

오스카는 중얼거린다.

언젠가 어디선가 경험한 느낌이 드는 무언가…… 그런 감촉…… 공기?

"〈피어싱 파이어〉인가!"

하늘을 올려다보다.

반사적인 행동이었다.

왼손으로는 전방의 장벽을 유지한 채, 오른손을 하늘로 쳐들고 〈피어싱 파이어〉를 날렸다. 모양새도 어설프고 평소처럼 극도로 미세한 얇기는 아니었지만 어쨌든 발사 속도를 우선시해 날렸다.

파아앗.

오스카가 쏜 〈피어싱 파이어〉가 공중에서 무언가에 부딪히며 파열했다.

"무슨…… 벼락?"

"부딪쳤어……."

쌍둥이 자매의 중얼거림.

놀랍게도 엠퍼러 타이거가 벼락을 떨어뜨린 것이다.

오스카가 느끼고 있던 공기의 감촉은 플라즈마가 발생하는 느낌이었다. 공기 중의 산소 등이 전리하며 플라즈마화한 그 감각…….

〈피어싱 파이어〉라고 하는 플라즈마를 발할 수 있게 된 오스카이기에 비로소 깨달은 것이라고 할 수 있었다.

하지만…… 그것으로 끝이 아니었다.

그랬다, 하늘로부터의 공격, 낙뢰는 미끼.

엠퍼러 타이거는 투명화 돌격을 감행했다. 그러나 상대는 오스카. 여러 차례 받아온 공격으로 그 타이밍은 이미 간파하고 있었다.

본인도 엠퍼러 타이거를 향해 돌진했다.

쿠웅.

오스카가 돌진해 오는 것은 예상 밖이었던 것일까. 발톱을 내려치기 직전 엠퍼러 타이거와 〈장벽〉이 부딪쳤다.

오스카는 부딪히는 순간 〈장벽〉을 풀었다.

오른손에는 〈피어싱 파이어〉를 쏜 직후 뽑아든 평소의 검.

정면에서 〈장벽〉에 부딪힌 엠퍼러 타이거를 향해 자신의 오른발을 축으로 시계 반대 방향으로 4분의 3회전, 그리고 왼발을 축으로 2분의 1회전…… 합계 450도.

그렇게 엠퍼러 타이거의 왼쪽 측면으로 다가섰다. 뒷다리를 다치고, 눈이 보이지 않는 왼쪽 측면으로.

오스카는 회전한 기세 그대로 엠퍼러 타이거의 왼쪽 귀에 검을 꽂았다.

"킥!"

엠퍼러 타이거는 소리조차 내지 못하고…… 미세하게 경련한 뒤 털썩 땅에 엎드렸다.

"검기: 영선……?"

검사 엘머의 중얼거림.

엘머는 C급 모험자의 검사다. 하지만 그런 그도 『검기』는 아직 쓸 수 없었다. 기껏해야 『투기』의 완전 관통을 쓸 수 있을 뿐.

물론 그것만으로도 대단한 일이었다. C급 모험자 검사라도 투기를 전혀 쓰지 못하는 검사가 훨씬 많으니까.

하지만 눈앞의 소년은 투기의 한층 더 상급이라고 할 수 있으며, 게다가 검사 전용이라고 알려진 검기를 사용했다……?

"아뇨, 검기라든가 투기라든가 그런 건 아니에요."

하지만 오스카는 고개를 흔들며 부인했다.

"그냥 피한 다음 힘껏 찌른 것뿐이에요. 왼쪽 눈이 다친 상태였기 때문에 성공한 겁니다."

그런 오스카도 자신의 남은 마력이 별로 없다는 것을 느끼고 있었다. 경도를 올린 〈장벽〉 연속 전개는 상상 이상으로 마력 소비가 심했던 것이다.

"어느 쪽이든 우린 산 거 맞지……."

"응."

쌍검사 자샤가 누구에게랄 것 없이 확인했고, 척후 안이 작게 고개를 끄덕였다.

이리하여 『난사난격』과 오스카는 간신히 엠퍼러 타이거를 토벌한 것이었다.

◆

토벌한 엠퍼러 타이거의 송곳니, 머리, 가죽, 발톱 등을 마차

지붕 위에 올려두고 일행이 소속된 헴레벤의 모험자 길드에 도착한 것은 초저녁이라 부를 수 있는 시간대였다. 이 시간이 되면 모험자들의 보고는 대체로 종료되고 길드의 접수처는 보통 한산해지기 마련인데…….

"뭐야, 이거…….."

"사람이 많아…….."

"무슨 일이 있었나 보네…….."

쌍검사 자샤가 질린 얼굴로 말했고 쌍둥이 자매가 저마다 중얼거렸다.

접수처가 있는 넓은 방도, 옆쪽의 담화실도 모험가들로 북새통을 이뤘다. 하지만 접수처 자체에는 사람이 몰려 있지는 않았다. 저마다 뭔가 정보 교환, 혹은 심각한 표정으로 대화를 나누는…… 뭐 그런 느낌이다.

그것을 본 검사 엘머가 접수처로 걸어갔다.

"안녕하세요, 엘머 씨."

"야, 스셰. 오늘 아침에 의뢰받은 워타이거 토벌 건 말인데…….."

"아, 네…… 이거 말이죠, 긴급 의뢰 안건."

접수처 직원 스셰는 서류를 발견하자마자 재빨리 훑어보고는 긴급 의뢰 안건임을 확인했다.

"아아, 그거…… 실은 워타이거가 아니라 엠퍼러 타이거였어."

"네……?"

검사 엘머의 보고에 접수처 직원 스셰 역시 굳어졌다.

길드의 착오…… 로 굳어진 것은 아니었다. 긴급 의뢰 안건이라는 것은 정보가 확정되지 않아 초기 정보와 다를 수 있다는 의미도 담고 있었다. 그렇기 때문에 보수든 여러 준비 방면에서 우대를 받는 것이다.

스세가 굳은 이유는 엠퍼러 타이거의 희소성과 토벌의 어려움을 길드 접수처 직원으로서 이해하고 있기 때문이었다.

하지만 역시 접수 직원. 순식간에 부활한다.

"여러분들 다치신 곳은? 바로 토벌대 조직을 길드 마스터께……."

"아, 아니, 아니. 다치진 않았고 간신히 토벌은 했어."

"네……?"

쓴웃음을 지으며 말하는 엘머의 보고에 다시금 굳어지는 스세. 하지만 조금 전보다도 복귀는 빨랐다.

"그건…… 축하드립니다."

"고마워. 그보다 가죽이라든가 송곳니 같은, 엠퍼러 타이거의 각 부위는 꽤 비싸게 팔리겠지? 좀처럼 매물로 나와 있지 않으니까. 그건 뒤쪽 감정소에 돌려놓을게. 그건 그렇고……."

거기까지 말한 엘머는 주위를 한 번 둘러보고는 다시 말을 이었다.

"이 소란은 대체 뭐야? 무슨 일 있었어?"

이때는 엘머뿐만 아니라 『난사난격』 전원과 오스카도 이유를 듣기 위해 스세 근처로 다가와 있었다.

"네. 오늘 오후 연합이 왕국에 선전포고를 했습니다."

"진짜냐……."

그렇게 중얼거린 것은 쌍검사 자샤였지만 누구나 같은 감상을 품었을 것이다.

"강대국간의 전쟁이 일어날 거예요."

이후, 중앙 연방에서 『대전』이라 불리는 전쟁이 일어나려 하고
있었다.

후기

오랜만입니다. 쿠보 타다시입니다.

《수속성 마법사 제1부 중앙 연방편 Ⅱ》를 읽어주셔서 감사합니다.

2권에서는 료 일행이 거점인 룬의 거리를 나와 항구 도시 위트나쉬로 갑니다. 조금씩 료의 세계가 펼쳐지는 양상이 보여지는 것 같습니다. WEB 버전에서 개항제에 대한 기술은 3일째까지밖에 없었습니다만 이 서적판에서 4일째와 5일째가 추가되었습니다……. 왠지 모르게 이후 나올지도 모르는 캐릭터가 꽤 추가되지 않았나 하는 생각이 드네요.

에피소드 자체도 웹 버전에는 없는 새로운 에피소드가 추가되었습니다. 이 '장군'이나 '푸른 눈'은 3권 이후에도 이어질 예정입니다. 즉…… 이 2권을 경계로 WEB판과 동떨어지는 부분이 많아지게 될 것 같습니다.

사실 쓰고 있는 저조차도 세부 사항이 어떻게 변화하는지 이해하지 못하고 있습니다.

캐릭터의 설정을 확실히 정해두고 배경 세계의 틀을 만든다……. 그러면 캐릭터가 멋대로 움직이고 이야기하기 시작합니다. 저는 그것을 적어나갈 뿐입니다. 일의 전체적인 흐름은 처음에 생각해두긴 하지만 그것을 가볍게 뛰어넘어버릴지도 모르겠네요……. 작가를 괴롭힌다는 게 바로 이런 걸까요.

하지만 그렇게 캐릭터들이 움직이기 시작하면서 만들어낸 결과는 제가 처음에 생각했던 것보다 확실히 재미있습니다. 그리고 수십만 자 이후 더욱 재미있는 전개를 보여주기도 합니다…… 막강하다, 캐릭터!

외전 《화속성 마법사》도 1권에 이은 내용이 실려 있습니다. 이 외전은 서적판으로만 공개된 이야기로 다른 곳에서는 읽을 수 없습니다. 총 40화 중 1권에서는 1화부터 8화까지, 이 2권에서 9화부터 16화까지의 분량이 수록되어 있습니다. 그리고 다음 3권에서는 17화 이후…….

이 2권도 1권에 이어 약 23만 자 정도의 작품이 되었습니다. 많네요! 문고본 2권 이상의 내용량입니다. 이득입니다! ……아마도.

일러스트는 1권과 같은 노키토 선생님입니다. 노키토 선생님의 일러스트는 제 주변에서도 이야기의 분위기와 매우 잘 어울린다고 큰 호평을 받고 있습니다. 역시! 료의 말랑~한 느낌과 아벨의 또 시작이냐~ 하는 느낌이 절묘합니다!

1권이 3월 10일에 발매된 뒤 3개월. 출판사를 포함한 많은 분들의 협조가 있었기에 독자 여러분께 이 2권을 보내드릴 수 있었습니다.

앞으로도 많은 응원 부탁드립니다.

만화판 1화 미리보기

그것은 부모님의 부고를 알리는 전화였다 분명

료 씨, 진정하고 들어주세요.

그때부터 이렇게 될 거라고 정해져 있었을지도

땅에 부딪히며 조금씩 멀어지는 의식 속…

무엇을 향한 것인지 알 수 없는 아주 작은 후회와

안도도 아니었다.

처음 느낀 것은 죽음에 대한 공포가 아니었다.

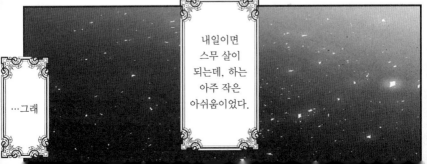

…그래

내일이면 스무 살이 되는데, 하는 아주 작은 아쉬움이었다.

"마법"이라는
새로운
즐거움도
배워나가며

아주 작은…
이곳에
온 뒤로는
그것을
생각할
겨를도 없이…

그렇지 않은
무언가와
싸우거나…

여성과
검을
맞대거나…

전생이란
……

읽는
쪽에서
보면
판타지에
지나지
않지만

내게 있어
이것은…

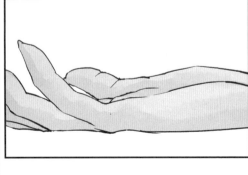

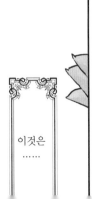

이것은
……

어느 쪽이냐 하면 그쪽이 더 많을지도 모르지만…

아무튼

자세한 일은 차차 이야기 하겠지만

Mizu zokusei no mahotsukai Daiichibu Chuoshokoku hen 2
by Tadashi Kubou

[수속성의 마법사 2 -중앙 연방편-]

2023년 4월 15일 1판 1쇄 발행

저　　자 쿠보 타다시
일러스트 노키토
옮 긴 이 이소정
발 행 인 유재옥
본 부 장 조병권
담당편집 정영길
편 집 1 팀 김준균 김혜연
편 집 2 팀 정영길 조찬희 박치우 정지원
편 집 3 팀 오준영 이해빈\
편 집 4 팀 전태영 박소연
미　　술 김보라 박민솔
라이츠담당 김정미 맹미영 이윤서
디 지 털 박상섭 김지연
발 행 처 ㈜소미미디어
인쇄제작처 코리아피앤피
등　　록 제2015-000008호
주　　소 서울 마포구 토정로 222, 403호(신수동, 한국출판콘텐츠센터)
판　　매 ㈜소미미디어
마 케 팅 한민지 최정연 박종욱 최원석
물　　류 허석용
전　　화 편집부 (070)4164-3962, 3963 기획실 (02)567-3388
　　　　　판매 및 마케팅 (070)4165-6888, Fax (02)322-7665

ISBN 979-11-384-1710-5
ISBN 979-11-384-1601-6 (세트)